Reine de Palmyre

*

LA DANSE DES DIEUX

DU MÊME AUTEUR
CHEZ POCKET

Inca

1. LA PRINCESSE DU SOLEIL
2. L'OR DE CUZCO
3. LA LUMIÈRE DU MACHU PICCHU

Reine de Palmyre

T. 1 : LA DANSE DES DIEUX
T. 2 : LES CHAÎNES D'OR

A. B. DANIEL

Reine de Palmyre

*

LA DANSE DES DIEUX

EDITIONS

ISBN : 978-2-266-16316-3

À l'heure des désirs de grandeur,
on peut toujours imaginer Zénobie
avançant sous les colonnades de Palmyre.
Sa beauté n'a d'égale que celle de cette ville de pierre
où le désert et les siècles ont déposé tant de poussières de rêve
que la vie elle-même n'offre pas plus de certitudes
qu'un songe depuis longtemps effacé.

Angus Farel, *L'Almanach des Vertiges*

MER DU NORD
MER BALTIQUE
OCÉAN ATLANTIQUE
Bretagne
GERMAINS
Elbe
Oder
Vistule
Claudia Ara Agrippinensium
Parisii
Treveri
Loire
Gaule
Lauriacum
Danube
SARMATES
Burdigala
Lugdunum
Narbo
Ebre
Tage
Espagne
Barciano
Singidunum
Sirmium
Dalmatie
Mési
Nicopol
Italie
ROME
EMPIRE ROMAIN
Macédoine
Carthagène
Tingis
Caesarea
Carthage
Syracuse
Athènes
Afrique
MER MÉDITERRANÉE
MAURES
Cirénaïque
limites de l'Empire romain
limites de l'Empire sassanide

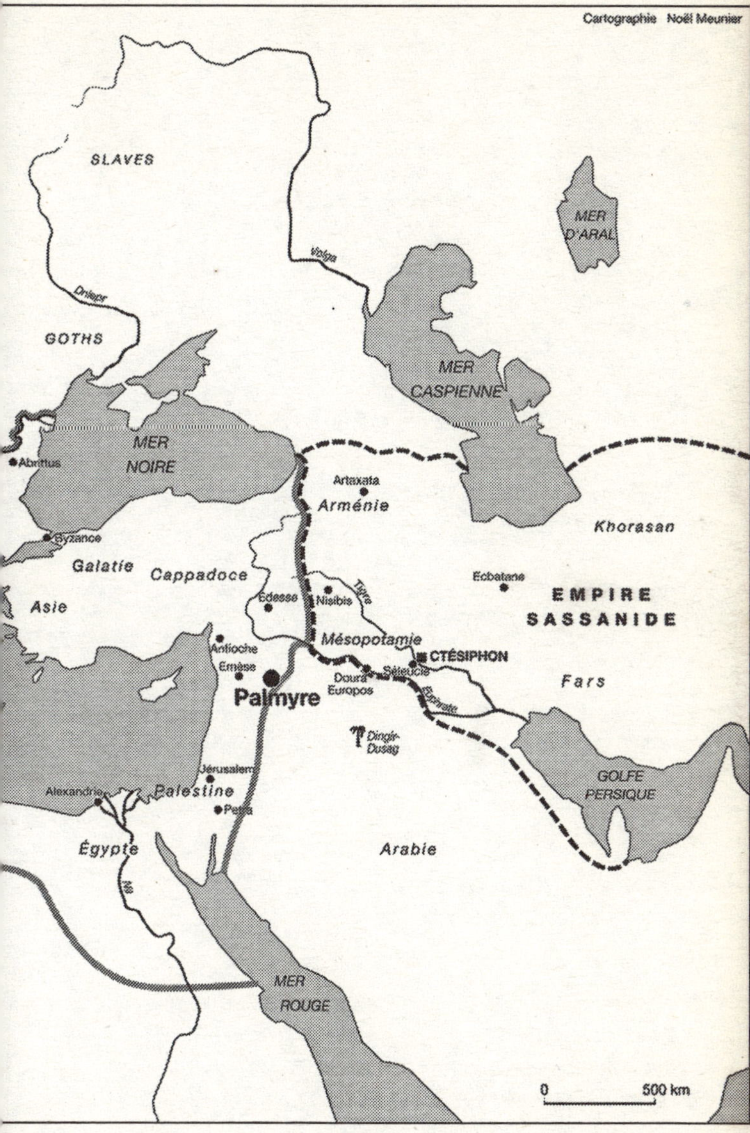
Cartographie Noël Meunier
SLAVES
Volga
MER D'ARAL
Dniepr
GOTHS
MER CASPIENNE
MER NOIRE
Abrittus
Artaxata
Arménie
Khorasan
Byzance
Galatie
Cappadoce
Ecbatane
Tigre
EMPIRE SASSANIDE
Edesse
Nisibis
Asie
Mésopotamie
Antioche
CTÉSIPHON
Emèse
Séleucie
Doura Europos
Palmyre
Fars
Euphrate
Dingir-Dusag
Jérusalem
GOLFE PERSIQUE
Alexandrie
Palestine
Petra
Égypte
Arabie
Nil
MER ROUGE
0
500 km

Partie 1

LE DESTIN

240-256 apr. J.-C.

1

DÉSERT DU TURAQ AL'LLAB

Accroupie sur les briques de la naissance, la jeune épouse vacilla. Un spasme la secoua des cuisses aux épaules. Les yeux et la bouche grands ouverts, elle planta ses ongles dans les poignets d'Ashémou, la nourrice égyptienne. Aucun souffle ne franchit ses lèvres et ses pupilles dilatées semblaient ne rien voir.

Une vieille sage-femme agenouillée devant elle lui massa le ventre. Elle ordonna :

— Allez, ma fille, respire ! Respire !

Au fond de la tente, une douzaine de femmes ne les quittaient pas des yeux. Sans s'en rendre compte, elles cambraient les reins, cherchant à accomplir elles-mêmes l'effort de la jeune épouse.

C'était une fille d'à peine quinze ans. Son corps était encore si proche de l'enfance qu'il paraissait impossible que ses hanches puissent s'ouvrir et laisser passer la vie.

Le souffle revint sur sa bouche. La peau de son ventre

s'irisa de secousses. Un gémissement enfla dans sa gorge.

Les femmes se mordirent les lèvres pour ne pas crier avec elle.

La vieille gronda :

— Cesse donc de gémir ! C'est inutile, ça ne le fera pas venir !

La jeune fille parut ne rien entendre. Une sueur poisseuse inondait ses joues et ses tempes. Une contraction plus brutale la jeta en arrière. Le gémissement devint un cri. Si aigu que les piliers de cèdre qui supportaient les lourdes nattes de la tente vibrèrent. Ashémou se plaqua contre elle pour mieux la soutenir.

Dans l'ombre, les femmes psalmodièrent le nom de Baalshamîn, implorant son aide et sa clémence.

Il y eut un instant de répit. La bouche béante, les joues creuses à se déchirer, la jeune fille happait l'air à grandes goulées.

La nuit était venue sans que nul s'en aperçoive. Une femme se leva. Elle allongea les mèches des lampes à huile suspendues aux piliers. Une autre ajouta quelques crottes séchées de chameau dans le brasero et l'attisa avec un éventail de palme. Une troisième, avec une cuillère de bois à long manche, agita les linges plongés dans l'eau bouillante. C'étaient des gestes utiles, mais aussi des gestes que l'on accomplissait pour se détendre. Pour ne pas laisser la peur s'installer sous la tente comme la fumée âcre du canoun. Chacune ici connaissait le grand danger d'enfanter si jeune.

Ashémou caressa le front de la jeune épouse. Elle palpa son cou et ses lèvres. Elle murmura :

— Elle s'en va !

La sage-femme lui jeta un regard furieux.

— Bouscule-la ! Elle ne doit pas partir. Elle doit encore travailler, sinon je ne pourrai pas tirer l'enfant.

Une lueur vide brillait entre les paupières de la jeune fille. La sueur laquait sa poitrine et son ventre. Ashémou colla sa joue sombre contre la sienne, chuchota des mots de tendresse et d'encouragement.

— Que fais-tu, l'Égyptienne ? glapit la vieille. C'est pas le moment des mamours !

Sèchement, elle enfonça ses doigts durs à la naissance du cou de la jeune épouse. Dans son dos, les femmes devinrent silencieuses.

La femme-enfant revint à elle. Elle agrippa le bras de la vieille, les yeux exorbités par la terreur.

— Ne te laisse pas aller, gronda la sage-femme en allégeant la pression de ses doigts sur son cou. Ne t'endors pas pour oublier la douleur, sinon tu mourras.

***

Le feu éclairait les turbans des hommes. Ils se tenaient le front incliné. Nul ne voulait qu'on puisse lire la crainte sur son visage.

Seul Abdonaï demeurait le dos droit, le regard levé loin au-dessus de la faille du Turaq Al'llab où frissonnaient les étoiles dans la mer de nuit. Qu'il baisse la tête eût été une honte. C'était son épouse qui hurlait là-bas, sous la tente.

Les cris faiblirent un instant avant de reprendre, plus bas, plus rauques. Pareils aux gémissements d'une gazelle éventrée. Des gémissements si terribles qu'ils entaillaient les nuques et les reins des hommes autant que des lames de poignard.

Depuis le matin, les paroles de la sage-femme tournaient et retournaient dans la tête d'Abdonaï. La vieille édentée les avait prononcées trois ou quatre saisons plus tôt, lorsqu'il avait annoncé son désir d'engendrer un fils avec son épouse.

— C'est ton choix, Abdonaï ! avait-elle grincé. Une fille n'est pas une chamelle. Ton épouse est trop jeune pour te donner une descendance. Elle a les hanches trop étroites. À son âge, bien peu supportent d'enfanter. Mais c'est ton choix.

Abdonaï ouvrit son cœur à Baalshamîn. Il emplit son esprit de la crainte et du respect qu'il devait accorder à son dieu et murmura :

— Ô puissant des puissants ! Puissant de la terre et des pères de mes pères, pose ton regard sur celui qui te sert depuis son premier souffle…

Les mots moururent sur ses lèvres avant qu'il achève sa prière : ce qu'il découvrait dans le ciel de nuit, il ne l'avait encore jamais vu.

D'instinct, son poing se referma sur le manche courbe de son poignard. La lame glissa de quelques doigts hors du fourreau.

Des chevaux s'agitèrent derrière les tentes. Un appel retentit sur la falaise qui surplombait le campement.

La voix basse, pleine d'étonnement, Abdonaï s'exclama :

— Une étoile bouge ! Regardez ! Une étoile bouge !

Les hommes levèrent le visage vers lui sans comprendre. D'autres chevaux hennirent, lancèrent une plainte saccadée qui se joignit à la plainte de la jeune épouse. Abdonaï pointa le doigt vers le nord, vers les milliers d'éclats d'étoiles, et répéta avec violence :

— Regardez, elle se détache du ciel ! Baalshamîn détache une étoile du ciel !

Alors, ils la virent.

Ce n'était déjà plus une étoile, mais une traînée de lumière. Blanche, à peine plus grosse qu'un insecte. Sous leurs yeux, elle s'allongea, prit la taille d'un oiseau. Puis changea encore. Fine et gracile, elle flotta comme un voile dans le vent d'une course. Elle grossissait encore. Si vite ! Ils la virent se muer en une langue de feu, puis en une queue de cheval fou.

Au sud du campement, les chameaux se mirent à blatérer. D'abord quelques-uns. Puis tous ensemble, ainsi que cela arrivait, parfois, lorsque la terreur les prenait. Les falaises résonnèrent de leur clameur rauque. Plus personne n'entendit les cris de la jeune épouse. En toute hâte, les vieux, les femmes et les enfants sortirent des tentes. On leur montrait le ciel. La flamme de l'étoile filait de plus en plus vite. De plus en plus longue, rouge et dorée. Les mères appelèrent les enfants. Les plus grands, inquiets, s'accrochèrent à leurs tuniques. Les plus petits riaient et battaient des mains devant la merveille du ciel.

Abdonaï ne quittait pas des yeux la flamme qui déchirait le ciel. Une voix pleine d'effroi murmura à son oreille :

— Elle vient sur nous, Abdonaï ! Baalshamîn envoie l'étoile droit sur nous !

*
* *

Dans la tente, les femmes avaient entendu les cris et le grand vacarme des chameaux. Leur curiosité devint trop grande. N'y tenant plus, elles sortirent, abandonnant la jeune épouse aux mains de la sage-femme et d'Ashémou.

Elle, elle ne criait plus. Des spasmes secouaient encore ses reins, mais plus un gémissement ne passait ses lèvres sèches. C'était un poids sans force qui pesait maintenant contre la poitrine d'Ashémou.

— L'idiote ! gronda la vieille entre ses chicots. Elle est partie.

Elle ouvrit la bouche de la jeune fille, approcha sa

joue quelques secondes avant de plaquer à nouveau sa paume sur le ventre gonflé. Elle grommela :

— Inutile que tu t'épuises à la soutenir. Elle ne va plus nous aider.

Alors qu'Ashémou allongeait la jeune épouse sur les tapis recouverts de linges, des femmes revinrent sous la tente en courant. Les traits tirés de stupeur, elles braillaient toutes ensemble :

— Une étoile s'est détachée du ciel !

— Elle vient sur nous ! Droit sur nous !

— Ce n'est pas une étoile, c'est une grande flamme !

La vieille se redressa à demi et demanda :

— Qu'est-ce que vous racontez ?

Une femme répondit :

— C'est le feu du ciel du dernier jour ! Baalshamîn va nous juger !

Dressant les mains, une autre glapit :

— C'est le jour du jugement ! Baalshamîn arrive sur son char de feu !

Ashémou montra l'épouse sur le sol :

— Et elle ? Vous voulez l'abandonner ? L'épouse d'Abdonaï ?

Le visage raviné de larmes, une femme cria :

— Nous allons tous mourir ! Pourquoi faire naître l'enfant ?

Les autres s'enfuyaient déjà.

La vieille menaça :

— Ne fuyez pas ! Ah ! que le démon vous attrape, couardes !

La portière de la tente retomba, étouffant ses mots. La sage-femme hésita. Ashémou se demanda si elle allait filer, elle aussi. Dehors, tout ce qui était vivant et possédait une bouche hurlait et beuglait.

La vieille soupira. Elle observa l'épouse avec une mauvaise grimace qui laissa apparaître le rose de sa langue sur ses gencives nues. Elle s'agenouilla, se recroquevilla en posant sa tête sur le ventre tendu. Ashémou retint son souffle. Sans lui accorder un regard, la sage-femme déclara :

— L'enfant vit.

Elle dénoua un gousset de cuir de la doublure de sa ceinture. Une lame étroite apparut dans sa paume. L'éclat mat du métal longuement poli chatoya dans la lumière des lampes.

Elle ordonna :

— Apporte les linges et l'eau chaude.

Ashémou eut un haut-le-cœur.

— Tu ne vas pas… ?

— Dépêche-toi ! Morte, elle l'est déjà. Ou elle le sera bientôt. Tu veux voir son ventre pourrir ?

***

Dehors, quelqu'un cessa de crier. Puis un autre. Et encore un autre.

Même les enfants se turent.

Il n'y eut plus que les plaintes rauques des chameaux et les hennissements des chevaux fous de terreur.

L'étoile de feu allait de plus en plus vite. Elle grossissait, tête de fauve, d'or et de sang qui rugissait à travers le ciel. Sa queue de flammes s'élargissait et se raccourcissait. Elle illuminait si bien la nuit que l'on distinguait parfaitement les visages, les tentes et leurs ombres. On voyait les plis et les failles zébrant les falaises. Les guerriers M'Toub de l'escorte avaient tiré les *nimchas* des fourreaux. Les lames courbes pendaient à leurs poignets, impuissantes.

La gueule de feu maintenant était grande ouverte vers eux. Nul ne doutait plus de la volonté de Baalshamîn.

Certains crurent entendre le bruit d'une bouche

gigantesque dévorant l'air. Le halètement de la mort courant sur le désert. Beaucoup tombèrent à genoux, suppliant Baalshamîn de les accueillir avec mansuétude. D'autres étaient déjà à plat ventre, mordant la terre et les cailloux. Le nom de Baalshamîn crissait partout dans l'air.

C'était cela qu'on entendait : le nom du dieu tout-puissant de l'univers.

« Baalshamîn ! Baalshamîn ! Baalshamîn ! »

Abdonaï trouva le courage de tourner les yeux vers la tente où son enfant était peut-être né. Était-ce un garçon ou une fille ? Il ne le saurait jamais. Aucun de ses muscles ne pouvait le porter jusque là-bas. Le fauve de feu allait trop vite. Il venait sur eux, si droit qu'on ne voyait plus sa queue rougeoyante, seulement un éblouissement blanc qui illuminait tout.

Abdonaï fit comme les autres. Il se laissa tomber à genoux en se repentant de ses fautes.

*
* *

La lame avait déjà tranché la chair lorsque la lumière de l'étoile franchit le tissage serré des nattes de la tente.

Comme ceux du dehors, sans même s'en rendre compte, Ashémou marmonnait le nom de Baalshamîn, bien qu'il ne fût pas son dieu. Elle ne pouvait penser à rien d'autre qu'à ce qu'elle voyait. Aux doigts sanglants de la vieille qui écartaient les bords du ventre de la jeune épouse, l'ouvrant en deux telle une grenade. Des doigts qui tremblaient, repoussaient les plis des entrailles. Et dessous, dans l'obscurité brillante du sang, apparurent les paupières, la bouche et le nez du nouveau-né. Il bougeait. Des gestes menus. Une main à peine plus grande qu'une fève se dressa, s'agita comme si elle cherchait à agripper l'air.

Dehors, il n'y avait plus de cris. Seulement un grondement de murmures qui vous donnait la chair de poule. La sage-femme se releva en chancelant. Elle s'éloigna vers la portière de la tente en lançant des mots qu'Ashémou ne comprit pas. Elle fuyait à son tour.

Ashémou, elle, ne parvenait pas à faire un mouvement. Maintenant, on y voyait comme en plein jour. Plus encore. Une lumière dure qui éclairait l'intérieur de la tente autant que vingt soleils. La mort avait défiguré le beau visage de la jeune épouse. Ses lèvres s'étaient retroussées en un rictus qu'on ne lui avait jamais vu. Dans son ventre ouvert, cependant, cela remuait de plus en plus.

Alors, seulement, Ashémou comprit que quelque chose de vraiment extraordinaire advenait.

La roue du temps s'immobilisa. Elle plongea les mains dans le sang de la jeune épouse. Elle en retira le nouveau-né. Le cordon du nombril retint l'enfant à sa mère morte. Sans y penser, sans chercher la lame que la vieille avait laissée tomber, Ashémou planta les dents dans la chair gluante. Elle la trancha aussi bien qu'une lionne tranche la gorge de sa proie. Le bébé, lourd et bien vivant, pesa dans ses bras.

Ashémou brandit l'enfant la tête en bas, le secoua sèchement tout en courant hors de la tente, vers les prières et les suppliques à Baalshamîn.

Le nouveau-né poussa son premier cri de vie alors qu'Ashémou devinait la terre froide du dehors sous ses pieds. Elle pressa l'enfant entre ses seins. Un bruit sans nom emplit le ciel.

Elle sut que les femmes avaient dit vrai. Ils allaient tous mourir.

***

La lumière cessa.
Tout fut noir.
Une obscurité pire que la nuit.
Le vacarme inhumain cessa.
Tout fut silence.
Une obscurité immense et sans faille. Un silence immense et sans faille.
Alors la terre trembla.
Elle craqua et vibra avec tant de violence qu'Ashémou tomba à genoux. Elle ne pensa qu'à protéger l'enfant à peine né. Elle regretta de ne pouvoir le faire entrer dans ses propres entrailles.
Cependant, dans le silence revenu sur le campement, on entendit son cri. Le cri d'un bébé, calme et tranquille, qui vient à la vie.
Les yeux maintenant accoutumés à l'obscurité discernèrent le ciel et ses étoiles. Quelques-uns se dressaient déjà, la joie sur les lèvres, l'espérance au cœur.
Une nuée de sable, de cailloux, de terre puante se leva. Un vent de cendres irrespirable s'abattit sur eux, frappant leur dos, leur tête, pénétrant leur nez et leur bouche à chaque inspiration. Les ensevelissant, tout vivants, dans le vide du désert.
Ashémou se recroquevilla, le bébé niché entre ses seins, perdue dans la nuée de la fin du monde.

***

Après un long moment, sur la crête au-dessus du campement, les guerriers M'Toub se redressèrent. La bouche voilée comme pendant un orage du désert, ils purent respirer sans avaler la cendre. Suspendue dans l'air, elle répandait une effroyable odeur de pourriture. L'obscurité était épaisse. Ils ne voyaient plus les feux du campement. Ils crièrent pour faire savoir qu'ils étaient vivants.

En bas, seuls les chameaux réagirent. Le bruit de l'explosion bourdonnait encore dans les oreilles, la puanteur donnait la nausée.

Puis, comme les autres, Abdonaï perçut les criaillements d'un enfant. Il fut certain que c'était le sien.

Il entendit aussi les appels des guerriers M'Toub, mais ne se soucia pas de leur répondre. Autour de lui, on grognait et crachait. Il noua son turban sur sa bouche, tituba dans le nuage de cendres. À tâtons, il se rapprocha des cris du bébé. Les mains en avant, palpant et grommelant, il butait contre ceux qui se relevaient. Les pleurs furent soudain tout à côté, sur sa droite. Ses doigts trouvèrent un dos large. Un corps de femme, ample et ferme, lové sur le sol par-dessus les appels du nouveau-né.

— Ashémou !

La nourrice égyptienne tremblait comme un brin de millet. Elle gémit de terreur et résista lorsqu'il voulut la relever.

— Ashémou ! C'est moi, Abdonaï !

Elle lança une main dans l'obscurité, toucha les joues couvertes de cendre d'Abdonaï.

— Tu es sûr ? demanda-t-elle d'une voix plaintive. Tu es sûr ? Tu n'es pas un démon ?

— Ne dis pas d'âneries ! Je suis Abdonaï !

— Qu'est-ce qui pue si fort, sinon l'odeur du démon ?

— Je suis Abdonaï. Tu ne reconnais pas ma voix ? Relève-toi et donne-moi mon fils.

Il lui tira le bras. Elle le repoussa avec vigueur.

— Es-tu devenue folle ? s'indigna Abdonaï en tentant d'attraper le bébé qui s'agitait sur la poitrine de l'Égyptienne. Donne-moi mon fils !

— Non, attends ! gémit Ashémou.

Abdonaï lui agrippa les épaules. Ils luttèrent stupidement jusqu'à ce que l'Égyptienne, crachant et toussant, parvienne à murmurer :

— Abdonaï ! Je t'en prie ! Ne lui fais pas respirer cette poussière. Ça va le tuer…

Elle avait raison. Son turban avait glissé de sa bouche et déjà il respirait mal. Abdonaï cracha sur le sol la boue infecte qui lui gonflait la langue. Se revoilant, il demanda :

— Garçon ou fille ?

Sans répondre, Ashémou coula le bébé sous sa robe, au chaud contre sa chair nue. Elle reprenait ses esprits. La peur la quittait, laissant ses membres aussi douloureux que si elle avait été battue. Elle s'essuya le visage d'un revers de manche et bougonna :

— Si tu crois que j'ai eu le temps de regarder.

— C'est un fils, j'en suis sûr. Seul un fils peut être assez fort pour naître dans un pareil moment.

Tout autour d'eux, cela grognait et crachait. On s'appelait, se frôlait. On se reconnaissait avec soulagement, partagé entre la joie d'être vivant et l'inquiétude que faisait encore peser cette cendre puante qui les étouffait.

— Ne restons pas là, ordonna Abdonaï. Viens mettre l'enfant à l'abri !

***

Quand ils furent sous la tente, statues de poussière blafardes dans la lueur des lampes qui ne s'étaient pas éteintes, quand Ashémou tira le minuscule bébé de sous sa robe pour lui essuyer l'entrecuisse encore maculé par le sang de sa mère, ils découvrirent une fille et non un fils.

— Ah ! fit Abdonaï.

La bouche amère, il regarda Ashémou laver enfin le nourrisson avec ce qui restait de l'eau tiède.

Une fille !

Baalshamîn faisait tomber une étoile sur sa caravane et lui donnait une fille !

Baalshamîn voulait-il faire croire à tous qu'Abdonaï transportait des démons dans les bâts de ses chameaux ?

Il aperçut la forme allongée sur les tapis. Il fut sur le point de demander aigrement si son épouse dormait. Si elle ne s'était pas même rendu compte qu'une étoile du ciel leur était tombée dessus !

La lumière dorée des mèches éclairait l'ombre noire du ventre, la bouche tordue, béante comme les yeux qui ne verraient plus rien. Il comprit.

Dans son dos, enveloppant la nouvelle-née dans un linge doux, Ashémou grommela :

— Elle a souffert et souffert. C'était à prévoir. La vieille a fait ce qu'il fallait. Sauf que si on doit tous mourir à cause de l'étoile, c'était pas la peine.

Abdonaï eut un geste rageur.

— Personne ne va mourir. La cendre va retomber. Il y aura un peu plus de poussière dans le désert, et voilà tout.

— Alors pourquoi cela pue-t-il tant ? Qui te dit que les démons ne vont pas sortir de la terre là où l'étoile est tombée ?

— Ne raconte pas de sornettes, l'Égyptienne ! ricana Abdonaï. Crois-tu que Baalshamîn fait brûler une étoile dans le ciel pour amuser les démons ?

Quand la portière de la tente s'abattit derrière lui, Ashémou souleva la tête ronde et tiède du bébé jusqu'à ses lèvres et murmura :

— Ma pauvre fille. Qu'en sait-il, ton père, des intentions de son Baalshamîn ?

2

DÉSERT DU TURAQ AL'LLAB

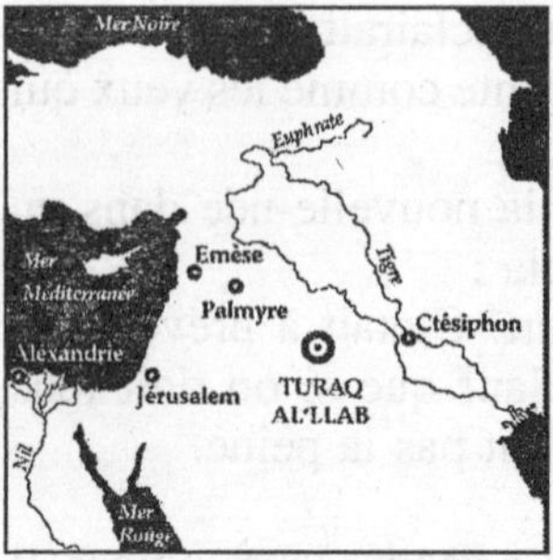

À l'aube, ils surent.

Alors que le jour se levait sur le désert, à moins de mille pas du campement, les guerriers M'Toub découvrirent le cratère. L'étoile avait brisé la falaise comme un coup de masse et calciné les roches. Elle s'était engloutie dans la terre ocre, creusant un vaste entonnoir sableux. Des langues de poussières noires en zébraient les pentes instables.

Plus audacieux que les caravaniers, les guerriers M'Toub se laissèrent glisser dans le cratère. Excités par la perspective d'y découvrir l'étoile disparue, ils fouillèrent avidement la poussière et le sable au fond du cône.

Soudain, l'un d'eux poussa un cri d'effroi. Ses pieds, ses mollets, ses cuisses glissaient. Il s'enfonçait dans le sable aussi vite que si une bête le tirait depuis l'intérieur du cratère. Avant que quiconque puisse lui porter secours, un autre guerrier, tout à côté, s'enfonça d'un coup jusqu'aux épaules. Chacun vit son regard halluciné et suppliant. Le sable roula sur sa nuque, monta en vaguelettes jusqu'à ses lèvres. Puis l'avala avec une effroyable douceur.

Le souffle coupé, la bouche béante, l'autre guerrier M'Toub griffa la poussière mortelle autour de lui. Hurlant des imprécations, des hommes dénouèrent leurs turbans. Les longues bandes de tissu bleu fouettèrent le visage du malheureux à l'instant même où une houle de sable l'engloutissait.

Près d'Abdonaï, un homme lança d'une voix blanche :

— Baalshamîn a creusé les sables du démon !

Abdonaï serra les poings. Sans un mot, il regarda les guerriers M'Toub se précipiter hors du cratère où le sable ravinait encore en petites cascades.

Pourquoi Baalshamîn s'acharnait-il ? Lui donner une fille et couvrir sa famille, ses tentes, ses chameaux de cendre infecte ne suffisait-il pas ?

Les guerriers M'Toub parvenus au bord du cratère s'immobilisèrent. Une main agrippa Abdonaï, montra le fond du cône de sable.

Là où les hommes venaient de disparaître, une ombre grandissait. La cendre et le sable ne ruisselaient plus. Ils se mélangeaient en une sorte de boue. Une tache de boue pareille à du sang noir sur un linge.

Tous regardaient à présent. Certains avaient déjà la main sur les manches des poignards. Les poils se dressaient sur les nuques et les bras. Tous songèrent qu'ils voyaient apparaître la bave fétide d'un démon en train de mâcher leurs compagnons. Tous songèrent qu'ils allaient bientôt voir sa face.

Puis il y eut un reflet bleu à la surface de la boue. Un miroitement liquide. Un reflet du ciel.

Un mot se forma dans les poitrines. Un mot si

incroyable qu'il ne parvint pas à se glisser entre les lèvres.

Sur la boue, le miroitement s'élargit.

Il frissonna ainsi qu'un jeune animal s'ébroue après un long sommeil.

Il scintilla en mordant dans le sable, le noyant de ses éclats.

Il s'étira encore, de plus en plus vif, se glissant entre les cailloux, diluant la poussière, avalant les creux et les bosses.

Il n'était plus possible de se tromper. On voyait ce qu'on voyait !

Abdonaï planta ses ongles dans l'épaule la plus proche et hurla :

— De l'eau ! C'est de l'eau ! Baalshamîn nous a envoyé de l'eau !

***

De l'eau.

Ici, au cœur du grand désert du Turaq Al'llab. Ici où le sel blanchissait la terre comme les os d'un cadavre. Où le ciel calcinait les insectes. Où un homme sans eau ne résistait que deux jours et deux nuits sur la croûte rôtie de la terre avant de s'effondrer.

De l'eau.

Le sable avait beau la boire, elle formait déjà une mare large de vingt ou trente pas dans le fond du cratère.

Les enfants dansaient et imitaient de la main les zigzags des mouches qui la frôlaient. Les femmes gloussaient en se voilant la bouche. Les vieux pleuraient de joie. La tribu entière d'Abdonaï était là : les durs Maazin, indifférents au soleil, assis sur le pourtour du cratère qui devenait sous leurs yeux une oasis. Les bouches murmuraient et chantaient. Les cœurs riaient et chantaient.

— De l'eau ! De l'eau. Béni soit Baalshamîn !

***

Lorsque le soleil parvint au zénith, le cratère était plus qu'à moitié plein d'une eau que nul encore n'avait osé toucher.

Ici et là, les parois les plus pentues du cratère s'étaient effondrées. Tout un pan s'était même évanoui, laissant l'eau courir jusqu'à la falaise dressée au-dessus du campement. Ce n'était plus une mare mais un petit lac qui s'agrandissait encore, prenant la forme allongée d'une fleur d'hibiscus, sombre, bleue et transparente.

Pour la première fois, alors que le soleil frappait de toute sa puissance, on sentit la fraîcheur de l'eau qui montait dans l'air et caressait les visages. Les enfants ne se tenaient plus d'excitation. Il fallut leur interdire d'aller souiller l'eau merveilleuse.

C'est alors qu'Abdonaï songea à sa fille. D'un bond, il se précipita sur Ashémou. Il lui arracha l'enfant des bras, la leva au-dessus de sa tête tel un dément.

— Le don de Dieu ! brailla-t-il. Le don de Dieu !

Ils le regardèrent, ahuris.

— Baalshamîn me l'a envoyée. Il m'envoie l'eau et il m'envoie ma fille. Elle est née quand l'étoile est tombée. Elle a ouvert le ventre de sa mère comme l'étoile a ouvert le ventre de la terre !

Les vieux froncèrent les sourcils en bougonnant, peu convaincus. Les femmes secouèrent la tête et ricanèrent. Chacun pensait que l'eau était bien le plus beau et le plus satisfaisant des dons de Dieu. N'était-ce pas le miel pour la vie à venir ?

Mais Abdonaï, sa fille nouvelle-née au-dessus de sa

tête, continua de danser sur la crête du cratère. Il rit à s'en déchirer la gorge. Son rire résonna à la surface de l'eau. La falaise le renvoya avec un son qu'on n'avait encore jamais entendu. Certains, plus tard, assurèrent qu'en cet instant, c'était le rire de Baalshamîn qu'ils avaient entendu. Puis tous virent la sandale d'Abdonaï glisser dans le sable. Tous le virent basculer vers le fond du cratère.

Tous virent le linge qui enveloppait le bébé s'ouvrir. Tous crièrent quand le corps minuscule de l'enfant vola au-dessus de l'eau. Un petit corps rose pareil à un caillou de chair et qui tournoyait comme s'il n'avait pas de poids. Comme s'il se voulait oiseau. Mais il plongea vers la surface de l'eau telle une flèche, d'un coup. Il la frappa en soulevant une gerbe dentelée. Et disparut.

Abdonaï avait roulé jusqu'au bas de la pente. Lui aussi frappa l'eau et y sombra. Empêtré dans sa cape et son pantalon bouffant, il peina à se remettre debout sur la rive. Il crachait, soufflait, terrorisé en sentant le sable fuir sous ses pieds. Ses mains battaient le vide, claquaient à la surface du lac. Toute une agitation qui l'engluait un peu plus sûrement.

Des hommes glissèrent vers lui, lançant ceintures ou turbans. Dans la grande confusion, personne ne vit un tout jeune garçon, au pied de la falaise, qui retirait sa tunique blanche.

Personne ne le vit qui plongeait dans l'eau, s'y enfonçait, agile comme un poisson.

Il réapparut au centre du petit lac, alors qu'on tirait enfin Abdonaï sur la rive. Il nageait avec aisance. Sa chevelure drue scintillait en fendant la surface de l'eau. De la main droite, il soutenait la fille d'Abdonaï, la maintenant contre sa joue. Paisible, le bébé ne montrait aucune gêne. Dans une sorte de caresse, elle agrippa les boucles de son sauveur. Il y eut un drôle de silence. Les femmes se mordirent les lèvres.

Sans effort, le garçon nagea vers Abdonaï. Il prit pied dans le sable, serrant le bébé sur sa poitrine. Sa silhouette était trompeuse. Grand et fort pour son âge, il ne devait guère avoir plus de cinq ou six années.

D'un geste doux, à regret, il déposa le bébé dans les mains tremblantes d'Abdonaï qui le souleva avec prudence.

— Vous avez vu : elle est entrée dans l'eau et ne s'y est pas noyée. Ce que je dis est vrai : Baalshamîn l'a désignée !

Cette fois, nul ne grommela. Les vieux sourirent en hochant la tête, les femmes opinèrent, les yeux mouillés de larmes.

— Ce sera son nom, affirma encore Abdonaï. *Zénobie* : le don de Dieu !

***

Un instant plus tard, sa fille nouvelle-née en sécurité contre la poitrine d'Ashémou, Abdonaï considéra son jeune sauveur. Si jeune qu'il en ressentit une manière de malaise. Baalshamîn cherchait-il encore à ruser avec lui ?

Il s'inclina vers le garçon et lui demanda son nom.

— Schawaad, fils d'Iskellaïl, fils de Duram-Elaï.

— Je ne t'ai jamais vu. Tu n'es pas de mon campement, Schawaad.

Le garçon se tourna vers la falaise, de l'autre côté de l'eau. Abdonaï y découvrit un groupe d'une trentaine d'hommes, de femmes et d'enfants qu'il n'avait pas vus jusqu'alors, trop fasciné par l'eau montant au fond du cratère.

Tous, hommes ou femmes, étaient vêtus d'une

longue tunique blanche identique. Les hommes portaient la barbe et les femmes n'avaient pas de voile sur leurs cheveux dénoués. Ils se tenaient droit, sans un geste, pareils à des statues.

— Mon père et mes oncles, dit Schawaad.

Il indiqua du doigt le resserrement de la faille en direction de l'ouest. À deux heures de marche, une sorte d'éboulis conduisait au plateau du Turaq Al'llab.

— On dormait. On s'est réveillés et on a vu l'étoile de feu tomber. Quand il a fait jour, mon père a dit : « Le Grand Archange est de retour. Allons à sa rencontre. » On a vu l'eau sortir du sable. Mon père a dit : « Le Grand Archange n'est pas venu en personne, mais il a envoyé l'eau des purifications. » Tu as crié et ta fille est tombée dans l'eau. Le Grand Archange a décidé de la purifier en premier. Mais ta fille n'est pas avec nous. Elle ne sait pas nager. Si on ne sait pas nager, le Grand Archange vous emporte pendant la purification et on ne peut pas accomplir sa volonté sur la terre des hommes. Alors j'ai plongé. L'eau du Grand Archange m'a purifié en second.

Le garçonnet parlait d'une voix assurée et rayonnait de fierté. Nul ne pouvait douter qu'il ait été depuis longtemps formé au maniement des mots. Quel que fût le sens de ces mots !

— Alors, vous êtes de ceux qui suivent le prophète Elkésaï ?

— Elkésaï est notre Grand Maître, celui qui nous conduit devant le Grand Archange, confirma l'enfant avec un grand sérieux.

Les Elkésaïtes ! songea Abdonaï. Voilà ce qu'étaient les Elkésaïtes : l'eau jaillissait à leurs pieds, en plein désert, miracle des miracles. Et à quoi pensaient-ils ? À la soif, au bonheur des caravanes, à la vie, à la beauté, aux fleurs et aux nuits de fraîcheur qu'il y aurait bientôt ici si l'eau ne s'évaporait pas sous le feu du soleil ? Non. Les Elkésaïtes n'imaginaient rien de tout cela. Ils pensaient seulement à se purifier !

Se purifier de quoi ? Eux qui n'osaient pas entrouvrir les lèvres pour laisser passer un rire, qui ne tuaient jamais, pas même un pigeon ou un rat du désert. Comment faisaient-ils pour avoir des enfants ? Voilà l'un des plus grands mystères de la Création.

Le garçonnet l'observait avec insistance, l'œil noir et décidé. Perçant aussi, car il ajouta, comme s'il lisait dans la tête d'Abdonaï :

— C'est dans l'eau que le Prophète nous lave de nos fautes. Les hommes font beaucoup de fautes. Sans s'en rendre compte. Partout, on peut faire des fautes. Même dans le désert. Mon père le sait.

Abdonaï opina avec une grimace. Si jeune et déjà la bouche pleine du charabia de ces prophètes fous qui pullulaient dans le vide du Turaq Al'llab.

Il était déçu. Méfiant, aussi.

Il jeta un coup d'œil vers les hommes en tunique blanche de l'autre côté de l'eau nouvelle, hésitant à leur adresser un signe. Il pouvait les inviter en son nom, les remercier en leur offrant le partage du pain et de la joie de cette fabuleuse journée. Mais ceux d'Elkésaï ne partageaient rien avec les tribus du désert. Surtout pas la nourriture. L'idée pourrait aussi leur venir de s'approprier la source. De décider que leur Grand Archange leur en faisait don, ou une lubie de ce genre.

Il hésita. Devait-il entamer un marchandage en exhibant sa force ? Appeler les M'Toub pour qu'ils les chassent ?

Non. Leur garçon venait de sauver Zénobie, la nouvelle-née. Il ne fallait pas y songer. Ce n'était pas un jour à mépriser ceux que Baalshamîn utilisait pour accomplir sa volonté.

— Comment as-tu appris à si bien nager ? demanda-t-il.

— Dans le grand fleuve de l'Est. Mon père dit qu'on doit pouvoir demeurer la tête sous l'eau le temps de compter jusqu'à dix. Le Grand Archange ne pourra pas nous bénir, sinon.

— Et tu sais compter jusqu'à dix ?

— Plus. Beaucoup plus. Avec ta fille, on est restés sous l'eau jusqu'à seize.

Abdonaï ne put retenir un rire. Tout Elkésaïte qu'il soit, ce garçon n'était pas commun. On avait envie de l'entendre raconter ses histoires. Un petit bout d'homme très capable de porter un message.

— Alors, grâce à toi, jeune Schawaad, ma fille est bénie par ton Grand Archange ! Va dire cela à ton père. Dis-lui que mon dieu, Baalshamîn, m'a envoyé une étoile. Elle est tombée sur mon campement, sur la partie du désert que j'avais prise comme campement depuis une demi-lune parce que mon épouse allait donner la vie. Tu comprends cela ? L'étoile y est tombée à l'instant où ma fille sortait du ventre de sa mère. Voilà ce que tu dois dire à ton père. L'étoile est tombée, ma fille est née, l'eau est née. L'eau a appelé ma fille. Ma fille t'a appelé pour que le Grand Archange ne l'emporte pas. Dis ça à ton père. Mon dieu Baalshamîn et votre Grand Archange se sont mis d'accord. Dis-lui qu'il peut venir se purifier dans la source de ma fille quand il le souhaite. Et toi aussi. Dis-lui que moi, Abdonaï, fils de Malikù, fils de Nashûm, de la tribu des Maazin, je le permets.

Le garçon approuva, la mine sévère.

— Tu es mon ami, Schawaad. Tu diras aussi à ton père que je lui offre une chamelle de trois ans et dix moutons. Tu viendras chercher la chamelle avec lui quand il le voudra. Tu l'as bien mérité, mon garçon.

Le visage de Schawaad se durcit, plus sérieux encore qu'il ne l'était. Il jeta un coup d'œil intense vers les siens en se mordant les lèvres.

— Tu crois que ta fille m'a appelé quand elle était dans l'eau ?

— Bien sûr !

Abdonaï rit, tout heureux de jouer avec les pensées naïves du garçonnet. Il ajouta, la mine mystérieuse :

— Aurais-tu plongé, l'aurais-tu trouvée dans l'eau noire si elle ne t'avait pas appelé ?

Schawaad l'observait avec attention, cherchant à deviner la moquerie. Finalement, il sourit. Un sourire qui mit Abdonaï mal à l'aise.

— Alors, si ta fille m'a appelé, elle qui ne sait encore ni parler ni nager, c'est que le Grand Archange a décidé de lier nos âmes.

Abdonaï eut un instant de stupéfaction avant que son rire fasse se retourner les têtes autour d'eux.

3

SINGIDUNUM, DANUBE

La main levée, Aurélien ordonna le silence. Le vieux décurion relâcha doucement la clef de tension. La corde se déroula sans faire grincer le bois, libérant le bras de la catapulte.

La tête nue, sans casque, dépassant à peine de la fosse, Aurélien ferma à demi les paupières pour mieux écouter.

L'aube naissait, le monde n'était encore qu'un lait. Un brouillard plus épais qu'une laine à carder noyait tout, confondait le ciel et la terre, le haut et le bas. À moins de dix coudées, le Danube s'écoulait dans un absolu silence, sans même laisser échapper le murmure d'un remous. Invisible dans la brume, la terre soudain devenait eau ainsi que la chair d'une joue se dissout dans la pulpe d'une lèvre. Aucun talus, aucune plage, aucune berge rocheuse. Seulement cette infinie masse d'eau, lourde, glaciale.

Mais Aurélien les entendait.

Là-bas, en amont d'un mille sur la rive nord, une

hache frappait sur un tronc. Les coups résonnaient, réguliers et patients.

Le centurion Maxime sourit, soulagé.

— Ils recommencent. Leurs radeaux ne sont pas achevés. Ils vont en avoir pour la journée.

Aurélien ne répondit pas. Le vieux décurion approuva d'un grognement. Ses légionnaires étaient épuisés. Ils ne désiraient rien d'autre qu'un peu de repos. Ils s'étaient démenés toute la nuit dans l'obscurité et le froid, creusant des fosses, y dissimulant les catapultes transportées jusque-là pièce par pièce. Les Barbares aux yeux de lynx ne devaient se douter de rien.

Là-bas, les coups furent soudain plus nombreux, plus forts.

Le brouillard glissait sur le fleuve en paquets si denses que la lumière les traversait à peine. Les champs et les bosquets occupant les pentes de la rive sud du fleuve ne semblaient pas même exister. La cohorte y était dissimulée, invisible. Aussi invisible que les Barbares et l'immense forêt marécageuse qui recouvrait l'autre rive du Danube sur des centaines de milles !

Mais le brouillard avait beau les cacher, lui, Aurélien, il les devinait. Mille hommes à la barbe courte, aux yeux cruels. Mille hommes qui, en ce moment, devaient sangler leurs cuirasses, les caparaçons de leurs chevaux, ajuster les fourreaux de leurs *spathas*, ces lames longues et flexibles qui ne se brisaient pas sous le choc des glaives. Mille guerriers trop fiers pour porter des boucliers. Et prêts à affronter la fureur du fleuve.

Des Barbares adorant les démons et la mort, avides de massacrer les peuples de Rome, d'en piller les terres et d'en souiller les dieux !

Mille ! Tandis qu'il ne disposait que des trois cents légionnaires de sa cohorte pour les arrêter ! Le gros de la légion Aduitrix était encore à une nuit et un jour de marche.

Trois cents hommes qui mourraient aujourd'hui s'il se trompait.

Et, avec eux, il mourrait. À vingt-huit ans !

Il écouta encore les coups de hache.

Trop réguliers. Ce n'était pas le désordre d'hommes qui travaillent en nombre et en hâte.

— Peut-être se lanceront-ils ce soir, un peu avant la nuit, chuchota de nouveau Maxime. Ils aiment ça. Ils croient toujours que nous avons peur de nous battre la nuit.

— Le mieux serait qu'ils n'achèvent pas leurs foutus radeaux avant demain, maugréa le vieux décurion. Les renforts auraient le temps d'arriver de Singidunum.

Aurélien tourna vers eux son regard bleu. Un bleu de ciel, froid comme une eau de torrent prise dans la glace. Un regard que beaucoup n'osaient pas croiser et qui rendait inoubliable son visage aux traits simples paraissant avoir été taillés à la hâte.

— Non, dit-il. Les Sauromates se moquent de nous. Ils traverseront dès que le brouillard se lèvera.

Les hommes dans la fosse l'observèrent avec étonnement.

— Ces coups de hache sont un piège. Dès que le brouillard se lèvera, nous les découvririons sur le fleuve, et il sera trop tard.

D'un geste qui lui était coutumier, le centurion Maxime releva sa longue chevelure blonde. Ses mains possédaient une étrange finesse féminine, mais sa tempe et son oreille droites étaient déchirées par une double cicatrice aux bords boursouflés.

— Comment peux-tu en être sûr ?

Le ton de Maxime était plein d'étonnement et de respect, non de doute. Aurélien sourit. Un sourire qui n'adoucit pas son visage.

— Je le sais.

Le décurion se redressa, repoussa sa cape humide comme s'il lançait sa fatigue derrière lui.

— Nous sommes prêts, tribun. Le temps de chauffer les jarres pendant une petite heure…

— En ce cas, commence dès maintenant, ordonna Aurélien.

Le vieux soldat eut une hésitation. Il désigna les peaux qui recouvraient trois jarres rondes.

— Il ne faudra pas que les Barbares nous lanternent. Si les jarres sont trop chaudes, elles se briseront dès que la cordc se détendra.

Un rire fusa entre les lèvres d'Aurélien tandis qu'il enfilait son casque à hure rouge.

— Sois sans crainte, décurion. Les Sauromates sont impatients de nous tailler en pièces.

***

D'un coup de talon, Aurélien poussa son cheval dans le brouillard. Un demi-sang d'Ibérie, endurant et qui ne bronchait jamais dans le vacarme d'un combat. Piétinant avec désinvolture les branchages fraîchement coupés, les naseaux frémissants, il avança au pas entre les rangs des soldats. Bien que le brouillard fût ici tout aussi dense qu'au ras de l'eau, les manipules apparaissaient un à un, rangée de dix après rangée de dix, aussi soigneusement alignées que dans la cour d'un campement.

Comme de coutume, Maxime avait accompli un travail parfait. Des têtes de loup masquaient les casques, avec des billes de marbre rouge en guise d'yeux. Les pointes des *pilums* luisaient dans la lumière livide. Le cuir des boucliers était enduit de saindoux pour que le fil des spathas y glisse mieux. Pas une tunique n'était boueuse, pas un anneau d'acier ne manquait aux cottes de mailles. D'épaisses peaux de mouton recouvraient pieds et mollets afin de les protéger des pointes des flèches qui joncheraient le sol lorsqu'il faudrait en venir au corps à corps.

Avec élégance, les brides doucement tenues entre ses doigts, Aurélien fit danser son cheval devant les soldats. Une brise glacée secoua le cordon mauve ceinturant sa cuirasse et traversa le tissu de son pantalon court sous le cuir à parements qui enveloppait ses cuisses. Avec une dureté de pierre, sa voix frappa :

— Légionnaires, ils sont mille et vous n'êtes qu'une poignée. Ils n'ont qu'un désir : que votre sang ruisselle sur leurs fers. Ils puent la haine et la ruse. Ils sont nés pour trancher les gorges et les poitrines. Ils n'ont ni règles ni clémence. Ils ont faim de vos souffrances.

Il se tut, laissa sa monture poursuivre son pas désinvolte, s'enfonçant dans les rangs. Ses yeux, encadrés par les jugulaires d'or et d'argent où brillaient un aigle et un soleil, passaient de visage en visage. Les plus jeunes légionnaires baissèrent les paupières.

— Ils sont mille et vous n'êtes qu'une poignée. Pourtant, moi, Aurélien, votre tribun, je vous le promets : avant la nuit les Sauromates seront vaincus. Ils sont rusés, mais ils périront par la ruse. Ils sont furieux, mais notre rage les anéantira !

Son cheval broncha, les oreilles mobiles et l'œil inquiet, comme si la voix de son maître le menaçait. D'une pression du genou, Aurélien le remit au pas. Un sourire, qui fit songer au fil d'une lame sur une chair nue, amincit ses lèvres.

— Fils de Rome, je vous le dis : les lares de nos pères sont avec nous et les dieux nous offrent le plus beau jour de notre vie. Jupiter sera notre volonté. Tout à l'heure, le Soleil- Invincible déchirera la brume et il sera votre sang. Je vous le dis : ce soir, les corbeaux de Mithra se bâfreront des Barbares. Et nous, nous boirons le vin de Sirmium pour fêter la victoire.

*
* *

Le brouillard sembla ne jamais vouloir se lever.

L'attente engourdit les muscles et durcit les reins. À l'exception des coups de hache qui ne cessèrent pas, le Danube engloutissait tous les bruits. Ce silence surnaturel les glaçait plus que le froid.

Entouré d'un scul manipule de vélites, jeunes et agiles au lancer des *pilums*, Aurélien s'était placé à découvert, à mi-pente entre la forêt et le fleuve. Les fosses des catapultes étaient dissimulées sous des planches protectrices. Toujours invisible, le reste de la cohorte, sous les ordres de Maxime et de deux autres centurions, était étiré derrière la lisière de la forêt.

Le disque blanc du soleil ne se devinait pas même à travers le brouillard. Ne se montrerait-il pas aujourd'hui ? Aurélien avait-il menti aux soldats ? Serait-ce un jour néfaste où les dieux de Rome laisseraient mourir les hommes qui les chérissaient ?

Un long moment, Aurélien fixa l'est. Il ouvrit son esprit à la toute-puissance de Mithra, au rayonnement du Soleil-Invincible – les dieux qui avaient décidé du destin de son père et aujourd'hui allaient choisir pour lui la victoire ou la mort.

Et les dieux répondirent. D'un coup, une onde blanche se répandit. Une lumière dure qui fouilla la brume, étirant ses volutes en franges impalpables. Une lumière éblouissante qui creusait des ombres aux pieds des choses et des hommes.

Le cheval d'Aurélien frissonna, frappa l'herbe humide de ses antérieurs. Une brise crue agita les franges dorées de la couverture de selle. Les légionnaires se redressèrent, les paupières douloureuses.

C'est alors qu'il y eut un bruit que tous reconnurent.

Un frissonnement de l'air sur leur gauche. Un chuchotement hargneux et mortel, invisible encore.

Une salve de flèches.

Sans attendre l'ordre, les vélites se recouvrirent de leurs boucliers, formant un mur de bois et de cuir au-dessus de leur tête.

Trois, quatre centaines de flèches déchirèrent l'air. Un vol de mort, si serré qu'il ombra la brume devenue transparente. Quelques pointes de fer scintillèrent, pareilles à des gouttes de lumière.

La salve parut sur le point d'atteindre le haut de la pente. Mais elle bascula comme si une main invisible la rabattait au sol. Dans un crépitement féroce, les têtes de fer hachèrent la terre et les buissons. Si loin qu'on discerna à peine quelques empennes dans la lumière de plus en plus vive.

À plus de cent pas des vélites, jugea Aurélien avec soulagement. Encore bien trop loin, trop bas et trop à gauche ! Il avait vu juste.

Et comme pour confirmer ses pensées, les dieux déchirèrent le rideau voilant le fleuve. Le brouillard s'éparpilla en paquets épars aussitôt dissous par les doigts rasants du soleil.

Et ils les virent.

***

Un serpent. Un formidable et féroce reptile de bois, hérissé de lances, bardé de fer, oscillant à la surface grise du fleuve. Cent, deux cents radeaux ! Plus, peut-être. Reliés entre eux par des cordages, charriant une multitude d'archers, un genou sur les rondins, la flèche dans le tendon. Derrière eux, des centaines de cavaliers en longues cottes de mailles, la tête enserrée dans une cagoule de fer et recouverte d'un bonnet à pointe, retenaient les mors des petits chevaux d'Asie aux poitrails protégés d'un tablier de cuir.

En bordure de ce train de bois, par dizaines, des hommes maniaient des gouvernails grossiers. Étroitement tenue par des liens doublés de cuir, cette chaussée de rondins épousait les caprices du courant, vacillait au gré des remous, les brisait dans un clapotement furieux, y creusait des sillons où bouillonnait une écume épaisse. Çà et là, l'assemblage se tordait, divaguait, s'entrechoquait dans des heurts lourds, menaçant de se démembrer avant que les cordes se tendent et que le courant du fleuve, à nouveau, le propulse en avant.

Avec souplesse, sans montrer le moindre signe de crainte, archers, cavaliers et chevaux Sauromates suivaient ces convulsions. À peine aperçurent-ils la poignée de Romains au flanc de la rive sud qu'un hurlement déchira le silence stupéfait provoqué par leur apparition. Mille gorges brailleuses ouvrirent les portes de l'enfer. Gueulant, gueulant encore. Un souffle sauvage, haineux, qui griffa l'air mieux que les flèches un instant plus tôt.

La peur brûla les joues des jeunes vélites. Aurélien lui-même sentit sa morsure dans ses reins, bien que la trajectoire adoptée par le train de radeaux confirmât ses calculs. Il ne s'était pas trompé : les Barbares pouvaient user du courant, mais non le franchir à leur gré. La formidable puissance du fleuve les entraînait vers la large courbe en aval. C'était là-bas qu'ils espéraient prendre pied sur la rive sud du Danube.

C'était là-bas qu'il avait fait creuser les fosses des catapultes !

La vitesse du convoi de radeaux s'accéléra. Aurélien et sa petite poignée de vélites étaient maintenant à l'aplomb des premiers archers. À moins d'une centaine de coudées. À portée des grands arcs sauromates. Ils distinguaient les gants de cuir et les casques renforcés d'une tige de bronze barrant les visages barbares. Le soleil brilla sur le fer de leurs flèches.

Aurélien ordonna la retraite des vélites à l'instant où claquèrent les nerfs de bœuf.

Les flèches crevèrent l'air. Dans un galop brutal, la monture d'Aurélien vola vers l'aval du fleuve tandis que les vélites se précipitaient jusqu'en haut du champ.

Le ciel scintilla d'une myriade d'éclats. On entendit une nouvelle fois le crépitement mortel des fers dans l'air du matin.

L'herbe qu'Aurélien et ses légionnaires piétinaient un peu plus tôt se couvrit d'un roncier compact de hampes brisées où, pareilles à des fleurs vénéneuses, chatoyaient les empennes multicolores.

Sur le fleuve, les braillements de guerre se muèrent en quolibets.

Aurélien fit tourner son cheval en une large courbe qui l'amena près de la rive. Là-haut, les vélites ne savaient que faire, débandés et attendant ses ordres. Leur frayeur et leur désarroi étaient bien visibles. Une poignée de moucherons affolés devant le sabot d'un bœuf !

Aurélien eut un mince sourire. Que les Barbares se moquent. Leur surprise n'en serait que plus douloureuse.

D'un coup d'œil, il s'assura que le vieux décurion avait discrètement découvert les fosses des catapultes. Il mesura encore une fois l'allure des radeaux et tira son glaive du fourreau. Il en dressa la lame. Solitaire face à la meute furieuse qui chevauchait le fleuve.

On put croire un instant qu'il allait l'affronter seul, ridicule, éperdu d'orgueil et d'impuissance. Le serpent de radeaux fonçait et commençait déjà à dompter le courant, s'étirant vers le creux apaisé du fleuve. Les archers sauromates se relevaient, brandissaient leurs arcs, tandis que les cavaliers dansaient avec obscénité sous les naseaux de leurs chevaux.

Aurélien abaissa son glaive.

Là-haut, comme une plainte issue de la forêt elle-même, un long appel de cuivre vibra.

Dans un feulement rauque, la corde des trois catapultes se détendit.

Aurélien perçut le claquement des lanceurs. Trois jarres rondes s'élevèrent au-dessus du fleuve. De gros insectes maladroits tournoyant selon un orbe bas.

La première se fracassa dans l'eau devant le radeau de tête. La deuxième se brisa sur les troncs d'un gouvernail. La troisième frôla chevaux et cavaliers. Toutes les trois explosèrent dans un aboiement hargneux.

Trois boules de feu, blanc et or, fusant à la surface du Danube.

Trois gerbes dorées, trois bouquets de flammes qui dansèrent sur l'eau, le bois et les cottes de mailles.

Les cordes des catapultes claquèrent de nouveau. Trois autres jarres tournoyèrent mollement. Elles s'écrasèrent sur les radeaux, les chevaux et les hommes en déployant des girandoles de flammèches.

Les hurlements de douleur et la fumée noire jaillirent en même temps.

L'enfer incandescent du naphte commença.

***

Deux fois encore les catapultes projetèrent des jarres. Deux fois encore, le naphte, mélangé de soufre, de sel et de *pietra fulmine*, explosa en semant le chaos.

En un clin d'œil, les flammes dévorèrent l'eau du Danube. Elles se tordaient dans les remous, attaquaient les liens des radeaux, les jarrets des chevaux, le bois des arcs et des lances. Gluantes et affamées, elles s'agrippèrent à la chair des hommes, avalant les capes et le cuir des casques, les flèches ou les carquois, et jusqu'aux poignées des spathas. Rien ne leur échappait. Le feu giclait, sautait d'une crinière à l'autre, d'un visage à l'autre, d'un radeau à l'autre, ainsi qu'un vent fou. Les gorges gueulaient de souffrance. Les chevaux ruaient, se dressaient comme s'ils voulaient s'envoler dans la fumée de suie qui tendait une nuit sur le brasier.

Une pestilence âcre atteignit les berges. Sortis de leurs fosses, le vieux décurion et ses légionnaires se couvrirent nez et bouche, abasourdis par l'œuvre de leurs catapultes. Quelques coudées au-dessus d'eux, Aurélien tentait d'apaiser sa monture. Roulant des yeux, les reins creusés par l'angoisse et les hennissements de mort, son cheval piochait, frémissant comme sous un coup de fièvre.

La courbe entière du Danube était maintenant embrasée. Les radeaux s'y enfournaient dans un crépitement avide. Impuissants, dans l'incapacité de fuir, les guerriers sauromates prenaient feu aussi aisément que des mèches de chandelle. Fous de terreur, chevaux et hommes sautaient dans l'eau incendiée. Pareilles à des torches surgies des mondes enfouis, des têtes humaines apparurent à la surface du fleuve, leurs chairs éclatées. Les lèvres retroussées sur des dents brûlantes, les chevaux sombraient en respirant les flammes.

Les liens retenant les rondins cédèrent, les troncs roulèrent, broyant les membres, crevant les poitrines et les ventres, dépeçant tout ce qui était encore vivant. Une semaison de mort jonchait déjà le fleuve en aval. Des débris informes s'y consumaient, dans un éparpillement de petits feux charriés par le courant.

En amont, cependant, les radeaux encore intacts se trouvaient pris au piège.

Les hommes avaient beau trancher les liens qui les reliaient d'un assemblage de troncs à l'autre, ils avaient beau peser sur leurs gouvernails, le Danube était plus fort qu'eux. Il les emportait avec jubilation dans l'enfer du naphte, ce châtiment que les dieux de Rome avaient déposé dans la main du tribun Aurélien.

Mais c'étaient des Sauromates. Des Barbares nés pour se moquer des dieux et défier la mort elle-même.

Aurélien les vit sauter sur leurs chevaux affolés et se jeter dans le fleuve. Il vit les archers sangler leurs arcs précieux en travers de leur poitrine pour plonger, sans hésitation, dans les eaux.

Par dizaines, aspirés par les remous, entravés par leurs armes, leur casque et leur tunique de fer, ils sombrèrent en quelques coudées. Les roulant cul par-dessus tête, le courant les déversa, un peu plus loin, dans les flammes et les amas de rondins crépitants.

D'autres cependant, saisis d'une puissance inouïe, parvinrent à maintenir bouches et naseaux hors de l'eau. Des archers s'agrippèrent aux troncs dérivant à l'écart du feu. Dans un effort acharné, ils échappèrent à l'attraction du courant. Attrapant les rênes ou la queue d'un cheval qui les frôlait, ils poursuivirent leur nage éperdue, s'approchant enfin de la rive romaine.

À travers la fumée infecte que la brise poussait sur lui, le vieux décurion les avait vus. Il se tourna vers Aurélien pour les lui montrer, mais rencontra le regard de glace du jeune tribun.

— Magnifique travail, décurion. Va te mettre à

l'abri avec tes hommes. Maintenant, c'est à moi d'agir, cria Aurélien.

Son cheval se cabra avant de bondir vers l'amont du fleuve. D'un ordre bref, Aurélien tira de l'hébétude les vélites encore frappés de stupeur. Les jeunes soldats se hâtèrent pour reformer le carré.

Aurélien brandit de nouveau son glaive. Au-dessus d'eux, la trompe de la cohorte sonna un court appel répété cinq fois. La cohorte tout entière apparut à la lisière de la forêt. Les boucliers s'alignèrent, dessinant une longue lisse pourpre devant laquelle se placèrent les centurions.

À son tour, Maxime tira son glaive. Il en tendit la lame vers Aurélien qui, d'un cri, lança son cheval vers les Barbares.

En ordre parfait, les trente manipules se précipitèrent dans son sillage, gueulant à pleins poumons : « Rome ! Rome ! Rome ! »

*
* *

Ce qui restait à accomplir pour vaincre les Sauromates fut presque un jeu.

Lourds de l'eau qui ruisselait de leurs cottes de mailles, engorgeait les fourreaux et raidissait les plastrons de cuir, cavaliers et chevaux offrirent des cibles faciles. D'un long galop, Aurélien fondit sur un groupe dont les montures renâclaient à adopter la posture de combat.

Basculant le buste sur le côté, il esquiva les lances confusément dressées. L'épaule et le poignet soudés dans un même arc, il fit sauter son glaive de gorge en gorge. L'acier trancha les chairs comme un instant plus tôt le feu de naphte glissait de visage en visage. Des jets de sang souillèrent l'herbe avant que les premiers cadavres des Sauromates s'effondrent.

Dans son dos, la cohorte hurla de nouveau :

— Rome ! Rome !

Soldats et officiers surent que leur tribun avait dit vrai : ce soir, ils boiraient le vin de Sirmium. Les dieux avaient décidé du massacre des Barbares.

Les nerfs à vif, drogués par la pestilence de la chair et du bitume incendiés, ils fondirent sur les rescapés exténués qui prenaient pied sur la berge. Alors que les vélites clouaient dans la boue bon nombre d'archers avant même qu'ils puissent tendre leurs arcs, les lourdes salves des *pilums* s'abattirent dans les flancs des chevaux qui venaient de vaincre le Danube. Elles transpercèrent ici et là des cuisses et des reins. À chaque impact, le faible rivet de bois qui retenait le fer au bois de la hampe cédait. Le *pilum* se repliait en une entrave brinquebalante qui contraignait l'ennemi à l'immobilité au cœur de la confusion des corps à corps.

Pourtant, il y eut encore un instant de stupeur.

Parmi les guerriers qui venaient de tomber sous leurs montures, l'un d'eux se releva. Sans hésiter, il arracha la pointe qui traversait sa cuisse. La douleur lui tira un cri si clair, si aigu, qu'il attira le regard d'Aurélien. Vacillant sur sa jambe déchirée, le Sauromate lui fit face, la spatha dans une main, rejetant de l'autre son casque dont le nasal tordu lui blessait la joue.

Alors Aurélien découvrit l'incroyable.

Un visage de femme.

Des yeux, une bouche, une peau de femme !

Le Sauromate était une femme !

Quelques pas derrière lui, Maxime s'écria :

— Tribun ! Sur ta gauche !

Profitant de son inattention, la pesante lance à pointe de bronze tendue par-dessus l'encolure de sa monture, un Sauromate le chargeait. Enserré dans la cagoule de fer, Aurélien reconnut de nouveau un visage de femme. Un beau visage malgré la grimace de fureur qui en retroussait les lèvres.

Aurélien dévia la lance par-dessus son épaule d'un ballant instinctif de son glaive. Du genou, il fit volter sa monture. Derrière lui, dans un effort qui lui tira un grognement rauque, la guerrière blessée abattit sa spatha de toutes ses forces pour lui trancher la jambe. Bousculée par la croupe du cheval, elle manqua son but. L'épée lui échappa. La lame pénétra avec un crissement mou dans la robe écumante du cheval d'Aurélien. Il sentit sa monture vibrer entre ses cuisses. Mordant l'air, la bête rua désespérément. Ses sabots soulevèrent la Sauromate, lui fracassant la poitrine dans un bruit de bois brisé.

Asphyxié par la douleur, le demi-sang tomba contre la monture de la Sauromate qui venait de charger. Aurélien bascula par-dessus son encolure avant d'être pris sous l'amas hennissant des bêtes. Roulant sur lui-même, il se releva à temps pour voir le glaive de Maxime trancher les poignets de la Sauromate, déjà debout et qui cherchait à brandir sa lance.

Avec une fureur qui le rendit inconscient du danger, il tira la spatha des entrailles de son cheval mourant. Les mains nouées sur le long pommeau, hurlant le nom de Rome à chaque coup, il s'avança dans la mêlée, taillant hommes et femmes. Taillant et taillant encore tant qu'il y eut un Barbare sauromate debout.

* * *

Au crépuscule, alors que le soleil rougissait au-dessus des fumées encore puantes, ils burent le vin de Sirmium à grandes goulées. Le visage noir de suie, aussi hagards que s'ils remontaient des puits de l'enfer, ils firent ruisseler le nectar de la victoire sur leurs tuniques durcies par le sang, irritant d'un ultime plaisir leurs plaies et leurs muscles épuisés.

La rive et les champs étaient boueux d'un sang que le Danube n'absorberait pas en entier. De temps à autre, des cadavres, entassés en monticules putrides par le combat, glissaient sur cette poisse et basculaient dans le fleuve. Le courant les emportait dans un tournoiement las.

Aurélien posa la main sur la nuque de Maxime. Le bleu de ses iris était tout ce que son visage possédait encore de clair.

— Ami, s'amusa-t-il, la voix éraillée. Aujourd'hui, tu m'as sauvé des femmes.

Ils rirent gaiement. Leurs regards conservaient un peu d'étonnement devant cette vérité : nombre des Sauromates morts sous leurs coups étaient des femmes !

Des femmes qui avaient vaincu le naphte et le Danube. Des femmes qui avaient pointé des lances de quatre ou cinq livres contre leurs poitrines !

Comment cela était-il possible ?

Des femmes guerrières ? Des femmes combattant à l'égal des hommes ?

Fallait-il que les dieux et le bon sens aient déserté l'âme des Barbares pour que pareille absurdité advienne !

En vérité, cela gâchait un peu le goût de la victoire. Lui donnait une amertume grotesque, un embarras auquel il valait mieux ne pas penser.

Maxime serra avec une effusion inhabituelle la main d'Aurélien.

— Non, Aurélien. C'est moi qui te dois. C'est nous tous, ici, qui te devons.

Il avait parlé fort. Autour d'eux on approuva bruyamment. Entraînés par le vieux décurion responsable des catapultes, des hommes brandirent les gourdes et les gobelets d'étain.

— Gloire à Aurélien ! Gloire à notre tribun !

— Rome te doit ! reprit Maxime. Sans ton piège, c'est notre sang et nos cadavres que le Danube charrierait ce soir. Et demain, les Sauromates violeraient et pilleraient Singidunum ! En moins d'un mois ils auraient été aux portes de Rome.

Aurélien leva son gobelet.

— Je bois au compliment, Maxime. Mais il est excessif. Tu oublies que si nous ne les avions pas arrêtés, Labérius et la IIIe *Gemina* l'auraient fait.

L'ironie roula sur les lèvres des légionnaires. Un tout jeune centurion aux joues éraflées se dressa brutalement, le feu aux joues, renversant du vin sur l'épaule de Maxime.

— Non, tribun ! Maxime a raison. Sans toi, que veux-tu que Labérius puisse arrêter ? Des moucherons ? C'est pas sûr. Des femmes ? Avec ce qu'on vient de voir aujourd'hui, tu peux être bien certain que non !

Il y eut des rires. Aurélien hésita à réprimander le centurion. Par-delà son désir de flatterie, le jeune officier avait mille fois raison. Et tort de critiquer aussi ouvertement un préfet de légion.

Emporté par son excitation, le centurion criait encore :

— Ta main, rien que ta main, tribun, a tranché quarante-huit femelles et mâles sauromates aujourd'hui ! Tu peux me croire : nous les avons comptés, avec le décurion Rufus ! Quarante-huit, tribun. En un jour et dans une seule bataille !

Il y eut des hourras. Maxime bondit sur des caisses, leva les mains au-dessus de sa tête blonde et s'adressa à la cohorte entière :

— Fils de Rome ! Aujourd'hui, Aurélien est devenu

le plus grand d'entre nous. Rome le saura bientôt, même si elle est parfois dure d'oreille. Mais nous, elle nous entendra. Debout, cohorte !

Comment les hommes avaient-ils fait circuler les paroles de leur acclamation, jamais Aurélien ne le sut. D'une même voix, pourtant, trois cents bouches braillèrent :

« Mille, mille, mille, nous avons décapités.

Mais un seul homme a vaincu !

Mille, mille nous avons décapités,

Mille, mille gobelets de vin dans nos gosiers,

Mais nul ne pourra jamais boire autant de vin qu'Aurélien a versé de sang ! »

4

OASIS DU DINGIR-DUSAG

La nouvelle avait couru sur les pistes du désert. De caravane en caravane, elle avait gagné les eaux bleues de l'Euphrate, s'était propagée dans les caravansérails de Charax, de Vologésiade la Parthe ou d'Émèse la Romaine. Le treizième anniversaire du jour mémorable où Baalshamîn avait fait à Abdonaï, fils de Malikù, fils de Nashûm, de la tribu des Maazin, le don inouï et simultané d'une oasis et d'une fille, Zénobie, l'une et l'autre nées d'une étoile, ce jour serait fêté avec un faste que personne encore n'avait connu.

Et il en fut ainsi.

En vérité, rien n'était plus pareil dans le désert du Turaq Al'llab depuis cette nuit mémorable. Lorsque, après les longues marches sur la croûte brûlante du plateau, on découvrait le lac miraculeux lové au creux d'une faille, nul ne doutait qu'était incarnée devant lui toute la beauté du pouvoir des dieux.

Son niveau n'ayant jamais diminué, l'oasis s'était

couronnée en quelques saisons d'une opulente palmeraie. Une herbe aussi douce à fouler que la laine d'un agneau recouvrait sa rive. Entre les palmiers, le vert prodigieux des joncs, des figuiers et des grenadiers jaillissait du sable craquelé par le sel. Les animaux en trouvaient d'instinct le chemin. Les oiseaux venaient y pondre, les fauves y boire et, au printemps, des fleurs y poussaient que personne n'avait semées. Caravane après caravane, on ne pouvait se lasser d'admirer ce prodige.

Le *Dingir-dusag* !

Le « Baiser du ciel » ! Ainsi, et sans que personne sache quelle bouche avait murmuré ces mots en premier, avait été nommé dans la très vieille langue d'Aram ce fragment de paradis.

Un nom, en vérité, qui ne pouvait mieux convenir à Abdonaï.

Durant ces treize années, l'eau merveilleuse accordée par Baalshamîn n'avait pas seulement réjoui les yeux et étanché les soifs. Elle avait fait ruisseler richesse et considération sur le père de Zénobie.

Très vite, les caravanes chargées des produits de Perse et du grand Orient prirent l'habitude de faire halte à l'oasis. Au prix d'un octroi pouvant atteindre, au brûlant de l'été, un quarantième de la valeur des cargaisons, Abdonaï permit qu'on y abreuve les chameaux.

Pour un octroi supplémentaire, il offrit aux caravaniers la protection des guerriers M'Toub contre les razzias sarrasines. Puis il proposa que les M'Toub accompagnent les longues files de marchandises vers Palmyre et Émèse dans un sens, l'Euphrate ou même les ports de la mer d'Érythrée dans l'autre. Enfin, il put acheter à Vologésiade une précieuse cargaison et une centaine de chameaux pour la transporter. Arrivé à

Palmyre, il la revendit le quadruple de son prix d'achat. Cette première richesse fut la première goutte d'or attirant toutes les autres.

Dès lors, si les caravanes de passage purent encore s'abreuver à l'oasis du Dingir-dusag, les guerriers M'Toub ne protégèrent plus d'autres marchandises que celles d'Abdonaï. Parvenant à destination plus sûrement et plus rapidement que les concurrentes, ses caravanes firent le bonheur des commerçants.

Hiver après hiver, la puissance d'Abdonaï s'affirma. Son nom fut autant envié que redouté depuis les rives parthes de l'Euphrate jusqu'aux ports phéniciens de Rome. Les négociants s'accoutumèrent à son visage et à son goût du marchandage. En moins de dix années, sa fortune le désigna comme le chef de la grande tribu des Maazin, ces croyants de Baalshamîn qui bâtissaient des temples en brique et pierre dans Palmyre.

Aujourd'hui et plus que jamais, Abdonaï ne doutait pas que la paume bienfaisante de Baalshamîn soutenait son destin et celui de sa fille Zénobie. Ses rêves le portaient loin. Si loin qu'il ne pouvait les raconter à haute voix.

Aussi fut-ce sans retenue, mais pas sans arrière-pensée, qu'il vida des boisseaux d'or pour rendre à son dieu un peu de la magnificence dont il avait été gratifié.

*
* *

Durant toute une lune, par petites étapes afin de ne pas en gâter la chair, deux centaines de jeunes agneaux furent acheminées jusqu'à l'oasis. Douze chameaux, chargés de fruits et de légumes achetés dans les jardins de Palmyre, accompagnèrent la vingtaine d'autres qui transportaient des monceaux de blé d'Égypte. Des sacs d'encens arrivèrent de Charax. Les nattes des tentes, les jarres de vin ou de miel, les épices, les tapis, les couffins énormes de charbon de bois ou encore toute une montagne de plateaux, de cruches, de gobelets et récipients de cuivre et d'argent s'entassèrent pendant deux jours à l'orée de la faille, loin du Dingir-dusag, afin de ne pas en gâcher la vue.

À dos de mule ou en carriole, surgit une multitude de servantes et d'esclaves, mâles ou femelles. Des villes du Nord, de Soukheneh ou Tayibeh, arrivèrent aussi des femmes expertes en maquillage, des danseuses, des charmeuses et des couturières.

Le campement s'étendit sur plus d'un demi-mille romain. Des ruelles serpentèrent entre les tentes. Elles pullulèrent bientôt d'hommes charriant et hissant les chapiteaux du banquet, saignant le bétail et préparant la viande. Les femmes broyaient le blé, pétrissaient la farine, allumaient les fours où devaient cuire des milliers de gâteaux de miel et d'épices. Les jeunes filles roulaient et élevaient entre leurs doigts tendres des pyramides de dattes et de figues fourrées, de galettes d'orge aux pépins de grenade, de cubes de miel doux à la pistache et aux amandes, de crêpes farcies de fromage de chèvre et parfumées à la fleur d'oranger.

Le matin du cinquième jour, de nouvelles caravanes apparurent sur les pistes. C'étaient les invités.

Lorsqu'ils entrèrent dans le campement, esclaves et serviteurs se précipitèrent vers eux, portant des bassins de cuivre remplis à ras bord de l'eau du lac. Elle était aussi claire que celle d'un torrent de montagne. Ils purent s'en baigner le visage autant qu'ils le souhaitèrent.

Après quoi, à l'ombre des dais, on leur offrit de la tisane de Chine adoucie de menthe. Des tentes toutes prêtes leur furent désignées sans qu'ils eussent à dresser leur propre campement. Même ceux qui s'attendaient à beaucoup de luxe ne purent dissimuler leur ébahissement.

Abdonaï et sa vaste famille, escortés de trois cents M'Toub, ne se montrèrent que le lendemain. Vêtus à la mode de Palmyre, pantalons bouffants et tuniques serrées par de grandes ceintures de cuir, les lames courbes de leurs *nimchas* glissées dans des fourreaux de soie, les hommes montaient de fins chevaux de Phénicie.

Les femmes avaient voyagé dans des cabines d'osier sanglées sur les bosses des dromadaires. Leurs robes en soie de Parthe, grèges ou damassées, savamment cousues sur le côté, dessinaient étroitement les formes de leurs beautés. Un turban, dont la torsade était si difficile à obtenir que sa confection était un secret, serrait leur châle de cheveux. Les plaquettes d'argent et de corail des *hal'razh* scintillaient sur leur front, en écho à leurs yeux brillants de khôl. Plus de bagues, de bracelets, de colliers, de fibules, de ceintures tintinnabulaient sur leurs poitrines, leurs tailles ou leurs bras que l'on ne pouvait en compter.

La seule que nul ne vit, ce fut Zénobie. Néanmoins, chacun devina que les voiles verts et pourpres d'une cabine, doucement balancés par la houle d'une chamelle blanche, dissimulaient la précieuse fille d'Abdonaï.

***

— Et c'est ce que veut mon père ? Que je sue dans la tente jour et nuit ? Sans le droit de sortir ?

La voix de Zénobie crissait d'aigreur, son regard brûlait. À peine s'étaient-ils installés dans le campement que la nouvelle s'était répandue. Le sacrifice à Baalshamîn, qui devait inaugurer l'anniversaire, n'aurait lieu que le surlendemain.

Deux astrologues, un Grec et un Juif, avaient eu pour tâche de désigner avec précision l'heure correspondant à la chute de l'étoile treize années plus tôt. Les deux hommes, aussi savants l'un que l'autre, n'étaient pas parvenus à accorder leurs sciences. Le Grec assurait que le sacrifice devait commencer dès la deuxième heure de la nuit suivante. Le Juif était d'avis que l'étoile avait frappé le sol du Turaq Al'llab à la septième heure d'un jour qui correspondait au surlendemain seulement.

Après une longue hésitation, Abdonaï venait d'accepter l'avis de l'astrologue juif. Cela repoussait la fête d'une journée mais évitait d'en gâcher le faste par l'obscurité et le froid.

— Ce qu'il veut, répliqua Ashémou avec un soupir de lassitude, tu le sais aussi bien que moi. Personne ne doit poser les yeux sur toi avant l'heure décidée par les astrologues. C'est ainsi.

— On se demande pourquoi ! Même mon père l'ignore. Si je lui pose la question, il me regarde en soupirant. La belle réponse ! Et puis ne dis pas de bêtises. Ces idiots d'astrologues ne décident rien du tout. Moi aussi, je peux regarder les étoiles toute une nuit et raconter n'importe quoi. C'est pas difficile. À la fin, c'est toujours pareil, mon père décide à son gré.

Zénobie tournait autour d'Ashémou, sifflant des jurons entre ses dents. Sans s'offusquer, la nourrice égyptienne continuait de ranger un coffre.

Zénobie arracha son voile de tête, faisant voler ses peignes d'argent et de corne. Sa chevelure épaisse, où les boucles sombres possédaient d'étranges reflets dorés, envahit ses joues, dont le rouge de la colère assombrissait encore la peau mate. Elle avait beau grimacer, sa bouche demeurait aussi finement dessinée que celle d'une statue. Une bouche de femme, déjà, trop parfaite pour une adolescente, et qui donnait à son visage une beauté troublante et parfois même intimidante.

— S'il imagine que je vais rester enfermée ici. Ma parole, on croirait que c'est lui qui est né avec l'étoile de Baalshamîn !

Reproches et disputes entre le père et la fille étaient devenus désagréablement fréquents depuis le dernier hiver. De plus en plus souvent, Ashémou, responsable de la fille d'Abdonaï depuis la première heure de sa naissance, avait la sensation de tenir les rênes d'un cheval sauvage. Ou de ne plus rien tenir, en vérité. Elle se redressa avec lassitude.

— Calme-toi ! La fête se passera comme elle doit se passer. Et toi, tu obéiras à ton père. Au moins pour qu'il ne s'en prenne pas à moi une fois de plus.

Elle pointait le doigt sur Zénobie. Un geste qui aurait dû être d'autorité et qui n'était que de faiblesse. Ou de tendresse. C'était ainsi, et pas autrement. La fille d'Abdonaï lui était devenue aussi précieuse qu'une enfant issue de sa propre chair, et le pouvoir d'être sévère avec Zénobie n'était pas parmi les merveilles accordées par Baalshamîn à sa naissance.

Zénobie lui sourit.

Ashémou préféra reprendre son rangement sans autre commentaire.

— Bon, marmonna Zénobie, s'affalant sur sa couche. On fera comme d'habitude. On fera semblant d'obéir et tout le monde sera content.

Ashémou se contenta d'une moue.

De fait, Abdonaï n'était pas mieux loti que les autres avec sa fille. Depuis bien longtemps, Zénobie trouvait le moyen d'« arranger » les ordres de son père à sa convenance. Les cris et les menaces n'y changeaient rien. Aujourd'hui plus que jamais, alors que Zénobie traversait l'âge où la femme à venir, de jour en jour, effaçait le corps de l'enfant.

Treize années de vie et déjà elle en paraissait deux ou trois de plus ! Un corps bien formé et svelte, aussi dur et puissant que celui d'un animal. Des pommettes hautes rappelant celles des étrangères d'Asie. Et cette bouche de femme. De la femme qu'elle serait si vite !

Oh ! oui, Ashémou comprenait trop bien d'où venait l'impatience de Zénobie. Ces nerfs à fleur de peau, ces longs silences, cette bouche tremblante ! L'anniversaire n'y était pour rien !

Cela n'avait qu'une raison et qu'un nom : Schawaad.

Schawaad, son sauveur. Schawaad l'Elkésaïte qui l'avait retirée de l'eau treize ans plus tôt. Le beau Schawaad à la peau douce et au regard d'aigle sourcilleux, aux lèvres et aux mains délicates, mais à la démarche, à dix-huit ans, d'un sage du désert.

Aussi, lorsque, au cœur de la nuit suivante, Ashémou perçut un froissement de tunique contre son bras, se réveilla-t-elle sans surprise. Elle retint son souffle, entrouvrit les paupières pour deviner la silhouette de Zénobie qui repoussait avec mille précautions la portière de la tente. Elle aurait dû gronder et interdire, mais elle ne bougea pas.

Au contraire, elle pria de tout son cœur ses propres dieux d'Égypte et aussi Baalshamîn, s'il voulait l'écouter. Qu'ils rendent Zénobie prudente et silencieuse. Qu'ils fassent qu'aucun guerrier M'Toub ne la découvre dans le noir, ne hurle et ne déclenche de scandale !

Elle pria en se mordant les lèvres, retenant ses larmes et ravalant son amertume. Car elle, elle savait. Elle savait ce qui faisait de cette escapade nocturne un bien plus précieux que Zénobie ne pouvait l'imaginer.

***

Glissant entre les tentes, Zénobie eut la sagesse – et la force ! – de ne pas courir. La lune se levait, les guerriers M'Toub avaient les yeux perçants.

Le campement des Elkésaïtes était dressé à l'écart, bien au sud de l'oasis. Les règles très austères de leur religion leur interdisaient non seulement d'approcher les rires et la joie des fêtes, mais aussi d'en respirer les fumets de cuisine ! Il ne fallait pas songer à y retrouver Schawaad. Pourtant, et bien qu'ils ne se soient pas vus depuis deux hivers, elle savait où il l'attendait.

Si…

Si les Elkésaïtes avaient répondu à l'invitation de son père malgré leurs dures lois.

Si Schawaad était parmi eux.

S'il était, comme elle, à bout de patience.

Si ces deux années écoulées avaient été aussi interminables pour lui qu'elles l'avaient été pour elle.

S'il mourait d'envie de voir son visage, d'entendre sa voix, de sentir son parfum, d'être tout simplement près d'elle, dans le frisson d'un effleurement de leurs mains.

S'il rêvait d'elle à en rendre ses nuits semblables à une seconde vie, faite de songes, de désirs et d'imagination, et pourtant aussi vraie que la vraie vie.

S'il avait trouvé le moyen de quitter sa tente malgré la terrible surveillance de son père.

Si, surtout, il n'était pas devenu trop elkésaïte !

Si…

Tant de « si » qui s'accumulaient dans sa poitrine comme des pierres.

Sans ouvrir la bouche, Zénobie supplia Baalshamîn de lui venir en aide. « Ô puissant des puissants, toi qui m'as voulue, même si tu n'es pas son dieu, fais que Schawaad soit là pour moi ! »

Bientôt, elle saurait. Elle était parvenue aux dernières tentes du campement sans qu'aucun guerrier M'Toub n'ait donné l'alerte. Il lui restait à traverser une bande de terre sableuse avant de se glisser dans la couronne verte de l'oasis. Les bras serrés sur les pans de sa robe, elle vola par-dessus le sol plus qu'elle ne courut, et se fondit entre les branches désordonnées des grenadiers.

Aucun cri. Personne ne l'avait repérée.

Un instant plus tard, elle s'accroupit au pied d'un palmier double. Une enfilade de gros rochers dressait un muret qui s'enfonçait dans le lac. C'était un endroit doux et discret où l'eau venait clapoter lorsque soufflait le vent du nord.

Schawaad et elle y avaient passé des jours entiers alors qu'ils n'étaient encore que des enfants et pouvaient échapper aisément à toute surveillance. Schawaad s'y était moqué en cachette des Elkésaïtes, et Zénobie avait feint de dormir, la tête posée sur sa poitrine.

Leur endroit.

Cette nuit, il était vide.

La lune se reflétait sur le lac en minces éclats qui glaçaient jusqu'aux revers des feuilles de palmier. On y voyait presque autant qu'en plein jour.

Schawaad n'était pas là. Schawaad n'était pas venu.

Tous les « si » qui menaient à Schawaad n'étaient qu'un mirage du Turaq Al'llab.

Le Dingir-dusag ne possédait pas tous les sortilèges et Baalshamîn n'accomplissait pas toutes les volontés de Zénobie !

Peut-être, sans s'en rendre compte, laissa-t-elle

échapper un gémissement de douleur. Un caillou bougea. Une forme blanche comme un bloc de sel se détacha des autres roches. Elle prit l'apparence d'un homme dont la toge flottait telles les ailes d'un ange.

Zénobie songea qu'il ne pouvait pas en être autrement, qu'elle avait été folle d'en douter. Elle murmura :

— Schawaad !

***

Enlacés, poitrine contre poitrine, ventre contre ventre, étourdis par l'émotion. Serrés dans leurs odeurs, l'infinie douceur de leur chaleur. Enfin, enfin réunis ! Aussi immobiles que les roches qui les entouraient, le cœur frappant contre les côtes.

Puis Schawaad dénoua ses bras.

Il fit un pas en arrière. La main de Zénobie resta agrippée à sa tunique.

Elle chuchota avec délice :

— J'étais sûre que tu serais là.

Il était encore plus beau que dans son souvenir. Le nez plus fin, la bouche plus pleine et plus volontaire. Plus sérieuse, aussi. Et ses yeux, si noirs que l'on ne pouvait dissocier la pupille de l'iris ! Opalescente sous les reflets de la lune, la chair tendue de ses pommettes semblait faite pour recevoir baisers et caresses. Un visage d'homme, désormais.

Elle se mordit les lèvres pour apaiser son bonheur. S'écartant, elle avança jusqu'à la rive du lac pour qu'il puisse, à son tour, se rendre compte qu'elle n'était plus celle qu'il avait quittée.

Elle devina le poids de son regard sur ses épaules et son visage, sur sa robe et le corps svelte qu'elle dissimulait mal. Cependant, l'ombre qui recouvrait ses yeux l'empêcha de deviner sa surprise.

Dans le campement, il y eut tout à coup des bruits de voix, des appels. Elle tourna la tête, tendit l'oreille. Ashémou aurait-elle découvert sa couche vide ?

Non. Le silence revint sous les étoiles. Zénobie eut conscience du froid. L'envie d'être dans les bras de Schawaad l'agrippa de nouveau comme une faim. Mais Schawaad s'était accroupi au pied des roches.

Elle le rejoignit, s'assit près de lui sans un mot. Elle effleura sa main avec prudence. Il ne la retira pas. Ne montra pas non plus de trouble sous sa caresse, ni le désir de nouer ses doigts aux siens.

D'une voix qu'elle aurait voulu plus assurée, elle demanda :

— Tu me trouves changée ?

Elle crut qu'il ne l'avait pas entendue. Après un silence qui lui crispa la nuque, il rétorqua du bout des lèvres :

— Un peu.

Une onde bizarre, inattendue, lui glaça la poitrine. Malgré elle, elle murmura :

— Un peu. C'est tout ?

La déception lui tordit le ventre. Des larmes aussi brutales que des coups de poing l'empêchèrent de respirer. L'orgueil lui commanda de les écraser avec toute la force de sa colère.

Basse et cinglante, sa voix vibra comme une corde d'arc :

— Au contraire, beaucoup de choses ont changé ! Désormais, on me traite comme une vraie princesse. Quand nous habitons notre maison de pierre dans Palmyre, les gens s'inclinent devant moi, même des vieillards. Ils m'appellent la « Divine du Dingirdusag ».

Non seulement Schawaad ne parut impressionné ni par sa colère ni par ses mots, mais un bref sourire étira ses trop belles lèvres. Un sourire terrible, pareil à son silence. Hautain, distant.

Pour qui la prenait-il ? Une gamine ?

Oui, certainement. Voilà ce qu'il pensait d'elle. Qu'elle était encore la gosse d'autrefois !

L'humiliation lui brûla la poitrine comme du soufre fumant.

Pourquoi était-il venu jusqu'ici, alors ?

N'avait-il pas des yeux pour voir et une tête pour comprendre ? N'était-il plus Schawaad ?

Dans un rire mauvais, elle se releva. Ses doigts saisirent la plus haute fibule de sa tunique et plièrent le tissu.

— La lune éclaire bien assez. Regarde, et tu verras ce qui a changé.

Schawaad sauta sur ses pieds, comme piqué par un serpent.

— Es-tu folle ?

Il bondit sur elle. Ses mains enserrèrent les poignets de Zénobie. Le blanc de ses yeux scintillait plus encore que les étoiles. Sa bouche s'entrouvrit comme une rose des sables. Il tremblait. Elle sut qu'il avait joué, triché et perdu.

La fureur la quitta aussi soudainement qu'elle l'avait envahie. Elle se lova contre lui en riant. À travers le tissu rêche de la toge ses lèvres cherchèrent la peau nue de Schawaad.

Un bref instant, il ne résista pas. Il l'accueillit au contraire contre lui. Elle perçut un drôle de gémissement dans sa poitrine. Un petit feulement pareil à celui d'un caracal. Elle se pressa plus encore contre son long corps mince afin qu'aucune parcelle d'elle-même n'échappe à sa chaleur. Comme on entre dans l'eau chauffée par le soleil. Sans autre conscience qu'elle voulait cette étreinte depuis toujours. Que cela arrivait enfin. Une tendresse, si douce, si simple, qu'elle pouvait se fondre dans le corps de Schawaad.

Il lui saisit les épaules, les doigts durs. Il la repoussa.

Ils s'observèrent comme si les deux années d'éloignement n'avaient jamais existé. Comme si, depuis la naissance de Zénobie, ils n'avaient cessé de se comprendre en dépit de tout, des dieux et des distances infinies du désert.

Ils se tinrent tout chancelants. À peine séparés par un souffle d'air, effarés, conscients qu'un seul mouvement pouvait les emporter dans un bonheur inconnu et menaçant.

Zénobie devina qu'il fallait briser le sortilège. Elle tenta de se moquer :

— Allons, n'aie pas peur. Tu sais bien que je ne vais pas le faire. Je ne vais pas me mettre toute nue !

Elle saisit la main que Schawaad laissait encore peser sur son épaule. Elle l'effleura de ses lèvres et, sans l'abandonner, se rassit, le contraignant à reprendre place près d'elle.

Après un instant de silence, plus calme, elle annonça :

— Ashémou dit que mon père va bientôt me donner un époux.

Schawaad plissa les paupières. Tout l'air qu'il avait dans les poumons s'échappa d'entre ses lèvres en un souffle douloureux.

Plus tard, pendant les nuits où le sommeil refusait de venir, Zénobie repenserait à cet instant-là entre tous. Ce moment de silence qui parut si long. Schawaad ne répondait pas, mais conservait sa main dans la sienne, la serrant si fort qu'elle en devint froide. Enfin, ses iris reflétant les éclats de la lune, il déclara sèchement :

— C'est vrai. Tu as changé. Beaucoup de choses ont changé. Pour ton père aussi. On entend parler de lui partout dans le désert. Mais chez nous, les Elkésaïtes, on nous enseigne à ne pas accorder trop d'importance à ce qui brille futilement. Elkésaï, notre prophète, a dit : « Ne vous brûlez pas les yeux à l'or des bijoux. Ignorez les belles maisons, les tentes somptueuses, la richesse, les images du luxe et des vils plaisirs. Ne souillez pas le monde du Grand Archange avec ces fastes qui pourrissent entre les mains des hommes et plaisent tant aux païens de Rome ! »

Zénobie se figea. À nouveau son espoir se mua en glace.

Ainsi, Schawaad ne renonçait pas.

Il devenait de plus en plus elkésaïte, de plus en plus fou, comme les autres. Rien ne changeait en lui, sinon en pire. Il ressassait encore et encore les mêmes terribles et stupides lois qui interdisaient tous les bonheurs ! Qui méprisaient la beauté et les rêves. Il détestait tout ce qu'elle aimait, et sans doute ce qu'elle était. Il ne voulait pas de son monde.

Comment pouvait-il s'aveugler ainsi ? Comment avait-elle pu espérer autre chose ?

Comme s'il avait deviné sa pensée, Schawaad dénoua leurs doigts et abandonna sa main. De ce ton qu'elle lui avait déjà connu, qui n'appartenait à personne et n'était qu'un marmonnement obtus de dévot, il ajouta :

— Elkésaï dit aussi que Christ a annoncé la plus grande joie. Le monde bientôt connaîtra sa fin et sa perfection. Il n'y aura plus de riches et de pauvres, de puissants et d'esclaves. Seulement les élus et les autres. Ceux qui auront vécu dans la pureté recevront la plus grande beauté. La beauté éternelle qui resplendira au paradis des élus.

Crissant de fureur et de mépris, les mots jaillirent

hors de la poitrine de Zénobie sans qu'elle puisse les retenir :

— Qu'est-ce que tu racontes ? La plus grande joie ? Qu'est-ce que vous connaissez de la joie ? Vous, les Elkésaïtes, vous ne savez même pas rire. Toutes ces choses qui vous dégoûtent, elles me plaisent. C'est sûr que je ne serai pas une de vos élues ! Ça me plaît d'avoir de beaux bijoux. Ça me plaît d'être une princesse et pas une pouilleuse du désert. Et de manger de l'agneau, de danser, de chanter, et d'être dans tes bras, si tu veux savoir. Tout ce qui est bon et doux, votre prophète vous l'a interdit. Il est fou, et vous êtes encore plus fous de l'écouter. Comment vous pouvez croire ce qu'il a raconté ? Ce n'était même pas un dieu. Juste un idiot qui a semé ses mots dans le désert comme du crottin de chameau, voilà ce qu'il était ! Un fou pas drôle. Aussi ennuyeux qu'une pierre. Et toi, c'est ce que tu vas devenir alors que…

Elle se tut, le cœur au bord des lèvres.

Depuis toujours ils se disputaient sur ces sujets-là. Ça n'avait jamais eu une grande importance. Des disputes de gosses. Schawaad savait tricher avec les lois d'Elkésaï tant qu'il était avec elle et qu'on ne le voyait pas. Mais aujourd'hui… Aujourd'hui ils n'étaient plus des gosses. Ni elle ni lui. L'heure était venue.

— Oh ! Schawaad, il n'est pas possible que tu ne comprennes pas !

C'était inutile. Elle était forte, mais pas assez pour lutter contre les mots de son Elkésaï de malheur. Tout ce qu'elle pourrait dire, Schawaad le savait déjà.

Il allait se lever, rejoindre le campement de son père.

Il allait s'éloigner d'elle. Elle ne le reverrait plus. Il n'attendrait pas le premier sacrifice à Baalshamîn pour quitter l'oasis.

*
* *

Mais non.

Schawaad ne bougea pas.

Les yeux rivés sur les miroitements de la lune, il demeura un instant tassé sur lui-même avant de se redresser.

— Oui, admit-il. C'est ce que tu penses de moi. Quand on ne croit pas aux paroles d'un prophète, ce qu'il annonce paraît stupide et fou. Moi, quand je vois ton père griller des quartiers d'agneau dans de la résine d'encens et balancer les bras au ciel pour remercier votre Baalshamîn, je pense aussi qu'il est fou.

Sa voix était patiente, sans rancœur.

Zénobie l'observa avec étonnement. Voilà un calme qu'elle ne lui connaissait pas. Un peu perdue, elle hocha la tête.

— C'est vrai. Pardonne-moi…

Elle allait ajouter quelque chose, mais Schawaad ne lui en laissa pas le temps. Il eut un petit geste de la main comme pour éparpiller les mots de leur dispute à la surface du lac.

— Pour moi non plus, ce n'est plus pareil, poursuivit-il. On dit que je possède le don de guérison. Je peux poser les mains sur une douleur et la faire disparaître. Je peux tirer le mal hors du corps de ceux qui souffrent.

Il se tourna vers elle, moqueur.

— Mon père et mes oncles disent qu'il en va ainsi depuis que je t'ai sortie de l'eau. Ils ne voulaient pas que je m'en rende compte. Ils me trouvaient trop jeune. Aujourd'hui, quand nous dressons les tentes, ils font savoir dans les campements et les caravanes que je peux soulager ceux qui sont malades. Ils viennent devant moi et repartent guéris. Plus personne ne se moque des Elkésaïtes ni ne les prend pour des fous !

Zénobie rit, trop heureuse d'entendre la douceur de son ton pour s'offusquer de sa pique. Et trop étonnée aussi, en vérité.

— Tu les guéris vraiment ?

Schawaad opina.

— Hier, j'ai soigné l'un des guerriers M'Toub de ton père. Une vieille blessure le faisait boiter. C'est fini.

— Mais comment tu fais ?

— J'appuie mes paumes là où les gens ont mal et je ferme les yeux.

— C'est tout ? Tu as mal à leur place ?

— Non, s'amusa Schawaad. Je pose mes mains sur leur peau, je ferme les yeux. L'endroit que je touche devient très chaud. Parfois, il me semble que si j'appuyais un peu plus mes mains passeraient sous leur peau.

Toute stupéfaite qu'elle était, Zénobie devina combien il était fier de lui annoncer ce pouvoir. Elle saisit ses mains, les retourna pour que la lune en éclaire bien les paumes. Elle les leva et y enfouit son visage.

Schawaad la laissa faire.

L'espoir revint. Et les folles pensées.

— Si j'étais malade, tu pourrais me guérir, alors ?

Il retira ses mains des siennes, mais la tendresse illuminait ses traits.

— Si tu étais vraiment malade, oui.

Elle rit joyeusement. Il détourna la tête pour ne pas être emporté par son rire. Elle allait se moquer encore, mais un cri d'animal à l'agonie résonna dans la palmeraie et les fit sursauter. Un peu plus loin sur la rive du lac, ils devinèrent le bruit d'une lutte, un bref feulement. Zénobie entrevit une ombre, loin sur la gauche.

— Un caracal ! chuchota-t-elle.

En quelques bonds le félin disparut. De nouveau le silence se posa sur l'oasis et la nuit froide du désert.

— Mon père m'a promis qu'un jour il m'apprendrait à les chasser.

Schawaad ne répondit pas. Dans les reflets laiteux de la lune, son visage était si beau qu'il devenait presque douloureux de le contempler. Pas un homme au monde ne pouvait lui être comparé.

Comment pourrait-elle vivre loin de lui ?

— Je sais que j'ai encore l'air d'une gamine, murmura-t-elle, la gorge nouée. Mais je ne le suis plus. Mon père voudra bientôt me donner un mari. Il m'a promis de me demander mon avis. Je lui dirai : « Je veux Schawaad. Nul autre ne peut devenir l'époux de Zénobie. Baalshamîn lui-même l'a désigné. »

Il demeura silencieux. Ne se tourna pas vers elle. Elle ne put rien faire d'autre que de laisser couler hors d'elle toutes les phrases qu'elle ressassait en secret depuis si longtemps :

— Il n'y a pas de matin où je me réveille sans penser à toi. Ashémou ne s'en rend pas compte : chaque nuit, je m'échappe de ma couche et je cours vers toi. Où que j'aille, tu es avec moi. Je te sens dans mes mains, dans mon cœur, dans mon ventre. Quand je suis seule, je te parle. Je vois ton visage devant moi. Je t'entends me répondre. Toujours sérieux et ennuyeux, mais je suis heureuse. Voilà la vérité. Je veux être ton épouse. Tous les jours. Tous les jours où le soleil se lèvera, je veux me lever en étant l'épouse de Schawaad. Je n'en accepterai aucun autre. Je ne suis plus une enfant. Je sais ce que je veux.

Schawaad laissa passer un temps. Il inclina le buste comme si un poids écrasait soudain sa nuque. Elle crut qu'il allait encore se taire. Mais il parla. Tout bas.

— Parfois je suis en train de prier, ou je me récite les paroles d'Elkésaï, et c'est la pensée de toi qui me vient. Tu n'es pas mon dieu, pourtant tu es dans mes pensées et dans mon cœur plus qu'Elkésaï et les anges de Christ. Si mon père et mes oncles le savaient, ils m'abandonneraient dans le désert sans une gourde d'eau ! Ils auraient raison. Qu'ils me pardonnent, si cela est possible !

Il se tut. Zénobie sut qu'elle devait se taire elle aussi.

Elle ferma les yeux pour qu'il puisse parler encore sans craindre son regard. Mais elle l'entendit qui se mettait debout. Elle entendit le frottement de ses pieds nus sur la terre et l'herbe douce alors qu'il s'écartait. Il y eut un bruit d'eau. Elle comprit qu'il se mouillait le front, les lèvres.

Il psalmodia quelques mots.

Il accomplissait les gestes de purification auxquels s'astreignaient les Elkésaïtes lorsqu'ils avaient contrevenu à leurs lois.

Une fois encore elle craignit qu'il s'éloigne. Elle rouvrit les yeux et le vit qui s'accroupissait à quelque distance. Cette fois, il parla en la regardant :

— Je ne peux pas être ton époux. Tu es riche et je suis pauvre.

— Non ! Au contraire, protesta Zénobie. Je suis riche pour deux !

Il secoua la tête, amassa un petit tas de sable qu'il éparpilla d'un revers de la main.

— Ton père ne pense pas à moi, et le mien ne pense pas à toi. Un Elkésaïte ne va pas avec une fille de la tribu des Maazin. Tu le sais bien.

— Toi, ce n'est pas pareil. Mon père te doit trop.

— Pas assez pour que j'épouse sa fille.

— Schawaad !

Elle eut un petit rire aigu.

— Schawaad, mon père fait ce que je veux !

Il secoua la tête une fois encore.

— Pas le mien. Lui, il ne fait rien qui soit contre nos lois. Il me reniera.

Le poids de ces mots était trop lourd pour l'un comme pour l'autre. Le ton de Schawaad se fit narquois.

— De toute façon, il faut être folle pour devenir l'épouse d'un Elkésaïte. Un homme pas drôle, qui ne rit pas, qui n'aime rien des richesses brillantes que tu aimes. Quel ennui ce serait pour toi !

Zénobie se leva et, sans qu'il ait le temps de réagir, elle se lova contre lui, enlaçant sa taille et posant sa joue contre sa poitrine.

— Qu'en sais-tu ? demanda-t-elle d'un ton assuré. Je suis Zénobie. Je suis née comme personne et je serai celle que je voudrai être.

En silence, Schawaad caressa timidement l'épaule de Zénobie. Sous sa joue, elle devina les battements rapides de son cœur. Elle frémit d'orgueil et d'excitation.

— Après-demain, ce sera la fête de ma naissance. Mon père a tout prévu. Tout le monde verra que je ne suis pas une fille comme les autres. Et toi, tu seras fier de moi.

5

SIRMIUM

Le soleil approchait le zénith lorsque Aurélien vit apparaître la double colonnade de marbre blanc enserrant la porte de Caracalla. Quatre ou cinq milles tout au plus le séparaient encore de Sirmium. La fatigue accumulée depuis l'aube s'effaça de ses reins comme par enchantement.

Rien n'avait changé dans le pays de sa naissance. Les aubépines et les acacias embaumaient toujours sur les talus de la route impériale. Des hordes d'hirondelles tournoyaient haut dans le ciel. Les jeunes pousses de seigle et de blé teintaient les champs d'un vert tendre tandis que, des crêtes voisines, de vastes fermes lançaient à travers les vallées un réseau compliqué de chemins jusqu'aux portes de la ville.

Aurélien fut saisi d'une bouffée de bonheur. Pour son retour, les dieux lui faisaient l'offrande d'une très radieuse journée de printemps ! Après sept années, il allait revoir enfin le visage de sa mère ! Et Clodia. Reconnaîtrait-il seulement sa sœur bien-aimée ?

Il poussa son attelage dans un trot soutenu. L'*optio* commandant son escorte jeta aussitôt un ordre. Les cavaliers se portèrent à hauteur de son char. En un instant, ils occupèrent toute la route de Sirmium, casques et cuirasses rutilants, plumets et manteaux flottants, splendides ainsi que devaient l'être les soldats de Rome.

* * *

Les guetteurs aperçurent le pourpre de sa cape et les reflets d'or de son casque alors qu'ils atteignaient la rampe bordée de petits temples qui grimpait jusqu'à la porte de Caracalla. Une trompe sonna. Des soldats surgirent. Ils s'alignèrent en une double haie parfaite, la lance au pied, tandis qu'un centurion au visage enfantin se hâtait à leur rencontre.

Il salua avec raideur, le poing serré sur sa cuirasse.

— Centurion Illelirius à tes ordres, légat ! Sois le bienvenu à Sirmium.

— Merci de ton accueil, centurion. Mon nom est Aurélien, légat de la XXe *Legio Valeria Victrix*. Ma visite n'a rien d'officiel. Mon escorte me suffit et il est inutile que tu déranges tes hommes pour moi.

Courant maintenant aux côtés du char, le centurion frappa de nouveau du poing droit sur sa cuirasse.

— Il en va selon tes ordres, légat.

Des passants franchissaient la porte. Ils sortaient de la ville par groupes peu nombreux. Quelques-uns observèrent l'attelage, la plupart s'éloignèrent sans un coup d'œil, la mine grave.

Aurélien mit son attelage au pas, afin de passer dignement entre les légionnaires. Le vacarme des sabots et le grondement des roues sur les dalles cessèrent enfin.

Comme ceux de son escorte, Aurélien tressaillit. Des hurlements franchissaient le haut mur d'enceinte. Des cris lointains, d'hommes ou de femmes, il était difficile de le deviner, et qui résonnaient terriblement dans l'air doux de ce jour de printemps.

— Que se passe-t-il ici ? demanda sèchement Aurélien. Y aurait-il des troubles dans les rues ?

Le centurion hésita. Les chevaux de l'escorte piétinaient dans son dos, le pressaient contre la roue du char.

— Les chrétiens, légat. Ils avaient jusqu'à ce matin pour sacrifier aux dieux, comme tous les citoyens libres ou affranchis, et selon la nouvelle loi. Ces fous refusent. Soi-disant, leur dieu interdit les sacrifices.

Le jeune centurion secoua la tête. Il chercha le regard d'Aurélien, quêtant son approbation.

— Ils ne veulent rien entendre, reprit-il. Selon eux, il n'y a qu'un dieu, leur Christ. À midi, les édiles se sont réunis et ont décidé des punitions. Il le fallait bien.

Aurélien se refusa à complaire au jeune officier. Le spectacle auquel il allait devoir assister en traversant la ville serait sans surprise. Sa joie d'en retrouver les rues en fut aussitôt ternie.

Il fit claquer le cuir des rênes sur la croupe des chevaux. Lorsqu'il s'engagea sous le portique de la grande porte, le grondement du char eut un goût de fureur.

***

Ils longèrent les boutiques du marché et les ateliers des forgerons. Les étals en étaient clos, les volets de bois fermés au cadenas de fer. Les pavés étaient çà et là si creusés par le passage des chars qu'Aurélien dut ralentir afin de laisser ses roues s'y insérer.

Ils dépassèrent deux *insulae* de trois étages. Des bâtisses nouvelles et médiocres. Un empilement de logements modestes, de cages à pauvres, dont le crépi s'effritait entre les slogans badigeonnés à la peinture noire et verte remontant aux dernières élections des édiles.

Ici comme ailleurs, cependant, la rue était déserte. Ils ne trouvèrent la foule qu'à l'approche du forum, après avoir contourné le temple de Septime Sévère. Les toges des riches citoyens se mêlaient aux tuniques rapiécées des artisans. Des matrones en peignes et chignons, entourées de leurs serviteurs bien mis, côtoyaient des femmes en manteaux de chanvre et des esclaves en jupes courtes. La face écarlate d'excitation, les gueules pas toujours bien dentées, des hommes et des femmes braillaient des insultes. D'autres pinçaient les lèvres sans que l'on sache si c'était de dégoût ou d'attentive curiosité.

Un peu de terre et de paille recouvrait la piste du forum. Aurélien y lança ses chevaux. Gueulant du haut de leur monture, les panaches rouges de leur casque ondulant dans la galopade, deux cavaliers de l'escorte se portèrent en avant pour lui ouvrir le passage. La cohue se déchira comme un tissu. Il y eut un semblant de silence, des regards stupéfaits et craintifs.

Du coin de l'œil, Aurélien entrevit les édiles sur les marches du temple de Jupiter. Là-bas aussi, on tournait des visages surpris et vaguement inquiets vers cette cavalcade inattendue. Il les ignora.

Le reste aussi, il aurait voulu l'ignorer. Des femmes, vieilles ou jeunes, attachées aux colonnes votives d'Hadrien et de Trajan, la poitrine dénudée, si sanglantes qu'on ne devinait plus leurs formes. De l'autre côté du forum, une paire de chevaux lancés au galop sur la contre-piste traînaient derrière eux des corps déchirés. Et, devant les coupoles où brûlait l'encens, éclaboussant de rouge les marches de marbre blanc aux pieds des édiles, des légionnaires abattaient le fouet, déchiraient des dos, des reins, des faces suppliantes.

Sans ralentir le train, il mena son attelage dans la rue qui longeait le temple et rejoignait les thermes. La foule y était moins nombreuse. Entre les hautes bordures des trottoirs, la voie se resserra, le dallage était de nouveau rainuré par les nombreux passages de charrois. Aurélien mit les chevaux au pas, l'escorte se répartissant devant et derrière. Ici, les passants s'immobilisaient pour le regarder. On scrutait son visage, les moulures de son casque, les insignes d'or sanglés sur sa cuirasse, toute sa splendeur de puissant officier que les secousses du char ne parvenaient pas à gâcher. On murmurait et on hochait la tête.

Bientôt, il s'engagea dans une rue montante de terre battue. Là aussi, les boutiques étaient closes, les volets poussiéreux rabattus. Mais une nouvelle foule s'y pressait. Nul n'allait les mains vides. Les uns portaient des paniers de fruits ou des couffins de grains, d'autres balançaient au bout de leurs bras des lapins ou des volailles. Des agneaux de lait bêlaient sur quelques épaules solides. Des faces recuites par le soleil et la longueur des jours, des jeunes filles aux joues roses vêtues de modestes tuniques, des femmes plus ridées que des pommes oubliées. D'énormes bouquets de fleurs des champs jaillissaient de leurs poitrines, les embellissant toutes.

Aurélien sourit. Des gosses en pagne l'observaient, bouche bée, les yeux aussi agrandis que s'ils découvraient un dieu humain. La foule tout entière prit conscience de sa présence. On lui céda le passage. Les étroites colonnades du temple et son fronton d'or à l'effigie du Soleil-Roi surgirent par-dessus les têtes. D'un signe, il ordonna à l'*optio* de mettre l'escorte au repos. Ôtant son casque, la tête nue et le manteau replié sur l'épaule, il abandonna son char, se laissa entourer par la foule dévote qui allait s'incliner devant la même prêtresse que lui.

***

Elle n'avait guère changé. Sous la vaste robe écarlate de grande prêtresse, le corps était peut-être plus mince. Dressée sous le disque d'or de *Sol-Invictus* qui ornait l'autel érigé au cœur du temple, enveloppée des fumées d'encens, elle offrait la même image de paix et de puissance qu'Aurélien avait emportée avec lui des années plus tôt. Sa beauté demeurait aussi puissante, aussi attirante. Aujourd'hui s'y ajoutait la gravité mystérieuse de ses cheveux blancs. Retenus en lourdes boucles sous un voile transparent, ils dessinaient une aura lumineuse autour de ses tempes. Ses joues rondes et sa nuque conservaient une grâce de jeune femme. La bouche pleine et ourlée n'était marquée que de quelques rides nouvelles.

— Aurélien, mon fils !

Julia Cordelia écarta les jeunes servantes qui aidaient à la réception des offrandes. La foule qui se pressait bruyamment au-dehors se transformait, à l'intérieur du temple, en une file d'attente patiente et respectueuse. Chacun attendait son tour pour déposer ses fleurs, son sac de grain ou de viande dans les paniers qui débordaient. Des regards étonnés suivirent la prêtresse qui soudain quittait les marches de l'autel et se précipitait vers l'officier en grande tenue. Elle hésita un instant, retint son élan comme si elle doutait encore de la présence réelle d'Aurélien. Ses mains pâles, baguées presque à chaque doigt, se levèrent en même temps que son rire. Elle lui saisit le visage.

— Cela fait si longtemps !

Il accueillit la douceur de la caresse, la chaleur des paumes dans la barbe courte qui couvrait désormais ses joues.

— Laisse-moi retrouver ton visage.

Une émotion qu'il avait oubliée depuis trop longtemps étreignit sa poitrine.

— Comme tu as changé, chuchota encore Julia Cordelia alors qu'il attirait ses doigts sur sa bouche pour les baiser.

Un éclat de surprise puis d'amusement vibra dans les prunelles de sa mère.

— Tu as des fils blancs dans la barbe, mon garçon. Mais le bleu de tes yeux est toujours aussi beau.

Tout autour, on les observait. Ceux qui avaient entendu leurs paroles les répétaient. Un chuchotement enfla tout au long de la file d'attente : la grande prêtresse de Sol-Invictus retrouvait son fils. Nombreux furent alors ceux qui prononcèrent son nom.

Certains, à voix basse, racontèrent comment la prêtresse entretenait, dans une abside du temple, un autel pour lui seul. Lampes et encens y brûlaient sans discontinuer sous un visage d'or serti dans une haute pierre aussi noire que la nuit. Les offrandes les plus riches, les plus rares, n'y manquaient jamais.

Julia Cordelia ignora les chuchotements autant que les regards. Elle s'appuya des deux mains sur la cuirasse d'Aurélien, effleura les disques d'argent à l'effigie des louves et des aigles de Rome.

— Quelle tenue splendide ! Signifie-t-elle que tu es devenu général ?

— Non, mère. Pas encore. Seulement légat. Je n'ai qu'une légion sous mes ordres.

Julia Cordelia hocha la tête, les paupières à demi closes. L'orgueil faisait frémir ses lèvres. Elle murmura :

— Un jour, tu les auras toutes sous ta paume. Ton dieu le veut et t'en prépare le destin.

Aurélien rit, partagé entre la gêne, l'amusement et le plaisir. En cela non plus Julia Cordelia n'avait pas changé. Nulle mère n'était plus fière de son fils. Mais déjà Julia Cordelia fronçait le sourcil, la bouche sévère :

— As-tu vu ce qui se passe au forum ?

— Il m'a fallu le traverser.

Elle désigna d'un geste la foule qui se pressait dans le temple autour d'eux.

— Eux aussi se sont pliés à la volonté de l'Empereur. Ils ont fait les sacrifices que les chrétiens refusent d'accomplir. Ils ont porté leurs offrandes au divin Decius et ont prononcé les paroles qu'il exige. Pourtant, regarde ! Ce soir, ils accourent, les bras chargés de nouvelles offrandes, aussitôt sortis du temple de Jupiter. Certains ont dû vider leurs jarres, leurs resserres, secouer leurs sacs pour y parvenir. Il en vient tant et tant que nous ne savons plus où les mettre. Mais rien ne peut les retenir. Ils craignent trop la malfaisance de paroles prononcées devant des dieux auxquels ils ne croient pas !

Aurélien préféra ne pas répondre. Sa mère insista :

— Decius s'aveugle s'il veut s'appuyer sur une fidélité extirpée par la crainte. On ne va pas au temple avec des lances dans les reins.

— Mère ! Aucun homme vivant sur cette terre ne peut se rappeler avoir eu un meilleur empereur que Decius. Nul n'est plus sincère ni plus courageux. Voilà vingt ans que je combats au cri de « Rome ! Rome ! ». Mais pour des Augustes et des Césars qui ne valaient pas mieux que des épouvantails. Aujourd'hui, je suis fier du visage et du cœur de l'empereur que défend mon glaive. Bien sûr, je déteste autant que toi ce qui se passe sur le forum. Hélas, les chrétiens sont tellement excessifs ! Ne pourraient-ils reconnaître leur maître ? À quoi leur sert d'offenser ainsi les lois de Rome ? Ne vont-ils pas, l'affront à la bouche, répandre partout qu'il n'existe qu'un seul Dieu, le leur ? Nous savons bien que c'est faux. Toi la première, ma mère ! Decius a raison de les contraindre. S'ils ne veulent pas plier, alors c'est qu'ils sont contre l'Empire. Contre nous. Contre tout ce qui est la grandeur de Rome.

Basse, lourde de fureur malgré lui, la voix d'Aurélien possédait la brutalité péremptoire d'une réprimande militaire. Julia Cordelia le contemplait, les yeux humides, la bouche entrouverte sur un tremblement. Il fallut quelques secondes à Aurélien pour se rendre compte qu'elle riait.

— Rome, Rome, Rome ! Voilà qui n'a pas changé chez toi, mon fils. Je devrais être jalouse de cette Rome qui t'enlève à moi depuis tant d'années, et plus sûrement qu'aucune épouse !

— Pardonne-moi, mère…

Elle lui ferma les lèvres d'une brusque pression des doigts.

— Non, pas d'excuse. Surtout pas. Tu as les mots qui conviennent à ton destin.

Elle indiqua l'autel où se pressait la foule.

— Plus tard, nous reparlerons. On a encore besoin de moi ici. Rejoins Clodia à la villa. Je vous y retrouverai avant la nuit.

Alors qu'il approuvait, elle rajusta son voile, ajouta avec un sourire qu'Aurélien ne sut lire :

— Ta sœur va te surprendre. Mais seulement d'apparence. Pas plus qu'avant elle n'est capable de trouver un homme qui puisse soutenir la comparaison avec son frère !

6

OASIS DU DINGIR-DUSAG

L'appel rauque des cornes de bélier retentit une heure après l'aube. Les invités d'Abdonaï apparurent devant les tentes. Hommes, femmes, enfants, tous étaient là, aussi richement vêtus qu'ils le pouvaient, leurs bijoux rougeoyant dans le soleil rasant. Serviteurs et esclaves suivaient à distance avec impatience et curiosité.

Ils traversèrent la palmeraie et prirent place tout autour du lac. Les brasiers des sacrifices flambaient déjà sur l'étroite plage de la rive. Deux dizaines de colombes blanches tentaient vainement de s'envoler des paniers où elles étaient retenues. Les pattes entravées, entourés de grandes coupes de cuivre où brûlait de l'encens, des agneaux bêlaient à tue-tête.

Indifférents au vacarme, la tête recouverte de hauts bonnets de feutre bleu, les nobles vieillards Maazin jetaient des grains de myrte et d'oliban dans les flammes. À chaque poignée, d'odorants rouleaux de fumée se dispersaient sur le lac. Peu à peu, les parfums sacrés le recouvrirent d'une brume qui venait s'effilocher aux doigts des palmes, pénétrait dans les gorges et les poitrines tel un suc divin.

On chercha Abdonaï et sa précieuse fille sans les voir. Il fallut attendre que le soleil atteigne la septième heure pour qu'un murmure d'étonnement les annonce.

La longe de cuir glissée sur son épaule, Abdonaï conduisait d'un pas calme la chamelle blanche où Zénobie avait pris place, très droite, les mains serrées sur le pommeau en croix de sa selle, l'air altier. Elle portait une tunique de soie d'Asie, pourpre et bleue. De son châle de tête, une cascade de pièces de nacre et de perles de corail descendait jusqu'à ses reins. Une seule et même tresse d'or serpentait dans son turban, enlaçait sa poitrine naissante et s'enroulait autour de sa taille à la manière d'une ceinture. Derrière elle, quatre jeunes Maazin transportaient un radeau de jonc, carré et épais, avec, en son centre, un faisceau de lances solidement fichées.

La foule se fendit pour leur laisser passage. Le brouhaha d'admiration se transforma en un silence de stupéfaction lorsque Abdonaï, après avoir fait agenouiller la chamelle, saisit la main de sa fille et la conduisit jusqu'au radeau.

Zénobie y grimpa, s'agrippant aux lances. Les jeunes gens firent glisser l'esquif sur l'eau. Ne le retenant que par un lien de chanvre, ils le lancèrent d'une poussée vers le centre du lac. Ridant la surface d'une onde soyeuse, le radeau tournoya légèrement sur lui-même. La brume d'encens se déchira avec douceur, s'enroula en volutes qui s'élevèrent dans l'air.

Le souffle coupé, chacun admira la simple splendeur de celle que leur dieu avait si fabuleusement désignée treize années plus tôt.

Debout sur sa natte flottante, Zénobie n'était soudain ni enfant ni femme. Nimbée des reflets du lac où dansaient les parfums d'encens, elle possédait cette étrange présence qui n'appartenait pas, d'ordinaire, aux êtres humains.

Abdonaï, à pas lents, s'avança sur la rive. Il entra dans l'eau jusqu'à mouiller le bas de son large pantalon. Il leva les paumes au-dessus de sa tête et, brisant le silence, lança les premiers mots de sa prière :

— Baalshamîn ! Puissant des puissants, dieu de mes pères et des pères de mes pères, ma vie t'appartient ! Ô Baalshamîn, toi qui accordes et reprends, toi qui étends ta paume bénéfique et qui frappes le monde pour en tirer le jour et la nuit, nous sommes tes serviteurs. Nous te craignons, père du jour et de notre naissance, volonté du ciel. Préserve-nous des malheurs, de la faiblesse et de la pauvreté. Garde-nous ta faveur. Baisse tes yeux vers nous. Ô Puissant des puissants, contemple celle qui brille sur le miroir du désert que tu nous as accordé. Zénobie est ton don. Conserve-la dans ta main jusqu'à la nuit des temps.

Toutes les bouches reprirent en chœur :

— Baalshamîn ! Père du jour et de notre naissance, volonté du ciel, préserve-nous des malheurs, de la faiblesse et de la pauvreté. Ô Baalshamîn, Zénobie est ton don, étends la main sur elle jusqu'à la nuit des temps !

Les vieux Maazin jetèrent des poignées d'encens sur les braises. La voix de la foule engloutit celle d'Abdonaï. Elle enfla et résonna sur la surface du lac et contre les falaises, s'échappa comme un vent sur la nudité du Turaq Al'llab.

Dressée sur les reflets de l'eau que le soleil inondait de plus en plus, Zénobie demeurait droite sur le fin radeau. Il vacilla à peine lorsque les couteaux tranchèrent la gorge des agneaux et des colombes. Le sang des offrandes gicla dans l'eau, la rougissant d'une ombre qui se propagea jusqu'au bas de sa robe.

Alors les frissons gagnèrent les nuques et les reins. Les chants vibrèrent dans les tempes et les poitrines. Et, tandis que les narines suffoquaient de la pestilence de l'encens mêlé aux chairs et aux graisses calcinées, Zénobie apparut telle une gemme sertie dans la bague précieuse de l'oasis. Elle sembla debout sur l'eau comme par l'effet d'un miracle. Ce même miracle qui avait fait jaillir l'eau du désert. Ce miracle de la vie que seule pouvait accorder la bienfaisance des dieux.

*
* *

Ce n'est que plus tard, bien plus tard, une fois l'émotion et le brouhaha des prières apaisés, qu'Abdonaï réclama le silence.

— Moi, Abdonaï, je le déclare devant vous tous en ce jour, le treizième de sa naissance : Zénobie bientôt sera reine de Palmyre. Le Grand Exarque Odeinath, fils des Mattâbôl et main de Rome sur Palmyre, veut dans sa couche la plus belle des étoiles du désert. Il veut ma fille Zénobie, il veut que les Maazin et les Mattâbôl ne forment qu'une seule et immense tribu, maîtresse des caravanes de l'Euphrate aux ports de Rome, de Charax à Antioche. Il veut que Baalshamîn devienne son dieu par les caresses de Zénobie, et il me l'a demandé selon nos lois. Moi, Abdonaï, son père, j'ai accepté. Je le dis devant vous en ce jour : quand son sang de femme coulera, Zénobie, fille de Baalshamîn, fille d'Abdonaï, deviendra l'épouse d'Odeinath !

Les hommes sourirent, les femmes mirent les mains devant leur bouche en poussant un cri de joie. Sur le lac, chacun put voir le radeau tanguer sous les pieds de Zénobie. D'un coup, elle apparut moins déesse que fille abasourdie par les mots de son père. Une onde nerveuse se propagea autour d'elle et se brisa en vaguelettes sur la rive. Certains crurent qu'elle allait tomber à l'eau comme au jour de sa naissance. Ashémou, qui ne la quittait pas des yeux, ne put s'empêcher de tendre les bras pour la rattraper.

Les jeunes Maazin tirèrent sur la corde de chanvre afin de la rapprocher de la rive. Lourd et déjà gorgé d'eau, le radeau vacillait en s'enfonçant. Les joues livides, les lèvres serrées, Zénobie s'agrippa aux lances pour ne pas perdre l'équilibre. Elle n'eut pas un regard pour les hourras de la foule. Elle ne semblait pas même les entendre tandis qu'Abdonaï riait à grands éclats et recevait les félicitations à pleines mains.

Les vieux Maazin jetèrent de nouvelles poignées d'encens dans les braises. Les femmes lancèrent les cris aigus des noces en faisant tournoyer leurs châles. L'oasis du Dingir-dusag, du Baiser du Ciel, la si bien nommée, retentit d'un grand vacarme de joie. Que pouvait espérer de mieux une fille de treize ans, sinon un mari promis à régner sur toutes les richesses du désert ?

7

SIRMIUM

La villa n'était qu'à quatre milles de Sirmium. Ses murs dominaient les champs prospères et les vergers parsemant une vallée qui serpentait, loin au nord, jusqu'au Danube. Un long chemin sableux y conduisait. Dans son dernier mille, bordé de buissons où grésillaient des myriades de criquets, il devenait aussi rectiligne qu'une règle. Nul ne pouvait approcher sans être vu de loin. Aussi l'arrivée d'Aurélien et de son escorte provoqua-t-elle tout un tumulte.

Aelcan, le vieux régisseur, fit ouvrir les vantaux de la porte bardée de fer. Il se précipita sur le chemin, hurlant à pleins poumons :

— Aurélien ! Aurélien !

Le sourire béant sur les quelques dents qui lui restaient, il n'attendit pas qu'Aurélien descende de son char pour lui agripper les poignets, bras contre bras, à la manière des soldats se retrouvant en vie après les combats.

— Aurélien, mon garçon !

Sa poigne était aussi dure qu'une griffe. L'âge ne lui avait rongé que les cheveux et les dents. Il était né sur les côtes de Bretagne six décennies plus tôt et sa silhouette de colosse avait fait trembler plus d'une cohorte à l'époque des révoltes de Gaule. Pareille à celles des combattants des arènes, une large ceinture de cuir serrait son ventre plat. Le bonnet à pointe des affranchis, feutre en hiver et lin en été, ne quittait jamais son crâne chauve.

— Julia Cordelia m'assurait que tu allais venir. Que Mithra me pardonne, j'en doutais ! Les temps d'aujourd'hui sont trop faits de vents qui tournent pour qu'on s'y fie.

Aurélien rit, jeta les rênes sur la lisse du char et serra l'ancien esclave de son père entre ses bras. Ému, en vérité, plus qu'il n'aurait voulu le montrer. Aelcan, à lui seul, représentait toute l'histoire de sa maisonnée et de son ascendance. Ancien Barbare vaincu, il était devenu l'esclave d'Applius Aurelianus, lui-même esclave affranchi de la *domus* des Aurelianus. Les dieux avaient voulu qu'Aelcan soit le plus proche ami de son maître, son plus ferme soutien. Si fidèle que, une fois affranchi, il n'avait jamais quitté la maison. Au contraire, à la mort d'Applius, il avait reporté toute son affection sur Julia Cordelia, son fils et sa fille.

Pas un jour, depuis vingt années, il n'avait cessé de déployer pour eux sa solide assurance et son art de diriger les serviteurs.

Aurélien devina les demi-sourires des hommes de l'escorte. Il dénoua son étreinte. Aelcan ne se retenait pas de bonheur. Il admira la cuirasse d'Aurélien, reconnut sans hésiter le ruban écarlate griffé sur le pectoral de cuir.

— Légat, rien que ça !

Soudain plus grave, la voix plus basse, comme si cela ne devait être entendu que d'Aurélien, il murmura :

— Voilà qui aurait fait le bonheur d'Applius. Si les dieux sont ce qu'ils sont, qu'ils permettent à ton père de te voir comme je te vois, mon garçon.

« Mon garçon » ! C'est ainsi qu'Aelcan l'appelait autrefois. Jamais « mon maître », ou « fils du maître ». Aurélien avait aimé cela tout autant que les leçons d'escrime, de tactique, les durs entraînements au combat qu'Aelcan lui avait infligés sans jamais le laisser faiblir.

— Toi aussi, tu peux être fier. J'ai si bien suivi tes conseils et tes leçons que les Barbares s'en sont repentis plus d'une fois !

Aelcan rit, les yeux un peu trop brillants.

— Je pourrais t'en apprendre encore, n'en doute pas !

Pour dissiper l'émotion qui les embarrassait, il beugla ses ordres. Les esclaves pressés sur le seuil accoururent. Aelcan tonna encore pour qu'ils saluent Aurélien avec respect. La plupart, achetés bien après son départ de la maison, ne le connaissaient pas.

— Voici Aurélien, le fils de votre maîtresse, tas d'ignorants. Baissez le front !

Aurélien abandonna son manteau à un garçon d'Égypte aux grands yeux admiratifs.

— Je vois aussi que tu n'as rien perdu de ton bon caractère, mon cher Aelcan !

— Et pourquoi l'aurais-je perdu ? gloussa Aelcan. Aurais-tu oublié la première de mes maximes ?

— Oh que non !

En même temps que le vieil affranchi, il répéta la phrase avec laquelle, après la mort de son père, Aelcan avait dompté sa colère et sa peine :

— *À quoi sert un bon caractère quand le soleil brille*

sur un glaive et que l'on peut dissoudre sa mauvaise humeur dans le sang de l'ennemi ?

Aelcan cligna de l'œil.

— Viens. Il en est une autre qui connaît ce secret. Clodia me découpera en morceaux si elle apprend que je te retarde.

— Ma sœur devra patienter. Il me faut d'abord saluer mon père.

*
* *

Passé la grosse porte ferrée, la première cour de la villa était bordée d'amples portiques donnant sur les écuries, la cuisine, le four, le pressoir et les resserres. Au premier coup d'œil, Aurélien repéra quelques nouveautés. Les logements des esclaves, adossés aux murs extérieurs, occupaient désormais tout l'étage au-dessus d'un des portiques. Au centre de la cour, une citerne de plomb se dressait sur un socle de maçonnerie. Des tuyaux sortaient de ses flancs pour s'enfoncer sous les dalles du pavement.

Aelcan opina, moqueur.

— Ta sœur n'est pas avare de changements. Julia Cordelia ne lui refuse rien, tu n'es pas au bout de tes surprises. Au moins, le *lararium* est toujours à sa place !

L'affranchi désigna la porte voûtée voisine des cuisines. Aurélien s'y dirigea, passant devant les serviteurs massés sous les portiques. Dans son dos, il entendit les sabots des chevaux qui entraient à leur tour dans la cour. La voix de stentor d'Aelcan résonna, ordonnant à chacun de se remettre au travail.

Les bras haut levés afin que le manteau ne traîne pas sur le sol, l'esclave égyptien suivit Aurélien comme son ombre. Il se chargea encore de son casque et de son baudrier à coquilles d'or d'où pendait le *parazonium*. Le poids le fit chanceler. La courte épée buta contre son menton, mais l'enfant prit soin de masquer son effort. Aurélien esquissa un sourire, effleura sa joue d'un doigt et entra dans le lararium.

Voûtée, enfoncée dans le sol à la manière d'une caverne, la pièce était petite. Deux lampes y trouaient mal l'obscurité. Des braises rougeoyaient dans un âtre de poterie. Aurélien alluma une torche fichée dans une boucle de bronze. La poix s'embrasa avec des étincelles dorées. Dominant l'autel, le visage de marbre d'Applius parut, le temps d'un éblouissement, se redresser et le toiser. Les peintures recouvrant les murs émergèrent de la nuit. Un verger surmonté d'un soleil aux branches d'or s'étageait autour d'un petit temple à lourdes colonnes. Sur son parvis, où ondulait avec maladresse un serpent, génie du foyer, deux jeunes hommes aux robes retroussées représentaient les lares. Saisis dans le mouvement aérien d'une danse, ils tendaient des cornes d'abondance vers une Vesta à l'immense chevelure bouclée. Son visage avait toujours rappelé à Aurélien celui de sa mère.

Au bas du mur opposé étaient représentés les aïeux d'Applius et de Julia Cordelia. Les couleurs s'en étaient affadies, absorbées ici et là par l'humidité, mangées de salpêtre, comme si les murs reprenaient le monde qu'ils avaient laissé naître pour l'engloutir à jamais dans le néant, hors du pouvoir des dieux.

Par contraste, trônant au centre du lararium, le buste de marbre rouge d'Applius n'en paraissait que plus vivant. Un visage plus large que celui d'Aurélien, avec une bouche plus ronde et plus de douceur dans la courbe de la mâchoire. Les joues glabres et la chevelure un peu floue dataient de la mode en cours à l'époque de l'empereur Severius Alexandrius. Mais le front et le menton exprimaient une volonté et une intransigeance identiques à celles de son fils. Une pareille obstination et une semblable cruauté, disaient certains.

Aurélien sentit renaître en lui le vieux, l'irrépressible ressentiment.

Enfant, il avait aimé son père d'une affection pleine d'admiration et d'émerveillement. Sa mort l'avait dérouté autant qu'une trahison. Applius avait tout fait pour que son fils devienne un grand soldat et un grand Romain. Ensevelissant son passé d'esclave dans une volonté sans bornes d'être le plus exemplaire des citoyens affranchis de l'Empire, il n'avait eu de cesse d'enseigner à Aurélien la puissance de Rome.

Cependant, par un jour aussi radieux et paisible que celui-ci, aux ides d'avril, après les fêtes de Cybèle la Grande Mère, il s'en était allé. À la onzième heure du jour. Sans un cri, sans une violence, sur son lit de repas.

Mort comme un homme qui tourne le dos aux siens et s'éloigne.

Sans même lever la main pour dire adieu. Sans même échanger ce regard qui lie, dans la fin du combat, celui qui meurt et celui qui tue.

Il n'avait pas attendu qu'Aurélien puisse lui démontrer sa valeur.

Jamais plus, depuis, Aurélien n'avait perçu la présence d'Applius. Jamais son père ne visitait ses rêves ni ne l'encourageait dans le vacarme des batailles. Encore moins était-il présent dans les hurlements des victoires, dans les honneurs et les acclamations qui, au fil du temps, portaient le fils au-delà des espoirs du père.

Aurélien s'inclina, saisit des copeaux de cèdre et de myrte dans des coupelles de bronze serties au pied de l'autel. Il les déposa sur les braises. La fumée parfumée s'en éleva, réconfortante et familière. En se redressant, il lut machinalement les trois mots gravés sur la pierre au bas du buste de son père.

Trois mots si bien connus, tant et tant de fois prononcés et entendus, si parfaitement polis par la pensée qu'ils étaient devenus pareils à des ombres sans humeurs ni sang. Pourtant, Aurélien tressaillit comme si la voix de son père, en cet instant, les épelait distinctement.

Virtus, Pietas, Fides.

« Discipline, respect, fidélité. »

Les piliers de la Grande Rome !

Trois mots qui avaient engendré la splendeur de la République, puis celle de l'Empire. Des mots qui avaient fait de César, Auguste ou Hadrien les maîtres du monde humain et les élus des dieux avant que l'impéritie, la sottise et la folie de leurs successeurs les rendent inaudibles.

Sauf pour Applius, qui les avait déposés dans l'âme de son fils telles des graines toujours impatientes d'éclore.

Virtus, Pietas, Fides !

Involontairement, Aurélien chercha les syllabes sur les lèvres de son père.

Et il les entendit. La voûte du lararium parut les murmurer.

Était-ce le signe si longtemps attendu ? Applius cessait-il de tourner le dos à son fils ?

Sottise !

Aurélien eut soudain conscience du ridicule de ses sentiments.

Lui, un homme de trente-sept ans qui avait, de sa main, abattu trois ou quatre centaines d'ennemis, un officier dont les exploits enflammaient le cœur des légionnaires, quêtant le son d'une voix sur les lèvres de pierre d'une statue !

L'enseignement était dans son cœur et son sang. Il n'avait nul besoin de sortilège.

Il leva la main droite à la hauteur des yeux de marbre d'Applius, la main qui avait frappé sans hésiter les ennemis de Rome.

— Il n'y a rien que j'aie oublié, mon père. Malgré ton silence.

D'un gousset de cuir agrafé à sa ceinture, il tira un bracelet d'or et le déposa sur la tête de marbre. Avec fierté, il murmura :

— Je l'ai pris pour toi au bras d'un grand Barbare Sauromate. Le chef de plus de mille hommes que j'ai affrontés et vaincus avec une seule cohorte. Puissent les dieux, puisse le Soleil Invicible, puisse Mithra te faire entendre ma voix et te rendre fier de ton fils Aurélien, citoyen libre de Rome.

Il ferma les paupières, raidi par une émotion violente qui se brisa presque aussitôt.

Il perçut le frôlement des sandales sur le seuil du lararium en même temps que le chuchotement.

— Aurélien !

Il reconnut sa voix comme on reconnaît une caresse.

— Aurélien, c'est moi, Clodia.

***

Elle portait une tunique à deux pans, l'un écarlate et l'autre orange, plissés de biais et profondément échancrés. Entre ses seins écartés, la peau était très pâle, très fine. Elle tendit ses bras chargés de bracelets d'argent et d'or.

— Aurélien !

Les plis de sa tunique coulèrent sur ses hanches, les

dessinant avec une grâce qui laissa Aurélien sans souffle. La lumière joua sur ses épaules, ses cheveux très noirs, coupés court et retenus sur le front par un bandeau de soie jaune piqué de deux perles. Sa bouche, grande et ourlée, s'étirait en un sourire dont il avait rêvé mille fois. Un sourire déroutant, dur et doux comme l'acier d'une dague. Peut-être à cause des pommettes hautes qu'elle tenait de leur mère. Ou de l'onguent violemment rouge qui lui couvrait les lèvres tandis qu'un talc fin estompait la lumière sur son nez. Le bleu de ses yeux demeurait aussi pur et sauvage qu'autrefois. Des yeux si semblables à ceux d'Aurélien qu'ils paraissaient en être un double, fascinant et énigmatique.

Il avait cru, avec le temps et la longue séparation, s'être défait de leur emprise. Vanité ! Sous le cuir de la cuirasse, son corps de guerrier frissonnait déjà d'une tension qu'il ne connaissait d'ordinaire qu'avant les combats.

Que les dieux le protègent ! Rien du pouvoir que Clodia, devenue femme, avait acquis sur lui ne s'était amoindri, bien au contraire !

Clodia, sa sœur et l'unique qui, jusqu'à ce jour, avait su ébranler son dédain des femmes.

Elle eut un bref rire de gorge.

— Ne me reconnais-tu pas ?

— Si, je te reconnais. Comment aurais-je pu t'oublier, ma sœur ?

Elle approcha la main. Ses bracelets cliquetèrent lorsqu'elle posa les doigts sur les lèvres de son frère.

— Dix années d'absence, Aurélien. Tu t'es éloigné de cette maison cinq jours après ma dix-huitième année. Jamais tu ne sauras comme j'ai eu peur de ne pas te revoir. J'ai fait mille rêves où tu périssais au combat. Je me suis réveillée autant de fois en croyant t'avoir assassiné par ces pensées.

Des larmes brillaient dans la nacre de ses yeux.

— Oh ! Aurélien, il ne faudra plus jamais me laisser loin de toi !

Elle portait un parfum inconnu, un peu âpre, qui rappelait les encens d'Orient. Il sut sourire, moqueur.

— On ne m'a pas tué. Je suis là. C'est moi qui ai tué.

Elle ne s'offusqua pas de son ton hautain. Au contraire, elle plissa les paupières sous l'effet d'un plaisir intense.

— Oh ! oui, de cela aussi j'ai rêvé ! Je t'ai vu vaincre et vaincre ! Tes lettres aussi nous disaient comme tu devenais grand. Mère et moi, nous les avons relues chacune cent fois.

Elle agrippa les mains d'Aurélien, les porta à ses lèvres. Ce fut plus fort que lui. Il lui ouvrit les paumes et y enfouit son visage.

— Tu m'as manqué, Clodia. Oh ! tu m'as manqué !

Leurs regards si semblables se noyèrent l'un dans l'autre avant qu'ils s'enlacent, tempe contre joue, poitrine et cuirasse soudées, pareils à des enfants ou des amants sans plus de mots pour dire la brûlure du bonheur. Aurélien serra si fort Clodia qu'elle se meurtrit les seins aux emblèmes de Rome. Cela aussi était un bonheur. Elle devina qu'il tremblait et sourit, enfin paisible.

***

Aelcan avait dit vrai. La villa confortable mais rustique que leur père avait construite avait disparu. Des pièces nouvelles en prolongeaient les ailes. Les meubles en étaient luxueux, les murs ornés de splendides fresques.

Un jardin de roses jaunes reliait désormais les colonnades de l'*atrium* au *triclinium*, l'ancienne salle à manger. Autrefois sombre et étroite, celle-ci avait été transformée en une pièce spacieuse. Les lits de repas, recouverts d'une soie jaune venue d'Antioche, y étaient neufs. Un toit aux pans abaissés y diffusait une ombre douce. De hautes fenêtres l'ouvraient sur trois côtés, où des paravents mobiles et des volets épais la protégeaient du vent d'hiver comme des grandes chaleurs.

Clodia expliqua qu'ils pouvaient désormais, en été, profiter de la fraîcheur du bassin de Cybèle.

Aurélien s'étonna. De quel bassin parlait-elle ? Glissant plus que marchant sur la grande mosaïque du sol peuplée d'oiseaux et d'animaux d'Afrique, elle l'attira près de la fenêtre donnant sur le couchant.

— Regarde !

Le vieux mur délimitant le jardin d'arbres fruitiers avait disparu. Abaissé au niveau d'un simple parapet, il retenait les eaux d'un long bassin en arc de cercle où se reflétait une colonnade. Dressés sur un pavement de marbre ocre, une vingtaine de fûts ornés de pilastres à volutes conduisaient à un petit temple de Cybèle achevé seulement depuis l'hiver. Son fronton surplombait la magnifique enfilade des vallées. Entre les encorbellements de laurier, un relief de stuc, peint de couleurs vives, représentait la *Magna Mater* debout sur un chariot tiré par le taureau de Mithra.

Aurélien en resta bouche bée. Enfin, d'un ton qui trahissait toute sa stupéfaction, il demanda :

— Serions-nous devenus riches ?

Clodia rit, se serra contre lui, pressant son sein contre son bras. Le rire de sa sœur vibra jusque dans sa poitrine. Aurélien songea aux fruits d'août, débordant de vie jusqu'à l'ivresse.

— Oui, oui ! Nous sommes riches. Mère nous rend riches ! Il n'est plus une grande famille de Sirmium qui sache se passer de ses augures. Et pas seulement de

Sirmium ! Il en vient de partout. De toute la Pannonie, de Mésie, et même de Dalmatie. On croirait que l'Empire tout entier accourt au temple du Sol-Invictus de Sirmium pour s'abreuver aux paroles de la grande prêtresse Julia Cordelia !

Avant qu'il s'étonne encore, elle s'écarta, franchit la porte donnant sur le bassin, avança entre les colonnes conduisant au temple de Cybèle. Soleil et ombre jouèrent sur sa nuque, éclairant et estompant les plis de sa tunique. Son reflet dansa sur l'eau du bassin froissée par la brise.

Elle repoussa quelques mèches rabattues sur ses joues. Le bleu de ses iris brilla d'une lumière qui ne devait rien à celle du jour.

— Le légat Aurélien n'est-il pas satisfait de voir ce qu'est devenue la villa de son père ?

Résonnant sur l'eau, sa voix possédait la même âpreté que son parfum. Aurélien ne trouva rien à répondre. En cet instant, dans cette pose et dans ce décor si parfaits, dans l'accomplissement même de sa beauté et de sa puissance, Clodia lui sembla être l'incarnation de la déesse Cybèle.

— Viens, dit-elle. Ton bain est prêt. Tu pourras t'y détendre avant le repas, et j'ai bien d'autres choses à te raconter.

*
* *

L'eau de la piscine était brûlante. L'air moite de l'étuve étouffait la lumière tombant de quatre lucarnes closes par des plaques de verre pâteux.

Entouré de serviteurs silencieux aux visages inconnus qui apportaient les huiles, les parfums et les linges, Aurélien avança vers la partie la plus profonde du bassin. La vapeur se déchira en lambeaux devant son torse.

L'image d'un Neptune barbu et ventru, le trident au poing, apparut sous l'eau. La grosse bouche du dieu grimaçait au gré des vaguelettes. Comme le reste de la maison, le *caldarium* et le *tepidarium* avaient été refaits à neuf. Minutieuse mosaïque, un immense soleil en recouvrait la voûte et jetait ses rayons d'or jusqu'au sol de brique. La vapeur et la médiocre lumière lui donnaient une étrange tonalité nocturne.

Du creux de la main, Aurélien puisa un peu d'eau, s'en aspergea le visage. La fatigue du jour alourdit d'un coup ses épaules et ses reins. Il accomplit quelques brasses, plongea, demeura un court instant sous l'eau, laissant le liquide caresser son corps nu.

Un serviteur l'attendait au haut de l'escalier avec un linge déployé. Aurélien lui ordonna de le plier en coussin afin qu'il puisse reposer sa tête au bord du bassin tout en se laissant flotter. Ainsi, immobile, porté par la chaleur étourdissante, il tenta d'échapper à la pensée de Clodia.

Peut-être s'endormit-il un bref instant. Il n'entendit pas les esclaves quitter le *caldarium*. Il rouvrit les paupières en sursautant sous les doigts qui lui caressaient le front.

Clodia se tenait agenouillée tout près de son visage. Un pan de sa tunique flottait à la surface de l'eau. La chaleur lui rougissait les joues. Une fine sueur perlait sur ses narines.

— Il est dangereux de s'endormir dans le bain, murmura-t-elle.

Aurélien se retourna sur le ventre dans un réflexe de pudeur. Elle sourit, se redressa et alla prendre une nouvelle serviette sur une tablette de rangement. La pénombre de l'étuve, un bref instant, l'absorba, aussi irréelle qu'un fantôme.

— Allons dans le tepidarium, je vais te huiler moi-même, dit-elle en revenant.

Aurélien feignit de s'étonner.

— N'y a-t-il pas d'esclave qui en soit capable ?

Clodia lui adressa une moue enfantine qu'il avait presque oubliée.

— Allons, grand frère, laisse-toi faire ! As-tu oublié que personne ne sait mieux te masser que ta sœur ?

— Nous ne sommes plus des enfants, Clodia.

Elle le toisa. Le sarcasme autant que la plainte fit vibrer sa voix lorsqu'elle demanda :

— Mon frère me serait-il revenu indifférent ? Oublieux de l'amour qu'il m'a prouvé avant de me quitter ?

L'allusion piqua les reins d'Aurélien telle la pointe d'un glaive. Clodia s'approcha jusqu'à l'extrême bord du bassin. D'un geste inattendu, elle resserra les doigts sur la chevelure d'Aurélien.

— Aurais-tu rencontré une femme qui puisse devenir ton épouse ?

— Non.

— Une femme qui soit une maîtresse si parfaite qu'elle puisse me faire honte ?

Avec ce qu'il put de douceur, Aurélien saisit son poignet et écarta sa main.

— Ne parle pas ainsi, Clodia. C'est toi qui depuis longtemps devrais avoir un époux.

Elle sourit ou grimaça, il ne sut. Ses cheveux encadraient son visage comme deux pans de nuit. Dans la lumière ambiguë, ses lèvres si rouges paraissaient noires.

— N'y compte pas, Aurélien. Je tiens ma promesse de petite fille. Je ne veux pas d'autre époux que mon frère.

Aurélien eut un rire maladroit. Son sexe, dans la profondeur brûlante de l'eau, se dressait sans qu'il puisse l'en empêcher.

— Tu n'es plus une petite fille ! protesta-t-il.

Elle se contenta de garder ses yeux dans les siens. Il ferma les paupières dans l'espoir de lui échapper. Il l'entendit qui déployait le linge pour qu'il vienne s'y envelopper.

Il le fit. Il grimpa les marches. Nu devant elle, désirant devant elle. Hissant hors de l'eau un corps qui ne masquait plus rien de sa vérité. Vaincu par la conscience de son extrême faiblesse. Lui qui cédait et avait toujours cédé.

Lui qui, en vérité, n'avait jamais eu la force de lutter contre sa sœur folle et tant aimée.

Oh ! Les dieux pouvaient-ils pardonner l'impardonnable ?

Clodia noua la serviette autour de ses reins avec la dextérité d'une servante. Cueillant des perles d'eau, ses doigts glissèrent jusqu'à l'épaule d'Aurélien. Elle remarqua :

— De ton corps, il n'y a que les cicatrices nouvelles que j'ignore.

Elle disait vrai. Clodia disait toujours vrai.

Ses doigts longèrent la courbe irrégulière d'un bourrelet que la chaleur venait de gonfler tel l'ourlet d'une lèvre. Elle y posa la bouche. Il devina la pointe de sa langue qui en suivait les méandres.

— Celle-ci, je ne la connais pas, murmura-t-elle. Pendant que tu étais dans l'eau j'en ai aperçu une autre sur ta cuisse. Deux nouvelles cicatrices. C'est bien peu pour tant de combats. Ta réputation serait-elle une légende ?

Aurélien la repoussa en riant. Il se dirigea vers le tepidarium. La vapeur de l'étuve maintenant l'oppressait. Avec l'espoir de se débarrasser de la sensation d'abdication qui lui encombrait la gorge autant que la vapeur trop parfumée, il lança fièrement, d'un ton très militaire :

— J'ai reçu les deux le même jour ! À Mogontacium, sur le Rhin. Je commandais la XXIIe *Primigenia*, et ça ne m'a pas empêché de vaincre les Alamans. Et ceux que mon épée a frappés ne vivent plus pour arborer leurs cicatrices. Sur moi, tu n'en trouveras pas d'autre. Parmi les légions, on dit que jamais un soldat de Rome, pas même César, n'a tué tant d'hommes de sa main en se couvrant si peu de son propre sang !

8

OASIS DU DINGIR-DUSAG

Le soleil de l'après-midi brûlait. L'exubérant tumulte de la fête vibrait dans le ciel au-dessus de l'oasis miraculeuse du Dingir-dusag. Les mélopées savantes des flûtes et des cithares, les chants soutenus par les tambours résonnaient entre les parois des falaises et se perdaient dans l'immensité du Turaq Al'llab. Par instants, des rires d'homme enflaient, s'épuisaient dans la chaleur accablante. La fête d'anniversaire de Zénobie resplendissait. Mais sans Zénobie.

Elle, elle avait crié, haletante de fureur et griffant l'air surchauffé de la tente :

— Il avait promis ! Il avait promis de me demander !

Elle avait déchiré sa robe et la tresse d'or, dépecé ses vêtements avec une rage méticuleuse. Nue, aussi nue qu'au jour de sa naissance, elle s'était accroupie sur sa couche. Puis encore, prostrée dans la chaleur, sans une larme, elle avait grondé :

— Il n'est plus mon père. Jamais plus je ne lui ferai

confiance. Jamais plus. Baalshamîn est avec moi. Baalshamîn étend sa main sur Zénobie, pas sur lui. Jamais je ne lui pardonnerai.

Ashémou avait répété dix fois les mêmes phrases insipides, les mêmes raisonnements que les femmes et les mères prononçaient dans ces circonstances. Son père ne souhaitait que son bien. Ne deviendrait-elle pas une reine ? La plus belle et la première des femmes de tout l'orient de Rome. Qui pouvait espérer plus ?

— Me prends-tu pour une idiote ? avait répliqué Zénobie avec mépris. Mon père ne veut pas mon bien. Il veut de l'or et du pouvoir. Moi, je ne compte pas, je ne suis rien de plus qu'une chamelle à vendre.

Le cœur nauséeux, Ashémou avait protesté, tâchant de mettre dans sa voix une conviction qu'elle ne possédait pas. N'était-ce pas ainsi que les choses se passaient entre père et fille, entre tous les pères et toutes les filles, et depuis les premiers jours du monde ? Voulait-elle tout changer ? Zénobie avait balayé ces mauvais arguments d'une ironie cinglante.

— Je ne suis pas une fille comme les autres. Il le dit assez lui-même ! Il devait me demander. Il a bien su me demander d'aller faire la chèvre sur l'eau ! Il avait promis de me demander. Ce n'est qu'un menteur, un voleur. Baalshamîn ne lui donne rien, c'est à moi qu'il donne !

Ashémou eut des mots encore plus sots. Abdonaï n'avait fait qu'une annonce. Le mariage n'aurait lieu que le jour de son sang. Ce n'était pas pour demain. Dans deux ans, plus peut-être. D'ici là, Zénobie aurait le temps de s'accoutumer à cette idée, elle en verrait le bon côté.

Le ricanement de Zénobie l'avait foudroyée.

La fille d'Abdonaï s'était mise debout sur sa couche, ouvrant les bras en grand, s'offrant aux regards dans toute sa nudité, sa grâce innocente de femme naissante.

— Pauvre folle ! Le bon côté ? avait-elle jeté entre les larmes qu'elle ne pouvait plus retenir. Tu ne sais pas ce que tu dis. D'ici là, mes jours et mes nuits vont puer de l'odeur d'Odeinath avant même que je l'approche. Il est vieux, vieux, vieux ! Il lui manque des dents, il a les ongles jaunes, des poils plein le nez, il dort en mangeant ! Il est vieux, vieux, vieux ! Et moi, regarde-moi. Imagine les pattes de ce vieux sur moi ! Oh ! oui, c'est sûr, je vais m'y habituer ! Je vais voir le bon côté !

Cette fois, Ashémou avait baissé le front sans répliquer. Elle avait dû se mordre les lèvres pour que Zénobie ne les voie pas trembler. Et, coup de grâce, Zénobie s'était écroulée contre sa vaste poitrine tel un oiseau, ainsi qu'elle le faisait autrefois, quand elle n'était qu'une enfant.

— Il oublie qu'il a déjà tué ma mère comme ça, Ashémou, chuchota-t-elle d'une voix blanche de terreur. Il ne veut rien comprendre !

***

Jusqu'au soir, le fabuleux banquet promis par Abdonaï dispersa sa clameur et ses splendeurs dans toute l'oasis, mais Zénobie n'y parut pas.

Prostrée sur sa couche, elle refusa de se vêtir et de quitter la tente. Elle ne répondit pas aux suppliques d'Ashémou.

— Tu ne peux pas rester ainsi. Tu dois aller au côté de ton père. Ils t'attendent tous. Il faut qu'ils te voient. Même un instant. Tu lui fais un affront terrible.

Pas plus qu'elle ne céda aux serviteurs qu'Abdonaï envoya pour la réclamer.

Finalement, il vint en personne jusqu'à la tente, où il ne put pénétrer, sa fille s'obstinant à demeurer nue. Il menaça, cria des horreurs à travers la toile pour qu'elle en soit impressionnée. Avec sincérité, il promit de livrer Ashémou aux hyènes du désert dès le lendemain. Il ne reçut que le silence en retour. Il lui fallut inventer une excuse pour reparaître sans sa fille devant les vieux Maazin et ses invités.

Ceux-ci rirent de bon cœur en l'écoutant. Chacun savait ce qu'était l'humeur d'une fille qui vient d'apprendre quel sera son époux. Zénobie faisait seulement preuve du caractère que Baalshamîn lui avait accordé par le feu de son étoile.

Mais soudain, peu de temps avant le crépuscule, Zénobie se précipita sur une servante qui avait terminé de servir des galettes et des gâteaux. Elle lui réclama sa tunique et son châle de tête, pressant durement la pauvre fille ahurie de se dévêtir.

Ashémou s'écria :

— Que fais-tu, mais que fais-tu ?

En un clin d'œil, sans répondre, Zénobie s'enveloppa dans la toile de lin brune, dissimula ses cheveux dans le châle vert et noir des servantes. Ashémou l'agrippa.

— Où vas-tu ? Tu ne peux te présenter devant ton père ainsi vêtue !

Zénobie la repoussa sans douceur.

— Je me fiche de mon père. Tu sais très bien où je vais.

— Zénobie !

— Laisse-moi, ordonna Zénobie en échappant aux mains de l'Égyptienne. Et ne me suis pas, ou tu ne me revois plus jamais.

***

Sous son accoutrement de servante, elle put traverser le campement en fête sans se faire remarquer.

Elle courut d'un trait à travers la palmeraie. Laissant derrière elle le lac et l'alignement de roches où elle avait retrouvé Schawaad deux nuits plus tôt, elle s'engagea sur la piste caillouteuse qui menait au fond de la faille. Elle n'avait pas d'autre solution que d'aller jusqu'aux tentes blanches des Elkésaïtes et de crier son nom :

— Schawaad ! Schawaad !

Les deux syllabes résonnèrent comme des aboiements sur les pentes et les roches du plateau.

— Schawaad !

Des enfants accoururent. Puis des hommes et des femmes. Ils se tinrent à distance, ne dépassant pas les limites du campement, immobiles et silencieux.

Il n'était pas parmi eux. Elle chercha son visage, s'approchant encore de quelques pas, mais sans oser franchir la vingtaine de coudées qui les séparaient. Elle attendit tout ce qu'elle put attendre. Elle cria de nouveau :

— Je suis Zénobie ! Je veux voir Schawaad ! Il faut que je le voie. S'il vous plaît !

Il y eut une hésitation parmi eux. Les femmes se tournèrent vers les hommes. L'un d'eux s'avança.

— Mon fils n'est pas ici, fille des Maazin.

— Mais si ! protesta Zénobie, les larmes aux yeux. Mais si, il est là. S'il vous plaît, permettez-lui de venir, je dois lui parler.

Le père de Schawaad laissa le silence revenir avant de répondre :

— Il n'est pas ici, il est parti avant le plus chaud du soleil. Tu peux me croire.

Il ne mentait pas. Zénobie crut que ses jambes allaient se dérober.

— Parti où ? souffla-t-elle.

— Là où il doit apprendre et exercer la modestie de son destin. Il est inutile que tu l'attendes, fille d'Abdonaï. Aujourd'hui comme demain. Retourne parmi les tiens.

9

SIRMIUM

La relative fraîcheur du tepidarium l'avait soulagé un moment. La salle était petite, étroite, munie de deux banquettes maçonnées recouvertes de draps verts. Entre des niches contenant des fioles d'huiles parfumées, une fresque représentait Pan, nu et le sexe imposant. D'une main désinvolte, le dieu dévoilait les fesses d'une bacchante endormie.

Masquant son hésitation, Aurélien s'était allongé sur le ventre, laissant Clodia dénouer aussi habilement qu'elle l'avait nouée la serviette qui ceignait ses reins. Ce seul contact avait irrigué son désir plus qu'il ne l'aurait voulu. D'une voix bien trop lourde, il avait raconté :

— Il m'est arrivé de me battre contre des femmes. Des Barbares sauromates. Des femmes vêtues de cuirasses, armées comme des hommes, combattant aussi bien que des hommes. Peut-être avec plus de cruauté. Elles offraient leurs seins à l'épée sans ciller et mouraient en riant. Qui pourrait imaginer une chose pareille ?

Maintenant, les paumes de Clodia, enduites d'huile d'amande, épousaient les muscles durcis de son dos. Après un temps de silence, d'une voix égale, étrangement dénuée d'émotion, elle remarqua :

— Mère l'affirme : Sol-Invictus rayonne sur toi. Les haruspices le prouvent. Ton destin n'est pas de mourir au combat. Ni demain ni après-demain.

Les paupières closes, la joue contre le linge, Aurélien grogna, incrédule. Il ne doutait pas que sa mère ait interrogé à son sujet les entrailles de toutes les volailles et de tous les quadrupèdes tombés sous son stylet ! Cependant, quoi qu'elle y lise, elle n'en demeurait pas moins aussi aveugle que toutes les mères devant le destin de leurs fils. Les dieux de Rome, plus encore que les caresses de Clodia, savaient étourdir la lucidité des plus sages.

— La bataille est faite pour vaincre ou pour mourir, marmonna-t-il. Il ne faut pas s'imaginer chéri des dieux. Ce sont des maîtres de l'illusion. Sous leur volonté, nous ne sommes que des jouets.

— Ne croirais-tu plus en nos dieux ?

— Je crois en Mithra. Il n'est pas de ces dieux qui offrent faveurs et protections. Il est une force, nourrie par le feu du Soleil-Invicible, par le sang et le sperme du Taureau de l'Origine. C'est pourquoi il est le dieu des guerriers, non des femmes ou des simples citoyens. Croire en la présence et en la puissance de Mithra, c'est refuser la satisfaction des présages et connaître l'honneur d'être un mortel.

Clodia demeura à nouveau silencieuse. Aurélien perçut quelques bruits au-dehors, lointains comme s'ils provenaient d'au-delà de la cour. Avec soulagement, il sentit enfin le feu du désir refluer de ses reins.

— Sol-Invictus offre les présages, et non Mithra, reprit Clodia d'une voix assurée. Mère ne se trompe jamais. Tu accompliras ton destin. C'est ainsi.

Aurélien soupira. Le massage de Clodia le détendait désormais. Et, bien sûr, ni elle ni leur mère ne mettraient jamais en doute les obscurs mystères des présages.

— Et que disent ces augures ? demanda-t-il.

— Que tu deviendras le maître de Rome. Auguste et César !

De surprise, il se retourna.

Dans la faible lumière du tepidarium, le regard de Clodia étincelait. Sa tunique bâillait sur sa poitrine vibrante, le tissu humide de vapeur épousait la courbe de son ventre et de ses cuisses avec plus d'indécence que la nudité. Elle s'amusa de ses yeux avides, pressa la main sur sa poitrine pour qu'il s'allonge sur le dos. Il résista mal.

— Qu'y a-t-il de si surprenant ? Moi, je le savais déjà. Depuis longtemps, et bien avant les augures de notre mère.

Auguste et César ! Rêve de mère. Rêve et folie de Clodia.

Les paumes enduites d'huile, elle effleura son sexe avec délicatesse. Aurélien céda au vertige. À cette folie du désir qui lui tordait les reins, les poussait au-devant des caresses interdites. Un instant, plus que tout au monde il voulut les lèvres de Clodia sur sa chair, la poigne de Clodia sur son membre. Il voulut l'enfouir en lui comme il se noierait en elle. La saisir, l'emporter, hanches béantes sous la dureté de son pouvoir, boire à la pointe de ses seins et se soûler de son regard tandis qu'elle mourrait de jouissance !

Les paupières closes, la gorge calcinée, il haleta comme un animal avant le sacrifice. Puis il se redressa, serra le poignet de sa sœur.

— Non.

Elle fronça les sourcils. Le désir retenu lui donnait un étrange visage. Lourd et enfantin à la fois, un peu perdu. Elle chuchota :

— Pourquoi ? Ton désir est le même que le mien.

— Non.

— Nous l'avons fait déjà, et plus d'une fois. Qu'y a-t-il de changé ?

— Nous ne le ferons plus. Le frère et la sœur ne sont pas amants.

— Ne sois pas si bête. Des dieux l'ont fait. Nul ne les a condamnés.

Entre ses lèvres sombres sa voix roulait, comme venue du cœur de la terre, violente, possessive. Aurélien ricana. Il se jeta hors de la couche et tira un linge sur sa taille.

— Tout à l'heure tu voulais être la sœur d'un empereur, maintenant tu veux vivre comme les dieux !

Avant que Clodia réagisse, il y eut des cris. La voix d'Aelcan lançait des ordres. Le bruit étouffé de la lourde porte de la villa pivotant sur ses gonds de bronze et un grondement de roues sur les dalles de la cour se perdirent dans l'air confiné de la pièce.

Clodia déjà s'était reprise.

— Mère est de retour. J'ai préparé une toge pour toi. Elle sera heureuse de te la voir porter au repas. C'est si rare. Et peut-être accepteras-tu d'entendre de sa bouche ce que tu refuses de la mienne ?

***

Cependant, à peine eurent-ils pris place sur les lits de repas qu'un esclave réclama l'attention d'Aelcan. Le vieux régisseur grogna et quitta sa couche en s'excusant. Un instant plus tard, il revenait : une douzaine de cavaliers galopaient sur le chemin de la villa.

— Ils sont rapides et ne tarderont pas à être devant la porte.

Aurélien chercha le regard de sa mère, qui secoua la tête, plus curieuse qu'inquiète.

— Je n'attends personne. Mes clients ne sont jamais si pressés qu'ils arrivent au grand galop.

— Tu ferais mieux de venir voir toi-même, suggéra Aelcan avec un geste respectueux vers sa maîtresse.

Julia Cordelia recouvrit ses épaules avec un petit soupir de déception tandis qu'ils s'éloignaient.

De la lucarne de défense au-dessus de la grande porte, Aurélien vit le nuage de poussière que soulevaient les chevaux. La lumière du crépuscule le teintait d'un ocre dense au-dessus des oliviers.

Les yeux d'Aelcan demeuraient bons. D'un ton étonné, il annonça :

— Tenues de légionnaires. Casques, cuirasses et un enseigne.

— Tu reconnais l'enseigne ?

— Pas encore.

Aurélien patienta pour s'assurer de ce qu'il devinait. Puis il reconnut la jument pommelée, le casque à bandeau de bronze doré et plumes blanches, l'ours de bronze de l'enseigne. Il se détendit, serra l'épaule d'Aelcan.

— Sois sans crainte. C'est mon tribun de légion.

Aelcan grommela qu'il fallait une bonne raison pour crever des chevaux avec une pareille cavalcade et lança l'ordre d'ôter les barres.

Aurélien atteignit l'arche du portique à peine quelques minutes avant Maxime. Ce dernier était, comme ses hommes, recouvert de poussière. Des lignes d'écume blanchissaient les encolures et les bordures de selle des chevaux harassés.

Avant même de saluer et de poser le pied à terre, Maxime lança :

— Decius réclame ton aide.

Julia Cordelia et Clodia arrivèrent à l'orée du vestibule de l'atrium. Maxime détacha un étui de cuir de son baudrier, en tira un papyrus qu'il tendit à Aurélien.

Tandis qu'il en achevait la lecture, il entendit la voix de sa mère demander ce qu'il se passait et Maxime se présenter. Il releva les yeux de la lettre impériale, surprit l'éclair d'intérêt qui attisa le regard de Clodia lorsque Maxime ôta son casque. Peu de femmes demeuraient insensibles à la grâce de ses mains trop fines pour un homme de guerre, à sa chevelure blonde ou à la grande cicatrice qui entaillait sa tempe, soulignant sa beauté d'éphèbe d'une marque violente.

— Que se passe-t-il, Aurélien ? répéta Julia Cordelia.

— L'Empereur a besoin de moi.

Les Goths étaient à Philippopolis, tout près de la mer Noire. Ils pillaient et rançonnaient sans rencontrer de véritable résistance. Decius ne doutait pas qu'ils remonteraient bientôt vers le nord, chargés de leurs fastueux butins d'or et d'esclaves.

— Ce qui devrait les ralentir et les affaiblir. Decius et son fils, Etruscus, sont déjà en route à marche forcée pour Philippopolis. Il veut que je le rejoigne avec la XXe *Valeria Victrix*. Il nous faut partir sur-le-champ.

Clodia et Julia Cordelia protestèrent : ils n'avaient pas encore dîné et ceux qui venaient d'arriver, après une pareille cavalcade, avaient besoin de repos.

— Il va faire nuit, insista Clodia. Attendez l'aube.

— L'aube est bien trop loin, grogna Aurélien.

— Laisse-leur au moins le temps de boire et de manger, fit encore Julia Cordelia.

Aurélien croisa le regard de Maxime.

— Mes hommes et moi pouvons nous passer de repos, Aurélien. Mais les chevaux ne feront pas dix milles de plus.

— Vous prendrez les bêtes qu'il vous faut dans l'écurie, assura Julia Cordelia. Quant à l'Empereur et aux Goths, ils pourront attendre une heure de plus.

*
* *

Ce fut un dîner bref où Aurélien se montra silencieux et plein d'impatience. Maxime parla d'abondance, complimentant tour à tour Julia Cordelia et Clodia, qu'il sut faire rire et rendre oublieuses du temps qui courait.

Avant que l'obscurité de la nuit soit pleine, Aurélien alla troquer sa toge contre sa tenue d'officier. Alors que le jeune esclave égyptien l'aidait à sangler cuirasse et baudrier, Clodia fut soudain là. Désignant le garçon, elle demanda :

— Vas-tu le prendre avec toi ? Il en meurt d'envie.

— Je repars au combat. Qu'y ferais-je d'un enfant ?

Clodia opina. Ses lèvres s'étirèrent en une grimace amère.

— Et qu'y ferais-tu d'une sœur, n'est-ce pas ?

Aurélien se tourna pour que le garçon puisse nouer les lanières de son pectoral de cuir. Clodia fit un pas, saisit l'esclave par le cou et le refoula vers le seuil de la pièce.

— File, je vais m'occuper de cela. Ton maître n'a plus besoin de toi, ni maintenant ni plus tard.

Aurélien ne bougea pas d'un pouce tandis que les doigts de Clodia tiraient sur les languettes de cuir.

— Je ne veux plus être séparée de toi, Aurélien.

Elle chuchotait. Aurélien s'en voulut de répliquer sans élever la voix.

— Tu sais que ce n'est pas possible.

— Bien sûr que si, c'est possible. Je pourrais te rejoindre à ton campement. Il suffirait que tu donnes un ordre.

— Tiens-tu tellement à mourir ? À être violée ou vendue comme esclave ? La Mésie est à feu et à sang. Les villes romaines y sont saccagées. Rien n'est moins sûr aujourd'hui qu'un campement de légionnaires. Ceux qui gouvernent ces régions sont des traîtres et des incompétents. Qu'irais-tu faire là-bas ?

— Être avec toi.

Avec un soupir d'agacement, il se dégagea, attrapa son manteau, le jeta sur ses épaules.

— Si ce n'est pas en Mésie, poursuivit Clodia, ce pourra être ailleurs. Les combats s'achèvent toujours. Nous pourrions nous retrouver à l'automne prochain. Ne me dis pas que c'est impossible. Les épouses et les maîtresses accompagnent les officiers, je le sais. Même les putains y ont leur place.

— Tu n'es rien de tout cela !

Clodia rit. Un rire haut et clair. Provocant.

— Si tu savais comme je pourrais être tout cela à la fois, mon cher frère !

Elle désigna les torches qui brûlaient au-dehors.

— Ton tribun, ce Maxime, ne demanderait pas mieux que de veiller sur moi. Je suis certaine qu'il ne se plaindrait pas de ma présence.

— Ne mêle pas Maxime à ta folie ! gronda Aurélien que la colère envahissait.

— Est-il marié ?

Aurélien s'abstint de répondre.

— Il est si beau que même notre mère n'y est pas insensible.

— Tais-toi, Clodia ! Tu en as bien assez dit pour ce soir. Laisse-moi seule avec ton frère.

Julia Cordelia se tenait debout sur le seuil. Sa voix avait la fermeté simple qu'Aurélien n'avait su montrer. Par bravade, cependant, avant de quitter la pièce, Clodia saisit le visage d'Aurélien et colla ses lèvres aux siennes.

Quand elle eut disparu dans l'obscurité, Julia Cordelia s'approcha de son fils et posa la fraîcheur apaisante de ses doigts sur sa bouche, comme si elle voulait y retenir le baiser de Clodia.

— Cela lui passera, dit-elle avec douceur. Elle a besoin d'aimer et n'a rien de plus beau pour remplir son cœur que la gloire de son frère. Ne lui en veux pas.

Ils s'observèrent en silence. Aurélien se demanda ce que savait sa mère de la vraie folie de Clodia. Comme si elle devinait sa pensée, Julia Cordelia secoua la tête.

— Quoi qu'elle fasse, ne la crains pas. Ce n'est pas d'elle que viendront la nuit et la colère des dieux.

— Que veux-tu dire ?

— Je connais ton destin.

Il eut un méchant ricanement.

— Clodia m'a raconté. Tu sais que je ne crois pas aux augures.

— Tu crois que je m'aveugle parce que je suis ta mère. Tu te trompes, mon fils. C'est toi qui t'aveugles avec des pensées faciles. Tu ne sais pas encore lire en toi. Tu songes à ton père, tu songes à tes aïeux esclaves, tu songes à ta mère, l'affranchie Julia Cordelia. Tu oublies que tu es un homme libre, l'un de ceux où se puise le destin de l'Empire. Ton admiration pour Rome est si grande que tu te rêves son serviteur pour toujours. Mais tu oublies que le plus grand d'entre eux, s'il le veut, prend le titre d'Augustus. Tu te rends sourd à la volonté des dieux car tu ignores encore ce que tu représentes pour eux. Tu te satisfais du sang sur ton épée, alors qu'ils attendent plus, beaucoup plus. Cela viendra. Ce jour-là, tu seras Aurélien Augustus.

— Mère !

— Ne proteste pas, écoute-moi, plutôt, et souviens-toi de mes paroles. Le laurier se posera sur ton front. Pas demain, ni après-demain. D'autres useront et abuseront de la pourpre avant que Rome t'acclame comme elle n'aura pas acclamé un empereur depuis des lustres. Ton ennemi sera aussi l'ennemi des dieux. Il n'aura rien de connu, rien de ce qu'aucun humain encore n'a affronté, rien que les dieux puissent aimer. Et toi, Aurélien Augustus, mon fils, tu seras leur rempart.

Elle se tut, le regard intense. Muet, Aurélien scrutait l'obscurité de ses prunelles comme s'il cherchait la lumière dans le néant entre les étoiles. Elle eut un sourire très tendre, referma la main sur sa nuque.

— Tu vas aller combattre. N'aie crainte. Tu vaincras. Mais toi, toi seul, car tu vas combattre pour un empereur que les dieux ont condamné.

— Mère !

— Decius va mourir, Aurélien. Nul ne pourra l'empêcher, pas même toi. Tu sauras alors que ta mère dit la vérité. Le futur est ainsi : tel que le veulent les dieux éternels. Ils y tracent ton chemin en une grande et belle voie.

Elle ajouta, presque sur le ton d'une plaisanterie :

— Et n'aie crainte des femmes, mon fils. C'est par une femme que les dieux feront ta gloire.

10

DOURA EUROPOS

L'officier perse dispersa du bout de son bâton les ouvriers couverts de poussière qui l'entouraient. Il chercha des yeux une silhouette qu'il découvrit à quelques pas de lui. Un garçon au corps délié, le visage fin à demi caché par la cagoule d'un gros manteau aux rayures maculées de crasse. Indifférent à l'animation qui l'entourait, il mangeait un bol de blé dur assaisonné d'un peu de graisse de chameau.

L'officier gueula :

— La Fouine, tu bâfreras plus tard ! Ces abrutis ont oublié une lampe au fond de la mine. Va me la chercher avant qu'elle ne fiche le feu aux étais.

Sans un mot, le garçon hocha la tête, posa son bol sur un boisseau de cuir contenant des flèches. Il s'essuya la bouche d'un revers de main. Une main fine, aux paumes et aux ongles écorchés, comme tous ceux qui, ici, remuaient la terre et charriaient le bois des mines depuis des lunes.

Ils devaient être deux ou trois mille Perses massés au pied de l'enceinte de Doura Europos. Savante et riche, la ville avait été conquise, des siècles plus tôt, par Nabuchodonosor, puis par Alexandre le Grand. Ensuite, l'empereur Trajan s'y était installé lorsqu'il avait poussé les frontières de Rome jusqu'à l'Euphrate. Doura Europos payait encore l'impôt à Rome et à son allié Odeinath, qui régnait sur Palmyre. Mais, aujourd'hui, la ville était l'objet de la convoitise de Shapûr, roi des Perses. Le Roi des rois voulait vaincre Rome. Et pour vaincre Rome, il lui fallait investir Doura Europos.

Ce qui n'était pas une mince affaire. Le siège languissait. À l'aplomb de l'Euphrate, la cité était naturellement protégée sur trois de ses côtés par des falaises de roches pourpres, magnifiques et inaccessibles. À l'est, face au plateau s'étendant jusqu'au Tigre, un fantastique mur de fortifications la clôturait. Romains et Palmyréniens en avaient redoublé les épaisseurs de brique d'où les archers pouvaient transpercer sans peine les assaillants. Ils y avaient élevé des tours capables de supporter de puissantes balistes et des onagres dont les boulets exterminaient les assiégeants dès qu'ils tentaient de construire des rampes.

Après des mois d'assauts, la résistance de la ville ne faiblissait pas. Un camp de tentes, de huttes ou de simples paillotes s'était étendu sur le plateau où s'étaient installés les assiégeants. Hommes et bêtes, soldats et marchands, filles de joie et bonnes épouses y cohabitaient hors de portée des massacres.

L'ouvrage du siège avait repris avec plus d'intelligence. Puisqu'il n'était pas possible de franchir l'enceinte, les Perses avaient décidé d'en faire écrouler les murs.

De longs couloirs tendus de cuir, par endroits doublés

de brique, reliaient le camp aux monticules de terre qui s'amassaient devant les fortifications. Des charrois de bois avaient été acheminés des forêts du Tal'Affar, à plus de vingt jours de marche. Par milliers, on avait fait venir des hommes des rives du Tigre, de Mossoul et d'Hatra. Ils avaient creusé, dix pieds sous terre, des galeries qui les conduisaient sous l'enceinte. Là, des chambres bien étayées avaient été bâties. Des chambres qui étaient autant de pièges. Il suffirait de mettre le feu aux étayages pour que le sol en surface s'effondre, et avec lui les murs infranchissables.

Toutefois, Romains et Palmyréniens, voyant les amas de terre s'amonceler, devinèrent la manœuvre : les remparts furent aussitôt doublés d'un talus où furent ensevelies les plus proches maisons de la ville. À leur tour, les assiégés creusèrent des contre-mines dans l'espoir de couper les routes souterraines des Perses. Si bien qu'après une année de folie et d'efforts surhumains, crevés en tous sens de souterrains, semés d'immenses taupinières, les alentours de Doura Europos ressemblaient à un monstrueux terrier de rats du désert !

Dans peu de temps, la nuit tomberait. Peut-être serait-elle la dernière nuit d'attente. Partout dans le camp perse cela se murmurait. Les galeries avaient enfin abouti sous les murs. L'assaut était une question d'heures. En vérité, assaillants et assiégés craignaient à chaque instant un écroulement qu'ils ne maîtriseraient pas. Les boyaux étaient devenus si fragiles qu'une fausse manœuvre pouvait ruiner l'ultime défense de la ville ou, au contraire, anéantir cinq mois d'efforts de conquête.

Avant que le garçon s'enfonce dans la galerie, l'officier l'attrapa par la manche.

— Grouille-toi, la Fouine. C'est pas le soir à traîner.

Un sourire féroce fit briller les dents du Perse sous sa longue moustache.

— Tâche d'être discret. Ces veaux de Romains sont juste derrière le mur du fond. Va pas gâcher la belle surprise qui les attend !

***

Ici on l'appelait la « Fouine », en ne se souciant pas plus de son vrai nom que de son sexe. Elle laissa passer une colonne de guerriers en cuirasse de cuir avant de s'enfoncer sous terre.

Le boyau était à peine assez haut pour qu'on puisse s'y tenir droit et il suffisait de quelques pas pour que la lumière du jour disparaisse. Le vacarme du dehors s'évanouit aussi vite. On percevait seulement le grincement des rondins qui soutenaient l'énorme masse de terre. L'air était lourd, stagnant, désagréable à respirer. Le sable, par instants, crissait, s'écoulait ici ou là entre les étais.

Afin de s'accoutumer à l'obscurité, elle s'immobilisa quelques secondes. Elle connaissait chaque recoin de cette mine. Depuis une lune, elle en avait charrié la terre sableuse par dizaines de couffins et peu s'étaient montrés aussi agiles à se déplacer en aveugle dans ce labyrinthe.

Les mains en avant, elle s'avança avec prudence, s'orienta, effleurant le plafond de bois pour se guider. Après une vingtaine de pas, la lumière de la lampe oubliée par les sapeurs teinta l'obscurité d'un halo orangé. La galerie dessinait une courbe irrégulière vers la gauche. Les pics des sapeurs avaient éventré une tombe qu'il avait fallu consolider.

Sans accorder un regard aux squelettes pris entre les rondins, elle avança plus vite, la démarche plus sûre.

La lampe était suspendue au nœud d'un pilier. Elle éclairait une pièce circulaire, large de cinq ou six brassées. Déjà la mèche pendante fumait, la flamme s'y allongeait, menaçant de la rompre.

L'officier perse avait eu raison de craindre l'étourderie des ouvriers. Parfois, sans crier gare, des tremblements secouaient les rondins, assez forts pour que les lampes se décrochent. Celle-ci aurait répandu son huile enflammée sur les étais et les fagots déjà entassés pour l'attaque.

À l'instant où elle décrochait la lampe en protégeant la mèche de la main, des voix résonnèrent, tout près, étouffées par la terre.

Des voix qui parlaient la langue de Palmyre mêlée de latin.

Le Perse avait dit vrai. Les assiégés étaient de l'autre côté du mur.

Il y eut des rires gras de soldats. Des rires pour se donner du courage.

Plutôt que de rebrousser chemin dans la galerie, Zénobie moucha la flamme de la lampe entre ses doigts.

Une minuscule fente de lumière apparut dans le mur de terre. Une lumière dorée dessinait une faille à peine plus grande qu'un petit doigt !

Y pressant l'œil, retenant sa respiration, elle découvrit une salle plus vaste que celle où elle était, et bien étayée. Une dizaine de lampes y brillaient, éclairant autant de soldats vêtus de cottes de mailles, le glaive romain à la ceinture. Leurs boucliers et de courts *pilums* étaient dressés contre les étais.

Un souffle d'air frappa sa joue. De l'ongle, avec précaution, elle effrita un peu de terre et agrandit l'orifice. Sur la droite, dans l'alignement des étais, s'ouvrait la bouche noire d'une galerie.

Une galerie qui conduisait certainement de l'autre côté des remparts. Dans les rues de Doura Europos !

*
* *

Elle ne prit pas le temps de réfléchir. Elle chercha à tâtons un rondin assez léger pour qu'elle puisse le soulever.

Elle devait se dépêcher. Si elle tardait trop, l'officier perse allait envoyer un soldat à sa recherche. Elle dressa le poteau de cèdre contre sa poitrine, le fit glisser sur son épaule. Sa capuche bascula en arrière et elle put mieux respirer l'air étouffant de la mine.

Les prunelles rivées sur le mince point de lumière qui trouait l'obscurité, les muscles bandés, sans prêter attention au poids qui lui écrasait l'épaule, Zénobie se jeta en avant.

La poutre rebondit contre le mur avec un crissement sourd qui l'ébranla jusqu'aux reins. Mais elle ne relâcha pas son effort, poussa de toutes ses forces. La terre du mur céda d'un coup. Zénobie bascula en avant, entraînée par le rondin. Le bruit, la lumière, les cris l'empêchèrent de ressentir le choc du bois, des pierres qui lui meurtrissaient la hanche et le dos.

Elle eut à peine le temps de voir le visage des soldats stupéfaits. L'air ronfla entre les poutres. Les lampes s'éteignirent d'un coup. L'obscurité envahit la salle et les galeries comme si elle venait du centre même de la terre. Les soldats braillèrent. Abandonnant son lourd manteau chargé de gravats, Zénobie roula sur le côté. Elle en avait assez vu un instant plus tôt pour situer l'entrée de la galerie. Suppliant Baalshamîn de ne pas l'abandonner, elle se projeta en avant, pliée en deux et les mains tendues, préparée au choc.

Dans son dos, ça gueulait toujours. Aveugles,

désorientés, les soldats se bousculaient, se cognaient aux étais et se piétinaient en vociférant. Un sifflement de métal annonça que les épées avaient été tirées. Mais déjà, au seul étouffement du tumulte, Zénobie sut qu'elle ne s'était pas trompée : elle entrait dans le boyau. Elle pria pour qu'il la conduise vers l'extérieur.

Courbée toujours, bras et mains en avant, le cœur battant à se rompre, elle courait à petits pas. Les peignes de bois qui avaient retenu ses longues boucles en un chignon serré cédèrent. Des mèches, épaisses de poussière, collèrent à ses joues. La sueur engluait ses paupières. Sans s'en rendre compte, elle murmurait le nom de Baalshamîn.

— Ne m'abandonne pas ! Ne m'abandonne pas maintenant !

Cela hurlait toujours derrière elle, plus fort, semblait-il. Peut-être les soldats perses avaient-ils rejoint les Romains ?

Un grondement se fit entendre. Sourd et bref. Puis remuant le sol. L'étayage au-dessus d'elle craqua, grinça comme jamais il n'avait craqué et grincé. Elle devina ce qui arrivait et courut plus vite. Des cris terrifiés jaillirent du fond de la terre. Le grondement les emporta dans un souffle d'air poisseux qui traversa la tunique de Zénobie. L'œuvre de sape était en route. Minées par le mur écroulé, les salles s'effondraient.

Zénobie courut plus vite encore, sans se soucier des étais où s'écorchaient ses épaules, éraflant ses paumes aux rondins pour se guider. L'air pua soudain. Une haleine de mort gela sa nuque. Elle heurta durement la paroi où ruisselait la terre, rebondit contre les étais opposés. Ses jambes ne la portèrent plus, ses seins frappèrent le sol. Ses lèvres baisèrent la terre. Elle eut à peine le temps de presser les mains contre son visage avant que le nuage de poussière et de vacarme roule sur elle.

***

Il fallut du temps pour que le ventre de la terre s'apaise.

Les étais craquèrent encore mais tinrent bon. Le bourdonnement des éboulements résonna plus loin en arrière. D'autres salles devaient céder. Des cris humains, elle n'en entendait plus.

Elle se redressa, toussa et cracha. Elle avança en chancelant, le corps douloureux. Dès qu'elle s'appuyait à la paroi, la terre ruisselait sous ses doigts comme une eau. La poussière s'insinuait partout, jusque sous ses paupières qu'elle ne pouvait qu'à peine ouvrir. Une poussière qui rôdait dans l'air tel un animal, le rendant irrespirable. Elle songea que la galerie était sans doute effondrée devant elle. Qu'elle allait peut-être mourir, là, asphyxiée dans ce terrier.

Pour rien !

Baalshamîn lui tendit la main.

Ouvrant mieux les yeux, elle vit sur sa gauche une lueur blanche, très pâle. Une sorte de nuage rond, bien serti dans la nuit.

La lueur du jour !

Un boyau qui débouchait sur l'extérieur. À dix ou quinze pas !

Elle courut, grommelant un cri de joie digne d'une bête tant sa gorge était encombrée de poussière. Elle entra dans la lumière, l'air frais, éblouie, accompagnée de volutes de poussière ainsi qu'un mirage naît d'une fumée d'encens.

Elle n'était pas dans une rue, mais dans la cour d'une

maison. Une maison à demi remplie de terre. Une voix cria :

— Hé ! Regardez ! Il y en a un qui sort.

Deux silhouettes s'approchèrent, trouant la grisaille de poussière. Des hommes. Un officier romain à la tenue impeccable, la cuirasse à peine ternie, et un soldat de Palmyre aux chicots noirs. Tous les deux la dévisagèrent avec la même stupéfaction.

Le Romain demanda :

— Qui es-tu ?

L'autre s'exclama :

— Centurion ! C'est une femme !

Zénobie s'habituait à la lumière. Des larmes d'irritation nettoyaient ses yeux. Elle ne répondit pas, cherchant où s'échapper, repérant dans l'angle opposé de la cour un couloir que nul ne semblait garder.

Le centurion l'attrapa par le bras.

— Que fais-tu là ? Es-tu perse ? Où sont les autres, là-dessous ?

Le soldat de Palmyre rigola :

— Voilà le courage des Perses ! Envoyer des femmes pour faire écrouler les mines ! Et tu peux être sûr qu'en plus, celle-ci est une espionne !

Un nouveau grondement résonna dans la galerie. Puis encore un autre, plus violent, non loin de la maison. Des hommes gueulèrent sur le toit. Zénobie découvrit une vingtaine de soldats en armes qui y gesticulaient.

— C'est la tour qui s'affaisse ! C'est la tour, centurion !

Le Romain leva les yeux. Zénobie en profita. Elle bondit entre les deux hommes. Le soldat de Palmyre fut cependant plus vif qu'elle ne l'imaginait. Il agrippa un pan de sa tunique et tenta de la ceinturer.

— Holà, mignonne ! Cours pas si vite !

Avec une férocité sans remords, Zénobie écrasa

son genou dans l'entrecuisse du soldat. Il ouvrit la bouche en grand sans qu'un son en sortît. Il s'agrippait toujours à sa tunique, moins pour la retenir que pour se maintenir debout lui-même.

Elle tira sur le tissu de toutes ses forces. La tunique déjà bien mal en point se déchira, la dénudant jusqu'à la poitrine. Le soldat cessa de lutter. Battant des paupières, il posa sur elle un regard fasciné autant que douloureux.

— Par tous les dieux, cette furie est vraiment une femme !

Le Romain, lui, n'admirait pas ses seins. Sa main déjà levait son glaive. D'une secousse où elle mit tout ce qu'il lui restait de force, Zénobie se dégagea et courut vers le couloir, abandonnant un fragment de tunique dans la poigne du soldat.

Baalshamîn, une nouvelle fois, décida pour elle. Des hurlements affolés jaillirent sur le toit :

— Les archers perses se mettent en place !

— Centurion, les cavaliers perses forment le carré !

— La baliste ne peut plus les atteindre, la tour est en miettes ! Ils vont charger dans la brèche.

— Centurion ! Ils forment les lignes !

Zénobie lança un coup d'œil par-dessus son épaule. Le centurion et le soldat de Palmyre lui tournaient le dos. Ils avaient bien d'autres chats à fouetter qu'une espionne poussiéreuse !

11

ABRITTUS, MÉSIE ROMAINE

La masse déchira l'air en un arc puissant. Les pointes de bronze s'enfoncèrent dans le protège-joue du Goth. Du sang mêlé de dents et d'os coula de la mâchoire brisée du Barbare.

L'engourdissement du choc l'empêcha de relever son glaive. D'une torsion du poignet, Aurélien fit rouler la masse sur l'acier du casque. Les yeux du Barbare s'ouvrirent sous la douleur autant que la surprise. La terreur agrandit ses prunelles.

Sous la pression de la masse, le casque bascula. La chevelure hirsute du Goth apparut. La lame de la spatha s'abattit. Dans le vacarme de la bataille, le craquement des os fut à peine audible. Le bras d'Aurélien vibra lorsque l'épée franchit la carapace du crâne, poursuivant son chemin à travers les os du nez et du menton.

Le visage du guerrier béait, ouvert par le milieu. Ses mains se dressèrent, saisies d'un frisson de feuilles d'automne. Il s'écroula. D'une esquive de la hanche,

Aurélien l'évita. La cervelle du Goth se dispersa avec mollesse dans l'herbe gluante.

Aurélien ne lui accorda pas un regard. Déjà, son bras gauche dressait la masse, ses yeux cherchaient le prochain ennemi.

Il en allait ainsi depuis une heure. Le soleil orageux de juin pesait sur les cuirasses et les casques des vivants. La sueur trempait les rembourrages des cottes de mailles. Les champs, où l'aube s'était levée en dorant les pointes du jeune seigle et les fleurs des acacias qui parfumaient les haies, puaient désormais comme l'enfer. Les hurlements n'étaient plus audibles tant l'air en était saturé.

Vers la septième heure, et alors que le soleil basculait vers l'ouest, Aurélien avait perdu son cheval. Un Goth, puissant comme un géant, lui avait brisé le chanfrein d'un coup de masse.

La tête éventrée, la bête s'était écroulée, manquant de rouler sur Aurélien. Encore agenouillé, celui-ci avait projeté son épée, transperçant les entrailles du Goth à la jointure des plaques de bronze de sa cuirasse. En retirant sa spatha du cadavre, Aurélien s'était saisi de la masse qui avait abattu sa monture. Un instant plus tard, c'étaient les têtes des Barbares qu'il brisait avec.

Maintenant, droit au cœur de la confusion du combat, il n'avait plus besoin d'avancer. Les Goths venaient à lui comme des ludions aspirés par le feu d'une torche. Possédés par une fureur brute, dénuée de crainte et d'intelligence, ils piétinaient les cadavres de leurs compagnons vaincus pour affronter ce Romain qui les fracassait encore et encore.

Saisies d'une même obstination, d'une même folie de mort, la spatha repoussait les glaives, la masse sifflait, et les casques sautaient, et les crânes s'offraient à la lame dégoulinante de cervelle et de sang. De rares fois, un coup était dévié. La masse brisait une épaule, un flanc ou une nuque. Alors la spatha tranchait un bras, s'enfonçait dans un visage sans l'ouvrir en entier. Le visage et la poitrine ruisselants du sang ennemi, Aurélien ne voyait plus qu'à peine les têtes se fendre sous ses coups. Il respirait avec de plus en plus de dégoût et d'indifférence l'odeur fétide des viscères cuites par le soleil. À chaque mort, la lame vibrait plus lourdement dans son poignet.

***

Enfin, au milieu de la huitième heure, pareilles à un bourdonnement dû à l'épuisement, les cornes goths résonnèrent.

Un hululement long, suivi de trois brefs appels.

Devant Aurélien, un Barbare hésita à gravir l'amoncellement de cadavres. Il eut une étrange réaction. Il se mit à rire. Un rire dément. Puis il tourna les talons, accomplissant de grands bonds ridicules par-dessus les hommes à terre.

En un clin d'œil, l'armée des Goths reflua vers la route conduisant aux marais du Danube. Ne demeura que le terrible et coutumier amas des morts et des blessés.

D'instinct, Aurélien chercha un cheval et un *cornnu* pour sonner la poursuite. Du coin de l'œil, il entrevit Maxime, rouge de sang frais. Il riait, agitait l'enseigne de la légion dans sa direction.

Le rire lui vint à lui aussi. Il brandit sa spatha en la tenant par la lame, la poignée en l'air. Avec un hurlement éraillé, il la ficha entre ses pieds, dans l'herbe des morts. Les gorges de mille légionnaires gueulèrent la joie de la victoire et sa gloire. C'était fini.

***

La nouvelle leur parvint moins d'une heure plus tard, alors qu'ils se débarrassaient du sang dans l'eau d'un ruisseau.

L'eau fraîche apaisait à peine la fièvre du combat qui les avait consumés. Leurs membres tremblaient comme ceux de vieilles femmes. Certains ne pouvaient plus mouvoir leurs bras qu'en gémissant. Une grande entaille déchirait l'épaule gauche de Maxime. Un chapelet d'ecchymoses n'allait pas tarder à assombrir les flancs d'Aurélien.

Derrière les futaies, le silence de la paix et la pestilence des morts pourrissant déjà sous le soleil étouffaient les cris des blessés. L'air grésillait à nouveau d'insectes, des nuées de papillons blancs dansaient sur les frondaisons des acacias. Les oiseaux reprenaient leurs vols entre les doigts du soleil tamisé par le jeune feuillage. Les premières buses et les corbeaux charognards striaient le bleu du ciel. Les plus arrogants dévoraient déjà les chairs des vaincus.

Un décurion apparut, poussant son cheval dans le lit de la rivière. Devant les officiers nus, il hésita. Il leva son bâton noué d'un ruban de pourpre qui le signalait comme porteur d'un message de l'Empereur.

Maxime repoussa le centurion qui lui bandait l'épaule.

— Approche, décurion. Qui cherches-tu ?

— De la part de Decius Augustus Imperator, pour le légat Aurélien, en personne et de vive voix.

Devant Aurélien, le messager prit à peine le temps de saluer.

— Légat Aurélien, l'Empereur t'informe qu'il a repoussé les Goths à deux milles à l'est d'Abrittus. Les Barbares cherchaient à investir le camp avec de grosses troupes bien ordonnées et supérieures en nombre à nos légions. Mais ils ont rompu le combat d'eux-mêmes.

Aurélien approuva d'un hochement. Hormis le hâle de son visage et de ses avant-bras, sa chair, irritée par les frottements des rembourrages de la cuirasse, était écarlate.

— Et maintenant, ils remontent vers le nord ? fit-il en se séchant précautionneusement la poitrine.

C'était moins une question qu'un constat. Le décurion l'observa sans oser répondre.

Aurélien entendit le grognement de Maxime. L'un comme l'autre songeaient à la même chose. Kniva, le chef des Goths, était plus rusé que tous les renards des ténèbres. Sa manœuvre à présent était évidente. Il ne devait guère être affaibli, en vérité.

Il avait dépêché des guerriers contre eux, ici, à cinq ou six milles d'Abrittus. Sacrifiant ses plus faibles combattants pour laisser croire qu'il allait investir le campement et les greniers de Novae. Ainsi, tandis qu'il immobilisait la XXe *Valeria Victrix* loin de Decius et de son fils Etruscus, le gros des troupes goths filait au nord avec son butin, s'enfonçant dans l'estuaire du Danube. Là où aucune bataille sérieuse ne pouvait se mener sans qu'on s'embourbe dans les marais.

Tant de têtes cassées pour si peu !

Aurélien s'inclina vers la rivière. La lassitude lui glissait dans les reins. Le bruit de l'eau l'empêcha d'entendre le messager. Quand il se redressa, il découvrit la stupeur sur les traits de Maxime.

— Qu'as-tu dit, décurion ?

— Decius Augustus Imperator te fait savoir que son fils, César Herrenius Etruscus, est mort au commandement de la Ve *Macedonia*.

— Etruscus ? Par tous les feux du Soleil !

Étrangement, Aurélien ressentit un intense soulagement.

Sa première pensée fut pour le sinistre présage de sa

mère qui l'avait hanté nuit après nuit depuis son passage à Sirmium. Julia Cordelia s'était trompée. Les dieux avaient détourné leur colère du père sur le fils. De l'auguste Imperator sur le jeune César.

Que Mithra et sa Providence éternelle en soient remerciés !

D'une voix sèche, Aurélien demanda où se trouvait Decius Augustus.

— Dans le camp d'Abrittus. Avec le gouverneur de Mésie et ses officiers. Il te réclame.

— Qu'on me trouve un cheval, vite.

Aurélien déjà enfilait sa tunique souillée de sang. De sa main valide, Maxime attrapa la cuirasse qui séchait sur la rive du ruisseau.

— Prends ma jument. Elle n'a pas combattu, elle est fraîche. À moins que tu ne souhaites ma présence.

— Non. Soigne-toi. Prends garde aux infections qui rôdent ici. J'ai besoin de ta vie, ami, ne l'oublie pas. Remets en ordre les centuries. Qu'elles soient prêtes pour la prochaine aube. Tout est à recommencer : le combat d'aujourd'hui n'a été qu'une duperie.

*
* *

Il fut introduit dans la chambre de l'Empereur et non dans la grande salle du *praetorium* où se tenaient d'ordinaire les audiences. Le tribun de camp qui le conduisait se plaça sur le côté de la porte et l'annonça sans élever la voix.

Les murs de la pièce étaient peints en bandes obliques de bleu et de rouge. Aux angles, des colonnes en trompe l'œil soutenaient des volutes de lauriers et, dans un cartouche, un grand Jupiter nu pointait sa lance sur un formidable nœud de serpents. Un lit, un coffre étaient les seuls meubles. Des cristaux de myrte et d'ambre grésillaient dans une coupole d'offrandes disposée sur un autel de bois. Decius, les yeux clos, la tête inclinée vers la fumée, portait sa tenue de général et non la toge impériale. De hautes *calceus* de cavalier lui couvraient les mollets jusqu'aux genoux. Le fourreau de son parazonium était magnifique. Un serpent de nacre s'achevait à la pointe en une gueule de lion en or. La poignée du glaive était composée de boules d'argent superposées avec, au pommeau, un béryl d'émeraude cloué dans un anneau d'or.

Sa cuirasse crissa lorsqu'il se redressa. Une cuirasse à l'ancienne, tout d'un bloc. On assurait qu'elle était une copie de celle portée par le grand Trajan lorsqu'il étendit l'Empire jusqu'en Écosse, dressant les bornes de Rome aux confins du Nord. Décorés d'une Méduse hurlante et des Louves, mères de Rome, ses renflements épousaient les muscles pectoraux et abdominaux. Elle étreignait intimement le buste de Decius et peu d'hommes de son âge auraient été capables de la porter.

La soixantaine passée, les cheveux devenus plus rares et plus blancs que sa barbe, il conservait une puissance d'homme mûr. Même en un jour comme celui-ci, Aurélièn ne discerna aucune lassitude sur ses traits. Sa bouche ne trahissait ni tristesse ni amertume. Un visage dur de général. Et qui constatait l'état de son officier.

Le poing pressé sur sa poitrine en signe de respect, Aurélien eut conscience du spectacle qu'il offrait. Émaillée de coups, sa cuirasse bâillait ; mal retenu par les sangles déchirées, son tablier clouté pendait en lambeaux. Ses bottines maculées de sang et de poussière, sa barbe même transportaient la puanteur du combat jusqu'ici.

— Pardonne ma tenue, Decius Augustus.

Decius repoussa ses excuses d'un geste.

— Tu sens la victoire et la fuite de l'ennemi, légat ! Qui froncerait le nez ?

— Ma peine ne peut soulager la tienne. Mais elle est puissante et vraie. J'ai aimé Etruscus. Par deux fois, nous avons combattu côte à côte sur le Danube. Il était courageux comme peu de Césars l'ont été.

— Tu dis vrai. Il l'était.

La voix était lourde, mais le regard de Decius ne cillait pas. Rivé à celui d'Aurélien, il pénétrait son âme plus loin et plus douloureusement qu'aucune arme goth.

— Qu'est-ce que la vie d'un homme, Aurélien ? Fût-il mon fils ?

Aurélien ne trouva pas de mots pour répondre.

— Qu'est-ce que la vie d'un homme quand Rome doit faire respecter sa puissance ? Herrenius Etruscus est mort quand il devait mourir. Telle est la volonté des dieux. Cela est bien. Ne me crois pas sans cœur ni plus féroce que tu ne l'es, légat. Souviens-toi de ceci : un Romain, fût-il César, n'est jamais qu'une pierre de l'immense mur de l'Empire. Et moi, Decius Augustus, je suis celui qui maintient ce mur face à la nuit du monde barbare. Le mal et le chaos sont dehors, qui rôdent pour détruire ce que Rome a bâti depuis cinq siècles. *Virtus, Pietas, Fides !* Voilà ce qui compte. Cela, et rien d'autre.

Sans s'en rendre compte, Aurélien tremblait. Ses doigts, ses lèvres, sa pensée tremblaient. La fièvre et la fatigue du combat n'y étaient pour rien. Les mots de Decius empoignaient son cœur et sa raison.

Virtus, Pietas, Fides. Les mots de Rome. Les mots que son père avait fait graver sur l'autel soutenant son buste dans le lararium de Sirmium.

Dans la bouche de Decius, ils devenaient le souffle même des dieux. C'était cela, être l'Empereur. Un Augustus détenait une puissance qui n'était pas seulement due à la splendeur de sa cuirasse. Les dieux de Rome se coulaient dans son corps humain afin de le rendre plus noble et plus sacré.

Ainsi les dieux maintenaient le destin de Rome et des peuples soumis, calendes après calendes, bataille après bataille. Ainsi, à chaque aube, le Soleil-Invicible se levait sur l'immensité plate du monde pour y repousser la nuit et le mal.

Le visage de Decius s'adoucit. Il avait deviné les pensées d'Aurélien. Ses doigts se posèrent avec affection sur la tunique maculée par la mort des Barbares.

— Tu es vivant et victorieux, Aurélien. Voilà tout ce qui compte. Que les dieux immortels en soient remerciés.

Aurélien secoua la tête.

— J'ai vaincu, Augustus. Mais cette victoire trop facile n'est qu'une ruse de Kniva. Elle ne l'affaiblira guère dans sa fuite.

— Les morts ne l'aideront pas non plus. Sois-en certain.

L'Empereur se retourna, saisit sur le lit étroit le baudrier et le fourreau d'une épée qu'Aurélien reconnut. L'épée d'Etruscus ! Decius tira la lame de son étui de cuir.

— Reçois cette épée de mes mains, Aurélien.

C'était une arme magnifique. Le fer venait des forges de Damas, les seules capables de rendre une arme aussi légère que puissante, aussi souple que résistante. À la manière des épées perses, elle possédait une garde : deux ailes de corbeau gracieusement recourbées vers l'extérieur, faites d'un acier fileté d'or. La poignée, ample et simple, possédait un pommeau identique au parazonium de Decius. La gemme, d'une eau verte, était sertie dans un anneau d'argent. Sur le fourreau, les constellations de Mithra, du Corbeau, de Mars, du Lion et d'Hélios étaient dessinées en fils d'argent et d'or avec une adresse époustouflante. L'épaisseur du cuir avait été doublée de deux lames d'acier afin de devenir arme à son tour, si besoin était.

— C'est l'épée de ton fils…

L'épée pesait dans les mains d'Aurélien sans qu'il ose les refermer. Decius la retenait encore dans sa poigne. À travers l'arme, la vibration de son souffle intense se transmit aux paumes d'Aurélien.

— Accepte, Aurélien. Nul ne saura la faire vivre aussi bien que toi. Regarde ce fourreau. Etruscus était un fidèle de Mithra, et je sais qu'il est ton dieu. Qui, plus que toi, pourrait en être digne ? Et je veux qu'on le sache. Je veux que tu ceignes cette épée sur-le-champ, avant que nous allions rejoindre les autres dans la grande salle.

— Decius Augustus, il ne me vient pas de mots pour te répéter ma fidélité.

Decius approuva son aveu d'un battement de paupières. L'un et l'autre, les poings serrés sur l'arme du défunt César, ils se turent. Aurélien sut que les dieux scellaient entre eux un pacte que seule la mort pourrait anéantir.

***

Decius retira brutalement ses mains du fourreau de l'épée. En un instant il devint un autre homme.

— Notre bon gouverneur de Mésie veut profiter de la mort de mon fils pour reprendre sa politique : offrir des charrettes d'or à Kniva afin que ses Goths repassent le Danube sans plus affronter nos légions. Ce gros mou de Trébonien me donne son conseil : que je prenne le temps d'enterrer César avant de repartir sur le Rhin ! Il se chargera de la paix et du reste. Pas des combats, non. Il versera la rançon de Rome aux pieds du Goth !

Peux-tu le croire ? Il ose, Aurélien, il ose ! Alors que les Barbares fuient devant nous, chargés du butin des pillages de Philippopolis !

Decius gronda si fort sa fureur que des braises d'encens s'envolèrent en pétillant. Il les chassa de la main, lançant des tourbillons de fumée contre les murs.

— Ce désastre est le résultat de sa politique de pleutre. Mais Trébonien n'en connaît pas d'autre. Depuis qu'il gouverne cette région, tout va de mal en pis. Et les autres, légat, les autres ne valent pas mieux ! Les légions de Caius Proculum et Lulius Finitus ont cédé devant dix mille Goths. Ils en ont encore les yeux tout papillonnants. La mort d'Etruscus les conforte dans la prudence au lieu de les faire bouillir de rage. Que je les laisse faire et Rome sera réduite à marchander avec les Barbares pour ne pas trop vite vider ses caisses. Est-ce tout ce qu'il nous reste d'orgueil ?

Une grosse veine battait de rage sur son front. Aurélien laissa passer un petit silence avant de demander :

— Que vas-tu ordonner, Augustus ?

— Nous poursuivrons les Barbares dès cette nuit. Nous contraindrons Kniva au combat avant qu'il parvienne au Danube. Je prendrai moi-même la tête de la Ve *Macedonia*…

Aurélien ne put retenir un froncement de sourcils qui n'échappa pas à Decius.

— Quoi ? Toi aussi, tu doutes ?

— Non, Augustus, je ne doute pas ! Ton choix est le bon. Nous devons abattre Kniva dès maintenant. Les peuples goths sont massés au nord, autour de Duostorum. Les pillages leur permettront de fabriquer des monceaux d'armes et de cuirasses pour déferler, plus forts que jamais, sur nos frontières. Tu as raison, il faut les arrêter. Il n'y a pas d'autre solution.

— Mais ?

— Mais Kniva est la ruse incarnée. Regarde le chemin qu'il emprunte pour atteindre le fleuve. Il s'enfonce dans les marais. Là où nous ne pouvons le combattre.

— Au contraire ! Ses chariots pleins d'or s'embourberont et le ralentiront. Ses prisonniers pourront fuir.

— Il se peut, Augustus.

— Tu ne me crois pas ?

— Ce que je crois, c'est que Kniva ne prendrait pas la route des marais si elle n'était pas bonne pour lui.

— Sais-tu que tu viens de prononcer la même phrase que le gros Trébonien ?

— Accorde-moi de ne pas la prononcer pour la même raison.

— Que proposes-tu ?

— De remonter plus haut et plus vite que les Goths. En contournant les marais, nous serons plus rapides. Une marche forcée d'une nuit et d'un jour. Nous les surprendrons alors qu'ils avanceront sur Duostorum en se pensant déjà victorieux. Je les connais, quand ils se croient les maîtres, les Barbares ne résistent pas au plaisir de l'ivresse. Leur nombre ne sera plus un obstacle.

— Il te faudra traverser le Danube sur trois bras.

— Eux aussi le devront, Augustus.

— Ils sont vingt mille pour pousser les rames là où nous n'avons désormais qu'à peine deux légions.

— Nous n'aurons pas besoin de rames. Nous ne transportons pas de chariots regorgeant d'or. Nous aurons nos ponts de bateaux.

— Une fois de l'autre côté du fleuve, tu seras pris à revers par ceux qui attendent Kniva au nord.

— C'est un risque. Faible, cependant. La surprise sera grande. Lorsque ceux de Duostorum auront conscience de notre présence, il sera trop tard pour eux.

Decius conserva le silence, le visage clos, les yeux rivés sur l'épée d'Etruscus qu'Aurélien tenait encore entre les mains. Avec déception, Aurélien devina la puissance du désir de vengeance qui remplissait les pensées de l'Empereur.

Lui qui, un instant plus tôt, semblait si fort, masquait sa peine avec tant de dédain, ne jugeait pas la situation en chef des armées mais en père et en empereur humilié. Il voulait effacer la mort de son fils par le sang. Ce soir ou demain, aussi vite que possible. Quoi qu'il en coûte.

Avec un désagréable frisson, la voix de sa mère hanta de nouveau Aurélien : « *Decius va mourir, mon fils. Tu ne pourras pas l'empêcher. Le futur est ainsi : tel que le veulent les dieux éternels.* »

Une brève seconde, il hésita à prévenir Decius. Lui dire la vérité au risque d'affronter son dédain. Au risque d'avoir à supporter son mépris. Il entendait déjà le rire féroce. Lui, l'Empereur, prendre garde à l'augure d'une prêtresse affranchie de Sirmium ! Allons, Aurélien, me serais-je trompé en t'offrant l'épée de mon fils ?

Les doigts de Decius se refermèrent sur les siens, les écrasant contre l'acier tranchant de Damas. Tiré de ses pensées, Aurélien frissonna, happé par le regard du vieil homme qui croyait tant en lui.

— Je sais ce que tu penses, murmura Decius. Peut-être as-tu raison. Cependant, c'est ainsi. Les dieux doivent décider de mon sort et de la puissance de Rome. Voilà ce que je vais ordonner : la Ve *Macedonia* poursuivra les Goths dans les marais pendant que toi, tu leur couperas la route au nord. Caius Proculum me soutiendra avec la VIIe *Claudia Pia Fidelis*.

Un sourire froid tendit le visage où ne se lisait plus aucune émotion.

— Tu as eu raison d'insister, Aurélien. Ce plan est meilleur que celui de l'origine. Il ne plaira guère à Trébonien, ce qui est un signe d'excellence !

12

DOURA EUROPOS

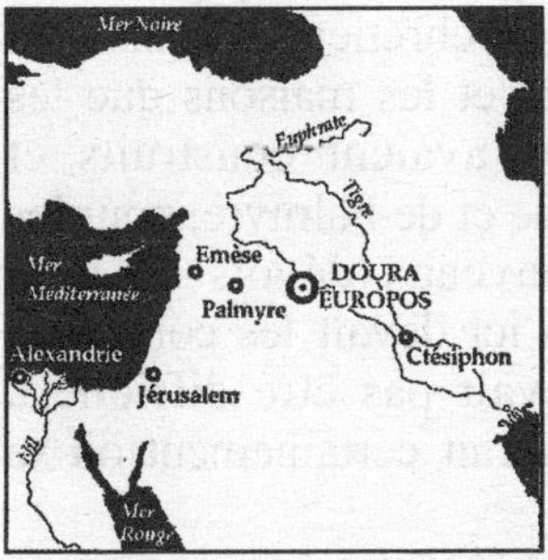

La terreur régnait dans la ville. Partout on criait à l'imminence de l'attaque perse. Un chaos qui permit à Zénobie de passer inaperçue, toute déguenillée et sale à faire peur qu'elle était.

Pressant les pans de sa tunique contre son buste, elle courut, au hasard des rues, pour mettre le plus de distance possible entre elle et les soldats. Mais personne ne la suivait, personne ne se souciait d'elle. Elle se coula dans l'agitation qui l'entourait, se mêla aux femmes qui poussaient en pleurant leurs enfants on ne sait où, à ces hommes qui s'interpellaient pour charrier de l'eau, de la nourriture, pour barricader portes et fenêtres. Chacun voulait fuir les rues où bientôt pleuvraient des nuées de flèches, se précipitait derrière des portes que l'on espérait solides.

Des trompes sonnèrent. Des hommes en simples tuniques, munis de bâtons, de pieux durcis au feu, de sacs de pierres, gravissaient les labyrinthes d'escaliers menant aux terrasses des maisons, sautaient d'un toit à l'autre.

Maintenant, elle devait le retrouver.

Elle avait accompli le plus difficile, mais elle devait le retrouver.

Vite. Avant la nuit. Avant que les Perses n'investissent la ville.

Une phrase, mille fois remâchée depuis des lunes, vint naturellement sur ses lèvres : « *Celui que tu cherches est à Doura. Il étudie avec ceux du dieu Christ.* » Telles avaient été les paroles du vieux caravanier que Zénobie avait interrogé si souvent au retour de ses voyages.

Elle devait trouver la maison chrétienne. Dans tout l'Orient on vantait les temples et les maisons que les habitants de Doura Europos avaient construits et décorés pour les dieux de Rome et de Palmyre, pour les juifs, et même pour ces nouveaux dévots du dieu unique, les chrétiens. Chacun ici devait les connaître. La maison chrétienne ne devait pas être difficile à trouver. Là-bas, on lui indiquerait certainement où se trouvait Schawaad.

Elle aborda des femmes qui rentraient des jarres d'huile dans une cour. Elles ne parurent pas même entendre sa question. Elle tenta sa chance un peu plus loin, avec un sourire qu'elle espérait aimable.

— La maison des chrétiens ? demandait-elle. Montrez-moi seulement la rue, s'il vous plaît.

De nouveau aucune ne lui répondit. Dans ses guenilles et sa tunique déchirée, son sourire ressemblait à une grimace. On la regardait comme une folle. Une pauvre fille dont le bruit des armes avait dérangé le cerveau.

Elle passa d'une rue à l'autre sans savoir si elle devait aller ici ou là. La ville était dessinée selon un plan très rigide. Les rues se croisaient en découpant de vastes rectangles où se serraient les habitations. Toutes se ressemblaient, surtout dans cette folie. Elle s'y perdait et le chaos ne lui permettait pas de prendre le moindre repère.

Finalement, tournant autour du caravansérail, Zénobie buta contre une vieille femme esseulée qui observait l'affolement autour d'elle avec un calme étrange. Ses vieux yeux gris se posèrent sur elle avec sérénité. Peut-être contenaient-ils même la lueur d'un sourire ?

— Tu cherches la maison chrétienne, ma fille ?

Sans hésiter, sa main desséchée saisit le bras de Zénobie. Elle l'entraîna jusqu'à un carrefour, désigna la cohue des soldats qui se pressait sous l'enceinte, tout près de la maison où Zénobie, un instant plus tôt, était sortie des mines perses !

— C'est là-bas, tout droit en face. Tu n'es pas loin. Mais tu n'en verras rien.

La vieille s'en retourna sans un mot de plus.

*
* *

Zénobie revint sur ses pas avec prudence. L'endroit grouillait de soldats. Cela criait et se bousculait avec nervosité.

Elle comprit très vite ce qu'avait voulu dire la vieille femme. Ici, il n'y avait plus de maison. Comme toutes celles adossées aux fortifications, la maison chrétienne était enfouie sous l'énorme talus élevé par les assiégés.

Elle ne se reconnaissait plus qu'aux fresques visibles depuis un mur écroulé et qui surmontaient un bassin à demi comblé de terre. Zénobie y devina des poissons en guirlandes, un berger portant une brebis sur l'épaule, animaux et personnages qu'affectionnaient les suiveurs de Christ partout dans l'orient de l'Empire.

Elle voulut s'y avancer. On la chassa sans ménagement. Inutile qu'elle proteste. Nul, ici, ne serait capable de lui dire où se trouvait Schawaad, fils d'Isham et dévot d'Elkésaï et de Christ.

La déception lui plia les genoux. Elle chancela. Un torrent de fatigue pesa soudain sur ses épaules.

Une unique pensée, depuis des lunes, lui avait donné force et courage. Tant de force et tant de courage qu'elle se sentait indestructible. Elle allait retrouver Schawaad, là, bientôt, dans un instant !

Quatre années durant, elle n'avait pas eu d'autre but. Elle avait appris la patience et la constance. En secret, elle avait obtenu l'aide des caravaniers de son père. Partout où ils se rendaient, dans les déserts comme dans les villes, ils demandaient si l'on connaissait un dévot d'Elkésaï du nom de Schawaad, fils d'Isham. Pendant trois années et cinq mois elle n'avait reçu qu'une seule et même réponse : «*Nul ne sait le nom de Schawaad, personne ne l'a entendu.*»

Et puis, l'été précédent, un vieux avait prononcé cette phrase magique : « *Celui que tu cherches est à Doura. Il étudie avec ceux du dieu Christ.* »

Une nuit avait suffi pour organiser sa fuite de Palmyre, où elle vivait avec son père. Elle n'avait pas même embrassé cette pauvre Ashémou, craignant trop ses jérémiades. L'Égyptienne devait la croire morte. Abdonaï tout autant.

Elle avait enduré les Perses, leur bêtise et leur arrogance. Elle avait supporté l'épuisant travail avec les sapeurs. Pour rien !

Oh ! oui, tant d'efforts pour rien !

Il était trop tard. Bien trop tard. La maison chrétienne avait dû être évacuée dès le début du siège. Schawaad n'était plus dans la ville depuis longtemps.

Pourquoi n'y avait-elle pas songé ?

La boule qui nouait sa gorge et l'empêchait de respirer n'avait rien à voir avec la poussière tourbillonnant dans la lumière du crépuscule.

Autour d'elle on hurlait tout et son contraire. Que les Perses allaient attaquer dans l'heure, avec des torches s'il fallait. Qu'ils allaient mettre le feu à la ville avec des flèches enflammées et propulsées par des arcs géants. Qu'ils attendraient l'aube car leurs dieux ne les protégeaient pas pendant les combats de la nuit. Que des femmes désespérées, entraînant leurs enfants, avaient sauté dans le grand fleuve depuis les falaises…

Zénobie se moquait de cette terreur. Elle ne voulait plus rien entendre de ces si petits malheurs. Que les Perses en finissent avec Doura Europos, que lui importait ?

Qu'ils l'égorgent si cela les amusait. Elle les laisserait faire !

***

Le mouvement des soldats qui affluaient l'écarta de la maison chrétienne. Sur sa droite, un mur qu'on avait abattu pour en prendre les briques laissait voir une cour bizarrement paisible, plantée d'un palmier et d'un grand tamaris. À l'évidence, la maison était abandonnée. Elle y pénétra.

Elle découvrit une fontaine sous un portique. L'eau n'y courait plus, mais il en restait un peu au fond du bassin. Elle s'inclina pour y tremper ses lèvres desséchées et douloureuses. Une eau imbuvable. Elle s'en rinça la bouche avant de la recracher.

Elle avait soif et faim. Mais à quoi bon boire ou manger, puisqu'elle allait mourir ?

Elle s'affala au pied de la fontaine, recroquevillée et frissonnante dans la fraîcheur apportée par la nuit. Le ciel était de plus en plus sombre. Le vacarme de la ville affolée semblait enfin faiblir. Elle songea une fois encore aux phrases si simples qu'elle aurait dites à Schawaad :

« La nuit et le jour, tu es celui de mon cœur. Je vais où tu vas. Je n'épouserai pas Odeinath. C'est toi que j'ai choisi. Depuis l'instant de ma naissance et pour toujours, je t'ai choisi. Toi, ô Schawaad, et aucun autre. Aujourd'hui, je suis une femme, vraiment plus une enfant. Je peux enfanter et faire le bonheur d'un homme. Ma décision est prise. Que m'importe d'être reine ? Odeinath n'est que la volonté de mon père, pas la mienne. Je serai ta reine, Schawaad mon bien-aimé, ton bonheur sera mon royaume. La seule pensée de ne pas sentir tes mains sur mon visage m'assassine. Pendant quatre années, je n'ai songé à rien d'autre qu'à boire ton souffle sur tes lèvres et à devenir ton épouse. S'il l'apprend, mon père voudra ma mort. Mais nous partirons très loin. Nous irons dans le pays des Grecs. J'ai appris leur langue, et toi tu étudieras comme ils aiment le faire. Tu deviendras un grand homme de la pensée comme il y en a là-bas. Un philosophe, un maître. Tout ce que tu portes en toi brillera aux yeux des autres. Abdonaï ne retrouvera plus jamais sa fille. Il l'oubliera. »

Les mots lui échappèrent. Elle les murmura comme s'ils pouvaient la transporter dans un monde lumineux où Schawaad la découvrirait, stupéfait et heureux.

Quand elle se tut, épuisée, elle entendit de nouveau le tintamarre sur le mur d'enceinte. La guerre approchait. Elle connaissait assez l'impatience des Perses pour savoir qu'ils attaqueraient cette nuit. L'incendie de la ville serait leur soleil.

Elle s'endormit sans même s'en rendre compte, calmant sa soif avec ses larmes.

***

Combien de temps dormit-elle ? Une heure, quelques secondes ? La moitié de la nuit ? Elle ne le sut jamais.

Son réveil eut d'abord l'apparence d'un rêve.

Dans l'ombre, au bord du portique, une voix s'exclama :

— Nous n'aurons pas le temps, Schawaad ! Les Perses sont là, regarde le ciel !

Zénobie ouvrit grand les yeux comme si ces mots s'adressaient à elle. Elle vit les traits enflammés qui rougissaient le ciel. Oui, les Perses attaquaient.

— Ne sois pas si nerveux, mon camarade. Si Dieu le veut, Il nous aidera. Ne doute pas.

Cette voix, assurée, calme, elle la reconnut. Chaque syllabe vibra dans sa poitrine.

Paralysée, elle songea : « Oh ! Schawaad, Schawaad, tu es là ? C'est vraiment toi ? »

La voix de Schawaad dit encore :

— Allumons les torches, que nous puissions voir où nous mettons les pieds.

Zénobie perçut le froid du sol sous ses reins, l'angle du bassin contre ses jambes. Elle ne rêvait pas. Elle devait se lever, se montrer. Crier le nom de Schawaad.

Le cri, ce fut le compagnon de Schawaad qui le poussa. Deux traits enflammés volaient dans le ciel. Tout près. Ils s'abattirent sur un toit voisin. Ceux qui avaient annoncé un assaut avec des machines avaient eu raison. C'étaient des lances enrobées de chiffons de bitume qui pleuvaient sur la ville, non des flèches. À présent, les hurlements sur l'enceinte révélaient un combat au corps à corps.

— Vite ! s'impatienta encore Schawaad. Ne sois pas si peureux.

Zénobie fut debout et cria :

— Schawaad !

Le compagnon de Schawaad manqua de s'évanouir de terreur.

— Schawaad, c'est moi ! Zénobie ! Tu ne me reconnais pas ?

Les halos de lumière entretenus par les torches éclairaient peu, mais le feu qui gagnait les poutres du toit donnait déjà assez de lumière pour que les visages se laissent deviner. Malgré sa barbe, ses cheveux plus longs, lui n'avait pas changé. Elle l'aurait reconnu entre des milliers.

Elle retrouvait même sa manière de s'étonner, de froncer les sourcils, de lever sa belle main pour protéger ses yeux de l'éblouissement des flammes et chercher qui était là, dans la nuit.

Elle rit :

— Bien sûr, tu ne me reconnais pas, je suis dans un tel état !

Elle plongea les mains dans la fontaine pour y recueillir le peu d'eau et s'en mouiller le visage.

— J'étais avec les Perses depuis une lune, cria-t-elle. Je voulais te rejoindre plus tôt mais je n'ai réussi à passer l'enceinte que ce soir.

Les mots sortaient de sa bouche noyés dans un rire aigu qu'elle ne pouvait retenir.

— Je creusais pour eux. Ils m'ont prise pour un garçon. Ils m'appelaient la Fouine.

Elle sursauta. Une nouvelle lance se fracassa dans un coin de la cour. Sa flamme se brisa, projetant des flammèches jusqu'au portique.

— Il faut partir, gémit le compagnon de Schawaad. Nous allons brûler !

— L'enfer n'est promis qu'aux fourbes et aux malins, gronda Schawaad avec mépris. Fuis si tu veux fuir.

Schawaad tira du col de sa tunique un médaillon d'argent représentant un poisson et le brandit.

— Dieu se souviendra ! hurla-t-il.

Le garçon hésita, les yeux sur le feu. Puis sur Zénobie qui s'approchait doucement, sans aucune conscience du danger. Il se décida. Il prit ses jambes à son cou et disparut dans la maison.

Zénobie était tout près de Schawaad. Oh ! comme il était beau ! Plus beau et plus fort que dans son souvenir. Elle mourait d'envie de poser la main sur lui, mais n'osa pas.

— Tu parles grec et je te comprends tout autant que dans notre langue, dit-elle avec douceur. Mon père m'a offert un bon professeur. Je voulais apprendre pour parler le grec avec toi !

Le regard de Schawaad cilla. Ses yeux vibrèrent d'une onde douce. Sa bouche redevint la bouche du Schawaad d'autrefois. Enfin, enfin il la reconnaissait vraiment.

— Tu es folle ! Que fais-tu ici ? Tu crois que c'est le moment ?

— Schawaad !

Le regard de Schawaad était aussi brûlant que les flammes qui commençaient à dévorer le toit de la maison. Ses doigts pétrissaient le poisson d'argent pendu à son cou.

— Je n'ai pas le temps. Je dois... Je n'ai pas de temps pour toi. Ne reste pas là, c'est dangereux ! Fuis !

— Schawaad, écoute-moi. Il faut...

— Plus tard si Dieu le veut !

Il ne l'écoutait pas. Il courait vers la maison. Par-dessus son épaule, il cria encore :

— Fiche le camp !

Sur le ton que l'on a pour repousser un chien.

Zénobie demeura figée au centre de la cour, éclairée par les flammes. Inconsciente des combats qui se déroulaient à quelques pas.

Sur le bas de l'enceinte, la défense de Rome et Palmyre cédait sous la poussée des Perses.

***

C'est sans doute ainsi qu'ils la virent d'abord. Une fille seule prostrée au milieu de la cour, indifférente aux combats qui rugissaient autour d'elle, environnée par le feu qui s'épuisait de lui-même.

Peut-être qu'eux aussi, à voir ses guenilles, son immobilité, ils songèrent qu'elle était folle.

Mais ce qu'ils virent aussi, il y avait assez de flamboiement tout autour pour cela, ce fut sa beauté. Malgré les oripeaux, malgré le visage boueux. Une beauté de femme comme sans doute ils n'en n'avaient jamais approché et moins encore effleuré.

Ils étaient quatre. Les corps à corps se poursuivaient dans les rues adjacentes mais paraissaient faciles. Ils pouvaient déjà se réjouir d'une première prise. L'un d'eux cria :

— Eh, la fille, qu'est-ce que tu fous là ? Tu nous attendais ?

Les autres rirent.

Ce qu'ils n'avaient pas imaginé, c'est la force et la fureur dont elle fit preuve dès qu'ils voulurent la toucher. Elle se déchaîna si bien qu'elle déchira des joues, des lèvres et des paupières. Malgré leur nombre, ils ne parvinrent pas à la maîtriser. Elle hurlait, ruait et lançait ses griffes, semblait ne jamais devoir s'épuiser.

Dans la lutte, elle perdit bien vite ce qui restait de sa tunique. Sa nudité autant que sa fureur augmentèrent encore leur excitation, si cela était possible. Elle était si belle, si belle même en démon ! Ils jouèrent avec sa rage pour mieux voir sa splendeur dans les flammes dansantes, ce sang de lumière qui l'éclairait. La fermeté de ses seins, la souplesse de ses hanches, ses fesses de lune, la haute fente de son sexe, tout leur brûla la tête. Et aussi la haine, la volonté de posséder et de souiller tant de beauté. Ils savaient trop bien que les dieux ne l'avaient pas voulue pour eux, qu'ils ne la posséderaient jamais. Oui, rien n'était plus insultant que cette beauté-là ! Ce n'était qu'une fille, après tout, dans une ville déjà vaincue et qu'il fallait détruire jusqu'à la cendre.

L'un d'eux, à bout de patience, brandit son épée. Il abattit le plat de la lame sur la tempe de Zénobie. Elle vacilla, les paupières closes. Soudain fragile, semblant plus nue encore qu'avant. Le soldat frappa de nouveau.

Évanouie avant de toucher le sol, elle s'effondra dans une position qui tira un sourire de bonheur à ses violeurs. Bien que celui qui l'avait frappée regrettât cette inconscience qui allait un peu limiter son plaisir.

*
* *

Schawaad ne la vit pas immédiatement.

Il sortit de la maison comme un fou. Un gros sac de cuir gonflé de précieux rouleaux de papyrus à l'épaule, cheveux et barbe roussis par la chaleur des flammes, il ne songeait qu'à fuir.

Dans les rues, les Romains tentaient une contre-attaque. La ville en feu résonnait des hurlements des combats. Schawaad se précipita vers la brèche du mur. C'est seulement alors qu'il aperçut un corps de femme sur le sol.

D'abord, il songea aux puissantes illusions que le Mal pouvait déployer. Il voulut détourner les yeux.

Une autre voix lui souffla le nom de Zénobie.

Alors il la vit. Nue comme il ne l'avait jamais vue, mais aussi sanglante et écartelée. Nue comme un cadavre abandonné. Un massacre accompli.

— Zénobie, Zénobie !

Ses mains serraient encore sa tunique déchirée. Dans les éclats grondants du feu, il vit les traces de sang noir sur ses cuisses et son ventre. Il comprit.

— Oh ! Seigneur Dieu tout-puissant !

Il tomba à genoux comme on le fait devant une morte. Mais elle n'était pas morte. Elle respirait. Ses seins, son ventre palpitaient d'un souffle saccadé.

Il n'eut que le réflexe de tendre son médaillon d'argent, le poisson du Seigneur Christ, en murmurant :

— Pourquoi es-tu venue ? Pourquoi ?

Mais Zénobie n'ouvrit pas les yeux, ne répondit pas.

Il se souvint qu'il avait des mains qui guérissaient. Il hésita. Ne sut où poser ses paumes. Ne sut pas oser. Le Seigneur Dieu, alors, vint à son aide.

Il y eut un braillement, un choc de sabots sur les dalles de la cour :

— Qu'est-ce que tu fais là, toi ?

C'était un officier romain. Il venait de franchir la brèche, couché à demi sur l'encolure de son cheval, tenant dans une même main les rênes et son glaive.

Schawaad fut debout, vibrant comme une lame. Le Romain était blessé. La hampe d'une lance brisée sortait de sa cuisse.

Sans hésiter, Schawaad se jeta sur lui. Lui tirant un hurlement de douleur, il le jeta à terre. Il lui prit son manteau pour en envelopper Zénobie et la coucha en travers du cheval qui piétinait de peur, roulant de grands yeux vers les flammes qui avaient gagné le toit.

Le Romain encore insultait et hurlait, rampa pour essayer de reprendre son glaive. Schawaad le frappa au visage d'un coup de pied, claqua la croupe du cheval pour le pousser vers la brèche du mur.

Dans son dos, le Romain hurlait qu'il le retrouverait, qu'il le ferait mourir cent fois, que les dieux de Rome ne l'oublieraient jamais et le feraient griller dans les enfers.

13

ABRITTUS, MÉSIE ROMAINE

C'est ainsi que les choses furent accomplies. Aurélien se porta au nord pour couper la route des Goths tandis que Decius consommait sa vengeance en les poursuivant jusque dans les marais. Et c'est ainsi qu'advint la catastrophe.

Alors que la XXe *Valeria Victrix* s'apprêtait à franchir le dernier bras du Danube, un messager la rejoignit, le visage défait par la fatigue autant que par la nouvelle qu'il apportait.

— Légat ! Decius Augustus est mort !

— Que dis-tu ?

— La vérité, légat : Decius Augustus est mort. Les Goths l'ont tué. Il est tombé dans un piège au cœur des marécages. Des cinq mille de la Ve *Macedonia,* il n'en reste que des centaines. Et ce n'est guère mieux pour la VIIe *Claudia* qui est venue à son secours.

Un piège si simple qu'un enfant aurait pu le déjouer ! Aurélien en apprit le détail au crépuscule, après avoir crevé deux chevaux pour rejoindre Novae.

Les Goths avaient par avance repéré les accès fermes et solides des marécages. Tandis que leurs chariots s'y aventuraient, une grande quantité de guerriers en ordre de bataille revenaient en arrière. Avec astuce, au lieu de défendre ces routes où progressaient leurs chariots, ils se postèrent en avant des zones les plus fangeuses des marais afin de tromper les Romains. Leurs terribles archers se dissimulèrent tout autour de ce bourbier. Decius crut que les troupes qu'il voyait devant lui étaient acculées, en perdition et devenues des proies faciles. La volonté de vengeance avait effacé en lui toute lucidité. Ses généraux, par crainte de déplaire ou pure stupidité, n'en eurent pas plus.

Après un semblant de combat, les troupes goths cédèrent. Feignant une fuite en désordre, elles se replièrent dans la vase des marais, y entraînant Decius à leur suite. Là, alors que les sandales des légionnaires s'engluaient, que les chevaux ne pouvaient plus soulever leurs sabots, que le poids des cuirasses enfonçait les hommes, les archers goths surgirent. Rien ne fut plus aisé que de clouer les légions dans la fange.

La manœuvre de Caius Proculum pour venir au secours de Decius avec la VIIe *Claudia* fut vaine. L'Empereur était déjà mort, englouti par les boues infestées du marécage. Caius tomba à son tour. La légion fit retraite avant d'être décimée entièrement.

L'armée romaine d'Asie était vaincue.

Demain, la nouvelle se répandrait partout dans l'Empire.

Sur chaque route et dans chaque temple. Aussi loin que le monde était celui de Rome, les mots se faufileraient dans les maisons et les champs avec l'aisance de la peste. Decius Augustus était mort, abattu par les Goths ! L'Empire unique du monde pour la première fois était à terre, la tête roulée dans un marais ! Pour la première fois, les dieux ne sauvaient pas Rome de la souillure barbare.

*
* *

— Où est-il ? s'étonna Aurélien en regardant autour de lui. Où est le corps de l'Empereur ?

La cour du praetorium bruissait de murmures. Les officiers, hagards, osaient à peine se regarder les uns les autres. Nulle part cependant Aurélien n'apercevait le lit de mort de l'Empereur.

Ce fut le gouverneur de Mésie, celui que Decius appelait « ce gros mou de Trébonien », qui répondit à sa question.

— Dans les marais, assurément, légat. Sans doute déjà dépecé par les corbeaux ou les rats d'eau.

— Dans les marais ? Vous n'avez pas relevé son corps ?

La grande figure faussement indolente de Trébonien frémit de ce qui pouvait aussi bien être un sourire.

— Encore aurait-il fallu le distinguer de la boue et des milliers de cadavres qui y croupissent. Il y en a tant dans ces cloaques qu'il est impossible d'y trouver un visage.

— Impossible ? Mais il ne s'agit pas d'un visage, gouverneur ! Il s'agit de Decius Augustus, Imperator de Rome !

Aurélien n'en croyait ni ses yeux ni ses oreilles. Il avait devant lui l'incarnation même du désastre de l'Empire. Gros, Trébonien l'était. Une tête qui se fondait dans les épaules, des épaules qui s'engloutissaient dans un ventre, et un ventre si énorme qu'il maintenait à distance ses interlocuteurs. Cependant, ses yeux, dorés et ornés de longs cils féminins, demeuraient vifs. En cet instant, ils brillaient intensément. Non de pleurs ou de chagrin, mais d'excitation. D'un plaisir bien mal dissimulé et dont Aurélien, sans peine, devinait la raison.

D'un ton qui ne témoignait guère de respect, Aurélien s'écria encore :

— Veux-tu dire, gouverneur, que personne en ce moment ne cherche la dépouille de Decius ? Notre Empereur n'aura pas de sépulture ?

Sans s'offusquer, Trébonien laissa couler un soupir entre ses lèvres replètes.

— À quoi bon chercher ce que l'on ne trouvera pas ? Nous pourrons toujours satisfaire les dieux de nos offrandes afin qu'ils accueillent l'esprit de ce pauvre Decius à défaut des flammes de son corps. Il y a plus urgent : Rome a besoin d'une tête. Les légions ont besoin d'un chef. Il faut acclamer un nouvel Augustus avant la prochaine aube.

Autour d'eux, le silence se fit. L'ambition de Trébonien se dévoilait, urgente et sans masque. Il n'avait cessé de s'opposer aux décisions de Decius, ici comme au sénat. Aujourd'hui, en abattant celui qui avait régné presque deux années entières, les Goths lui offraient le plus beau des cadeaux. Voilà pourquoi les yeux de Trébonien brillaient si violemment !

Un instant, Aurélien se demanda si le piège tendu par Kniva n'avait pas été d'abord le fruit de la cervelle vicieuse du préfet. Rien ne l'aurait moins surpris.

Mais Kniva n'avait besoin des ruses de personne.

En vérité, Trébonien n'avait eu qu'à se tenir à l'abri du camp et à attendre que l'aveuglement vengeur de Decius accomplisse son œuvre.

Une rage impuissante serra la gorge d'Aurélien. La tristesse lui raidissait les membres. La fatigue lui courbait l'échine. Il serra les poings, devinant le tremblement de ses doigts. À quoi bon rejeter la faute sur

Trébonien ? La mort de Decius n'était-elle pas tout autant sa faute ? N'était-ce pas son devoir de demeurer près de l'Empereur, de le protéger, de le détourner des pièges ?

S'il n'avait pas cherché à discuter la stratégie de Decius, peut-être aurait-il su éventer le piège ? C'était là son devoir, son unique devoir ! Mais l'orgueil l'avait entraîné. Il avait voulu montrer à l'Empereur et aux légats qu'il était le plus malin. Il avait voulu battre Kniva seul. Cette fausse gloire, Decius, celui qui le tenait presque pour un fils, l'avait payée au prix de la plus humiliante des défaites.

Une bile amère se mêla à sa salive. La nausée lui tordit le ventre. Pour la première fois, il vivait la défaite. L'absolue, l'irrémédiable défaite. Une mortification qui blanchissait les visages autour de lui.

À l'exception de Trébonien.

Aurélien se redressa. Serrant contre sa cuirasse l'épée offerte par Decius et qui n'avait encore pas combattu, il lança d'une voix lourde de mépris, mais assez forte pour que chacun puisse bien l'entendre :

— Gouverneur Trébonien, tant que le corps de notre Empereur n'est pas allongé là, au centre de cette cour, le temps ne coule plus. Rome ne respire plus. Je sais ton impatience à poser la couronne de laurier sur ton front. Mais pour l'heure, l'emblème de l'Empire est encore dans la boue des marais. Nos dieux attendent et nous regardent. Crois-tu qu'ils te soutiendront si tu méprises leur volonté ?

La bouche du gouverneur avait disparu dans l'énorme masse de son visage. Quand il répondit, on ne devina que la pointe rose de sa langue.

— Et quelle est la volonté des dieux, légat, lorsqu'ils ne détournent pas notre Augustus d'un piège aussi stupide que celui auquel il s'est laissé prendre ?

* * *

Aurélien ne se fit accompagner que d'une vingtaine de légionnaires. Maxime refusa de demeurer au camp. Sans un mot, son bras blessé sanglé contre sa cuirasse, il chevaucha à son côté jusqu'aux marais.

La putréfaction des cadavres empuantissait l'air à plus d'un mille des eaux croupissantes. Cela ne ressemblait à aucun des champs de bataille déjà vus. Tout s'y confondait. La vase, les boues et les corps. Le sang noir et les courants presque immobiles, les joncs et les flèches. L'eau happait le peu d'air sain avec une gourmandise de monstre. Des bulles vertes, épaisses, crevaient sur les herbes et les chairs corrompues. La lumière du jour s'engloutissait dans une immensité plate, à peine soulevée ici et là par le désastre des milliers de corps amoncelés, hérissés d'empennes souillées, de bois de flèches brisées et parfois si serrées que les charognards eux-mêmes ne pouvaient s'y poser pour se livrer à leur festin. Ils tournoyaient, voletaient en piaillant, se battaient dans les plaies des cadavres, le bec débordant de viscères.

Tout cela à perte de vue, jusqu'aux méandres d'un bras du Danube, bien loin au nord.

Chacun comprit au premier regard qu'on ne retrouverait pas l'Empereur. Pourtant, Aurélien sauta de sa monture et s'avança dans la boue sans hésiter.

D'abord, il voulut éviter de marcher sur les morts. Mais on ne pouvait poser une botte sans peser sur un membre, un ventre, une poitrine, une nuque. À pleines mains, il retourna un premier visage, repoussa la boue des yeux et d'une bouche. Puis il se pencha sur un autre et encore un autre.

Maxime s'approcha.

— C'est impossible, Aurélien. Pour une fois, le gouverneur a raison. À quoi bon chercher ce qu'on ne trouvera pas ?

Sans le regarder, Aurélien répondit :

— Je le trouverai. Je ne quitterai pas ce marais sans tenir le corps de Decius Augustus entre mes bras.

*
* *

Quand la nuit approcha, ils ne l'avaient pas trouvé.

Les légionnaires ne retournaient plus qu'un cadavre ici ou là. Trois d'entre eux avaient vomi tripes et boyaux. Maintenant, ils se tenaient avec les chevaux, dos à l'horreur et tâchant d'oublier la puanteur qui s'insinuait jusque sous leur peau.

Maxime ne quittait pas Aurélien. Il surveillait ses gestes avec anxiété. L'un et l'autre s'éloignaient de plus en plus des rives du marécage. Tantôt ils allaient dans un sens, tantôt dans l'autre, tournant et retournant sans fin les corps et les visages. Jamais les yeux, la bouche, le front qui apparaissaient n'appartenaient à Decius.

Parfois, ils s'enfonçaient jusqu'à la taille, trébuchaient dans des trous d'eau. Ils ne pouvaient s'en extirper qu'en s'agrippant aux cadavres qui roulaient sur eux avec le pur abandon des morts. Maxime souffrait de sa blessure. Elle saignait de nouveau et mêlait un sang encore rouge au sang noir qui engluait tout. Sa belle chevelure blonde était devenue aussi sale que le poitrail d'un sanglier. Mais il ne songeait pas à se plaindre.

Aurélien n'était que boue et fureur. Seul le bleu de ses yeux n'était pas souillé. Il se battait avec les oiseaux et les rats. Il avait tiré l'épée d'Etruscus pour la faire tournoyer au-dessus de sa tête tandis que, de la main gauche, il retournait visage après visage. Il nettoyait des yeux et des bouches, encore et encore. Puis les abandonnait aux corbeaux.

*
* *

Vers la quinzième heure, Maxime dit :

— La nuit va tomber. Il nous faut revenir sur la rive, ou nous nous égarerons dans l'obscurité. Demain, à l'aube, nous pourrons…

— Fais allumer des torches. Deux par homme.

— Aurélien…

— Des torches, tribun Maxime.

*
* *

Les hommes obéirent comme lorsque l'on craint plus encore la folie d'un chef que la démence des dieux. Ravalant leur dégoût et leur terreur, une torche dans chaque main, ils formèrent un cercle autour d'Aurélien. L'alliance des torches composa une étrange bulle de lumière à la surface du marécage. Isolée, minuscule dans l'immensité de l'obscurité, elle s'y déplaçait avec une lenteur d'insecte.

Au centre de ce halo qui semblait voguer vers des mondes inconnus des humains, Aurélien retournait et retournait les visages des vaincus.

Avec la nuit, au moins, les charognards avaient abandonné leur ripaille.

Ils s'enfoncèrent plus loin encore dans la fange croupissante. Le cadavre de Decius Augustus demeurait introuvable.

*
* *

Depuis combien de temps allaient-ils ainsi, en vain ? Ils ne le savaient plus. Pas plus qu'ils ne savaient s'ils progressaient à gauche ou à droite, devant ou derrière.

Peut-être tournaient-ils en rond. Aurélien, dans son hébétude forcenée, retournait peut-être les mêmes visages morts depuis des heures.

L'épuisement les courbait. Malgré la puanteur et la nausée, ils avaient faim. Leurs jambes n'étaient plus que des mécaniques hors de leur volonté. Les torches s'épuisaient. Ils étaient impatients qu'elles s'éteignent. Quelle que fût leur crainte de la nuit environnée de cadavres, l'obscurité contraindrait enfin le légat Aurélien à l'immobilité.

Soudain, un légionnaire glissa et s'affala. Sa torche tomba sur les corps. Il y eut un chuchotement sourd, une explosion sans énergie. Une flamme bleue, aussi courte que la laine d'un tapis, se répandit autour d'eux.

Dans un murmure sifflant, elle s'agrandit. À leur stupeur, elle s'élança dans toutes les directions par bandes informes, étrangement vivantes.

En un instant elle recouvrit tout le marais.

La nuit s'illumina de bleu. D'un bleu de mer, dense et sauvage. Cela laquait les corps, les plantes, la boue. Cela soulevait la nuit comme un linceul repousse le poids de l'air sur les chairs corrodées.

Plus tard, dans les camps, les légionnaires racontèrent que ce bleu, dur et clair, était le même, exactement, que celui des iris du légat Aurélien.

Un soldat poussa un cri d'effroi, puis un autre. Ils s'enfuirent aussi vite qu'ils le purent, tombant dans la flamme qui, bizarrement, ne les brûlait pas mais les asphyxiait. Ils chancelaient en toussant, rampant sur les morts, ne devant la vie sauve qu'à leurs camarades qui les redressèrent.

Puis la gigantesque flamme commença à s'estomper.

Le marais semblait la boire par grandes lampées. Elle disparut par plaques, comme elle était apparue.

Maxime posa sa main valide sur l'épaule d'Aurélien.

— Cela suffit. Les dieux ont reconnu ta peine et ont pris l'âme de Decius. Ce marais sera son bûcher, mais son esprit n'y demeurera pas errant. Nous pouvons retourner au camp.

Tout autour d'eux l'obscurité était revenue. Il ne restait que l'éclat faible et vacillant d'une torche dans la main d'Aurélien.

Après un long silence, il murmura :

— J'ai aimé Decius plus que mon père. Mais comme mon père, il s'est détourné et me laisse seul. Est-ce cela que veulent les dieux ? Mon destin est-il de voir mourir et s'éloigner ceux qui peuvent me conduire ? Ou ma mère a-t-elle raison ?

— Elle avait annoncé la mort de Decius. Cela s'est accompli, murmura Maxime. Tu devras t'en souvenir.

Aurélien le dévisagea sans répondre. La torche jetait des lueurs de sang dans ses yeux. Maxime ne sut si Aurélien l'avait entendu.

***

Ils ne rentrèrent au camp de Novae qu'à l'aube. Des monstres de boue séchée, effroyablement puants. Cependant, avant qu'ils ne rejoignent les bains et le repos du *caldarium*, ils apprirent la nouvelle.

Durant la nuit, ce qu'il restait d'officiers et de légionnaires de la Ve *Macedonia* et de la VIIe *Claudia* avaient acclamé Trébonien, posant la couronne de laurier de l'Empire sur sa grosse tête. Rome avait un nouvel Augustus. Et une nouvelle politique.

À l'aube, Trébonien avait ordonné que des émissaires rejoignent Kniva, le roi des Goths, pour l'assurer qu'il ne serait pas poursuivi et qu'il pouvait conserver le trésor de ses pillages en gage de la bonne volonté de l'Empire. Bientôt, le nouvel Empereur serait heureux de le recevoir pour lui remettre, en personne, quelques caisses d'or en échange de cette paix.

À la sixième heure, alors qu'il dormait enfin, Aurélien fut réveillé. On lui remit une tablette écrite de la main de Trébonien.

La XXe *Valeria Victrix* devait quitter le camp avant la nuit afin de rejoindre le haut Danube, où elle serait plus utile à la sécurité de Rome. Ici, en Mésie, la guerre contre les Barbares était achevée.

14

OASIS DU DINGIR-DUSAG

Ils étaient à l'oasis depuis seulement la veille. Une petite caravane d'une trentaine de chameaux en provenance d'Udruh et chargés d'un peu de cuivre. Les enfants jouaient sur les pentes de la falaise, au-dessus de l'eau. Ce furent eux les premiers qui devinèrent les ombres mobiles sur l'horizon dansant du désert.

Quelqu'un approchait. Une seule monture, étrangement. Peut-être un chameau perdu.

Non, c'était un cheval. Avec deux cavaliers sur la pauvre bête.

Oui, un homme et une femme. Seuls, sans escorte, ni mule ni chameau de bât.

Les yeux exercés des hommes repérèrent vite la couverture romaine du cheval. Et le manteau d'officier romain qui couvrait la femme. Avec stupeur, seulement quand ils furent tout proches, ils la reconnurent, elle.

L'Étoile du désert. La fille d'Abdonaï disparue depuis des mois et que l'on croyait morte.

La nouvelle fusa de tente en tente. Les femmes se précipitèrent pour faire une haie d'accueil à l'entrée du camp. Elles commencèrent à pousser le cri de bienvenue. Il mourut dans leur gorge avant même que les hommes leur fassent signe de cesser.

Tous, ils frissonnèrent comme si la chaleur du désert les glaçait.

L'homme portait une tunique couverte de sang. Sa barbe était longue pour son âge et son regard brûlait de fièvre. La fille d'Abdonaï, enveloppée dans le manteau, était attachée à lui par un lien de cuir. Son visage était livide, ses yeux clos. On aurait pu la croire morte.

Des femmes gémirent, mais chacun se tint à distance, sans oser prononcer un mot, poser une question.

L'homme dirigea sa monture jusqu'au lac. Il défit le lien et, sans demander de l'aide, fit glisser Zénobie au sol. Elle ouvrit les yeux. Un regard à faire peur. Les femmes se mordirent les lèvres. Les enfants observaient en sachant que ce qu'ils voyaient là, ils s'en souviendraient pour toujours.

Zénobie repoussa violemment l'homme qui l'avait conduite jusqu'ici et voulait encore l'aider. Sans se soucier des regards, elle se débarrassa du manteau, le jetant loin d'elle. Nue, elle se précipita dans l'eau du lac et y disparut.

Elle y demeura invisible. Un si long moment que les vagues à la surface du lac s'estompèrent et qu'ils commencèrent à craindre. Puis sa chevelure apparut, oscillante comme une algue.

Elle se rapprocha un peu de la rive et ils la virent se couvrir de boue.

Elle puisait dans la vase du lac à pleines mains, s'en frottait tout le corps avec autant de brutalité que si elle avait voulu s'arracher la peau.

Bientôt, elle en fut couverte des pieds à la pointe des cheveux. Alors seulement elle se calma.

Elle s'assit dans l'eau, sa tête seule visible.

L'homme qui l'avait accompagnée n'adressa pas un mot aux caravaniers. Il ne croisa pas leur regard. Il décrocha un sac de cuir de la selle du cheval, le glissa sur son épaule et s'éloigna pour s'installer au pied des palmiers, de l'autre côté du lac. Des femmes eurent l'impression qu'il pleurait. Il était difficile de regarder son visage mangé de barbe et ses yeux brûlants.

Des hommes l'avaient reconnu. Ils connaissaient les manières peu aimables des Elkésaïtes. Si Baalshamîn le voulait ici, c'était bien. Si Schawaad, fils d'Iskellaïl, voulait le silence, c'était bien aussi.

Ils se saisirent du cheval pour le soigner et parlèrent bas.

Ils pensaient tous la même chose. Baalshamîn avait emporté Zénobie et l'avait reconduite ici pour qu'elle soit dans sa main.

Baalshamîn, le Puissant de l'origine, lui qui avait fait le don de sa fille et de la source à Abdonaï, décidait pour ceux qu'il avait désignés. Béni soit-il.

***

Au soir, Zénobie n'était pas sortie de l'eau. Elle n'avait bougé que pour mieux se couvrir de boue.

Les femmes approchèrent pour lui demander si elle avait faim. Elles n'obtinrent pas de réponse et se mirent à pleurer.

Les hommes les écartèrent. Ils jugèrent qu'il fallait laisser Baalshamîn et Zénobie faire ce qu'ils avaient à faire. La faim n'était pas le plus important. Pas encore.

Quand la nuit fut proche, ils allumèrent un feu sur la

rive pour que l'obscurité ne pèse pas tout entière sur le lac. Ils se relayèrent jusqu'à l'aube pour l'entretenir.

Zénobie n'avait pas bougé. Nul ne sut si elle avait dormi, car il semblait que ses yeux étaient demeurés grands ouverts.

***

Le jour se passa dans l'immobilité autant que la nuit. Zénobie ne répondit pas lorsque les femmes de nouveau proposèrent de la nourriture. Elles s'inquiétèrent. Les hommes dirent d'attendre et chassèrent les enfants qui ne quittaient plus la rive du lac.

Ce que l'on voyait ici n'était pas pour leurs yeux.

***

Dans la nuit, alors que le feu flambait, gardé par deux caravaniers, Schawaad entra dans l'eau. Les hommes hésitèrent, mais n'osèrent pas l'en empêcher. Il avança jusqu'à être tout près d'elle et se mit à genoux.

On devina qu'il lui parlait, mais on ne pouvait rien entendre de ses mots. Rien entendre de sa supplique. Pourquoi il devait sauver ces livres de Dieu, les tirer de la maison qui allait brûler. Des livres plus anciens que tous les souvenirs des hommes, déjà sauvés de justesse de la maison chrétienne avant qu'elle soit ensevelie. Des livres qui contenaient la parole du Dieu unique, du Père de l'homme avant même qu'Il envoie Christ sur terre. Des livres qui n'avaient pas été écrits par des mains d'homme mais avec le cœur de Dieu. Lui, Schawaad, devait les sauver. Zénobie devait comprendre cela ! Elle ne devait pas lui en vouloir d'avoir choisi de sauver les mots de Dieu plutôt qu'elle. Elle devait comprendre et pardonner. Qu'était la chair des hommes dans la main du Tout-Puissant ?

L'écoutait-elle ? Schawaad ne le savait pas. Dans l'obscurité rougie par le feu, son visage demeurait absent, aussi clos que des pierres, bien que ses paupières fussent grandes ouvertes.

Schawaad supplia encore. Zénobie ! Zénobie ! Je n'ai pas le cœur dur. Je ne t'ai pas oubliée. Mais comment pouvait-elle croire qu'il allait partir avec elle alors qu'elle réapparaissait ainsi, dans les flammes d'une ville assiégée ?

— Oh ! Zénobie, ne veux-tu pas comprendre ? C'était impossible, impossible de fuir loin de cette maison avec toi sans les livres de Dieu !

Sous la couche épaisse de boue, le cou, les joues, la bouche de Zénobie demeuraient ceux d'une statue.

Schawaad gronda, la gorge déchirée de sanglots. Il rappela comment il était revenu dans la cour. Comment il avait volé le cheval du Romain et comment ils avaient, grâce à lui, traversé les lignes perses.

— J'ai fait ce que j'ai pu, Zénobie. Tout ce que j'ai pu ! Je serais mort pour toi s'il le fallait. Tu es dans mon cœur depuis le jour où tu es née. Mais je suis dans la main de mon Dieu. Il a besoin de moi. Cela, tu dois le comprendre.

L'entendait-elle seulement ?

Il cessa de parler. Il s'inclina et plongea la tête dans le lac avant de murmurer une prière à son Dieu. Elle contenait des mots de pardon et de punition.

Ensuite, les caravaniers le virent se redresser, sortir de l'eau et disparaître dans l'obscurité.

***

À l'aube, il y eut des cris dans le campement : il pleuvait.

Une pluie fine et régulière. Une pluie qui frissonnait sur le lac, assombrissait la terre ocre du désert et bientôt le fit briller comme sous une huile. Il y eut des flaques ici ou là. Les enfants y sautèrent en piaillant de bonheur.

La pluie dura jusqu'au soir sans s'interrompre.

Vers le crépuscule, Zénobie se leva, droite, toujours couverte de boue, si bien que sa nudité n'en était plus une. Elle marcha un peu dans l'eau, recevant la pluie sur elle.

Malgré la couche de vase noire qui la recouvrait, sa beauté laissa tous les hommes et toutes les femmes ébahis.

Puis elle se plongea de nouveau dans le lac. Ils la virent glisser sous la surface tel un étrange animal.

Un peu avant la nuit, elle fouilla encore et encore la boue pour s'en recouvrir d'une couche plus épaisse. Les femmes lui demandèrent une fois de plus si elle voulait manger. Sans plus de succès. Mais un vieux annonça :

— Cela ne sera plus long, maintenant.

Ils ne surent pas d'où il tirait tant d'assurance, mais ne doutèrent pas qu'il avait raison.

***

Le lendemain fut un jour semblable à aucun autre.

Dès l'aube, le désert était vert.

De fins brins d'herbe avaient poussé pendant la nuit, espacés d'une main les uns des autres, piquetés çà et là de fleurs blanches minuscules, frissonnant sous la brise. Lorsqu'on marchait, les pieds s'enfonçaient dans la terre et l'on ne voyait presque pas cette herbe si fine. En tournant les yeux vers l'horizon, cela vous sautait pourtant au visage : le désert était vert. Parmi les caravaniers, il n'y avait que les plus âgés pour se souvenir d'un tel spectacle.

Puis, lorsque le gris du ciel se déchira, que les nuages se dispersèrent sous la volonté du soleil, Zénobie apparut debout dans le lac. Elle se tourna vers la rive. On s'aperçut qu'elle tenait dans la main une longue pierre noire aux faces régulières, polies et nettes.

Une pierre pareille à un énorme diamant de nuit, haute et large comme un bras d'enfant.

Chacun eut la même pensée : Zénobie tenait l'étoile que Baalshamîn avait envoyée dans ce désert la nuit de sa naissance, y creusant la fosse de la source !

Alors chacun comprit pourquoi elle était demeurée trois jours et trois nuits dans l'eau du lac. Elle était venue accomplir la volonté de Baalshamîn !

Ils hurlèrent de joie et levèrent les mains vers le ciel.

Tenant la pierre contre son ventre de boue, Zénobie s'avança au-devant des femmes. Elles reculèrent, un peu effrayées. D'une voix à peine audible, comme si elle ne pouvait bouger sa mâchoire qu'avec peine, elle dit :

— Il faut me laver, préparer une *koba* et une chamelle blanche. Je dois aller à Palmyre épouser le roi Odeinath.

Partie 2

LE FEU DES JOURS

256-258 apr. J.-C.

15

PALMYRE

Ce furent d'abord ceux des *khans*, tout à l'extérieur de la ville, qui les aperçurent. Les enfants abandonnèrent leurs jeux dans la palmeraie et coururent sur la route de Charax pour les voir approcher.

La chaleur miroitait et répandait ses mirages huileux sur la croûte du désert. Le regard trompait, et eux n'étaient rien de plus que des fils tremblotants sur l'horizon.

Une dizaine de bêtes, peut-être quinze, pas plus. Une caravane trop petite pour des commerçants. Aucun troupeau pourtant ne la suivait. Quelque chose avait dû advenir.

La main en visière, les enfants jouèrent à deviner qui étaient ces inconnus. Peut-être les survivants d'un pillage ou des guerriers vaincus et blessés qui venaient mourir à Palmyre.

Lorsque les silhouettes furent assez grandes, distinctes et colorées, ils découvrirent qu'une femme allait en tête, recouverte d'un grand voile à bandes bleues. Elle semblait marcher devant une chamelle blanche.

Après un moment, l'un des garçons cria que non, la femme ne marchait pas, elle montait un âne. Alors, tous ensemble, ils repérèrent le coffre rouge fixé au bât de la chamelle. Dans la même seconde, ils hurlèrent :

— Une *koba* ! Une *koba* ! Une *koba* va rentrer dans la ville !

La nouvelle fusa sous les voûtes des caravansérails bordant l'immense palmeraie. Elle se dissémina dans les campements longeant les jardins, les digues et les fossés des rives de l'ouadi Qoubour. En un clin d'œil, les hommes cessèrent leurs palabres. Ils abandonnèrent la fraîcheur des magasins tandis que les femmes délaissaient les cuisines et les tissages.

Les enfants n'avaient pas menti. Une *koba* en beau cuir rouge se balançait sur la bosse d'une chamelle. Chacun voulut deviner qui était celle qui conduisait l'objet sacré. Le voile qui la recouvrait était si vaste que l'on ne distinguait pas même la pointe de ses bottines. Derrière elle venaient des guerriers. Leurs épées étaient hors du fourreau, la lame bien en évidence sur leurs cuisses. Ceux-là, on les reconnut vite. Les enfants sifflèrent entre leurs dents :

— Les guerriers M'Toub !

Les paupières des hommes se plissèrent.

Les M'Toub du riche Abdonaï !

Quelqu'un cria encore :

— Regardez la marque de la chamelle !

Dans la fourrure blanche de la bête, juste au-dessus de l'épaule, le fer avait gravé une étoile frappant l'eau.

— La fille d'Abdonaï ! s'écria une femme. C'est Zénobie, la femme sous le voile !

Cette Zénobie que l'on avait crue morte !

Depuis des lunes, la rumeur de sa disparition se chuchotait, soir après soir, devant les tentes. Depuis des lunes, chacun le murmurait : la main de Baalshamîn s'était détournée d'Abdonaï et de sa fille. Des caravaniers avaient trouvé une robe déchirée dans le Turaq Al'llab. La robe de Zénobie. Elle avait été avalée par le désert ou dévorée par des fauves. À moins que des guerriers perses ne l'aient capturée. Ou des tribus du Sud, des hommes aux dieux inconnus. Quoi qu'il en fût, Baalshamîn s'était lassé de déverser tant de richesse et de puissance sur le père et la fille.

On racontait aussi que le Grand Odeinath, le Très Illustre roi de Palmyre, était devenu veuf avant même d'avoir pu célébrer le banquet des épousailles. On répétait que tout cela était un signe mauvais pour Palmyre. Mais voilà, on disait faux. On laissait parler l'ignorance.

La joie leur brûlant la gorge, des femmes levèrent les paumes vers le ciel et s'écrièrent :

— Zénobie ! Zénobie est vivante ! Baalshamîn a rendu Zénobie à son père !

On se précipita vers l'âne et la femme voilée, on chanta le nom de Zénobie jusqu'à ce qu'une main glisse hors du voile et l'écarte. Le visage qu'il masquait apparut.

Rares, parmi ceux qui étaient ici, l'avaient déjà vu. Tous furent subjugués par la beauté qu'ils découvraient. Le plus beau visage de femme que les dieux aient permis.

*
* *

Dans un vaste triclinium aux murs peints de fresques, aux lits ornés d'or et de nacre, relevés de coussins si moelleux que les corps les plus larges pouvaient s'y engloutir, Abdonaï s'apprêtait à partager son repas avec des marchands d'Émèse. Des cris interrompirent les longs compliments de ses invités. On crut à une dispute dans la cour. Abdonaï, les sourcils froncés, allait se fâcher. Avant qu'il ouvre la bouche, des serviteurs apparurent, entraînés par Ashémou. La nourrice s'étouffait de sa propre excitation.

— Ta fille arrive ! Zénobie arrive, gémit-elle enfin.

Les joues d'Abdonaï blanchirent. Pour un peu, il aurait frappé l'Égyptienne. Depuis la disparition de Zénobie, nul n'était autorisé à prononcer son nom dans la maison. Même le mot *fille* était banni.

Cependant, tout raide de fureur qu'il fût, Abdonaï retint sa colère. Le large visage d'Ashémou était illuminé comme une lampe de temple. Ses joues brillaient, des larmes ruisselaient jusqu'à ses lèvres, sa bouche tremblait.

— Qu'est-ce que tu racontes ? grinça Abdonaï.

— Louée soit Isis, loué soit Baalshamîn ! Loués soient les grands dieux de l'univers. Ô mon maître, Zénobie est vivante. Ta fille nous revient. Elle a échappé au désert !

La stupeur réduisit Abdonaï au silence. Il dévisagea les invités et les serviteurs comme s'il ne comprenait pas le sens des mots qu'il entendait.

Le plus vieux des esclaves n'y tint plus :

— Maître, la nourrice dit la vérité ! Maîtresse Zénobie est arrivée sur une chamelle blanche. Des gamins l'ont vue sur la route de Charax, à l'entrée de la palmeraie.

— Non, elle n'est pas sur une chamelle, intervint un autre, elle est sur un âne.

— Parce que la chamelle porte une *koba* ! précisa un troisième.

— Bientôt, elle sera devant la grande colonnade !

— Une *koba* ? s'étonna un invité d'Émèse.

— Oui, oui, seigneur marchand, un coffre sacré. Mais on ne sait pas ce qu'il contient.

— On dit que les bergers et les commerçants de l'extérieur de la ville la suivent en chantant et en jouant de la musique !

Emportée par le bonheur de la nouvelle, une servante qui tenait entre ses mains la lourde cruche des ablutions destinée aux invités osa ajouter :

— La vraie Zénobie, Maître ! La vraie que tu croyais morte !

Ashémou, les yeux plus étincelants qu'une braise, renchérit :

— Tu n'as pas voulu me croire, mais j'avais raison. Je savais qu'elle était vivante et qu'elle reviendrait.

— La paix, taisez-vous ! explosa Abdonaï en claquant des mains. Fichez-moi le camp, et au travail.

La surprise était passée. Il se reprenait. Il eut un sourire à l'adresse des marchands d'Émèse, désigna la table chargée de plats.

— Mangeons et buvons. Si ma fille est vraiment de retour, nous la verrons plus tard. Son père saura l'accueillir comme il se doit.

Ashémou ouvrit des yeux béants. Elle agrippa le bras d'Abdonaï, le tira à quelque distance des invités.

— Es-tu fou ? Ta fille est de retour et tu veux lui faire des reproches ?

— Ma fille s'est enfuie de ma maison, grinça Abdonaï en retroussant les lèvres de colère. Ma fille m'a couvert de honte. Elle s'est souillée devant la face des dieux et du Grand Odeinath ! Et elle m'a souillé tout autant, moi, son père, Abdonaï, fil de Malikù, fil de Nashûm, le chef des Maazin et le choisi de Baalshamîn ! Si elle n'est pas morte dans le Turaq Al'llab, alors elle va pouvoir y retourner. Crois-moi, ce ne sont pas des reproches qui l'attendent. C'est bien pire…

— Zénobie, souillée ? As-tu perdu la tête ?

— Cette fille va venir devant moi et je la chasserai de ma maison ! Voilà ce que je ferai.

— S'il te reste une once de sagesse, Abdonaï, tais-toi et cours à sa rencontre.

— Fiche-moi la paix.

— N'as-tu pas entendu ? Es-tu si borné ? Zénobie entre dans la ville avec une *koba* et tu veux la punir ? Baalshamîn te la renvoie avec un don sacré et tu veux la chasser ? Qui es-tu, pour aller contre la volonté de ton dieu ?

— Ça suffit ! Tu me brises les oreilles avec tes jérémiades. Toi aussi, je te chasse. Vous autres, débarrassez-moi de cette bavarde.

— Très bien ! Je m'en vais répandre dans les rues comment Abdonaï se détourne de sa fille choisie par Baalshamîn. Celle à qui il doit sa fortune !

Elle avait crié. Ses mots résonnèrent dans toute la vaste salle.

Les marchands d'Émèse ne dissimulaient plus leur embarras. Mais le plus âgé, qui était aussi le plus riche, posa une main apaisante sur l'épaule de son hôte.

— Ce que dit la nourrice ne manque pas de bon sens, Abdonaï. Notre faim peut attendre. Ce serait un spectacle plaisant de voir un père retrouver la fille qu'il croyait perdue.

*
* *

La caravane était sortie de la palmeraie, avait longé le mur canalisant l'eau précieuse de l'ouadi Qoubour. Zénobie, le visage dévoilé, droite, demeurait impassible dans le balancement de son âne. Les femmes se pressaient à sa suite. Maintenant, elles avaient des flûtes aux lèvres et les enfants frappaient des tambourins. Un peu en retrait, mais aussi impatients, venaient les hommes. Comme les femmes, ils chantaient le nom de Zénobie :

— Le don de Dieu est sur elle ! Zénobie est toujours l'élue. Ô reflet du Dingir-dusag, ô Zénobie, toi qui es née de l'étoile de Baalshamîn…

Ils parvinrent enfin devant la grande arche qui s'ouvrait sur le cœur de la ville. La loi de Palmyre interdisait les animaux dans les rues. Les M'Toub firent agenouiller leurs dromadaires. D'un petit coup de reins, Zénobie descendit de son âne. La foule se fit silencieuse, scruta chacun de ses gestes.

Elle repoussa un peu plus le voile sur ses épaules. On vit la grâce de son cou, ses pommettes hautes de fille du désert. L'or de ses boucles scintilla à ses oreilles. Son regard cependant n'avait pas changé. Toujours aussi dur et impénétrable tandis qu'elle empoignait la longe de cuir nouée sur le museau de la chamelle. D'un claquement de langue, elle ordonna à la bête de la suivre vers la porte, dont les arcs et les voussures s'ornaient de perles de pierre, de géométries savantes et de guirlandes de feuillages inconnus dans le désert.

Les soldats de Rome qui la gardaient, inquiets de cette foule qui voulait se déverser dans la cité, basculèrent leurs lances. Les soldats M'Toub se placèrent aussitôt devant Zénobie.

Dans un latin rauque et sans fioritures, le poing sur les armes, ils réclamèrent le passage pour la fille du seigneur Abdonaï, chef des Maazin. Ils montrèrent la *koba* sur le dos de la chamelle. Chaque habitant de Palmyre, où qu'il soit né dans l'Empire, devait savoir qu'une *koba* contenait un don des dieux. Seule une chamelle blanche pouvait le porter jusqu'aux portes du temple qui en serait honoré.

Les légionnaires n'eurent pas le temps de répliquer. Ignorant leurs lances, Zénobie s'avança sous la porte.

La foule déferla autour d'elle, engloutissant la poignée de soldats. La musique reprit tandis qu'ils pénétraient dans l'ombre de la grande colonnade.

Longue de deux mille pas, bordée par un double alignement de huit cent vingt colonnes dont les fûts étaient cinq fois plus hauts qu'un homme, c'était la plus prodigieuse avenue sacrée de Syrie. À mi-hauteur de chaque colonne, une console de pierre soutenait les statues de bronze de huit cent vingt puissants seigneurs. Marchands, guerriers ou prêtres, ils veillaient sur la splendeur de la ville.

Au-dessus, reliant les colonnes et leurs chapiteaux décorés de raisins et de feuilles d'acanthe, un épais linteau de pierre accueillait une charpente de cèdre peinte de bleu, de pourpre ou de vert, ainsi qu'une toiture de tuiles assez spacieuse pour déployer son ombre à toute heure du jour sur toute la longueur de la voie.

Zénobie s'y engagea, suivie de la chamelle. Les M'Toub se contentèrent de repousser les badauds jaillis des boutiques proches. Corroyeurs, savetiers, orfèvres, peseurs, cordonniers, fabricants d'outres, tous lâchaient leurs métiers en entendant les flûtes et les tambourins. De bouche en bouche jaillissait la même exclamation stupéfaite : Zénobie, le don de Baalshamîn, la fille d'Abdonaï et la promise du puissant Odeinath, n'était pas morte !

Baalshamîn ne l'avait pas abandonnée, bien au contraire. Certains l'assuraient : elle avait rencontré un ange de Baalshamîn dans le désert, il l'avait conduite à la source de sa naissance, au Dingir-dusag !

Les regards avides et subjugués glissaient du mystère de cette fille si belle à la *koba* qui se balançait sur le dos de la chamelle, et dont le cuir rouge vif luisait dans l'ombre de la colonnade comme un cœur palpitant.

*
* *

Accompagné de ses invités, Abdonaï devança Ashémou. La main ferme, il écartait la masse des boutiquiers et des désœuvrés qui s'épaississait devant eux. Ils n'entendirent la musique qu'en parvenant dans les jeux d'ombre et de lumière qui striaient la voie des colonnades. Soudain, la foule s'ouvrit. Abdonaï s'immobilisa d'un coup. Ashémou buta contre son dos.

Zénobie était à une dizaine de colonnes devant eux. Le grand voile blanc et bleu battait ses jambes à chaque pas. Sa chevelure avait échappé à ses peignes et ses longues boucles aux reflets de cuivre roulaient sur sa poitrine. Sur ses talons, la chamelle avançait, le cou incliné, l'œil inquiet mais le pas doux, comme si elle avait conscience du précieux fardeau lié sur sa bosse.

Devant tant de majesté, la colère d'Abdonaï se dissipa. Le nom de sa fille vint sur ses lèvres. Il voulut se précipiter. Ashémou agrippa le pan de sa tunique et souffla d'une voix anxieuse :

— Non, ne t'approche pas ! Surtout ne t'approche pas.

Abdonaï voulut ignorer son conseil. Ashémou le retint, les lèvres frissonnantes.

— Regarde ses yeux ! Ne vois-tu pas ? Quelque chose s'est passé ! Regarde donc !

Abdonaï fronça les sourcils. L'Égyptienne avait raison. Le visage de Zénobie n'était plus le même. Plus beau encore que dans son souvenir. En vérité, aussi beau que s'il le voyait pour la première fois. Mince, ferme, élégant. Le dessin de la bouche était parfait, tout autant que les yeux en amande, les sourcils en équilibre sur le nez un peu fort, un peu busqué, mais aux narines aussi fines que des pétales de jasmin. Oui, sa fille

Zénobie était la beauté incarnée. Cependant, elle n'était plus la même.

Abdonaï lui connaissait toutes sortes d'expressions, de la fureur des captives aux joies exubérantes. Celle qui figeait son visage en cet instant, jamais encore il ne lui avait vue. Un regard dénué de lumière et de tendresse. Des yeux durs comme un acier de glaive. Un visage aussi clos qu'un casque de rétiaire à l'heure du combat. Il semblait ne voir ni son père ni la foule.

L'Égyptienne avait raison. Quelque chose était advenu. Abdonaï jeta un coup d'œil craintif sur la *koba* de cuir rouge. L'évidence l'accabla. Assurément, ce qui était arrivé à Zénobie durant son absence dans le désert appartenait au grand mystère de Baalshamîn !

Abdonaï se raidit. Ignorant les expressions étonnées de ses invités d'Émèse, il répondit à la pression fébrile de la main qu'Ashémou avait posée sur la sienne. Les lèvres serrées sur le tumulte de ses pensées et de son cœur, il leva les yeux vers le toit peint de la colonnade. Avec toute la sincérité dont il était capable, il implora le pardon de Baalshamîn. Il n'était qu'un père. Devant la fuite de sa fille, si précieuse mais si violente dans ses mouvements d'humeur, il avait cru à une folie, un caprice.

« Ô Baalshamîn, depuis des lunes je vis sous la ruine de ma maison, je ne bois et mange que des moqueries et des mauvaises nouvelles. Ô Baalshamîn, qui pouvait croire que tu l'avais avec toi, sous ta clémence et ta volonté ? »

Zénobie déjà glissait devant lui sans montrer le moindre signe de reconnaissance. Sans la plus petite inclinaison de la tête. Pas plus que pour Ashémou.

La foule les engloutit sans aucun égard, froissant les beaux vêtements d'Abdonaï, son turban piqué d'une chaîne d'or et qui, en serrant ses cheveux huilés, signalait pourtant son rang.

***

Parvenue aux deux tiers de la colonnade, Zénobie en quitta l'ombre. Elle entraîna la chamelle sur la gauche, dans la large rue qui conduisait au temple de Baalshamîn. Un mur de briques vernissées en entourait les cours, les tombeaux et le sanctuaire. Une volée de sept marches menait à la grande porte. Six colonnes cannelées en supportaient le fronton à la grecque, finement orné d'un soleil à douze branches et des mêmes signes que ceux tatoués sur le cou de la chamelle blanche.

Zénobie s'immobilisa au pied de l'escalier, et avec elle la foule tout entière. Les flûtes et les tambourins se turent. Deux prêtres en pantalons à la mode des Perses, aux manteaux de soie rose, ourlés de magnifiques broderies de perles, les joues rasées de près et le front ceint de mortiers incrustés d'un feuillage d'or, s'avancèrent sous le portique.

Profitant de ce bref instant de calme, Abdonaï s'extirpa des épaules qui lui bloquaient le passage. Il se précipita pour rejoindre les prêtres sur les marches. La voix brutale de Zénobie ordonnant à la chamelle de s'agenouiller le figea. Comme les autres, il vit la bête se soumettre. Elle blatéra doucement et, avec une délicatesse de grand oiseau, plia les pattes.

Zénobie libéra la *koba* des liens qui la retenaient au bât. Le coffre de cuir contre la poitrine, elle gravit les premières marches. Les prêtres s'écartèrent de la porte du temple. Le plus grand, un homme au visage très brun et aux lèvres presque noires, leva la main et demanda :

— Où vas-tu, fille ? Le temple de Baalshamîn n'est pas ouvert aux femmes en ce jour.

Sur le côté, Abdonaï avait retrouvé son souffle. Rejoint par Ashémou, il s'avançait pour intervenir. Ce fut inutile. La voix de Zénobie fut audible de tous, aussi brutale que son regard.

— Puissant Malko, je sais qui tu es et tu devrais savoir qui je suis. Moi, Zénobie, Baalshamîn m'a déposée dans ce monde il y a dix-sept ans en projetant une étoile du ciel dans le désert. Durant les lunes qui viennent de s'achever, il m'a reprise avec lui. Il m'a conduite jusqu'à l'étoile qui fit naître la source du Dingir-dusag. Aujourd'hui, j'apporte cette pierre du ciel dans le temple du dieu des Maazin. Aujourd'hui, j'apporte le don de Baalshamîn à Palmyre.

Zénobie se tourna pour faire face à la foule. Elle ôta le couvercle de la *koba*. Sur son socle de cuir rouge apparut la longue pierre noire. Ses huit faces régulières miroitèrent au soleil, aveuglantes, pareilles à un bronze mille fois poli. Un lourd murmure de ravissement roula de bouche en bouche.

Ainsi, c'était cela ! Baalshamîn avait conduit Zénobie jusqu'à l'étoile de sa naissance !

Les mains se tendirent. Les yeux se levèrent vers le ciel. « Ô puissant Baalshamîn ! Louée soit ton enfant Zénobie ! »

Plus stupéfaits que réticents, les prêtres s'écartèrent. Le seigneur Malko croisa le regard mouillé de bonheur d'Abdonaï. Ils n'eurent pas besoin de mots pour se comprendre. Avec cette pierre sacrée, les Maazin, les grands caravaniers du désert, étaient désormais investis d'une puissance qui valait bien celle des autres dieux de Palmyre : le Zeus-Bel du roi Odeinath ou le Sol-Invictus des puissantes familles d'Émèse et d'Antioche, des dieux proches de Rome et de la tête de l'Empire mais qui n'étaient pas nés dans les sables calcinés du désert.

Pourtant, malgré leur satisfaction, leurs prunelles partageaient la même inquiétude. Zénobie était-elle revenue seulement pour déposer la pierre d'Étoile dans le sanctuaire ? Sa volonté était-elle enfin d'épouser Odeinath ?

*
* *

La foule était trop nombreuse. La plupart demeurèrent hors du temple, se tordant le cou pour voir Zénobie en franchir la porte. Les prêtres de Baalshamîn étaient accourus dans la grande cour. Tous, les jeunes, les vieux, les simples aides aux offrandes comme les puissants devins. Les yeux rivés sur l'étoile noire portée par Zénobie, ils lui firent une haie fervente jusqu'au portique du sanctuaire. Elle s'avança sans un frémissement de cils.

Ainsi que le voulait la loi, la pierre pesant contre sa poitrine, elle tourna quatre fois autour de l'édifice avant d'y pénétrer.

C'était un lieu étrange, une pièce de pierre, toute de sculptures, de colonnes, de frontons et d'encorbellements, dressée à l'intérieur des murs du temple. De part et d'autre, deux frontons s'élevaient, contenant de vastes niches. Entre des colonnes fines, celles-ci accueillaient deux magnifiques sculptures de marbre veiné de rouge et d'émeraude. À gauche, Aglibol, déesse de la Lune, était à peine voilée d'un tissu, poitrine, hanches et cuisses nues et parfaites. À demi renversée sur un siège, la lance des nuits dans la main, elle contemplait l'éternité du temps.

À droite, d'un marbre plus ocre, debout dans un char emporté par quatre griffons à tête de lion, le buste ceint d'une cuirasse romaine à feuilles d'or, des lames de feu solaire lui jaillissant du front, Malkabel-le-Messager emportait la renaissance du jour dans un voyage que l'on espérait sans fin.

Au centre, un tissu de soie et de lin reliait les colonnes et délimitait la chambre de Baalshamîn. Le seigneur Malko fit un geste. Deux jeunes prêtres soulevèrent la tenture et en déposèrent les plis dans des anneaux de bronze. Dans une pierre si pure qu'elle semblait transparente, Baalshamîn apparut aussi vivant que s'il était de chair. Il était assis sur son trône, l'épi de blé de la fécondité dans le poing, le diadème de la lumière sur les cheveux, la toge ample des guerriers laissant son épaule gauche nue, le regard posé sur les arrivants.

Une fumée aux volutes âcres tournoya, soulevée par le mouvement de la tenture, voilant sa face un instant. À ses pieds, les coupes s'accumulaient, fumantes d'encens et débordantes d'offrandes.

Les prêtres baissèrent les paupières, le seigneur Malko comme Abdonaï. Zénobie garda le front haut, nullement impressionnée par ce qu'elle découvrait et que bien peu d'yeux avaient vu.

Elle s'inclina devant les offrandes, déposa le socle de la *koba* dans la flaque dorée d'un rai de soleil qui transperçait un fenestron de gypse sur le côté de la chapelle. Les facettes d'ombre de la pierre scintillèrent une nouvelle fois comme si, à la brûlure du soleil, répondait une autre lumière, sans nom et brûlante d'obscurité.

Zénobie releva le visage vers la face de Baalshamîn.

— Ô Baalshamîn, seigneur de ma naissance, tu me conduis. Tu diriges ma volonté depuis la première heure de ma naissance. Tu es le sang et le souffle qui veut la vie. Tu es l'origine du bien et du mal, de la douleur et de la peine comme du baume qui sèche les blessures. Ô Baalshamîn, garde ta main sur moi. Je suis Zénobie, celle que tu as offerte aux Maazin du Turaq Al'llab. J'ai besoin de toi. Et pour toi, ainsi qu'en va ta volonté, je deviendrai la reine de Palmyre.

Ses mots résonnèrent sur les pierres du sanctuaire. Un sourire se déploya sur les lèvres d'Abdonaï. Un profond soupir détendit la poitrine du seigneur Malko. Ils n'attendirent pas qu'elle achève sa prière, qu'elle se redresse et sorte dans la lumière du jour. Ils coururent dans la cour du temple y clamer la nouvelle. Abdonaï conduirait sa fille, Zénobie, l'élue de Baalshamîn, la déesse du Dingir-dusag, dans la maison du Très Illustre Odeinath, roi de Palmyre et sénateur de Rome !

Ce soir-là, le nom de Zénobie fut sur toutes les lèvres des habitants de la Perle du Désert. Il fut dans leurs cœurs et leurs rires, et jusque dans les extravagances de leurs soûleries.

16

LAURICUM
LIMES DU RHIN

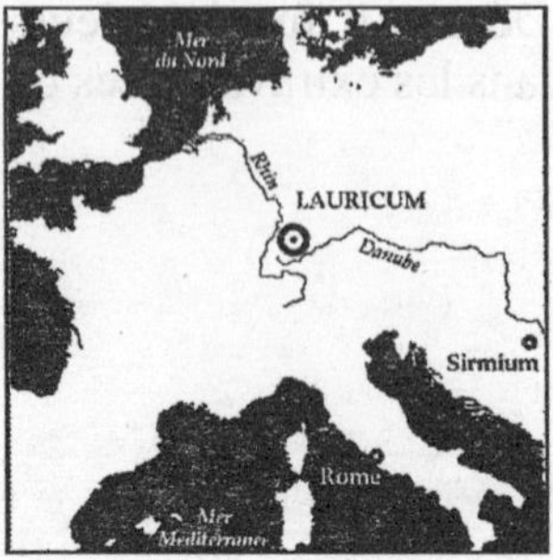

Depuis dix jours, les forêts et les champs de Germanie, à l'est, étaient balayés de nuages plus noirs que la nuit. Une pluie inlassable se déversait en rideaux crépitants que le vent du nord faisait onduler. Elle ruisselait sur les remblais fraîchement dressés, y creusait des cascades de boue, transformait les fossés en mares et inondait les champs. Les bornes des routes y disparaissaient, égarant les charrois dans les fondrières. On devait soulever les chariots au lieu de les faire rouler. Les chevaux glissaient tant que l'on ne s'en servait plus guère. Et les bœufs, trop lourds, aux pattes trop courtes, s'enlisaient. Les légionnaires hurlaient de colère, le visage devenu liquide, encombrés de manteaux aussi pesants que du plomb, depuis bien longtemps transpercés par ce déluge. Il fallait sans cesse huiler le fer des outils et graisser les cuirs qui se racornissaient comme du vieux papyrus.

Debout depuis des heures sur le balcon d'un fortin, à

vingt-cinq pieds au-dessus du sol, Aurélien contemplait cet épouvantable chantier et souriait, heureux. Sous ses yeux, se perdant dans la grisaille du déluge, l'immense palissade des Champs Décumates s'achevait !

Un mur de défense long de deux cent cinquante milles, joignant le haut Danube au Rhin, à travers montagnes et forêts, longeant des affluents, coupant des fleuves. D'un bout à l'autre fait de rondins plus larges que la poitrine d'un homme. D'un bout à l'autre doublé d'un remblai et de deux fossés, chacun assez profond pour qu'y sombrent les attelages. Un mur de défense qui séparait les Barbares des peuples de Rome comme le râteau sépare le grain de l'ivraie à l'heure des moissons.

Tous les milles, une tour permettrait la surveillance. Tous les cinq ou dix milles, des forts regrouperaient les légionnaires et les postes de douane. Cela, bien sûr, bordé des routes empierrées nécessaires au déploiement rapide et efficace des légions.

Il avait fallu trois légions, la VIIe *Augusta*, la XXIIe *Primigenia* et la XIe *Claudia*. Valérien, le nouvel Empereur, lui en avait confié le commandement. En retour, Aurélien avait promis que l'ouvrage serait achevé avant les grands gels de janvier. Chacun des dix-huit mille hommes apprit alors à craindre sa colère, plus que d'avoir à patauger dans la boue glaciale de la Germanie. Ni le climat ni le harcèlement des Barbares n'avaient pu les ralentir. Dans quarante ou cinquante jours, la promesse d'Aurélien serait tenue.

— Tiens-tu à mourir de pneumonie, légat ?

Maxime avait ouvert la porte de la tour d'un coup de pied. Aurélien ne lui répondit que d'une grimace. Maxime serra son manteau et hésita à s'approcher.

— Quel foutu temps ! Les dieux veulent-ils nous

transformer en porcs ou en poissons ? Regarde-moi ça, ils ne peuvent même plus travailler correctement…

Du menton, il désigna les grappes d'hommes cherchant à ficher les rondins dans des trous transformés en autant de bassins de boue. Les légionnaires gueulaient et s'injuriaient sous l'effort. Tout s'échappait, roulait, menaçait d'écraser. La terre s'effondrait dans les fosses, les remplissant à demi, obligeant à creuser sans cesse. Les palans s'enfonçaient dans le sol trop mou. Les cordes se raidissaient à force d'humidité. Les poulies de bois bloquaient, gonflées d'eau. Lorsque enfin, par on ne sait quel miracle, les billots épointés glissaient en place, des fontaines de boue jaillissaient et les hommes se transformaient en statues de glaise éructantes.

Pourtant, dans les forêts alentour, les arbres dénudés par l'automne s'affalaient, ligne après ligne, pareils à une armée anéantie. Ébranchés, taillés en pointe, charriés tant bien que mal, ils parvenaient au pied de la palissade et finissaient toujours par se dresser là où la volonté de Rome l'exigeait.

— Ça n'en sera que mieux au printemps, remarqua Aurélien. Lorsque la terre séchera, le socle de la palissade sera aussi dur que de la pierre.

Maxime grommela, s'essuya le visage avec lassitude. Ses longues mèches gouttaient sur son menton et dans son cou. Il avait maigri, son visage paraissait plus anguleux, l'ourlet de ses lèvres plus prononcé. Le rose de sa cicatrice, sous l'effet du froid, prenait une teinte de nacre. Il devina les regards d'Aurélien qui le scrutaient et répondit par un rictus fatigué.

— Sais-tu qu'il m'arrive de rêver d'Asie ? Que je t'abandonne dans cette foutue boue pour aller offrir mon bras à l'Empereur sous le soleil de Syrie…

— Trop tard. Oublie tes rêves. Notre Augustus a quitté l'Orient et revient près de nous.

— Ne te moque pas, Aurélien. Sérieusement, j'y songe !

— Râle autant que tu veux, tribun, s'amusa Aurélien. Dans une semaine nous serons de retour à Mogontiacum, et dans un mois je pourrai annoncer que nous avons achevé notre ouvrage.

Il traça dans l'air une ligne allant du nord au sud.

— Huit forts, deux cent soixante tours de guet et neuf fortins bâtis depuis l'été ! Je suis fier de nous, Maxime. Tu pourras annoncer aux légions que je double leur prime. Ils auront leur or aux ides de décembre. Le légat Aurélien s'en porte garant.

Maxime hocha la tête sans conviction.

— Au moins, pour une fois, ces bêtes de somme ne dépenseront pas tout d'un coup. Ils seront trop épuisés pour ça.

Aurélien observa le visage de Maxime, y cherchant une critique, mais il ne vit que moquerie et fatigue.

Comme s'il devinait les pensées d'Aurélien, Maxime demanda :

— Pouvons-nous rentrer un moment ? Je voudrais te parler au sec.

L'intérieur de la tour n'offrait qu'une salle nue, sans autre confort qu'un foyer de pierre, une trappe et une échelle reliant l'étage au sol. Trois hommes s'y chauffaient en maugréant contre le bois, trop humide, qui engendrait plus de fumée que de flammes. Ils saluèrent avec respect et disparurent par la trappe. Maxime ôta son manteau et grogna de nouveau :

— Ce feu est plus propice à nous enfumer comme des jambons qu'à sécher nos vêtements. Je ne me souviens même plus de l'impression que cela fait d'avoir une tunique propre et sèche.

— Tu parlais de la Syrie et de l'Empereur, l'interrompit Aurélien. J'ai reçu un message de Valérien. Il sera ici dans deux mois et souhaite me voir à Agrippinensium. Il veut visiter la palissade.

— Et il veut que nous allions nous frotter aux Perses ? ironisa Maxime.

— C'est bien possible. Shapûr a mis à sac Doura Europos. On peut craindre qu'il s'en prenne à Émèse et même à Antioche. Si je sais lire entre les mots de sa lettre, l'Empereur songe à me confier le commandement des légions d'Orient.

Maxime le considéra cette fois avec sérieux.

— Voilà la meilleure nouvelle que j'ai entendue depuis longtemps.

Aurélien acquiesça, les yeux sur le feu.

— Et notre César, Gallien, où sera-t-il ?

— En Gaule. Lui aussi devrait aller voir son père à Agrippinensium. La Gaule et les Bretons sont loin d'être soumis. La tâche de Gallien n'est ni aisée ni achevée.

Maxime approuva d'un hochement appuyé de la tête.

— Tout va changer bientôt, Maxime, insista Aurélien. C'en est fini de la honte et des marchandages avec les Barbares. Dès le printemps prochain, Rome va enfin pouvoir se respecter ! Valérien est un vieil homme. On ne peut douter de son courage et il possède une sagesse qui a trop fait défaut à Decius.

Aurélien avait parlé avec flamme. Tout son corps vibrait. Maxime toussa à cause de la fumée. Après un silence, il remarqua :

— Je ne doute pas de la valeur de notre Augustus. Ni de son attention pour toi. Tu lui es indispensable, et il le sait. Il connaît aussi ton affection.

Maxime hésita, retint une phrase, puis ajouta :

— Une affection que César ne doit guère approuver, lui qui ne rêve que d'être plus puissant que son vieux père. Il te voit sur son chemin. Tu devrais mieux y songer…

— Et où cela me conduirait-il ?

— Qui sait ?

Les lèvres d'Aurélien étaient blanches, son regard aussi coupant qu'une lame. Maxime leva la main en signe d'apaisement, ne laissant paraître ni crainte ni rancune.

— Comme tu le décides, légat. D'ailleurs, ce n'était pas de cela que je voulais te parler. Moi aussi, j'ai reçu une lettre.

D'une poche de cuir sous sa cuirasse, il tira un papyrus étroit dont Aurélien reconnut aussitôt l'écriture.

— Ta sœur Clodia me demande d'intercéder en sa faveur. Elle assure t'avoir envoyé six messages sans que tu lui répondes.

— Parce que je n'avais rien à lui répondre.

— Elle souhaite te rejoindre. Elle écrit : « *Là où il est, je dois être. C'est ainsi que les dieux veulent accomplir nos destins. Aurélien ne peut refuser leur volonté. Il te dira que je suis folle. Mais il a bien trop peur que tu puisses en juger par toi-même, toi, son ami.* » Après quoi, elle me supplie de plaider sa cause auprès de toi.

Aurélien détourna le visage, alla à la porte, qu'il ouvrit en grand sur la pluie qui n'avait pas faibli.

— Qu'en penses-tu ?

— De sa folie ?

— De cela et du reste.

— Pour ce qui est de la folie, j'ai toujours été un très mauvais juge. Clodia est la plus belle femme que j'aie vue. Hélas, c'est à son frère qu'elle pense et pas à moi ! Sinon, je n'hésiterais pas à soutenir sa demande.

— Tu sais de mieux en mieux ne pas répondre à une question, persifla Aurélien.

Maxime balança son manteau sur ses épaules et s'approcha du seuil.

Sans un mot, ils observèrent le chaos du chantier, la lumière morte qui semblait se lever de la boue. Maxime eut une moue ironique. De son ton désinvolte, il déclara :

— Quoi qu'il en soit, ce climat est bien trop mauvais pour une jolie femme. Elle y perdrait son charme et sa santé.

17

PALMYRE

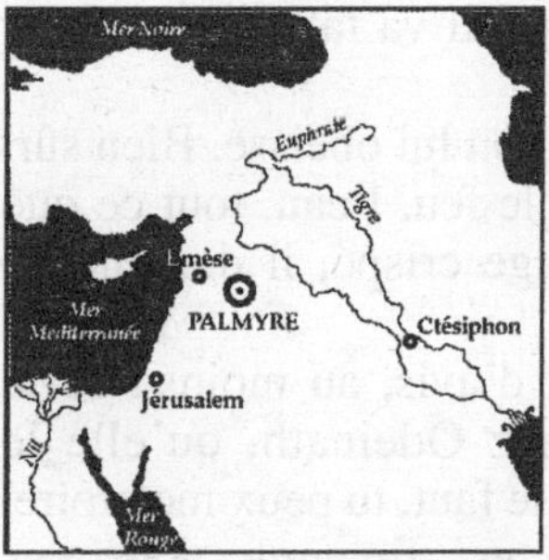

La loi très ancienne de Palmyre voulait qu'avant les épousaillcs la promise quitte la maison de son père pour rejoindre celle de son promis. Pendant neuf lunes, elle devait y vivre sous la surveillance des femmes dont elle serait bientôt la maîtresse.

Craignant les caprices de sa fille autant que l'inconstance des dieux, dès leur sortie du sanctuaire de Baalshamîn Abdonaï annonça qu'il conduirait Zénobie chez le Grand Odeinath le lendemain même. Durant cette unique et dernière nuit qu'elle passa sous le toit de son père, Zénobie ne lui accorda pas un mot, pas un regard. Pas plus qu'elle n'apaisa la curiosité angoissée d'Ashémou.

Les questions jaillissaient des lèvres de l'Égyptienne sans qu'elle puisse les retenir. Comment Zénobie avait-elle su que Baalshamîn l'appelait ? Pourquoi n'avoir prévenu personne de son départ ? Pourquoi son absence avait-elle été si longue ? Après tout, une fois que l'on sait où est une pierre, fût-elle d'étoile, il ne fallait pas des lunes pour la transporter à Palmyre ! Et qui était cet ange dont on parlait dans les rues ? Oui, oui ! On disait qu'un ange l'avait conduite sur un cheval depuis le grand nulle part jusqu'à la source du Dingir-dusag.

— C'est vrai ?

Seul le silence lui répondit. Zénobie ne fit pas même mine d'entendre ses questions.

Un peu plus tard, alors que les torches étaient déjà allumées, elle ordonna que l'on remplisse le grand bassin des ablutions pour y prendre un bain.

— Un bain maintenant ? s'exclama Ashémou. Faire chauffer de l'eau à cette heure ? Il va falloir demander à ton père.

Zénobie se tut et attendit qu'on lui obéisse. Bien sûr, Abdonaï accorda sans hésiter le feu, l'eau, tout ce que sa fille voulait. Mais, le visage crispé, il demanda à Ashémou :

— Elle ne va pas changer d'avis, au moins ? Je la conduis demain à l'aube chez Odeinath, qu'elle le veuille ou non. Enchaînée s'il le faut, tu peux me croire.

— Ce sera inutile. Elle est revenue pour ces épousailles.

— Oh ! ça… siffla Abdonaï. Surveille-la. Cette fois, surveille-la bien.

L'Égyptienne haussa les épaules.

— Tu n'as rien à craindre. Elle ira. C'est autre chose qui m'inquiète.

— Quoi encore ?

— Elle n'est plus comme avant.

— Un peu plus folle ? Tant pis. Ça ne se verra guère, ricana Abdonaï.

— Non, pas folle. Différente. Comme s'il n'y avait plus de bonheur en elle. Plus que de l'ombre.

Abdonaï poussa un soupir de soulagement. À l'aube

prochaine, le caractère de Zénobie ne serait plus son souci mais le doux fardeau du Très Illustre Odeinath.

— Ma foi, dit-il en buvant un gobelet de vin, d'avoir été dans la main d'un dieu, cela doit vous changer. Même une fille comme Zénobie. Baalshamîn a dû lui montrer qui était le maître.

Ashémou n'insista pas. L'aveuglement d'Abdonaï était sans bornes. Et d'ailleurs, qu'il s'agisse de leurs filles ou de leurs épouses, les hommes étaient plus aveugles que des ânes attelés aux roues d'un puits. Et, tout comme les bourriques, bien satisfaits de l'être.

*
* *

Zénobie demeura longtemps dans l'eau, chevelure et corps flottants, longue algue sombre que doraient les flammes des lampes.

Ashémou s'assura discrètement que sa rencontre avec Baalshamîn ne lui avait laissé aucun stigmate. Mais non. Sa peau était plus fraîche et plus immaculée que jamais. Le dieu des Maazin n'avait imprimé sa marque sur elle que par la beauté et la perfection.

Qui avait déjà vu des jambes si félines ? Des hanches à la courbe si onctueuse, pareille à la douceur des dunes d'Égypte ? Son nombril était une perle aux reflets de nacre. Combien de femmes se seraient offertes aux démons du Turaq Al'llab pour posséder des seins à la hauteur si juste, à l'orbe aussi tendre qu'une goutte de lait et aux tétons si parfaits que jamais sculpteurs, aussi habiles fussent-ils, ne sauraient les reproduire ? Oh ! la merveille de proportion de ce corps ! Oh ! le feu qui devait ravager les reins des hommes à seulement en deviner les merveilles !

Les sanglots du bonheur et du malheur encombrèrent

la gorge d'Ashémou. Enfin, enfin elle retrouvait son enfant !

Le désir d'entrer dans l'eau, d'embrasser Zénobie à grande bouche gourmande comme elle le faisait autrefois l'enflamma. Elle se retint. Ce temps n'était plus. Zénobie ne lui permettrait pas une caresse. Cela, elle n'avait pas besoin de le demander pour en être certaine.

Ô Dame Isis, Reine des reines, qu'est devenue mon enfant ? Que s'est-il passé ?

Ashémou songea à tout ce à quoi elle avait déjà songé mille et une fois durant les semaines passées. Elle songea au lendemain et au jour, pas si lointain, des épousailles. Elle songea à la puissance virile du Grand Odeinath, un mâle de quarante ans, poitrine velue, barbe très noire et des enjambées de guerrier. Elle imagina ses mains de chasseur sur les seins si beaux, sa bouche avide sur la perle du nombril de son enfant. Les mots vinrent sur ses lèvres sans même qu'elle le décide :

— C'était terrible de ne rien savoir, tu sais. Tout le monde te croyait morte. Moi, non. Je me disais : non, ce n'est pas possible. Au début, j'étais certaine que tu étais partie rejoindre l'Elkésaïte. Je me disais : c'est pour lui qu'elle fait tout ça, pour ce Schawaad. Alors je pensais : si c'est ça, tant pis. Autant que tu sois avec lui plutôt que morte. C'est un homme qui en vaut sûrement un autre. Mais ils ont fini par trouver ta robe dans le désert. Ils l'ont montrée à ton père. Moi, je n'ai pas voulu la voir. À quoi bon ? Oh ! Zénobie, mon enfant, j'ai eu si peur. Les brigands, les Parthes ou les serpents ! Toutes ces horreurs du désert. Certaines nuits, je rêvais que des hommes mauvais t'emportaient. Quelle bêtise ! Et maintenant tu es là. C'est bien toi. Tu es vivante. Tu n'as jamais été aussi belle. Jamais !... Sauf tes yeux. Tu as des yeux si sombres que cela fait peur. On croirait que tu transportes la nuit dans ton cœur. Tu devrais aller sur la terrasse. Il y a des feux partout, ce soir. Les campements autour de la ville sont tout illuminés. Les gens chantent et dansent avec ton nom sur les lèvres… Bien sûr, il y a demain. Si tu savais comme le Grand Odeinath a été triste d'apprendre que tu étais morte ! Il était en colère contre ton père, ça oui, mais pas contre toi. On raconte qu'il a demandé à toute sa maisonnée de faire un repas de deuil. Demain, il ne sera pas là. Il court le désert, à ce qu'on prétend. Tu auras le temps de t'accoutumer à sa maison avant son retour. Ensuite, neuf mois de répit avant que… Pourquoi me regardes-tu avec un air si dur ?

— Tais-toi, nourrice.

— Mon enfant !

— Tais-toi. Je ne suis plus une enfant. Si tu veux rester près de moi, ne pose plus jamais de questions sur mon absence.

La voix était coupante, méchante, même. Ashémou se mordit les lèvres.

Il y eut un silence où toutes les craintes d'Ashémou semblèrent devenir un bloc aussi ténébreux que la pierre d'étoile qui dormait là-bas, dans le temple de Baalshamîn.

Zénobie s'enfonça sous l'eau, engloutissant avec elle la fleur de sa chevelure. Quand son visage réapparut, elle regarda Ashémou bien en face. Avec à peine moins de brutalité, elle ajouta :

— Il n'y a rien d'autre à savoir que ce que j'ai dit dans le sanctuaire de Baalshamîn. Le dieu des Maazin a exercé sa volonté. C'est tout. Il n'y a plus rien à craindre. Ce qui doit être fait le sera. J'accomplirai mon devoir.

***

Bien qu'il y eût moins d'un mille entre la maison d'Abdonaï et le palais du Grand Odeinath, fils de Whabalath, fils de Nasor, sénateur de l'Empire de Rome et roi de Palmyre, ils s'y rendirent dans un char de voyage dont les tentures avaient été abaissées. Une foule de curieux les suivit, chantant et bénissant tout ensemble le nom de Baalshamîn et celui de Zénobie.

Ce palais était le plus beau et le plus vaste de la ville. Ici, tout n'était que luxe, calme et volupté. Ses cours et ses patios longeaient le *Cesareum* et les portiques de l'agora jusqu'à la rive de l'ouadi Qoubour. Les jardins y succédaient aux jardins en un labyrinthe de murs végétaux et de folles perspectives. Bassins, fontaines et canaux bruissaient jour et nuit du murmure précieux de l'eau. Portiques et péristyles rafraîchissaient une multitude de chambres. Les murs, partout, étaient décorés de fresques merveilleuses, de scènes de chasse ou d'amour, de dieux et de paysages de l'Olympe grecque ou du Panthéon de Rome. Il y avait tant de fraîcheur, tant de verts opulents, de fleurs rares et de pièces ombreuses que l'on oubliait qu'à une portée de flèche seulement le désert cernait la ville.

Ce fut le *shuloï* Sharha, maître du palais après le Maître, qui les reçut. L'homme était vieux, très grand et très mince. Une barbe aux frisures grises lui mangeait les joues. Il était vêtu tout de blanc à l'exception de son bonnet bleu brodé d'un filigrane d'or. Ses mains étaient nouées sur un haut bâton d'olivier, décoré en son sommet de bagues d'or et d'argent, serti de pierres lumineuses et d'une large corne de bélier enroulée sur elle-même.

Il n'accorda qu'un vague coup d'œil à Zénobie, s'inclina parcimonieusement devant Abdonaï. À chacun de ses mouvements, on craignait qu'il se brise.

Il annonça ce que chacun savait déjà : le Très Illustre

était absent. Avec un soupçon d'aigreur, le shuloï remarqua :

— Le Très Illustre était impatient d'accueillir ta fille, Abdonaï. Il a été contrarié d'apprendre sa mort avant même de cueillir son premier regard d'épouse. Qu'elle soit revenue à la vie, qui sait ce qu'il en pensera ?

Abdonaï leva un sourcil apaisant.

— Ma fille lui était promise depuis longtemps, Sharha. Une promesse d'Abdonaï est une promesse de Baalshamîn. Nul ne se souvient que les Maazin trahissent leur parole.

Le shuloï soupira. Il frappa le sol de son bâton. Un mince battement de ses paupières parut témoigner de son accord comme de la difficulté des choses de ce monde. Abdonaï déclara que seuls les dieux demeuraient les maîtres du temps et des événements, et selon des caprices pour toujours inaccessibles aux humains ordinaires.

— Baalshamîn a pris ma fille, il l'a rendue aussi parfaite qu'il l'a fait naître. Le Très Illustre en sera heureux, tu peux me croire.

Sharha montra ses gencives nues et roses. C'était peut-être un sourire.

— Si tu le dis !

Ses lèvres se refermèrent, roulèrent dans une moue fataliste. Il frappa de nouveau le sol de son bâton.

— Chef des Maazin, il serait temps que les choses suivent leur cours et que ta fille se comporte comme une fille humaine.

Abdonaï approuva avec enthousiasme. Il se redressa et lança d'une voix qu'il espérait assez forte pour être entendue jusque dans la rue :

— Moi, Abdonaï, fils de Malikù, fils de Nashûm, selon la volonté de Baalshamîn, le Puissant des cieux, selon le dieu Bel, frère en puissance de Baalshamîn, je viens confier ma fille Zénobie aux femmes de cette maison, celle du Grand Odeinath, fils de Whabalath, fils de Nasor, sénateur de l'Empire de Rome et roi de Palmyre, afin qu'il l'accueille dans sa couche au septième jour des ides *Quintillis*.

Suivit un silence.

Le vieux Sharha vacilla légèrement, agrippé à son bâton. La voix puissante d'Abdonaï semblait avoir menacé son équilibre. Mais non. Il hocha la tête. La pointe de sa langue caressa ses gencives édentées. Un ordre rauque coula entre ses lèvres racornies. Il laissa glisser le bâton contre son épaule, la corne de bélier frôlant son crâne, et frappa dans ses mains. Un vol de servantes apparut, aussi miraculeux que si elles naissaient des murs.

Un instant plus tard, sans plus de cérémonie, Zénobie et Ashémou se retrouvèrent dans la cour des femmes, un palais à l'intérieur du palais possédant ses propres jardins, ses bassins, ses terrasses, ses chambres et ses patios.

Là vivaient les parentes, les esclaves et les servantes. Sans doute aussi en était-il quelques-unes dont la tâche essentielle n'avait d'autre but que d'apaiser les ardeurs du Grand Odeinath. On les disait énormes, à la proportion d'un veuvage qui durait depuis trop longtemps.

Quatre pièces avaient été prévues pour la future épouse. L'une d'elles, aux murs rouges ornés de guirlandes et d'oiseaux voletant sur des parterres de fleurs, lui fut désignée pour son repos. Elle contenait quatre tabourets, un brasero de fonte, deux lits et une alcôve à rayonnages supportant des coupes, des verres, des lampes d'étain et de cuivre.

Des esclaves déchargèrent les coffres de vêtements et d'ustensiles transportés depuis la maison d'Abdonaï.

De toutes jeunes servantes accoururent avec les boissons et la nourriture de bienvenue. Excitées, le rire au bord des lèvres, elles épièrent la mine et la tenue de leur future maîtresse, si jeune, si belle, si mystérieuse. Avant qu'elles puissent faire connaître leurs noms, chacune son tour, comme c'était la coutume, une voix grinça, haute et sèche, qui les fit fuir dans la cour.

— Ainsi c'est toi, cette fille des Maazin qui a fait tant de bruit avant de venir ici jouer les épousées ?

***

La femme qui se tenait sur le seuil de la chambre n'était pas grande. Ses petits yeux noirs possédaient pourtant la morgue qui sied aux dames de qualité. Zénobie lui accorda un regard, se détourna et s'assit sur l'un des lits.

Une grimace offusquée plissa les lèvres épaisses de la nouvelle venue.

— Ignores-tu que les filles de cette maison me saluent les paupières baissées ?

L'aigreur de l'âge crissait dans sa voix. Un vent de sable dans les mauvais jours d'hiver. Dix ou quinze ans plus tôt, elle avait dû avoir un beau visage. Aujourd'hui, c'était une femme dont les rides ruinaient le cou, les joues et les tempes. Sa taille autant que ses seins s'effondraient sous le poids des ans et des gourmandises. La splendeur de sa tunique ou de son pantalon bouffant n'en masquait rien. La beauté des bijoux qui couvraient sa poitrine et ses poignets ne mettait en valeur que les disgrâces d'une peau sans plus de charme.

Dans un cliquetis de colliers, elle se tourna vers Ashémou.

— Voilà la nourrice ? Une Égyptienne. J'aurais dû m'en douter. Et toi aussi, tu ignores qui je suis ?

La honte assombrit le hâle d'Ashémou. Dans l'atrium, les servantes pétrifiées fixaient au sol les fines géométries de marbre rose et vert. Ashémou en fit autant. Le silence était assez profond pour qu'un battement d'ailes de papillon produise un vacarme.

— Je suis Ophala, fille de Mattanaï, fille de Nurbel ! Ma sœur Gardalaï était l'épouse du Très Illustre. Aujourd'hui, elle vit près des dieux et c'est moi qui dirige cette maison. Le Grand Odeinath m'en a confié tout le pouvoir. Il va falloir, ma fille, que tu apprennes à m'obéir.

À la dérobée, Ashémou jeta un coup d'œil à Zénobie. Celle-ci se tenait maintenant à demi étendue sur le lit. Elle sourit. Un grand sourire. Le premier sourire qu'on lui voyait depuis son retour. Sur un ton de miel, elle répliqua :

— Alors, noble Ophala, puisque c'est ton nom, sache que je ne suis pas une « fille ». Je suis Zénobie. Comme tu l'as dit, bientôt je serai l'épouse du Grand Odeinath. Ce que tu seras alors, qui peut le savoir ?

Les lèvres d'Ophala se vidèrent de leur sang. Un grondement secoua l'entassement de pièces d'or de ses colliers. Avec une souplesse que ne laissait pas présager l'opulence de son corps, elle avança au-dessus de Zénobie. Elle planta son index à l'ongle bien affûté entre les jeunes seins.

— Pour l'heure, tu n'es qu'une morte tout juste ressuscitée. Rien de rien. N'imagine pas que tu vas faire régner ta loi ici. Si Odeinath est assez bête pour se laisser duper par tes minauderies et ta pierre du désert, moi, je ne le suis pas. Il me suffit de te regarder pour voir les mensonges qui gonflent ta langue.

Un rictus mauvais déforma ses joues et laissa apparaître des dents gâtées par trop de sucreries.

— Ici, souviens-t'en, dans la cour des femmes, c'est

moi qui commande ! De jour comme de nuit. Et ne compte pas sur Baalshamîn, Aglibol ou Alath pour te protéger. Les dieux ne me font pas peur. Ils savent qui je suis !

Elle se redressa, ses hanches tressautant sous les plis vagues de sa tunique. Roulant des yeux, le feu aux joues, elle agita ses bras courts en faisant sonner ses bracelets.

— Vous n'avez rien à faire, vous autres ?

Esclaves et servantes s'éparpillèrent. Ses sandales à tresses d'or claquèrent sur les dalles. La grande double porte donnant sur la cour des femmes s'ouvrit le temps que l'on devine les gardes de l'autre côté. Elle se referma en faisant frémir les murs. Le bruit d'une serrure claqua.

— Elle nous enferme ! souffla Ashémou, sidérée. Qu'Isis nous protège. Le démon vient de montrer sa mauvaise figure.

18

ANTIOCHE

— Mon nom du désert est Schawaad, fils d'Iskel-laïl, fils de Duram-Elaï. Mon père suivait les commandements du prophète Elkésaï. Il me les a enseignés quand j'étais un enfant sans jugement. Ce n'est qu'à Ctésiphon, en lisant les vrais écrits des apôtres de Christ, que je me suis rendu compte que nous vivions dans l'hérésie. Depuis, je n'ai rien voulu d'autre que purifier mon cœur et extirper de ma chair les mensonges qui m'avaient souillé.

— Ainsi, tu étais à Ctésiphon ? Je te croyais venu de Doura Europos ?

— Alors que nous avions planté nos tentes dans le Turaq Al'llab, mon père m'a envoyé à Ctésiphon, seigneur évêque. Il voulait que j'y apprenne l'écriture des anciens Hébreux pour propager la fausse parole de son Grand Archange. Dieu ne l'a pas permis. Il m'a ouvert les yeux. Alors j'ai fui le pays des Perses.

On m'a accueilli dans la maison chrétienne de Doura Europos et on m'y a enseigné les écritures des apôtres.

Ils étaient dans une pièce toute simple aux murs nus. Bien que la maison fût l'une des plus vastes et des plus belles d'Antioche, cette pièce n'était meublée que d'une table et de quelques sièges. L'évêque Dymitrios était assis sur l'un d'eux.

C'était un homme petit, replet, à la peau très blanche, aux yeux gris, attentifs et calmes. Il possédait un visage grec, le nez et les joues larges, la bouche courte et peu dessinée sous la barbe. Avec la douceur d'une caresse, ses doigts effleuraient une à une les feuilles de papyrus que Schawaad venait de déposer devant lui avant de s'agenouiller sur le sol. La liasse était épaisse. Certaines des feuilles étaient à peine lisibles tant les lignes d'écriture en étaient serrées.

Pris par sa lecture, l'évêque parut un instant oublier Schawaad tout autant que les quatre hommes qui se tenaient à ses côtés. Deux d'entre eux s'étaient présentés comme les fils de l'évêque. Ils possédaient le regard gris et la peau claire de leur père. Les deux autres avaient l'âge de Schawaad. Seule la broderie bleue d'un poisson sur leur tunique, à l'emplacement du cœur, révélait leur fonction de diacre.

Dymitrios releva les yeux en souriant. Il parut surpris de voir Schawaad encore agenouillé.

— Relève-toi, mon garçon. Tu n'as aucune raison de te tenir à genoux devant moi dans cette pièce.

Schawaad obéit à regret.

— Quelles langues sais-tu lire et écrire ?

— Le grec, le latin et l'hébreu. Je sais aussi parler le perse et les langues simples dont usent les chameliers dans le désert.

— Alors, tu sais ce que contiennent ces écrits ?

demanda encore Dymitrios en posant sa paume sur les papyrus.

— Je les connais par cœur, seigneur évêque. Je pourrais les copier sans les relire. Il y a trois lettres d'Arsinouis, deux de Valentin d'Alexandrie, une de Militiade écrite du temps où il voyageait avec Paul, deux copies des lettres de Paul au sujet des mauvaises pratiques des Hébreux, et aussi celle de Matthieu sur le même sujet. La plus longue est celle d'Irénée, qui met en garde ceux de Doura contre les hérésies de l'Orient. En particulier contre les pratiques païennes et perverses des suiveurs de Mithra qui osent consacrer le pain et l'eau dans leurs antres de ténèbres. Ils singent le sacrifice du sang et de la chair de Christ dans un culte obscène, et nous devons partout les dénoncer comme des faux prophètes. Celle-ci, elle est en latin et en grec… Comme tu as pu le voir, il y en a aussi quelques autres dont on ignore qui les a écrites ou dictées. Des lettres aux Laodicéens et aux Alexandrins. Je ne suis pas assez savant pour l'assurer, mais je crains qu'elles ne soient que du fiel quand la parole de Christ était de miel.

L'assurance de Schawaad, la sonorité de sa voix et l'acuité de son regard vibrèrent dans la pièce, aimantant l'attention. Quand il se tut, les diacres l'observèrent avec plus d'attention et de respect. Les fils de Dymitrios virent leur père sourire. L'évêque tira quelques manuscrits de la liasse. Les feuilles en étaient racornies, brûlées et noircies.

— Tu les as retirés du feu, dirait-on.

— Les Perses ont assiégé la ville durant des mois. La maison chrétienne était sous les remparts et a été ensevelie par les soldats de Palmyre et de Rome. Nous avions cru mettre la bibliothèque à l'abri dans une maison voisine, mais les Perses ont incendié les toits. Le feu s'est répandu en un instant.

— Tu es entré dans le feu pour sauver ces écrits ?

— J'ai sauvé ce que j'ai pu. Ce qui me paraissait important.

— Et tu as pu fuir les Perses ? s'exclama l'un des fils de Dymitrios, ravi.

Schawaad baissa le front.

— Ce n'est pas un bien grand exploit. Le Seigneur Dieu était avec moi, il me guidait en toute sûreté.

— Le reste de la bibliothèque a brûlé, alors ? demanda l'un des diacres.

— Oui, hélas. Mais ce que j'ai laissé derrière moi n'était que des copies ou des lettres mensongères. Surtout au sujet de la mère de Christ.

Dymitrios hocha la tête. Comme ses fils et les diacres, il considéra le visiteur avec une étrange émotion.

Ce qu'il voyait, il l'avait rarement vu. Ce qu'il entendait dans la voix de ce jeune homme, il ne l'avait jamais entendu. Ce n'était pas seulement la foi et l'amour de Christ. Sous la tenue usée de caravanier se tenait un corps de vingt à vingt-cinq ans qui semblait pourtant déjà sans âge. Le visage, mangé par une barbe éparse et poussiéreuse, possédait la dureté d'un roc. La bouche était belle, bien ourlée, mais d'une grande tristesse. Le nez était tranchant et l'on soutenait difficilement le brasier des prunelles. Au premier coup d'œil, l'évêque avait songé à ces illuminés qui vont et viennent dans le désert. L'esprit calciné par le soleil, ils croient faire revivre, jusque dans leur corps et leur apparence, l'incarnation du Fils de Dieu, Jésus le Christ. Mais celui-là n'en était pas. Sa foi était d'une tout autre sorte. Sa dévotion paraissait égale à sa rage, sa patience et sa maîtrise. Les mots lui venaient avec l'aisance de ceux qui les portent dans leur sang. Mais il n'était pas fait que de mots. Dieu avait placé dans sa chair une force qui attirait et empêchait que l'on détourne son attention.

Dieu, peut-être, faisait l'offrande à l'église d'Antioche d'un de ses envoyés.

Avec douceur, l'évêque demanda :

— Qu'attends-tu de moi ?

— Ta bénédiction, seigneur évêque. Un baptême qui efface le baptême que m'a donné mon père et qui est souillé de l'hérésie d'Elkésaï. Je veux servir la parole de Christ. De toute mon âme et de toutes mes forces, ainsi que notre Seigneur Dieu le voudra. Il n'y a pas de limites à ma volonté autre que la sienne.

Dymitrios devina l'intérêt douloureux de ses fils et des deux diacres. Eux aussi ressentaient sa force, sa tension.

Il tâcha de mettre ce qu'il pouvait d'ironie et même de moquerie dans son ton :

— À part lire, écrire et parler en toutes langues, que sais-tu faire ?

— Soigner.

— Soigner ? Avec des herbes et des pommades ?

Schawaad secoua la tête avec un embarras inattendu. Il frotta les uns aux autres ses longs doigts.

— Non. Mes mains me suffisent. Je les pose sur une douleur, et elle s'efface.

Il esquissa un sourire qui embellit étrangement la rudesse de son visage.

— C'est une chose que j'ai reçue enfant. Mon père pensait que c'était un don du Grand Archange. C'est ainsi que se forment les cultes impies du désert et qu'ils nourrissent les ignorants jusqu'à leur perte.

— Mais si tu soignes vraiment les malades, c'est un miracle ! s'exclama un diacre.

Schawaad se tourna vers lui et le dévisagea.

— Non. Seul le Fils de Dieu a accompli des miracles, car il a voulu faire entendre aux hommes la bonté du royaume de son Père. Moi, je pose mes mains, la douleur s'efface, et c'est tout. Il ne faut rien en conclure, ni accorder à cela plus d'importance que le bruit d'un arbre dans le vent.

Le diacre baissa le front, rouge d'embarras. L'évêque hocha la tête et demanda :

— Sais-tu souffrir ?

Schawaad hésita. Sa bouche frémit, et pour la première fois il parut déconcerté par une question. Dymitrios expliqua avec douceur :

— Celui qui veut servir Dieu le Sauveur ne doit pas craindre la souffrance. Ni celle du corps ni celle de l'âme. Nombreux sont ceux qui veulent nous faire taire et qui souhaitent notre disparition. Ils usent pour cela de la peur et de la torture. Ils ne connaissent rien de l'enseignement de Jésus le Christ. Mais celui qui veut servir doit savoir endurer. Rome reprend ses persécutions contre nous. Valérien, le nouvel Empereur, hait les chrétiens. Il a décidé d'être féroce, et nos frères de Rome souffrent déjà. Demain, ce sera nous. Tu dois avoir conscience de cela, jeune Schawaad. Nous ne nous plierons jamais à la volonté païenne de Rome. Et nous continuerons à répandre notre parole dans l'Empire.

Schawaad avait baissé les paupières. Quand il les rouvrit et répondit, son visage comme sa voix étaient dénués d'émotion.

— Je ne crains pas la souffrance, seigneur évêque. Je ne l'ai jamais crainte, et aujourd'hui ma seule peur est que Dieu m'abandonne.

Dymitrios hocha imperceptiblement la tête. Pas plus que ses fils ou que les diacres, il ne songea que Schawaad se vantait. Mais la réponse et le calme trop grand le mirent mal à l'aise. Il fronça les sourcils, rétorqua en feignant une réprimande :

— Je te trouve bien maigre. Aurais-tu jeûné ? Tu sais que notre Seigneur Jésus le Christ refusait le jeûne ?

De nouveau Schawaad sourit.

— Oui, seigneur évêque, je le sais. Matthieu l'apôtre a écrit que le jeûne était une pratique des pharisiens. Christ a dit d'eux : « Ne vous réglez pas sur leurs actes, car ils disent et ne font pas ! » Je n'ai pas jeûné. J'ai seulement marché longtemps sur la route qui mène de Palmyre à Antioche.

Dymitrios soupira, rit et hocha la tête. À leur tour, les fils et les diacres rirent, comme pour soulager leur poitrine du poids que Schawaad y avait fait peser depuis un moment.

— Viens, dit l'évêque en se levant. Nous allons te donner ton nom de chrétien.

*
* *

L'eau coulait sur lui. Elle l'inondait, ruisselait sur son front, ses lèvres, elle ruisselait sur la chair nue de son corps.

Une eau pure. Absolument pure et fraîche et vive.

Une eau sans rien de commun avec les eaux que son père faisait couler sur lui.

Une eau qui sentait la fraîcheur et la puissance de Dieu. Une eau qui vous noyait et vous laissait renaître. Une eau où l'on pouvait dissoudre tous les temps, toutes les faiblesses humaines, toutes les peurs et les humiliations.

Enfin, enfin, il se nettoyait de ce qu'il avait été. Enfin, le fardeau tombait de ses épaules, s'écoulait le long de sa poitrine, de sa colonne vertébrale. Enfin, la peau infecte de celui qui avait été Schawaad le quittait.

Il entendait à peine la voix du diacre qui psalmodiait sa litanie : *« Dieu Notre Sauveur, voix incorruptible et première, Providence de puissance et d'abondance... »*

Il entendait à peine la voix de l'évêque : « *Ô Seigneur Notre Dieu, selon ton bon plaisir, que cet homme conserve la foi dans le mystère et la conscience...* » Il ignorait les murmures de tous ceux que les fils de Dymitrios avaient assemblés dans la grande salle de l'église. Il ignorait leurs regards sur son corps nu à demi plongé dans le bassin, sur sa maigreur et son visage levé vers le ciel.

Il ne songeait qu'à la souillure qui le quittait. Il la sentait, il en devinait les scories qui s'arrachaient sous l'abrasion de l'eau divine du baptême. Et avec elles, les images mensongères de la mémoire se délitaient. L'étoile qui brisait la terre, l'eau ténébreuse de la source où il plongeait pour sauver le bébé. Le visage de Zénobie le quittait. Le rirc de Zénobie, les baisers, les caresses, la beauté, la peau de Zénobie. Tout ce qui l'avait hanté des nuits et des nuits, des saisons et des saisons se déchirait, lambeaux de sa mémoire purifiés par l'eau sainte. Et le mensonge, et la violence. Le sang, la honte, la boue du Dingir-dusag, le corps sculpté de boue de Zénobie, cela aussi, la toute-puissance de l'eau de Dieu le dissolvait.

Il sentait ses muscles s'alléger, son cœur devenir enfin assez nu, assez pur pour que seuls l'habitent la pensée et le désir du royaume de Dieu.

Enfin, enfin, il devenait lui-même. Ce qu'il avait été ne serait plus jamais. Des mots, des pensées et des images morts et putréfiés dans l'oubli.

Il sourit et, autour du bain, chacun vit son sourire. Un sourire d'enfant, de joie pure, de légèreté. Le sourire de la vie qui commence, qui ne doute pas et brille de toute sa force.

Il ouvrit les yeux et rencontra le regard de l'évêque. Dymitrios inclina la tête sur le côté. Lui aussi avait le visage du bonheur. Il saisit sur une table étroite une étole blanche brodée de poissons, de palmes et de grappes de raisin. Il la déposa sur les épaules de Schawaad, l'invita à sortir du bassin.

Un diacre lui mit alors en main un long éventail de bois fin. Dymitrios désigna le calice d'argent rempli de vin, la coupe de verre aux ombres bleues et ocre contenant les azymes. D'un geste il lui ordonna d'éventer les offrandes sacrées.

Hébété par ses pensées et son rêve, Schawaad hésita. Il observa l'évêque, la table, l'assistance. Il hocha la tête. Bras tendus, à petits coups d'éventail il fit frémir la surface du vin sacré.

— Ceci est la chair de notre Dieu, le Sauveur et son Saint Esprit, s'exclama l'évêque d'une voix qui résonna dans la longue salle nue.

Hommes et femmes répétèrent ces mots tandis que Dymitrios prenait la coupe des azymes pour en offrir un à la bouche de Schawaad. Puis il tendit le calice.

— Ceci est le sang du Fils de Dieu, bois, toi qui veux Le servir avec une conscience pure. Et quand tu auras bu, ton nom, sur cette terre et dans le royaume du Seigneur Dieu tout-puissant, sera Simon. Simon, je te nomme, Simon comme le fils de Jonas, pour toujours et dans la miséricorde de Celui qui fait naître, mourir et ressusciter.

19

PALMYRE

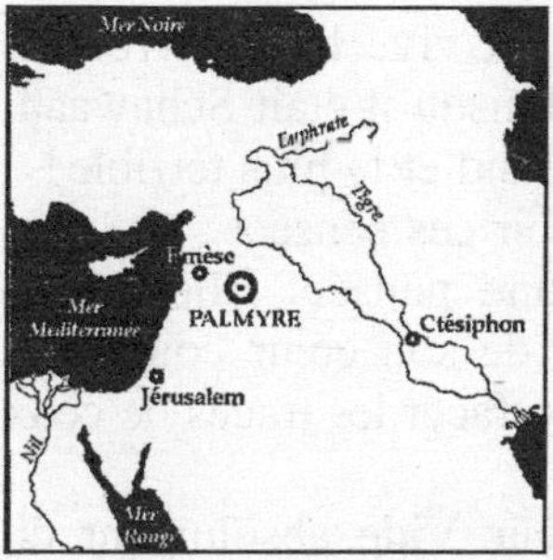

La nuit était très noire, les lampes éteintes depuis longtemps. Zénobie gardait les yeux ouverts. Elle écoutait, tout proche, le souffle rauque d'Ashémou. L'Égyptienne s'était endormie d'un coup, épuisée par les émotions du jour. Zénobie, elle, ne dormait pas.

Elle écoutait le crissement des insectes dans les jardins, l'incessant murmure de l'eau, le frottement des palmes et des feuillages que le vent du désert agitait par instants. Ce n'était pas le lit nouveau ou la chambre inconnue qui la maintenaient éveillée. Il était des souvenirs et des douleurs que la boue et la source du Dingir-dusag n'avaient pas enfouis, ni purifiés. Le sommeil, par lambeaux de rêves mauvais, les lui rapportait.

Hélas, quand elle demeurait ainsi, dans le faux silence de la nuit, il lui arrivait de voir ce qu'elle ne voulait pas. Le visage de Schawaad. Les yeux de Schawaad. Ses lèvres, quand il l'avait repoussée dans la cour enflammée de la maison de Doura Europos. Ses lèvres, quand il l'avait suppliée de lui accorder son pardon, accroupi dans la source du Dingir-dusag. Sur l'instant, elle n'avait rien laissé paraître. Cependant ses yeux avaient vu, ses oreilles entendu. Aujourd'hui, pour son plus grand malheur, elle se souvenait de tout.

Schawaad s'était enfui. Incapable de comprendre son silence.

Schawaad, Schawaad !

Si orgueilleux qu'il voulait que tout fût sa faute. Sa faute ou, au moins, celle de son dieu !

Où était-il ? Que faisait-il, quelle punition s'infligeait-il ?

Car elle ne doutait pas qu'il vive le martyre. Un grand, un immense martyre. Puisqu'il était Schawaad, et que son dieu était le plus grand et le plus terrible !

Non ! Elle ne devait pas avoir ces pensées.

Elle ne devait avoir aucune pensée. Elle devait oublier Schawaad. L'effacer de son cœur comme le désert sait, d'un seul souffle, effacer les traces de ceux qui passent.

Vide de larmes, vide de fureur. Vide, absolument, du plus petit désir d'aimer mais toute peuplée de souvenirs répugnants, voilà ce qu'elle allait devenir.

— Maîtresse ?

Zénobie sursauta. Elle perçut le frôlement d'une sandale. Le froissement d'un tissu. Elle se redressa sur le coude.

— Maîtresse ? Tu dors ?

Une ombre dans l'ombre hésitait sur le seuil de la chambre. Sur ses gardes, Zénobie murmura :

— Qui es-tu ?

— Je suis Dinah.

— Je ne connais pas de Dinah. Es-tu une servante ?

— Non…

Zénobie la voyait mieux, distinguait sa silhouette que découpait la lueur des étoiles.

— Que me veux-tu ?

— Te parler.

— En pleine nuit, dans le noir ?

— Il vaut mieux que les autres n'entendent pas.

Elle parlait si bas qu'elle était à peine audible.

— Approche.

Zénobie devina un parfum subtile, d'une étonnante fraîcheur. Un peu de jasmin mêlé de citronnelle, mais aussi soutenu d'ambre.

— Pardonne-moi, maîtresse. Je ne voulais pas te faire peur.

— Qu'y a-t-il de si urgent ?

— Ophala. Tu dois savoir certaines choses.

Zénobie esquissa un sourire. C'était donc cela. La vie de la cour des femmes commençait déjà, avec ses secrets, ses jalousies et ses complots.

Pourquoi pas ? Ce serait plus divertissant que de touiller la mélasse des pensées noires.

— Assieds-toi près de moi. Allume une lampe. Il doit bien y avoir un briquet quelque part.

— Non, non ! Cela réveillerait ta nourrice.

Zénobie voulut insister, mais devina une vraie peur dans le chuchotement de la jeune fille.

— Assieds-toi, ordonna-t-elle encore.

Dinah obéit. La fraîcheur sucrée de son parfum fut un peu plus insinuante. Plus âpre, aussi. Il y eut à peine un mouvement sur le lit quand elle prit place. Une fille légère, une fille de parfum, une nuée, à peine une vraie femme, songea Zénobie.

Elle chercha la main de l'inconnue, palpa un tissu fin et chaud, trouva de longs doigts très minces. Ils étaient froids et tremblaient.

— Si tu n'es pas une servante, que fais-tu ici ?

L'autre ne répondit pas tout de suite. Elle chercha à retirer sa main comme si ce contact l'embarrassait. Zénobie serra ses doigts un peu plus fort.

— Je viens d'Émèse. Mon père y est marchand. Il possède des bateaux qui vont jusqu'à Rome ou en Égypte. Il est ami avec le Très Illustre. Un jour, celui-ci m'a vue et m'a trouvée jolie. Mon père lui a dit : « Prends-la. Elle est ma cadette, la plus belle de mes filles. Je te l'offre. »

— Oh !...

Elles se turent un instant. Zénobie demanda :

— Tu vas l'épouser, toi aussi ?

— Non, non !

Dinah gloussa. Une moquerie délicate comme son parfum.

— Moi, il ne peut pas m'épouser.

— Pourquoi ?

— Parce que le Très Illustre suit la loi de Rome. Il n'aura qu'une femme.

— Il n'y est pas obligé, objecta Zénobie. Il est le roi de Palmyre et le roi des Komreh. Les Komreh et les Maazin ont les mêmes lois. Si un homme veut plusieurs épouses, nul ne peut le lui interdire, et certainement pas les Romains.

Dinah secoua la tête. Ses cheveux, qu'elle devait avoir très longs, frôlèrent ses cuisses et leurs mains enlacées.

— Mon père est juif. Ce n'est pas un homme important comme le tien. Odeinath n'a aucun besoin de m'épouser. Il suffit que je sois dans sa maison.

La jeune fille ajouta :

— De toute façon, toi, c'est différent. Ton dieu t'a choisie. Tu n'es pas une fille comme les autres.

Zénobie ouvrit la bouche pour répliquer. Mais elle se tut. Il n'y avait rien à répliquer.

— Je ne suis pas jalouse, pas du tout. Ne crois surtout pas que je le deviendrai. Au contraire, c'est un grand bonheur que tu sois ma maîtresse. J'étais si heureuse de te voir cet après-midi. Tu es si belle qu'on t'aime tout de suite ! Tu peux être sûre que toutes les filles ici pensent comme moi.

— Mais toi, que vas-tu devenir ?

— Oh ! moi, je serai…

Elle ne le dit pas. Elle n'en avait pas besoin.

Les mots étaient soudain difficiles à prononcer. Même dans le noir.

Dinah se redressa. Elle releva ses cheveux de sa main libre. Son parfum tourbillonna dans le noir. Elle répondit à la question que Zénobie n'osait poser.

— Le Très Illustre ne m'a pas encore fait venir près de lui. Il y a pourtant plus d'une année que j'ai quitté la maison de mon père. Il est gentil, mais il m'ignore. Peut-être me trouve-t-il trop jeune. Ou pas assez belle, maintenant qu'il sait que tu vas être son épouse ?

— J'en doute, s'amusa Zénobie. Il doit croire encore que je suis morte !

Elles eurent le même gloussement moqueur. Mais Dinah redevint sérieuse aussitôt. Elle leva leurs mains nouées, les pressa contre sa poitrine. Zénobie devina deux seins fermes et plus lourds qu'elle ne l'avait imaginé.

— Tu dois te méfier d'Ophala, souffla anxieusement Dinah. Quand elle veut le mal, rien ne l'arrête.

— Pourquoi me voudrait-elle du mal ?

— Tu es son ennemie. Tu l'as bien vu tout à l'heure.

— En quoi suis-je son ennemie ? Je viens d'arriver et…

— Non, non, protesta Dinah d'une voix plus forte. Tu dois comprendre. Tu n'étais pas dans cette maison ces dernières lunes, mais déjà, à la seule pensée de ta venue, Ophala en était folle. Tu seras l'épouse du Très Illustre ! Elle ne le veut pas.

— Et pourquoi ? Cette vieille peau n'a quand même pas l'intention de l'épouser ?

— Oh ! non, pouffa Dinah. Non, ce qu'elle craint, c'est que tu donnes un fils au Très Illustre.

— Ah ! un fils... murmura Zénobie, soudain ébranlée.

— Bien sûr. Ophala veut qu'Hayran, le fils de sa sœur Gardalaï, la reine morte, soit le seul héritier.

— Odeinath ne peut pas se suffire d'un seul fils ?

— Pas de celui-ci en tout cas. Il le déteste.

— Son propre fils ?

— Il le trouve trop mauvais guerrier et... et pour d'autres choses aussi.

Dinah s'interrompit avec un petit soupir qu'elle balaya de sa main libre, dispersant à nouveau son parfum.

— Tu comprendras quand tu le verras. En tout cas, le Très Illustre n'a pas confiance en lui. Si Ophala n'était pas là, il s'en serait déjà détourné depuis longtemps. C'est pourquoi elle a peur. Si tu donnes un nouveau fils au Grand Odeinath, Hayran ne comptera plus.

Zénobie demeura sans répondre. Tout à l'heure, en ruminant dans le noir, elle se trompait. La vie n'était pas vide, elle était pleine de sottises, de méchancetés et de menaces. Et peut-être aussi de fines tendresses, comme le parfum et le cœur de cette fille qui agrippait sa main, frémissant de crainte alors qu'elle racontait :

— Ne crois pas qu'Ophala parlait en l'air quand elle t'a menacée... Au printemps, le Très Illustre a mise enceinte une fille de Péluse, la plus belle d'entre nous. Dès qu'elle s'en est aperçue, Ophala lui a fait boire une drogue de force. Ici, dans la cour des femmes, devant nous toutes et sans même se cacher. Avec l'aide des garçons qui tournent toujours autour d'Hayran. Le soir même, la fille de Péluse s'est vidé le ventre. Quatre jours après, elle en est morte. Son sang ne cessait de couler.

Dans l'obscurité, une exclamation les fit sursauter. Le lit d'Ashémou grinça. D'une voix rauque, l'Égyptienne s'exclama :

— Ah ! je l'ai dit, je l'ai dit ! Le démon s'est dévoilé. Qu'Isis nous protège.

20

CLAUDIA ARA AGRIPPINENSIUM

— Mithra ! Mithra ! Ô Providence, ô Fortune, accorde-moi le Mystère que seul je peux recevoir, moi, Valérien, Père des êtres du monde, de Rome et de ses peuples. Par ton Archange, ô Soleil de la substance, accorde-moi le pouvoir de l'Aigle, que je puisse, depuis les cieux, accéder à ton souffle et ton feu.

Sifflante et éraillée, la voix du vieil Empereur résonnait contre la voûte de la grotte. L'air était à peine respirable, engorgé par la fumée des torches, l'abondance des encens et les relents d'urine.

Derrière Valérien, ils étaient une dizaine d'officiers, allongés sur les bat-flanc garnis de fins matelas. Tendus, ils scrutaient le visage de l'Empereur.

La poitrine nue, Aurélien se tenait debout devant le taureau. Un fauve de quatre ans, au poil noir et lustré, que six décurions avaient bien du mal à contenir. Les cornes nouées à un lourd tréteau de bois lesté de pierres, les pattes entravées, il meuglait. Des bandelettes d'or lui enveloppaient la tête et le cou, l'aveuglaient et accroissaient sa fureur. Des clochettes nouées à ses testicules tintinnabulaient avec frénésie. Secoué de frissons, son poitrail haletait. Des guirlandes de fleurs ornaient son échine, s'arrachaient, répandaient leurs pétales au pied de la statue de Mithra. Dans un marbre pourpre, poli autant qu'un bronze, elle reflétait l'éternité de cette même scène : Mithra sacrifiant le taureau de l'origine.

Un centurion retira une tige de fer des braises ardentes du foyer. Une marque en décorait la pointe incandescente. Petite, à peine de la taille d'une pièce de monnaie : soleil serti dans les rayons des quatre points cardinaux.

D'une poigne ferme, le centurion appuya le fer sur l'épaule du taureau. Un soleil noir fuma sur les poils. La bête beugla et rua. De la nuque elle souleva le tréteau du sol. Il y retomba dans un fracas qui résonna tout au long de la voûte.

Bien que les cornes du fauve aient frôlé sa poitrine, Aurélien, les deux mains nouées au pommeau de son épée, n'avait pas bougé d'un pouce. Il laissa le cri de la bête s'estomper.

Dans le silence presque revenu, d'une voix qui tremblait à peine, il lança :

— Moi, Aurélien, fils de Julia Cordelia, petit-fils d'Hypsa Domitia, fils des servantes de Sol-Invictus, je suis devant toi, Origine de l'origine. Je suis devant toi, ô Corps parfait de la lumière, matière immortelle. Accorde-moi la pureté du fils, moi qui suis né dans la corruption de toutes choses. Permets que je m'élève dans les cieux avec le feu du Soleil qui jamais ne meurt, moi qui suis la nourriture de la Mort.

Tous, officiers, décurions, et même l'Empereur, ne purent retenir un grognement de surprise tant ce fut rapide. Avec la puissance dont il avait cent fois gorgé ses muscles face à l'ennemi, Aurélien dressa la lame de la spatha et l'abattit sur le cou du taureau.

Le fer trancha les bandelettes d'or. Il pénétra en crissant dans la chair écarlate. Les bras, les épaules, la poitrine, le corps tout entier d'Aurélien vibra. La lame buta contre les os à l'instant où la bête beuglait et se tordait. Trois des décurions qui cherchaient à la contenir furent projetés contre le mur peint d'étoiles magnifiques.

Les muscles encore bandés, Aurélien poursuivit son effort. Il devina os et cartilages qui se brisaient sous le fer. Dans un hurlement qui rejoignit celui de la bête, il poussa de tout son poids. Le meuglement cessa net. La spatha avait tranché la gorge. Dans un bizarre silence, les pattes du taureau cédèrent. Il s'affaissa mollement sur l'arrière-train. Avec lenteur, dans un dernier tintement de grelots, son corps formidable bascula d'un côté et sa tête de l'autre. Les servants se précipitèrent avec des coupes pour recueillir le sang qui giclait, projeté par l'ultime pulsation du cœur.

Aurélien se redressa, visage et poitrine maculés de sang. Tremblant encore de l'effort accompli, il maîtrisa son désir de se retourner pour affronter Valérien et ses pairs. Il devinait leurs souffles courts et leurs regards subjugués.

Il ferma les paupières, emplit ses poumons de l'air pestilentiel, attendit que le mugissement des hommes emportés par la main de Mithra l'envahisse.

Le cri vint.

Rejoint par celui de l'Empereur et des officiers.

Un mugissement de fauve parvenant dans l'éternité des cieux.

Ils hurlèrent tous ensemble. Un cri si lourd, si uni, qu'il parut capable de briser la voûte du *mithraeum*.

***

Quand les échos du cri se furent apaisés, Aurélien rouvrit les yeux. Les servants lui présentaient la coupe de sang. Il la saisit entre ses paumes, se tourna vers le vieil Empereur dont le crâne chauve brillait entre les remous de fumée.

— Augustus, âme infinie des vertus, symbole du dieu vivant et immortel, protège-moi de l'impureté et de la putréfaction.

Valérien lui sourit. Il inclina son visage étroit et tout plissé de rides. Derrière lui, les officiers se redressèrent sur leur couche. Avec Aurélien, ils murmurèrent :

— Notre Père Valérien, Seigneur des Mystères de Mithra, le premier feu !

L'Empereur tendit son gobelet d'or. Aurélien le remplit de sang.

Valérien le but d'un trait.

Un peu de sang suinta à la commissure de ses lèvres.

Reposant le gobelet devant sa couche, il prit un pain dans une coupe de verre aux reflets bleutés. Il le brisa, en leva un morceau assez haut pour que chacun puisse le voir.

— Mithra est sang, sperme et nourriture. Mithra est la vie, par le feu et la semence. Mithra est notre abondance.

Il mâcha une bouchée. Dans son dos, les officiers partagèrent le reste.

Il retira, d'un simple panier de jonc, une couronne de laurier fraîchement tressée. Il la posa sur le front d'Aurélien. Ses lèvres fripées laissèrent à nouveau passer sa voix rauque :

— Qu'Aurélien soit notre courrier d'Hélios. Qu'il soit notre second et notre messager devant les hommes de Rome et la volonté immortelle du Soleil-Invincible.

Qu'il le soit aussi loin que la lumière porte sur l'univers, et qu'on le sache. C'est la volonté de Mithra, c'est celle de Valérien, votre Père parmi les hommes.

Aurélien respira l'odeur du fer rougi avant de se retourner. Le centurion qui, un instant plus tôt, l'avait appliqué au taureau lui tendait la hampe de la marque incandescente. C'était un jeune officier. L'effroi se lisait sur ses traits et ses lèvres tremblaient. Aurélien se débarrassa de la coupe de sang dans les mains d'un servant.

— Donne.

Le soleil aux points cardinaux s'enfonça en grésillant sur son sein gauche. L'odeur sirupeuse de la chair brûlée empesta, provoquant en lui une brusque nausée.

Il pivota afin que chacun puisse voir l'empreinte de Mithra sur son corps : le soleil et ses quatre rayons cardinaux. Les gobelets se levèrent, les bouches mugirent.

Avec un temps de retard, la douleur de la brûlure irradia sa nuque, déchirante comme un serpent d'aiguilles. L'ignorant, Aurélien reprit la coupe. Le sang chaud du taureau ruissela dans sa bouche, âcre et fort comme mille vins.

*
* *

Quand ils sortirent de la grotte, il ne restait plus qu'une heure de jour. La neige tombait à nouveau en flocons serrés. Depuis la veille, elle recouvrait d'une couche épaisse le vaste camp d'Agrippinensium.

Le crâne chauve de Valérien disparaissait sous un casque doublé d'une dépouille de lion aux yeux d'or et aux crocs menaçants. Les pattes du trophée, souvenir d'une chasse en Syrie, battaient ses épaules, donnant à l'Augustus une apparence de sorcier plus que de soldat. Dans nombre de légions, cet accoutrement semblable à celui des porte-enseigne, ajouté à sa petite taille, avait été un sujet de plaisanterie. Jusqu'au jour où les railleurs avaient mesuré à leurs dépens le courage et la ruse du vieil homme.

D'un signe, il indiqua aux officiers qui les suivaient qu'il désirait demeurer seul avec Aurélien.

— Marchons vers le fleuve, *dux*. Cela te fera du bien et ce que j'ai à te dire n'ira pas plus loin que tes oreilles.

Aurélien frissonna. Comme l'Empereur, il s'était enveloppé dans un épais manteau de fourrure, mais la fièvre qui l'avait saisi dans le mithraeum ne s'estompait pas.

Ils tournèrent le dos aux larges allées du campement et prirent la direction du fleuve. À distance, la garde prétorienne les suivit sans qu'un ordre eût besoin d'être donné. Leurs bottes craquaient dans la neige. Les flocons s'accrochaient aux sourcils et aux barbes, aux plumets des casques et aux écailles des cuirasses.

— Je pars pour Argentorum dès l'aube de demain, annonça Valérien. J'ai promis à Gallien de partager son repas. Un repas entre le père et le fils. Nous n'en avons guère l'occasion, et cela ne se reproduira pas avant longtemps.

— Il n'est guère prudent de voyager avec cette neige, remarqua Aurélien. Il serait plus sage d'attendre quelques jours.

— Que veux-tu que je craigne ! Tes *limes* sont si formidables que pas un lapin barbare ne pourrait les franchir.

Aurélien se détendit. Le compliment était sincère. L'Empereur l'avait déjà félicité dans la matinée, le couvrant d'honneurs devant tous les officiers du Rhin assemblés dans le praetorium. Valérien était rusé, prudent, mais il ne s'était jamais conduit comme un fourbe avec ceux qu'il estimait.

— Tu as magnifiquement tué ce taureau, reprit le vieil empereur. Quel coup ! Jamais je n'en avais vu de pareil.

— Le fer de ma spatha est sûr, sourit Aurélien. Cela aide beaucoup.

Sans ralentir son pas, Valérien écarta le manteau d'Aurélien. D'un geste adroit, il tira l'épée du fourreau pour en admirer la lame damassée et le pommeau finement ouvragé.

— Magnifique ! Magnifique ! C'est l'épée d'Etruscus, n'est-ce pas ? On dit que Decius te l'a offerte avant de mourir ?

Aurélien opina. Le vent qui soufflait près du fleuve était glacial. Aurélien aurait donné beaucoup pour se plonger dans un bain chaud, fermer les yeux et ne songer à rien. Bizarrement, la cérémonie dans le mithraeum l'avait vidé de ses forces au lieu de lui accorder un surcroît de puissance. Il espéra que ce n'était pas un mauvais présage.

L'œil aigu, l'Empereur avait deviné son malaise. Il lui rendit l'épée avec un grognement admiratif.

— Ne t'inquiète pas, dux. Mithra t'aime autant que je t'aime. La brûlure au fer est toujours un instant plus impressionnante qu'on ne le croit. Et plus douloureuse aussi, à ce qu'on raconte.

L'Empereur, Aurélien le savait, n'avait pas subi la marque lui-même. Recevoir le fer était un choix autant qu'une épreuve, pas une contrainte. Mais celui qui avait enduré la morsure de ce feu n'était plus comme les autres.

Ils firent quelques pas en silence. La neige s'accumulait sur la crinière du lion, rendait ses yeux d'or encore plus étranges et ceux de Valérien plus incisifs. Dans l'île formée par le bras du Rhin, les premières torches apparurent sur les tours de guet à l'aplomb de la vieille ville. La voix éraillée de l'Empereur reprit, pensive :

— Dommage que Gallien n'ait pas tué le taureau aussi bien que toi.

Aurélien s'abstint de répondre. Toutes les légions du Rhin savaient que César s'y était repris à quatre, peut-être cinq fois, pour abattre le fauve de Mithra.

— Ainsi, vous êtes désormais deux à pouvoir me seconder dans l'ordre de Mithra, les courriers d'Hélios. Mon fils et toi.

— Je suis conscient de cet honneur et de cette confiance, Augustus.

— Je l'espère, Aurélien. Je vais les mettre à l'épreuve dès demain.

— Tes ordres sont mes ordres.

— Les ordres sont une chose. La compréhension, la fidélité et la confiance en sont une autre.

— Tu as ma fidélité, Valérien. Elle t'est acquise, aussi pleine et absolue qu'elle l'était à Decius. Après ce jour, après ce que nous venons de partager dans le mithraeum, je jure devant le Sol-Invictus que mon bras et mon cœur t'appartiennent jusqu'à ma mort.

Ils étaient assez près du fleuve pour distinguer les plaques de glace qui tenaient aux rives. La neige s'y épaississait avant d'être emportée par les remous lents du courant. L'Empereur s'immobilisa. À dix pas d'eux, la garde en fit autant. Une nouvelle fois Valérien secoua les pattes griffues qui pendaient sur sa poitrine et les débarrassa de la neige qui s'y accumulait. Il devait lever le menton pour soutenir le regard d'Aurélien. Le feu de ses yeux faisait cependant oublier sa petite taille.

— À l'automne, j'ai songé à te nommer *dux majorum* d'Orient. Depuis qu'ils s'en sont pris à Doura Europos, les Barbares perses ne cessent d'attaquer les routes du commerce en Syrie. Nos légions n'y sont pas assez présentes. Il nous faut préserver Antioche, Émèse, peut-être même Palmyre. Je ne suis pas certain que ceux qui défendent ces villes se montrent très fidèles. Si les Perses les couvrent d'or, Rome leur paraîtra bien loin. Les gens d'Orient sont mous et si faciles à corrompre !

— N'oublie pas que les Perses sont aussi de bons guerriers. Ils possèdent le courage et la science des batailles. On les sous-estime souvent.

— Peut-être as-tu raison. Quoi qu'il en soit, j'ai changé d'avis. Je retourne à Antioche.

Valérien se tut, guettant la surprise d'Aurélien, s'attendant peut-être à une colère qui ne vint pas.

— Je vais y aller moi-même, car il y a là-bas plus grave que les Barbares perses. Les chrétiens ! Ils recommencent à insulter nos lois et nos dieux comme ils le faisaient avec Decius. Ils se refusent à sacrifier à Rome. Ils ne respectent rien. Ils se répandent comme une maladie. Sais-tu combien il y en a désormais à Rome qui se réclament de leur prétendu dieu unique ? Jusque dans les familles du sénat ? Ceux-là écrivent même des livres pour amener à leur folie les nobles de l'Empire ! En vérité, je te le dis, Aurélien, ils sont partout. Dans les boutiques, sur le forum, dans les ateliers, sur les routes. Qui sait s'il n'y en a pas là, dans nos légions !

D'un geste rageur il désigna les bâtiments du camp, les rues blanches et nues qui menaient au praetorium. Sa voix furieuse résonnait dans l'air glacé, aussi crissante que la glace charriée par le fleuve.

— Ces chrétiens sont riches, dux. Sais-tu qu'à Carthage, aux dernières calendes d'octobre, un seul de ces fous a payé sans sourciller la rançon des habitants d'un village entier que les Barbares de la mer avaient capturés ? Deux cent mille aureus d'or ! Une somme que moi, Valérien, je n'aurais pas pu sortir du Trésor de l'Empire. Et sais-tu pourquoi ils sont si riches, ces suiveurs de Christus ? Parce qu'ils volent Rome ! Oui : ils dissimulent des trésors afin d'échapper à l'impôt pour mieux nous faire la guerre. Oh ! ils ne sont pas assez courageux pour se battre les armes à la main ! Non. Ce sont des sournois. Leurs dagues et leurs flèches sont des mots. Tout un amas de mensonges tirés de leur croyance stupide. Des mensonges et une désobéissance constante à nos lois. Et puis aussi, ils n'ont de cesse de se multiplier ! Ils ne sont pas comme les juifs, capables de demeurer entre eux. Il leur faut le nombre. Toujours un plus grand nombre ! Ils sont comme des sauterelles. Ils se nourrissent de tout, sans vergogne. Des femmes, des enfants, des vieux, des malades, des pauvres. Tout ce qui leur tombe sous la main est bon pour leur secte. Aurélien ! Imagine cela dans le mithraeum : des femmes et des enfants !

Le rire de l'Empereur était aussi grinçant que sa voix.

Quiconque l'aurait vu en cet instant, songea Aurélien, n'aurait plus eu le goût de se moquer de sa taille ou de son accoutrement. Il sourit sans y mettre beaucoup de cœur. Malgré le froid, la brûlure du fer incendiait maintenant tout son côté. Le lin rugueux de sa tunique accroissait la douleur à chaque mouvement.

— Que veux-tu faire d'eux, Augustus ?

— Les exterminer ! J'ai obtenu du sénat de nouvelles lois. Nul sujet de l'Empire ne peut plus sacrifier au dieu des chrétiens. Nul ne peut se réunir avec eux sous peine de mort. Finis ces soi-disant prêtres, ces « évêques » et ces « diacres » dont ils souillent la moindre ville de l'Empire ! Pas de clémence. Pas de jugement, pas d'exception ! La mort et la confiscation de leurs biens, voilà ce qu'ils trouveront sur leur chemin, ceux qui s'obstineront à se dire chrétiens. Le Trésor de l'Empire ne s'en portera que mieux. S'ils veulent vivre, ils devront renier leur Christ. Les lois de Decius sont toujours bonnes : qu'ils sacrifient aux dieux de Rome ou qu'ils meurent.

— Ces lois furent un échec, Augustus. Les chrétiens s'en sont servis pour impressionner les peuples. La mort les attire. Ils font un spectacle de ces martyres et cela renforce leurs rangs.

— Il en a été ainsi parce que le gros Trébonien a été faible après la mort de Decius. En cela comme pour le reste, d'ailleurs. Il a cessé de faire appliquer la loi. Il a cru que les chrétiens lui en sauraient gré et qu'il pourrait les amadouer. Ils n'ont fait que proliférer. Que Mithra me juge : je n'aurai pas cette faiblesse. Moi, je vais assécher leur source. Les frapper là où ils se propagent comme la peste : dans l'Orient. Voilà pourquoi je vais aller à Antioche, dux Aurélien.

Ils se turent un instant comme s'ils voulaient, l'un autant que l'autre, que le vent glacial apaise et emporte cette fureur impériale. L'obscurité croissait vite. Le centurion de la garde ordonna que l'on aille chercher des torches. Deux légionnaires s'éloignèrent vers le camp au pas de course.

— Je suppose que César approuve cette décision, finit par déclarer Aurélien, relevant un peu son lourd manteau pour soulager sa poitrine.

Dessous les crocs du lion, Valérien le regarda de biais.

— Tu sais que nous prenons nos décisions en commun. Il est mon fils autant qu'il est César et le commandant en chef des armées de Gaule et du Rhin. Pendant mon absence en Orient, il sera aussi ma parole devant le sénat.

Aurélien approuva d'un signe de tête mais ne put retenir un mince sourire.

— Et que comptes-tu faire de moi, Augustus ? Me renvoyer sur le Danube ?

Valérien se figea, la bouche pincée, les prunelles disparues entre ses paupières et sous ses sourcils où la neige s'amassait. Les crocs du lion, sur son front, luisaient, menaçants. Plus que jamais, il ressemblait à un sorcier aux caprices imprévisibles.

— Je sais, Aurélien ! Je le sais sans que tu aies besoin de parler ! Tu n'aimes pas mon fils et tu t'en défies. Pourtant, moi, je t'aime et tiens à ton estime autant qu'à celle de Gallien.

— Tu te trompes, Augustus. Je respecte César comme je te respecte. Hélas, je suis bien obligé de voir que Gallien ne m'aime pas. Il me craint sans raison.

Valérien gronda et secoua furieusement la tête.

— Sans raison ! Allons, Aurélien, pas tant de prudencc. Vous vous détestez, l'un autant que l'autre. Gallien est jaloux de toi, c'est une vérité. Et toi, tu lui en veux d'être mon fils ! Ah ! pourquoi Mithra ne m'aide-t-il pas ? Moi qui ai besoin de vous deux ensemble et non l'un contre l'autre. Aurélien ! Aurélien !

D'une main, l'Empereur agrippa le manteau d'Aurélien et de l'autre il désigna le parfait alignement des rues du camp, les magasins, les ateliers, les logements, les hôpitaux, les thermes et les temples. Toute une ville de guerriers qui éclairait de torches ses tours de guet et ses portes à l'approche de la nuit.

— Pas un légionnaire, pas un décurion, un centurion, dans ce camp et tout au long des *limes* du Rhin et du Danube, qui ne te chérisse plus que n'importe quel autre général de Rome. Tous te vénèrent. Voilà bientôt vingt ans qu'ils chantent ta chanson lorsque tu prends un commandement : « Mille, Mille, Nul ne boira jamais autant de vin qu'Aurélien a fait couler de sang barbare » !

Dans la bouche de Valérien, la chanson se transformait en croassement.

— Moi aussi, je la connais. Je l'ai chantée quand je n'étais encore qu'un légat.

Derrière eux, le fleuve n'était plus qu'une faille noire entre les rives livides. Valérien approcha son visage. Le mufle du lion frôla la joue d'Aurélien.

— Si tu l'ordonnais, les hommes de ce camp traverseraient le Rhin à la nage dès l'aube. Ou se dresseraient contre César. Voilà la vérité. Les légions de Rome t'aiment et n'aiment pas Gallien.

— Les soldats de Rome aiment ceux qui les conduisent à la victoire. Gallien est victorieux en Gaule, il le sera bientôt sur le Rhin. Cela suffira à le faire aimer autant que moi.

Valérien ne répliqua pas. Il s'écarta et repoussa un porteur de torche qui s'était trop approché.

— Ôte-toi de là, soldat. Je n'ai pas peur du noir !

Il se remit en marche, se dirigeant cette fois vers le camp d'un pas plus rapide. Lui aussi était transi. Il se tourna vers Aurélien et lança sans plus de précautions :

— Gallien souhaite que son fils, Saloninus, soit nommé dux majorum des armées du Rhin.

La surprise fit frissonner Aurélien, comme si sa fièvre montait soudain.

— Il le souhaite ou il… l'exige ?

— Peu importe, grogna Valérien. Il est César. Je t'ai promis ce poste. Mais voilà, je ne peux pas tenir ma promesse. Les dieux ne le veulent pas. Mithra ne le veut pas… Et César ne le souhaite pas.

Ils marchèrent en silence. La couche de neige était assez épaisse maintenant pour ouater leurs pas et les ralentir. D'un ton plus brutal qu'il ne le souhaitait, Aurélien demanda :

— Il me faut faire soigner la plaie du fer avant qu'elle s'infecte, Augustus. Peux-tu me dire ce que tu veux de moi ?

Valérien lui fit face. Le temps d'un reflet, les yeux d'or de la dépouille du lion parurent vivants et la voix rauque de l'Empereur sortir tout droit des entrailles du fauve.

— Je veux ta promesse. Ta promesse de soldat : tu ne marcheras pas contre Gallien. Je veux la promesse du dux à l'Augustus. La promesse du courrier d'Hélios à son père, dans l'ordre voulu par Mithra. Je veux être certain de pouvoir aller en Orient en vous sachant mes fils et mes soutiens, et que la paix règne entre vous. Voilà ce que je veux, Aurélien : ta promesse.

21

PALMYRE

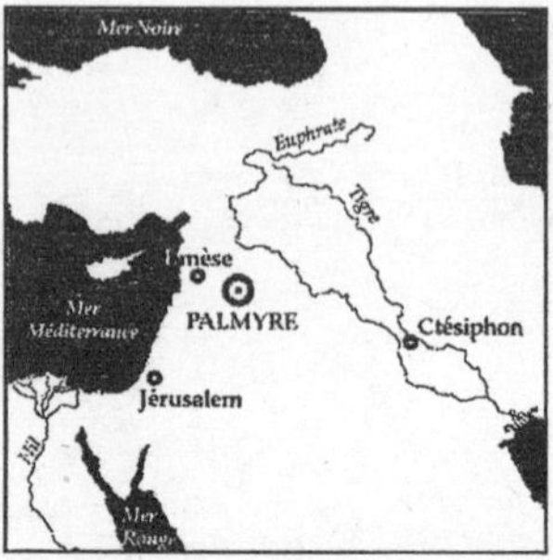

Avant même le retour du Grand Odeinath, Zénobie dut se plier aux devoirs d'une future épouse. Ce furent des jours longs, emplis d'obligations futiles et de sournoises manœuvres.

Zénobie apprit l'art de coiffer sa longue chevelure de vingt manières différentes, l'usage des crèmes et des liniments de couleur, des fards parfumés, la manière de dissimuler des bijoux tintinnabulants jusque sous ses robes. Des robes, elle en essaya de nouvelles tous les jours, et même plusieurs fois par jour. Des tuniques à la mode romaine, à la mode grecque, ou encore d'Égypte et même de Palmyre, des pantalons étroits ou bouffant si énormément qu'on ne pouvait marcher, toujours brodés de motifs somptueux, parfois avec un tel excès qu'ils pesaient autant que les cottes de mailles des archers.

Il semblait que les esclaves, consignées au tissage et quasi enfermées dans les ateliers du palais, n'avaient d'autre tâche que de produire pour elle seule autant de vêtements que s'il avait fallu équiper la ville entière. Zénobie s'étonna de cet excès. Il lui fut répondu que c'était la coutume dans la maison du Très Illustre. Son épouse devait pouvoir paraître devant lui sans que jamais il se souvienne d'avoir déjà vu sa tenue. Et cette coutume, le shuloï Sharha en personne veillait à ce qu'on la respecte.

— En ce cas, remarqua Zénobie avec dédain, Ophala n'est pas si maîtresse de la cour des femmes qu'elle veut le faire croire.

Dinah, qui prenait grand plaisir à cette animation nouvelle et ne quittait plus l'appartement de Zénobie, demeura circonspecte. Certes, en l'absence du Très Illustre, le vieil homme était vraiment le maître de la maison. Et savait l'être sans faiblesse.

— Il n'y paraît pas quand on le voit tellement vieux et tellement fragile, mais tout le monde le craint. Et il est si fidèle à Odeinath qu'il se laisserait brûler à petit feu pour lui. Ophala se garde bien de lui déplaire. Mais tu peux être certaine qu'elle doit bouillir de fureur à voir les servantes s'extasier devant toi à chaque nouvelle tenue. Des esclaves m'ont assuré que le soir, avant de s'endormir, elle faisait des prières et des sacrifices secrets aux démons du désert.

— Grand bien lui fasse, persifla Zénobie. Qu'elle cuise avec eux dans les grandes marmites. Elle a les fesses si grasses qu'ils pourront s'en rassasier pendant tout l'hiver.

Ashémou joignit son rire au sien, mais Dinah retrouva vite son sérieux.

— Elle n'a pas besoin d'en appeler aux démons, elle est bien assez mauvaise. Il te faut faire attention. C'est quand on l'entend le moins qu'elle est la plus dangereuse.

Zénobie sourit, plus amusée qu'inquiète.

— Peut-être la détestes-tu plus qu'elle ne le mérite.

— N'as-tu pas vu comme elle vient rôder près de toi chaque fois qu'elle entend les servantes prendre du plaisir à te voir belle dans tes vêtements de nouvelle épouse ?

— Elle est curieuse, et pourquoi non. Et elle ne m'adresse pas la parole, ce qui me convient.

— Non, à toi elle ne dit rien, intervint Ashémou. Mais chaque fois elle trouve un prétexte pour punir ces pauvres filles qui viennent de te servir. Dinah a raison. Il y a autant de fourberie dans son esprit que de graisse sur ses hanches.

En vérité, les jours passant, ces brimades devinrent si régulières que les servantes bientôt n'osèrent plus prononcer un compliment devant la future épouse du Très Illustre. Peu à peu, l'empressement et la joie qui avaient entouré Zénobie à son arrivée se muèrent en une franche et froide réticence. Jeunes ou vieilles, esclaves ou affranchies, les servantes marquaient de mille manières leur répugnance à lui obéir.

Un matin, après que le vent du nord eut soufflé toute la nuit, abaissant la température tout près du gel, Zénobie se trouva grelottante. Les braseros étaient éteints. Personne ne les avait entretenus depuis longtemps. On ne lui avait pas apporté de couverture supplémentaire. Ne sachant elle-même où en trouver, elle appela, agacée, le ton dur. Sans beaucoup émouvoir les deux servantes. Des filles de son âge, qui lui répliquèrent que leur tâche ne consistait pas à recharger son brasero.

— Maîtresse Ophala a dit que c'était à ta nourrice de le faire.

— À ma nourrice !

Zénobie n'en croyait pas ses oreilles.

— Ashémou n'est plus ma nourrice depuis quelques années ! gronda-t-elle.

L'impertinence qu'elle devina chez les servantes la dissuada de continuer.

— Ici, dans ces pièces, votre maîtresse n'est pas Ophala, c'est moi, siffla-t-elle avec aigreur.

Mais cela aussi était inutile.

— Ne t'en prends pas à ces pauvres filles, intervint Ashémou. Elles font ce qu'elles peuvent. Et elles ont raison. Elles ne sont pas tes esclaves. Odeinath ne te les a pas encore données, si jamais il le fait. Ophala est leur maîtresse, et si elles ne montrent pas qu'elles te détestent, notre gras démon leur mènera une vie d'enfer.

Zénobie haussa les épaules.

— Tant pis. Je me passerai de leur zèle comme de leur affection.

— Tu aurais tort. Tu vas vivre ici désormais et tu dois devenir la maîtresse de cette maison. Ophala ne pourra pas t'empêcher d'être l'épouse d'Odeinath, mais elle pourra empoisonner tes jours si tu la laisses faire.

— Je ne la crains pas.

Ashémou secoua la tête.

— Parce que tu ignores le mal qu'elle peut t'infliger. Dans la maison de ton père, nous t'avons tous traitée comme une reine et même comme une déesse, moi la première.

— Parce que c'est ce que je suis, l'interrompit Zénobie.

Ashémou demeura un instant bouche bée, ne sachant démêler le sérieux de l'ironie dans la grimace de Zénobie.

— Ici, tu n'es pas encore la reine de Palmyre. Quand tu le seras, il se pourrait bien que tu règnes sur le désert, mais pas dans ta propre maison. Cela s'est déjà vu, et plus d'une fois. Ophala te fera épier par ses esclaves, elle fera colporter des méchancetés et des rumeurs afin qu'on te déteste jusque dans le temple de Baalshamîn !

Avec un peu d'habileté, sa bile sera si venimeuse que ton époux se méfiera de toi. Il te fera surveiller à son tour, tes journées deviendront une prison bien étroite et, dès qu'un bonheur se présentera, Ophala le réduira en poussière. Dinah dit la vérité : Ophala te fait la guerre, et c'est une guerre qu'il te faut gagner.

Zénobie eut une moue dédaigneuse. Ashémou était trop excitée pour s'en préoccuper.

— Tu dois être plus maligne qu'elle. Il te faut des alliées. Ne pas laisser Ophala mener la danse. Hors de question de compter sur les tantes et les sœurs du Très Illustre. Aucune n'est venue te faire des grâces. J'ai laissé traîner mes oreilles. Celles qui auraient un peu de caractère se méfient de la maîtresse que tu pourrais devenir, quant aux autres, Ophala les fait boire dans sa paume depuis longtemps. Elles seront prudentes à l'excès. Non, il te faut compter sur les servantes.

— C'est justement ce qui ne se peut pas.

— Et pourquoi ?

Ashémou souriait en grand, l'œil pétillant.

— Les esclaves ne sont fidèles que par nécessité. Sois bonne avec elles, traite-les mieux qu'Ophala.

— Elles qui ne veulent plus même lever leurs yeux sur moi ?

— Aujourd'hui, mais pas demain.

— Et par quel miracle ?

— Parce que tu vas leur montrer en quelle estime tu les tiens.

Ashémou jubilait, rayonnante, si radieuse que Zénobie eut un petit rire narquois.

— Tu t'es plainte d'avoir tant de beaux vêtements, tant de bijoux, tant de tout, reprit l'Égyptienne, que tu ne savais qu'en faire. Eh bien, ils vont être de bon usage. Tu vas en donner. Beaucoup, et dès demain.

*
* *

L'idée d'Ashémou stupéfia Dinah. Elle réfléchit un instant, puis éclata de rire et montra toute son intelligence.

— C'est une bonne idée. Mais Zénobie ne peut pas donner ses robes.

— Qu'est-ce que tu racontes ? gronda Ashémou, déjà prête à en découdre. Bien sûr qu'elle le peut.

— Non. Le shuloï ne le voudra pas. Zénobie doit porter ses robes au moins une fois. C'est la coutume.

Dinah esquissa une caresse sur le bras de l'Égyptienne qui grimaçait de dépit.

— Qu'importe ! C'est une bonne idée. Sharha interdira ces cadeaux, mais les servantes comprendront. Elles sauront que Zénobie les aime et veut leur plaire. Voilà ce qui compte. Elles sont lasses des humiliations qu'Ophala leur inflige sans retenue. Elles la détestent autant qu'elles la craignent et seront bien heureuses de sentir l'affection de Zénobie… Oui, c'est une bonne idée.

Ainsi fut fait. Engendrant des cris incrédules et ravis, Zénobie fit ouvrir ses coffres, distribua elle-même tuniques, colliers, sandales ou ceintures de soie aux unes et aux autres, vantant leur beauté, riant avec elles. Ce fut une fête un peu folle dont chacune profitait en pressentant qu'elle ne pouvait être qu'une manière de rêve.

Sans doute prévenue par une esclave plus choyée et plus fidèle, Ophala n'apparut pas. Cependant, comme l'avait deviné Dinah, le vieux Sharha, muni de sa haute canne, visita la cour des femmes quelques jours plus tard. Ophala trottinait dans son sillage, la bouche gourmande par avance de voir Zénobie subir le blâme du shuloï.

— Tu dois reprendre ce que tu as donné, fille des

Maazin, déclara-t-il de sa voix égale après avoir fait sonner son bâton sur les dalles de la cour. En vérité, tu n'as rien donné. Ces vêtements sont des présents que te fait le Très Illustre. Selon la loi de cette maison, ils ne t'appartiennent pas avant que ton époux les ait admirés sur toi.

Comme d'habitude, Sharha tenait la tête inclinée sur le côté, offrant le spectacle de la fragilité autant que de l'ennui. Ophala opina avec vigueur.

— Shuloï, tu en es témoin, cette fille crache sur les présents d'Odeinath. Autant dire qu'elle lui crache dessus.

Le shuloï garda le silence un instant. Puis il tourna sa mine, toute de sévérité, vers Ophala, qui se sentit encouragée à poursuivre son attaque.

— Tu devras rapporter cette faute au Très Illustre ! Que les dieux nous pardonnent. A-t-on jamais vu une chose pareille ? Donner ses robes d'épousailles aux esclaves ! Ce que cette fille fait dans cette maison, on se le demande.

Les lèvres souples du shuloï roulèrent en cette moue lasse que Zénobie lui avait vue le jour de son arrivée. Sa canne glissa entre ses doigts et la corne du bélier y pivota comme une menace. Pourtant, dans les prunelles grises que l'âge semblait rendre plus petites, plus pâles et toujours un peu larmoyantes, Zénobie aperçut un éclat d'amusement. Peut-être même de plaisir. À moins que ce ne fût un jeu trompeur de la lumière ?

— Que non, chère Ophala, murmura-t-il enfin. Ce que fait cette fille dans cette maison, on ne se le demande pas. Pas du tout. On le sait.

Ophala ouvrit grand la bouche, prête aux cris. Sharha inclina sa canne vers elle pour la faire taire. Il découvrit ses gencives roses et dénuées de dents.

— Moi aussi, Zénobie, moi aussi je serai heureux de

te voir dans ces tenues avant que tu les donnes aux esclaves. On m'a dit que ta beauté y était comme un soleil aux petites aubes dans les creux des dunes.

— Shuloï ! s'indigna Ophala. Qu'est-ce que tu racontes ?

Sharha tourna vers elle son air d'ennui fragile.

— Chère Ophala, je suis comme notre bon maître. Bien heureux que les dieux déposent tant de jeunesse et de beauté dans cette maison.

— Ne parle pas à la place du Très Illustre ! glapit Ophala. Ce n'est pas ton rôle. Et ce qu'il pense, nous le saurons quand il sera de retour. Quand il aura appris comment cette morte est ressuscitée pour venir jusqu'ici.

— Oh ! il le sait, chère Ophala. Il le sait. Je lui ai envoyé un messager. Il est déjà sur le chemin du retour, impatient de voir sa future épouse, tu peux en être certaine.

*
* *

Ce retour précipité du Très Illustre plongea la ville et le palais dans l'effervescence. La rumeur courut que le maître de Palmyre revenait du lac de Tibériade et des collines du Liban avec un millier de chevaux sauvages. Tandis qu'on construisait à grand bruit des barrières et des parcs en lisière de l'oasis, on déterra tous les légumes convenables des jardins bordant l'ouadi. Des dizaines de charrois de blé et d'huile furent livrés dans les cuisines du palais. Les greniers des offrandes se remplirent, les grandes salles inutilisées pendant des mois furent fébrilement tendues de tapis, les lits de repas chargés de coussins aux tissus renouvelés. Mille et un travaux furent achevés en hâte. La fumée des encens s'éleva jour et nuit dans l'air limpide de l'hiver au-dessus des temples et des autels.

Dans la cour des femmes, les servantes eurent plus que jamais à subir le joug d'Ophala. Ce qui ne les empêcha pas d'afficher un sourire au coin des lèvres lorsque Zénobie réclamait leur aide. Les robes et les bijoux offerts et repris demeuraient dans les mémoires comme une promesse. Mais la prudence demeurait. Il était trop tôt pour choisir qui, de Zénobie ou de la sœur de la défunte reine, serait capable de faire le bonheur ou le malheur des esclaves de la maison. Les paroles du shuloï et l'humiliation d'Ophala avaient été abondamment commentées. Nul ne pouvait douter qu'il y aurait une riposte, que cette guerre n'en était qu'à son début et que le retour du Très Illustre allait en exciter encore l'importance.

Zénobie sembla pourtant demeurer étrangère à toute cette excitation, affichait chaque jour une froideur un peu plus pensive et distante. Ashémou se rendit compte qu'elle gardait les yeux ouverts dans la nuit. Elle devina sans peine qu'Ophala était pour peu dans ces insomnies. Plusieurs fois, sans obtenir de réponse, elle chuchota :

— Dors, ça ne sert à rien d'y songer à l'avance.

Cependant, Zénobie ne pouvait s'empêcher d'y songer. Des semaines durant, elle s'était efforcée de ne pas y penser. Mais il n'était plus possible de tricher avec elle-même.

Comment allait l'accueillir celui qu'elle avait si longtemps refusé d'épouser ? Serait-il aussi laid, aussi vieux qu'elle l'imaginait ? Comment ferait-elle ? Oui, comment ferait-elle ?

Saurait-elle dissimuler ? Et montrer, comme le devait une future épouse, un plaisir et une impatience qu'elle était loin d'éprouver ? Non, bien sûr que non. Elle le savait déjà. Ce serait impossible. Elle ne serait que répugnance.

Et la vue d'Odeinath ne serait rien, comparée à la nuit des épousailles qui, inéluctablement, viendrait.

Elle avait été folle d'imaginer qu'elle serait assez forte pour l'épouser. Il était des choses sans nom qui lui interdisaient d'être une épouse. Prise par la vie de la maison, la tendresse de Dinah et d'Ashémou, le sot affrontement avec Ophala, elle avait feint d'oublier ce qui ne s'oublie jamais.

Demain ou après-demain, Odeinath serait devant elle. Il réclamerait son dû d'époux, et aucun dieu ne serait capable de l'aider. Aucun ! Les dieux n'étaient que des mots vides. Des mots que chacun voulait entendrc comme les enfants réclament, avant le sommeil, les mensonges d'un conte. Elle en avait la preuve dans sa chair. Baalshamîn l'avait abandonnée. En revenant dans Palmyre, elle avait clamé les louanges de ce dieu, mais ce n'était qu'un masque.

Baalshamîn l'avait abandonnée dans une cour en feu de Doura Europos. La pierre noire du Dingir-dusag n'était que la pierre de son cœur. Pas une étoile, pas une preuve de la toute-puissance de Baalshamîn, comme tous voulaient le croire.

Un temps, elle s'était crue forte, aussi endurcie que ce diamant de nuit. Capable de briser les obstacles qui se dresseraient contre sa volonté d'être la reine de Palmyre. Une reine aussi puissante que son époux. Aussi intransigeante qu'un empereur de Rome devant les Barbares. Capable de venger le mal qui brûlait encore ses entrailles sans pouvoir fondre la glace qu'y avait déposée la trahison de Schawaad !

Mais aujourd'hui, demain, quand elle devrait affronter le regard d'Odeinath, ce regard et tout le reste auquel chacune des femmes du palais songeait sans le nommer, que ferait-elle ?

*
* *

— C'est un bonheur d'effleurer ton corps, ma reine. Le bonheur de caresser un bijou.

Le chuchotement de la masseuse était dévoué et respectueux.

Zénobie s'abandonna avec reconnaissance aux doigts qui volaient sur son dos. Dans la douceur parfumée des thermes où l'on oubliait le froid de la saison, le temps du massage était son unique instant de paix. Sous la magie des mains de l'esclave perse, les questions sans réponse cessaient enfin de la harceler.

Les caquetages de commères et la curiosité insatiable des parentes du Très Illustre s'évaporaient avec la vapeur de la piscine. Encerclé de chambres dallées de marbre, ce bassin recevait l'eau filtrée de l'ouadi Qoubour qu'un four romain, adapté pour brûler des bouses de dromadaire, chauffait deux heures chaque jour.

Sans âge, sèche de corps et silencieuse, la masseuse parlait peu, souriait souvent, ce qui transformait son visage en un incroyable amas de rides. Après quelques réticences, Zénobie avait appris à s'abandonner à son savoir, aussi dur que caressant, capable pour un temps d'extirper de sa chair les miasmes des souvenirs et le pus de plaies aussi invisibles que terribles.

— Reine, je ne le suis pas encore, murmura-t-elle.

— Oh ! ce n'est que l'affaire de quelques lunes. Quel beau moment ce sera !

La Perse cligna de l'œil avec tendresse. Mais elle sut voir l'ombre qui ternit les yeux de Zénobie avant que les paupières se referment. Après un temps de silence, elle chuchota sur un tout autre ton :

— Tu es très en colère. Une grande colère, lointaine et très noire. Ophala n'y est pour rien, je le sais.

— Pourquoi dis-tu cela ?

— Je le sens au bout de mes doigts.

— Tu te trompes. Je suis heureuse de la venue du Très Illustre.

La Perse fit courir ses doigts sur les reins de Zénobie, ajouta comme si elle ne l'avait pas entendue :

— Tu as peur, mais tu vaincras ta peur. Ton corps sait décider ce qu'il veut et ne veut pas. Il t'aidera. Tu es plus courageuse et plus forte que tu ne l'imagines.

Sous ses paumes, elle perçut combien Zénobie se crispait. Elles se regardèrent. Un sourire plein de compassion éclaira le visage usé de la masseuse.

— Ne m'écoute pas. Je parle comme une folle. Pardonne-moi, ma reine.

La tension de Zénobie céda et la Perse se tut.

Un instant plus tard, alors que son massage s'achevait, elle tira un onguent odorant d'un couffin. Elle s'enduisit abondamment les mains avant de chercher, avec autant de respect que de fermeté, à ouvrir les cuisses de Zénobie.

— Que fais-tu ?

Zénobie se redressa brutalement, la repoussant avec violence. La Perse bafouilla une excuse, montra l'onguent qui lui engluait les doigts.

— Ce n'est rien, ma reine ! Ça ne fait pas mal. De la pommade de rose… C'est doux !

Les tempes brûlantes, Zénobie se recouvrait déjà de sa tunique.

— C'est inutile.

— Mais pour ta virginité, il faut…

— Non.

La masseuse lui jeta un coup d'œil désemparé.

— Nous le faisons toujours. Cela est bon pour toi .

La pommade adoucit, ce sera… Oh ! tu sais… Les filles vierges sont si fragiles avant…

La servante s'interrompit, n'osant affronter le visage de Zénobie. Autour de la piscine, les femmes ne perdaient pas une miette de l'altercation.

— Je n'ai plus besoin de toi, masseuse. Tu peux ranger tes pommades.

— Maîtresse Ophala m'a ordonné de préparer l'onguent pour toi, murmura encore la Perse.

Zénobie s'était assez reprise pour entendre le désarroi de sa voix. Plus calmement, elle dit :

— Je ne te reproche rien. Tu n'as pas commis de faute. Souviens-toi seulement qu'Ophala est ta maîtresse, pas la mienne. Si elle te réprimande, rapporte-lui mes mots sans crainte. Dis-lui que Zénobie n'a besoin de personne pour préparer son corps aux plaisirs de son futur époux.

***

Au soir, alors que la nuit s'étendait sur la cour des femmes, Dinah se glissa dans la chambre de Zénobie où brûlaient quelques lampes.

— Ophala a quitté la maison pour le tombeau de sa sœur. Elle a fait savoir au shuloï que tu l'avais insultée et qu'elle devait aller se purifier parmi les siens avant le retour du Très Illustre.

Zénobie laissa fuser un petit rire.

— Beaucoup de menaces mais déjà en fuite !

— Ne t'y fie pas. Elle se cache sous les pierres en attendant l'occasion de frapper. C'est un scorpion.

— Un mou et stupide scorpion ! bougonna Ashémou avec dégoût.

— Elle va sacrifier et se lamenter devant l'autel de sa sœur Gardalaï pour mieux pouvoir colporter des horreurs, expliqua encore Dinah. Elle est capable de pleurer et de se lamenter jour et nuit allongée entre les corbeilles de sacrifices. Quand il s'agit de mentir, nul ne sait être plus sincère qu'elle. Demain, toute la ville chuchotera ses mensonges.

— Elle va devoir inventer beaucoup, grommela Ashémou. Elle n'a rien de si terrible à raconter.

Dinah regarda Zénobie avec embarras.

— En ville, certains racontent que tu as menti. Que tu n'as pas été emportée dans le désert par Baalshamîn. Ils disent que la pierre de la *koba* n'est rien d'autre qu'un caillou ordinaire. Que tout cela était un mensonge auquel ton père t'a contrainte parce qu'il te fallait cacher une faute.

Ashémou écarquillait les yeux, sidérée. D'un ton qu'elle voulait léger, Dinah ajouta en haussant les épaules :

— Ce n'est pas bien important. Palmyre est grande, les jaloux n'y manquent pas. Ton père est si riche qu'il ne s'est pas fait que des amis.

Il y eut un silence gêné. Ashémou se tourna vers Zénobie, s'apprêtant à entendre sa colère. Elle ne vit qu'un visage pâli, une drôle de moue, lasse et indifférente.

— Si le Très Illustre se laisse convaincre, tant pis. Il me renverra, et voilà. Que pourrais-je y faire ?

Ashémou bondit, manquant de renverser une lampe.

— Es-tu sérieuse ? Bien sûr qu'on ne se laissera pas faire ! Tous ces mensonges sont…

— Si Odeinath me chasse, la coupa Zénobie, je deviendrai prêtresse de Baalshamîn. J'y ai songé ces jours-ci, et ça ne me déplairait pas.

— Elle est folle de nouveau, gémit Ashémou d'une voix blanche.

— Pourquoi me battrais-je pour être l'épouse d'un vieillard qui plie les genoux devant une grosse sotte ?

Dinah saisit la main de Zénobie.

— Le Très Illustre n'est pas un vieillard, ni un homme facile à tromper. Il sait ce que vaut Ophala. Il sera facile de prouver qu'elle ne dit que des mensonges.

Zénobie ne répondit pas.

— Qu'Isis t'entende, ma fille, soupira Ashémou. Oh ! qu'elle t'entende !

22

CLAUDIA ARA AGRIPPINENSIUM

— Et cette promesse, bien sûr, tu la lui as donnée ?

— Y avait-il autre chose à faire ?

Maxime appliquait avec soin un emplâtre d'herbe et de graisse de porc sur la brûlure boursouflée qui rougissait la poitrine d'Aurélien. Il leva un sourcil moqueur.

— On pourrait l'imaginer.

— Allons, Maxime ! Jamais je n'appartiendrai à cette meute puante qui déchire l'Empire par orgueil ou par jalousie. Le vieil empereur me demande mon aide : il l'aura. Parce que je l'aime et parce qu'il est l'Augustus. Ainsi l'exige Rome, si l'on veut que Rome vive.

— Est-ce Rome et est-ce le « vieil empereur » qui te demandent ce sacrifice, ou est-ce César, fils de notre Augustus et bien-aimé du sénat ?

— Ah ! Maxime…

— Ça va ! Ça va ! Je me tais. Cesse de bouger : je n'ai pas fini.

Trois braseros avaient été rapprochés dans l'alcôve

attenante au vaste triclinium de la villa accordée à Aurélien pour son séjour dans le camp. La température de la pièce était loin d'être froide. Pourtant, torse nu, Aurélien fut à nouveau parcouru d'un frisson. La fièvre ne le quittait pas. Maxime, sa longue chevelure blonde lui balayant les joues et recouvrant sa cicatrice, acheva d'enduire la plaie. Le dessin du soleil aux branches cardinales disparut peu à peu sous la pommade.

Quatre ou cinq jours seraient nécessaires, si tout allait bien, pour que la blessure sèche et cicatrise. Rien n'était plus long ni plus délicat à soigner que les brûlures au fer. Nombre d'officiers, dévots de Mithra et ainsi marqués, avaient enduré des plaies pendant des mois. Parfois elles devenaient si douloureuses qu'ils ne pouvaient combattre. Il arrivait que la lésion s'aggrave, devienne purulente, puante telle une chair putréfiée. La mort venait lentement, douloureuse et insinuante comme si le feu du fer peu à peu dévorait le corps tout entier. Une mort qui s'appelait alors le jugement de Mithra ! Il n'empêche, Aurélien n'avait pas voulu voir le médecin du camp. Si Maxime n'avait pas insisté, il se serait lui-même appliqué un pansement.

Maxime déposa un linge propre sur l'emplâtre. Il maintint la compresse avec un bandage, enveloppant le torse d'Aurélien en s'efforçant de ne pas trop serrer. À peine avait-il fini que trois jeunes esclaves franques entrèrent dans la pièce, chargées de plateaux de nourriture, de cruches de vin chaud parfumé au miel et à la cannelle, ainsi que d'une grande écuelle de cuivre pour les ablutions.

C'étaient des filles de moins de vingt ans, à la peau très blanche et aux chevelures claires. Leurs tuniques étaient si courtes et si largement échancrées qu'elles dévoilaient leur poitrine pâle et leurs hanches juvéniles. La crainte, mêlée à un désir de plaire, teintait leurs visages immatures d'un éclat fragile et bizarrement séduisant.

Lorsqu'elles eurent déposé plats et cruches sur des tabourets bas, elles se postèrent devant la tenture, les paupières baissées. Maxime se lava soigneusement les mains dans l'écuelle, puis ordonna à l'une des esclaves de s'approcher.

— Tu as oublié d'apporter des linges pour que je puisse m'essuyer, remarqua-t-il d'une voix douce.

Il sourit. Un sourire qui aviva sa cicatrice, aiguisant sa beauté d'une violence animale. La jeune fille rougit. Elle balbutia une excuse, murmura qu'elle allait réparer sa faute.

Avant qu'elle puisse s'écarter, Maxime lui agrippa les cuisses et l'attira contre lui.

— Ne bouge pas, petite. Tu as apporté beaucoup mieux qu'un linge. Tu ne seras pas punie.

Sans cesser de sourire, en longues caresses, il essuya ses paumes et ses doigts humides sur la peau tendre de l'esclave.

La fille se mordit la lèvre. Les mains de Maxime, sans qu'elle ose les repousser, atteignirent ses fesses et son entrecuisse. Elle détourna le visage, les yeux soudain brillants de larmes. Les caresses devinrent assez précises pour faire violemment trembler ses épaules. Elle laissa fuser un gémissement. Les autres esclaves près de la tenture les observaient à la dérobée, inquiètes ou effarées.

Maxime, aussi brutalement qu'il l'avait attirée, chassa la fille d'une claque sur les fesses.

— C'est bien. Je te remercie. As-tu besoin de ces beautés, Aurélien ?

Aurélien ordonna qu'on l'aide à enfiler sa tunique, puis renvoya les esclaves d'un grognement. Lorsque la tenture retomba, Maxime éclata de rire.

— Sais-tu que César lui-même te les offre ? Tu devrais en garder une près de toi cette nuit. Si tu ne lui trouves pas d'autre usage, elle pourrait au moins surveiller ton pansement afin que tu ne l'arraches pas pendant ton sommeil.

Aurélien ne répondit pas. Il but coup sur coup deux grands gobelets. Le vin tiède et sucré chassa enfin l'âcreté nauséeuse du sang de taureau. Sa chaleur inonda sa poitrine, y apaisant la morsure de la blessure. S'abandonnant au confort des coussins de sa couche, il remplit un nouveau gobelet et le dégusta avec plus de lenteur.

— Quelles étranges pratiques que les vôtres, dévots de Mithra ! soupira Maxime. Est-ce bien utile que vous vous marquiez ainsi, comme des animaux ? À quoi bon s'infliger de pareilles blessures quand les Barbares nous donnent tant d'occasions d'en recevoir ?

Gardant les paupières closes, Aurélien sourit.

— Ne critique pas ce que tu ignores, ami Maxime. Viens avec moi dans le mithraeum et tu comprendras.

— Inutile ! Jupiter et Mars suffisent à mon âme. Je n'ai pas le cœur assez grand pour aimer un dieu plus que moi-même.

— Viendra un jour où tu auras besoin de Mithra, assura Aurélien paisiblement. Un grand officier en a toujours besoin. Rien de glorieux ne s'accomplit sans l'aide de Mithra et du Sol-Invictus.

— Peut-être…

Maxime considéra Aurélien avec une ironie à peine voilée.

— Si je dois te suivre dans le mithraeum, ce ne pourra être que le jour où, enfin, les légions de Rome t'acclameront Augustus !

Aurélien rouvrit les paupières, le visage dur, la bouche étroite et coupante. Maxime connaissait trop ce masque de colère pour en être impressionné. Il versa du vin, tendit un autre gobelet à son ami et ajouta :

— L'heure viendra où tu devras accomplir la prédiction de ta mère, Aurélien. N'est-elle pas une promesse de votre dieu, de Sol-Invictus et de Mithra ?

— Tu gâches ta salive pour rien, Maxime, et j'ai besoin de repos.

Maxime balaya le reproche d'un geste désinvolte et poursuivit de la même voix impertinente :

— Il va sans dire que ces grands sentiments dont l'Empereur te recouvre ne sont pas une supercherie ? Valérien ne profite pas de ton affection excessive pour mieux te duper et servir les ambitions de son fils ? César lui a promis de ne pas te tenir à l'écart des victoires et des honncurs ?

— Les honneurs et les charges, Valérien me les a donnés lui-même, tout à l'heure, répliqua sèchement Aurélien. Dux majorum des légions du bas Danube en remplacement d'Ulpius Crinitus que l'âge et la maladie rendent impotent. Général en chef du bas Danube, cela te semble-t-il un honneur assez brillant ?

— Oh !... siffla Maxime avec surprise. Dux majorum ! As-tu aussi le commandement de la cavalerie ?

— Je l'ai.

Maxime opina. Sur ses traits, l'admiration s'était déjà estompée sous la raillerie.

— Un beau commandement, et qui a l'avantage d'être loin de Rome et du sénat. Et aussi loin que possible de Gallien. Sans compter que César place son fils entre lui et toi. Un gamin de dix-sept ans qui va régner sur le haut Danube ! Sur les terres les plus riches : l'Illyricum, la Pannonie, la Dalmatie... Le coup est bien joué. Tu verras qu'il ne faudra pas longtemps pour que nous ayons chez nous des espions du fils comme du père ! Ou du grand-père ! En voilà une belle succession ! Rome est entre de bonnes mains.

— Ça suffit, Maxime, l'interrompit Aurélien avec humeur. Ne me prends pas pour un crétin. Je connais les manœuvres de César. Et je n'ignore pas celles de Valérien. Mais tu te trompes de reproches. Pourquoi devrais-je leur en vouloir de tenir fermement le pouvoir sur l'Empire ? N'est-ce pas leur devoir ? As-tu connu un seul Augustus qui ne soit pas dévoré par le désir de fonder une dynastie et de régner sur Rome jusqu'à la fin des temps ? Allons ! Tu veux que j'affronte César. Je ne le ferai pas. Lui et son père me croient jaloux. Ils se fourvoient. Je veux seulement l'unité et la grandeur de l'Empire. S'ils y œuvrent, ils auront mon bras et mon cœur. Sinon… Nous en reparlerons.

Ils s'affrontèrent du regard quelques secondes. Aurélien esquissa un rictus las et ajouta :

— De plus, cela ne me déplaît pas de retourner sur le Danube. Le fils de Kniva veut reprendre les expéditions de son père et conduire les Goths jusqu'à la mer grecque. Nous en finirons avec eux, je te le promets. Aucune victoire ne peut nous nuire, que je sache. Même celles remportées sur les Barbares du Danube inférieur me feront plaisir.

Maxime considéra Aurélien un instant sans répondre. Son visage n'avait plus rien d'ironique ou de désinvolte. Sa belle bouche eut un pli fugace de déception qu'il dissimula aussitôt sous un sourire apaisant.

— Sans doute as-tu raison. Tu pourras bientôt remercier César de ce plaisir. Il ne nous a pas seulement envoyé de belles esclaves. Il nous attend demain au praetorium pour dîner !

***

Sans un regard pour Maxime, le centurion annonça :

— César est à son bain, dux. Il m'a ordonné de t'y conduire avec le tribun dès ton arrivée.

Il les précéda dans un labyrinthe de couloirs, de vestibules et d'escaliers. Le praetorium d'Agrippinensium, destiné à accueillir les plus puissants généraux de Rome durant les hivers, contenait trois cours et plus d'une centaine de pièces. Ses murs étaient assez hauts pour que les Francs et les Alamans puissent les admirer depuis l'autre rive du Rhin et s'en effrayer. Les thermes, eux, étaient les plus beaux jamais érigés loin de Rome.

Ils occupaient une enfilade de salles souterraines aux plafonds soutenus de colonnes de marbres multicolores. À travers les volutes de vapeur et d'encens, des lampes à huile doublées de miroirs d'argent y répandaient une lumière bizarre. De prodigieuses mosaïques en recouvraient les murs, le sol et bien sûr les fosses des piscines. Elles donnaient vie à tout un monde de fauves, de nymphes, de fleurs et d'animaux aquatiques surgis d'abysses que seuls les dieux fréquentaient.

Lorsque le centurion les introduisit dans le premier des *caldarii*, la chaleur moite se plaqua sur le visage d'Aurélien, aussi étouffante qu'un linge. Le vacarme des appels, des rires, des bruits d'eau était assourdissant. D'une salle adjacente parvenaient les cris des joueurs de palestre. Des officiers, assis sur les marches de marbre du bassin, saluèrent bruyamment Aurélien et Maxime.

Des esclaves accoururent pour prendre leurs pelisses tandis que des filles franques s'approchaient avec des plateaux de boissons. Seules leurs poitrines et leurs hanches étaient voilées de bandes de coton que l'humidité rendait transparentes. Aurélien ôta son manteau en retenant une grimace. La douleur de sa brûlure demeurait et le pansement ne suffisait pas à la calmer.

Alors que Maxime dégrafait sa cuirasse, le centurion déclara que César et ses invités étaient en tenue de bain. Le dux et le tribun désiraient-ils en faire autant ?

— En ce cas, on vous donnera des peignoirs au vestiaire.

— Conduis-nous à César, répliqua sèchement Aurélien.

Le tepidarium de César était séparé du reste des thermes par un couloir, des salles de massage et un *sudatorium*. Le tumulte des bains communs s'estompa derrière eux avant que de nouveau les bruits d'eau, de voix et de rires se fassent entendre au fond d'un étroit goulet où s'engagea le centurion.

Il repoussa une tenture de cuir, de plaques d'argent et de coquillages. Aurélien et Maxime se retrouvèrent brusquement dans la vapeur parfumée d'une cascade. L'eau ruisselait sur de grosses roches amassées de manière naturelle et, dans un grondement qu'amplifiaient les voûtes, elle chutait, fumante, dans un bassin. Des femmes y nageaient, d'autres se tenaient sur les marches de marbre pourpre ou encore étaient allongées sur des banquettes, offertes aux mains de masseurs. Aucune n'était plus vêtue que les esclaves qui les entouraient, mais leurs pagnes et leurs *strophii* étaient de soie. Une soie si fine et d'une couleur si proche de la chair qu'elles paraissaient nues.

De l'autre côté du bassin, César et quelques-uns de ses officiers favoris jouaient à l'*harpastres*. Eux aussi ne portaient que des pagnes. Aurélien fut étonné de découvrir que celui de Gallien était aux couleurs de son rang sénatorial : safran et pourpre.

Gallien César attrapa la lourde balle de cuir rembourrée de sable alors que le centurion annonçait les visiteurs.

— Dux majorum ! Aurélien, mon frère devant Mithra !

Sans un mot de plus, il projeta la balle lourde comme un boulet de pierre sur Aurélien. Le lancer était aussi puissant qu'adroit. Surpris, Aurélien, engourdi par sa brûlure, hésita entre le déshonneur d'une esquive et la douleur du choc. La main de Maxime se tendit. Ses longs doigts fins se refermèrent sur le cuir sans effort.

César rit, n'accordant cependant pas un regard à Maxime.

— Sois le bienvenu dans cet antre de pureté, dux majorum.

Les bras grands ouverts, il saisit les poignets d'Aurélien et le salua à la manière des légionnaires. Les jambes et le buste solides, Gallien avait hérité la petite taille de son père. Un poil dru et bouclé couvrait sa poitrine et son ventre un peu proéminent, mais l'une et l'autre étaient rasés avec soin plusieurs fois par semaine. De même, sa barbe était taillée autour de ses lèvres et jusque sur son menton, mettant en valeur une bouche étroite et étrangement pointue. Même lorsqu'il souriait, ses traits conservaient un bizarre mélange de brutalité froide et d'intelligence. La ruse de Gallien était de souvent effacer l'une derrière l'autre.

Retenant Aurélien par le bras, il se plaça à son côté, faisant face aux officiers. Il appuya son index sur la cicatrice en forme de soleil aux quatre rayons cardinaux qui décorait son propre sein gauche.

— Aurélien pourra bientôt vous faire admirer la même marque. C'est le cadeau de mon père et de Mithra à ceux qu'ils aiment le plus farouchement ! Dux, ne veux-tu pas enlever tunique et pansement ? Rien n'apaise la brûlure du fer mieux que la piscine, tu peux me croire.

Aurélien esquissa un geste négligent.

— Ma cicatrice n'est pas encore assez jolie pour supporter la comparaison avec la tienne, César. Il est plus sage pour les yeux de tes invités qu'elle demeure masquée. D'ailleurs, le feu du fer est maintenant supportable.

— C'est vrai, c'est vrai ! J'oubliais qu'Aurélien est le plus endurant d'entre nous !

Gallien rit de nouveau. Un rire rugueux qui rappelait celui de l'Empereur. Enfin, il se tourna vers Maxime comme s'il l'apercevait seulement.

— Toi, tribun, je ne t'invite pas à te dénuder. Les dames qui trempent dans cette piscine seraient en danger. Ta réputation court déjà bien assez vite sans que nous la confortions.

Des plaisanteries fusèrent. Maxime se frappa la poitrine.

— Cette réputation est plus qu'usurpée, César. Les dames de cette piscine n'ont rien à craindre. Aucun dieu, hélas, ne me protège de la laideur des cicatrices que les Goths ont dessinées sur moi.

César lança à Maxime un coup d'œil plus froid qu'amusé, cependant des femmes se récriaient dans le bain, assurant que César ne pouvait juger seul du beau. Maxime s'inclina vers elles dans un salut aimable. Ses yeux coururent sur quelques visages avant de se figer. À son côté, Aurélien laissa échapper une interjection de surprise. Il venait, lui aussi, de reconnaître Clodia parmi les nageuses. Elle leur fit un signe de la main et se dirigea vers les escaliers du bain tandis que Gallien déclarait :

— Dux majorum, je voulais te faire un cadeau pour sceller notre belle union sous la main de mon père. Mais ainsi va la volonté de Mithra : ton cadeau s'est présenté tout seul.

Clodia était déjà hors de l'eau. Fasciné, Maxime la

regarda s'approcher pour prendre la main que César lui tendait. Scintillante, l'eau ruisselait sur son corps parfait, parsemait de perles sa peau claire. La pointe de ses seins noircissait la pâleur de la soie. Sur ses hanches, le tissu à demi transparent moulait son pubis. Les officiers posaient sur Clodia un regard tout aussi fasciné que le sien.

Aurélien s'était raidi, le visage livide de fureur. Clodia lui adressa un sourire victorieux.

— Dux, ta sœur m'a demandé de lui accorder une grâce qu'elle te savait trop sévère pour lui concéder, s'amusa Gallien. Elle désire t'accompagner dans ta nouvelle charge. Qui aurait le cœur si froid qu'il pourrait résister à la volonté d'une pareille femme ?

Le visage d'Aurélien demeura sans un frémissement, inexpressif. Abandonnant la main de César, Clodia s'avança vers son frère, esquissa une caresse qui le raidit plus encore. D'une voix douce mais que chacun put entendre, elle demanda :

— Ai-je mal fait de demander l'aide de César quand mon propre frère ne veut plus répondre à mes lettres ? Alors même qu'il a besoin de mes soins ?

Maxime craignit les mots qui allaient franchir les lèvres d'Aurélien. Mais avec un rictus qui pouvait passer pour un sourire, ce dernier déclara :

— Assurément, César, ton cœur est plus chaleureux que le mien, et je t'en suis redevable. Je doute que ma sœur soit la meilleure des médecines que l'on puisse administrer à un dévot de Mithra, mais si telle est sa volonté et la tienne, je supporterai la punition de vos exigences jusque sur les rives du Danube.

L'ambiguïté de sa réponse engendra un court silence avant que César donne le signe des rires. Riant toujours, d'un ordre désinvolte, il annonça que l'heure du repas était venue.

— Aurélien, viens me raconter ce que mon père t'a confié et qu'il m'a caché.

Les esclaves déjà apportaient les peignoirs chauffés. Alors qu'elle enfilait le sien, les yeux de Clodia trouvèrent ceux de Maxime. Un regard qui le provoquait et l'accueillait tout ensemble, rauque comme l'appel d'un fauve, la promesse d'une lutte de jouissance et de splendeur. Il n'entendit plus le vacarme du bassin ou de la cascade, ne vit que la bouche de Clodia, l'ondulation de ses épaules qui glissaient sous le tissu du peignoir, l'éclat tendu de sa nuque.

Il sourit, le souffle court, ainsi qu'on lève un bouclier dans le combat, alors que les armes, déjà, ne suffisent plus.

23

PALMYRE

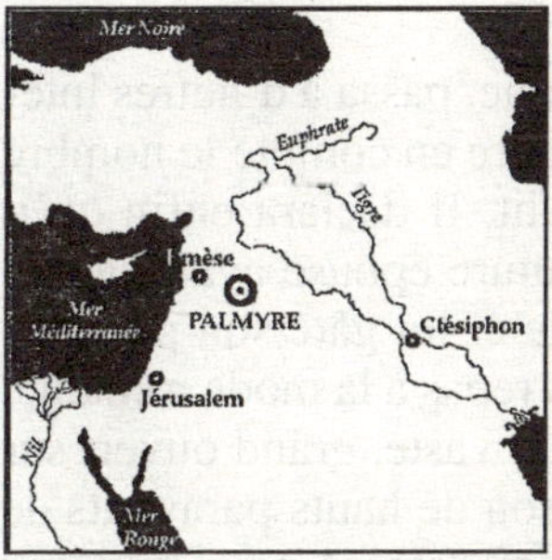

Le Grand Odeinath arriva avec ses mille chevaux sauvages. Un grondement roula dans la plaine avant même que les enfants, grimpés en haut de l'Umm-Beqi, le grand rocher qui surplombait Palmyre, devinent la poussière sur la route du désert.

Arrivé aux murs de la ville, le Très Illustre prit le temps d'une longue galopade avec les seigneurs de Palmyre venus à sa rencontre afin de leur montrer la beauté des bêtes qu'il ramenait. Ensuite, entouré de la garde romaine qu'autorisait son rang de sénateur de l'Asie, il entra dans la ville. Il remonta la grande colonnade avec solennité, se rendit au temple de Bel, ordonna de fastueuses offrandes et y remercia longuement son dieu.

Avant de disparaître dans les chambres privées de son palais, il distribua des poignées d'aumônes aux pauvres accourus, devisa plaisamment avec les chefs des grandes familles. On remarqua alors l'absence du père de Zénobie, premier des Maazin. Une voix bien informée expliqua qu'Abdonaï était parti à Antioche pour les besoins de son commerce, car Valérien, empereur de Rome, y était annoncé pour bientôt.

Odeinath ne parut pas s'offusquer de cette absence, mais s'étonna du retour de l'Augustus. Il demanda au centurion qui commandait la garde venue à sa rencontre s'il s'en était assuré.

L'officier répondit que l'information était toute fraîche.

— Notre tribun, Aelius, est lui aussi parti pour Antioche. Un message du gouverneur l'a réclamé avant l'arrivée de notre Augustus.

Odeinath considéra la nouvelle, passa à d'autres intérêts, ordonna au shuloï de prendre en compte le nombre d'audiences qu'on lui réclamait. Il déclara enfin qu'il voulait dîner afin de voir sa future épouse avant que la lumière du jour soit trop faible et lui gâte son plaisir.

Odeinath aimait prendre ses repas à la mode romaine. Le triclinium de son palais était vaste, grand ouvert sur les côtés, bien qu'en cette saison de hauts paravents de bois peints et sculptés aient été dressés pour protéger des courants d'air. Les lits étaient disposés autour de deux grandes tables rondes où les esclaves assuraient le service. Des musiciens se faisaient entendre avec douceur, et parfois des poètes.

À l'entrée de Zénobie, le brouhaha cessa. Par curiosité mais aussi par stupeur.

Elle s'avança vers les convives sidérés – une vingtaine, tous des hommes à l'exception d'Ophala –, recouverte d'une tunique splendide mais si immense qu'on ne soupçonnait rien des formes de son corps sous l'ondulation bizarre des soies et des broderies. Retenus à sa chevelure par des peignes d'or ou d'écaille, des voiles bleu et ocre interdisaient de voir son visage.

Le shuloï réagit le premier, frappa vivement sa canne sur les dalles.

— Attends ! Attends, fille des Maazin ! Que fais-tu ? On ne se présente pas au Très Illustre le visage couvert de voiles !

Sans déplacer son grand corps fragile, il claqua de la langue, pointa la corne de bélier sur Zénobie. Deux esclaves se précipitèrent, les mains déjà tendues pour soulever les voiles. Ce fut la seconde surprise de l'instant : la voix du Grand Odeinath les immobilisa.

— Non !

Les esclaves comme les convives tournèrent vers lui un regard ahuri. Sharha soupira.

Le Très Illustre, dont les joues étaient noires d'une barbe aux boucles drues, les sourcils élancés sur ses tempes comme des ailes d'hirondelle, remarqua, de sa voix accoutumée à se faire obéir par-dessus le vacarme des chasses et des combats :

— Pourquoi te dissimuler sous des voiles ? N'es-tu pas Zénobie ? Aurais-tu peur de montrer ton visage ?

Les voiles ondulèrent, on devina dessous l'esquisse d'une révérence.

— Je ne te dissimule rien, Très Illustre. Je suis Zénobie et tu pourras voir mon visage à ta volonté. À l'heure de notre première rencontre, j'ai songé que mon apparence comptait moins pour mon futur époux que mon cœur ou mes pensées.

Des murmures indignés glissèrent sur les lits. Ophala avait tendu le cou pour mieux entendre ces paroles que les voiles assourdissaient. Elle ricana, se tourna vers un garçon de vingt ans aux cheveux rassemblés en chignon par un anneau d'or. Des bijoux brillaient à son cou, ses oreilles et même sur ses joues. Un fard épais lui blanchissait le tour des yeux et du rouge assombrissait sa bouche mobile. Il rit. Un rire aigrelet et nerveux.

— Elle n'a peut-être pas tort de se voiler la face, mon père. On dit que les morts le font quand ils reviennent hanter les vivants avec la pestilence du monde d'en dessous. N'oublions pas que cette fille qui doit devenir ma mère est déjà morte !

Il pouffa encore, entraînant dans son croassement d'autres jeunes hommes alanguis sur son lit, comme lui vêtus de deux ou trois tuniques passées l'une sur l'autre et enserrées de ceintures précieuses.

Le rictus d'Ophala augmenta. Les autres convives parurent dans l'embarras, guettant la réaction du Très Illustre.

Sa main droite se dressa, s'agita à peine.

— Celui que tu viens d'entendre, Zénobie, se nomme Hayran. Les dieux, qui n'accomplissent pas toujours tout à la perfection, en ont fait mon fils.

Cette fois, d'autres railleries roulèrent sur d'autres bouches. Odeinath leva de nouveau la main, fronça les sourcils et remarqua :

— Mais ce que dit Hayran n'est cependant pas faux. Sur ce lit, j'ai déjà pleuré ta mort, et maintenant te voilà. Toute voilée, de fait, comme si tu revenais de la grande caverne d'en dessous.

— J'ai toujours été vivante, Très Illustre. Ceux qui t'ont dit que j'étais morte se trompaient ou ne savaient pas voir.

— Alors pourquoi avoir fui la maison de ton père ? Et la mienne tout autant ?

— Je n'ai fui ni l'une ni l'autre.

— Tu n'as pas fui et pourtant tu n'es pas venue dans cette maison quand tu le devais.

— Tu en connais déjà la raison, Très Illustre. Baalshamîn m'a enlevée.

Odeinath n'avait pas quitté du regard les voiles de Zénobie. Le noir de ses yeux pétillait, maintenant. Il saisit un gobelet, le fit remplir et, après y avoir trempé ses lèvres, il eut un petit signe de tête.

— C'est ce qu'on dit, en effet. Raconte. Je veux l'entendre de ta bouche.

— Baalshamîn est venu une nuit, une heure avant l'aube. Il m'a réveillée et m'a ordonné de le suivre.

Il y eut des murmures, perplexes, étonnés, mais pas incrédules. Odeinath demanda :

— Comment était-il ?

— Je ne le sais pas, Très Illustre, je ne l'ai pas vu.

Ophala gloussa, prête à se moquer, mais le shuloï fit claquer sa langue, inclina sa canne vers elle. Il n'avait plus rien de vieux ni de fragile. Odeinath remarqua :

— Baalshamîn vient te prendre mais tu ne le vois pas ?

— Non, Très Illustre. On ne le voit pas, on ne l'entend pas, il n'a pas de chair.

— Comment sait-on qu'il est là, en ce cas ?

— On le sait. Il n'a pas de main, pourtant on sent qu'il prend notre main. Il n'a pas de bouche, mais on entend ce qu'il nous ordonne. On doit se lever et accomplir sa volonté. Il n'y a rien d'autre à faire que lui obéir.

Les murmures moururent sur les lèvres entrouvertes. Il y eut un silence. Les longs sourcils d'Odeinath étaient si froncés qu'ils se confondaient en une seule ligne, d'une tempe à l'autre.

— Et que t'a-t-il fait faire ?

Zénobie eut une hésitation. Les voiles tremblèrent, ses mains apparurent, se nouèrent l'une à l'autre.

— Il m'a conduite là où l'on ne sait plus rien du bonheur de vivre, où les maisons brûlent et rien ne mérite le respect. Là où le sang sèche sous les pattes des mouches, où les chiens dévorent les membres de ceux qui ne sont pas encore morts, où tout s'écroule sans même que les guerriers puissent combattre. Il m'a conduite là où les femmes redoutent d'aller. Là où elles perdent leurs chairs et leurs rires. Où elles ne savent plus faire des enfants et ne deviennent qu'une larme dans la grande soif du désert.

Les convives retinrent leur souffle. Sharha pétrissait la hampe de sa canne, roulant nerveusement ses lèvres sur ses gencives nues. Avec un soupir inquiet, Ophala déplaça sa tête sur l'amas de sa tunique. Hayran saisit le bras de son voisin, scrutant les voiles de Zénobie comme si des serpents véritables allaient en surgir.

— Que ton dieu me bénisse, fille des Maazin ! s'exclama Odeinath d'une voix où tous perçurent de l'indignation. Pourquoi t'a-t-il emmenée dans cet antre de démon ?

— Pour mieux m'effrayer et me convaincre de devenir ton épouse, Très Illustre.

Odeinath ouvrit de grands yeux ébahis.

— Parce que tu ne le voulais pas ?

— Que veut une fille de treize ans qui ignore tout des menaces du monde ? Que veut une fille de dix-sept ans qui n'a jamais vu le visage de celui qu'elle doit aimer ? Comment pourrait-elle désirer le bonheur de celui qui la veut en ignorant ce qu'il espère d'elle ?

Le poids qui pesait sur les poitrines se leva, les murmures et les sourires revinrent. Le Grand Odeinath lui-même eut un gloussement moqueur. Les ailes de ses sourcils s'écartèrent.

— T'a-t-il convaincue ?

Peut-être était-ce une nouvelle révérence, peut-être Zénobie vacilla-t-elle seulement sous le poids des mots. Les voiles s'agitèrent, il fallut tendre l'oreille pour l'entendre.

— Baalshamîn m'a montré que mon chemin était le tien. Il m'a montré que je devais te soutenir, demain et jusqu'à la fin de mes jours. Baalshamîn m'a fait la promesse que tu serais grand. Il m'a ordonné, à moi, Zénobie, de poser ma main sur la tienne et d'être celle où tu puiserais tes forces. Et pour qu'il y ait une preuve de sa volonté, il m'a confié la pierre noire du ciel qui a frappé le désert le jour de ma naissance.

Le Grand Odeinath avait ponctué les derniers mots de Zénobie de petits hochements de tête. Quand elle se tut, il eut un rire étrangement tendre pour un homme aussi imposant. Sharha, la nuque inclinée et les paupières à demi closes, comme s'il était saisi par le sommeil, fit claquer sa langue dans un doux bruit humide.

Odeinath reposa si brutalement son gobelet que le vin se répandit. Il fut hors du lit d'un coup de reins, contourna la table, marcha vers Zénobie en repoussant les esclaves. Elle eut peur, recula d'un pas. Il avait déjà saisi un voile, en chiffonnait un autre, les relevait à grands gestes, les basculant sur son épaule.

Il eut un soupir de soulagement, peut-être de surprise.

Il la contempla. Longuement, sans un mot. Le bonheur éclaira chaque ride de son visage. Les autres n'osèrent faire une remarque. Pas plus Ophala qu'Hayran.

Odeinath retira ses mains des voiles, hésita à les arracher tous pour admirer la chevelure de sa future. Il se retint, respectueux. L'éclat qui brillait dans ses prunelles, Zénobie le connaissait. Elle savait ce qu'il avouait.

Avec un peu de maladresse, le Très Illustre recula.

— Des collines de Tibériade, je t'ai rapporté un cadeau qui devrait te plaire. Tu le verras demain. Voici Nurbel. C'est lui qui te le montrera.

Il désigna un homme au crâne chauve, recouvert du bonnet de cuir et d'or des puissants. Sa barbe était soigneusement tressée sous son menton, ses yeux écartés étaient fendus comme ceux des hommes de la lointaine Asie. Un large ceinturon de cuir, cousu de pièces d'argent, faisait bouffer sa tunique magnifiquement brodée. L'étui d'un large poignard y était griffé. Depuis l'entrée de Zénobie, au contraire de tous les autres, il n'avait pas cillé. Pas un sourire ni un soupir. Odeinath, clignant de l'œil comme un enfant ravi, précisa :

— Septimus Nurbel Zabdilaï est mon maître d'armes. Il conduit mes guerres et mes chasses. Il est comme les doigts de ma main. Tu peux lui faire confiance.

***

Alors que Zénobie venait de quitter le triclinium comme le voulait la bienséance, Ophala déclara :

— Cette fille te ment, Très Illustre. Elle ment comme elle respire, et même quand elle cesse de respirer, elle ment.

Le shuloï frappa le sol de sa canne.

— Femme, tiens ta langue au chaud.

— Je dirai la vérité, shuloï ! Cette gamine t'a déjà entortillé comme elle voudrait entortiller le Très Illustre. Elle vient devant vous avec ses voiles et ses contes, et vous buvez ses paroles comme si vous ne saviez plus où est la vérité. Tu es devenu trop vieux, Sharha. Tu ne sais plus protéger le Très Illustre comme tu le devrais !

Odeinath ignora les aigreurs d'Ophala. Il souriait encore, de ce sourire qu'il avait eu, un instant plus tôt, lorsque Zénobie avait disparu derrière les paravents. Les furieux claquements de langue du shuloï le tirèrent de son plaisir. Il roula un peu de viande de gazelle entre des feuilles de vigne confites à la menthe, goûta, demanda d'un ton d'extrême ennui :

— Et, selon toi, quelle est cette vérité, Ophala ?

— Que les dieux ne sont pour rien dans sa disparition. Je n'ai jamais cru à cette histoire d'étoile et de source dont les Maazin se gargarisent. Des sornettes qui ont permis à Abdonaï et aux prêtres de Baalshamîn de faire fortune dans les murs de Palmyre. Et de se croire aussi grands que toi, Très Illustre. Voilà tout ce que c'est.

Odeinath hocha la tête, se prépara un autre morceau de viande. Les convives l'imitèrent. Hayran gloussa lorsqu'un de ses compagnons lui donna à manger une bouchée toute prête, lui effleurant les lèvres de ses doigts huilés.

— La source du Dingir-dusag, la pierre noire ! s'étonna Odeinath. Elles sont bien là, tout aussi vraies et visibles que le rocher de l'Umm-Beqi dressé hors des murs de Palmyre.

— Elles sont là, oui, admit Ophala avec dédain. Est-ce pour autant qu'elles font de la fille d'Abdonaï autre chose qu'une gamine du désert ? Fourbe et trompeuse comme elles le sont toutes. Son père a bâti sa richesse sur cette fourberie. Pardonne ma franchise, Très Illustre, mais je suis certaine que sa fille en fait autant avec toi. Moi, elle ne peut pas m'abuser. J'en ai trop vu pour croire à ces balivernes.

Avec des petits piaillements de volaille, Hayran et ses compagnons échangèrent leurs gobelets de vin, les vidant d'un trait, les faisant remplir aussitôt par les esclaves et les vidant de nouveau. Sharha frappa de sa canne, secoua sa vieille tête en soupirant avec dégoût.

— À quoi crois-tu, chère Ophala ? marmonna-t-il. Voilà ce que l'on se demande depuis longtemps.

— Je crois à ce que je vois, shuloï. Pas aux magies d'un dieu sans chair ni tête. Je crois à la tunique que les caravaniers ont retrouvée dans le désert et aux mensonges que cette fille répand dans la cour des femmes depuis son arrivée ! Des manigances, des perfidies, des menaces, voilà ce qui l'occupe ! Oh ! elle peut se cacher sous des voiles. Elle en a, des choses à dissimuler. Il suffit d'apercevoir son visage pour le deviner…

— Ah ! oui, son visage ! C'est vrai, ma tante ! l'interrompit Hayran, excité par l'ivresse. Qu'elle n'a jamais été morte, ça se voit, hein. Pas morte du tout. Dansant avec les démons sur les cailloux. Oui, ça oui, moi, je la vois toute nue avec les démons poilus et…

Sharha abattit sa canne sur le lit d'Hayran. La corne de bélier frappa les draps à quelques doigts de sa cuisse. Le fils d'Odeinath bondit, à genoux, le visage tordu de crainte autant que de rage. Le shuloï, d'un nouveau coup de canne, réduisit au silence ses couinements d'indignation.

— Tu parles de la future épouse de ton père, Hayran.

Nurbel, le maître d'armes, s'inclina vers son voisin de lit, un officier en tunique de cuir, qui se leva. Avec l'aide de quelques esclaves, il conduisit Hayran et ses compagnons hors de la salle à manger, sourd à leurs protestations d'ivrognes.

D'une voix prudente, Ophala suggéra :

— N'en veux pas à ton fils, Très Illustre. Il est comme les enfants, il ne sait pas cacher le fond de son cœur. Moi non plus, je ne peux rien te cacher. C'est mon rôle, dans la cour des femmes, de surveiller celle qui veut devenir ton épouse. Et de te mettre en garde comme je le fais pour celle-ci, avant qu'il ne soit trop tard.

Le visage glacé, Odeinath demanda :

— As-tu une preuve de ce que tu avances ?

Le gros corps d'Ophala bougea sous les amas de soie, sa tête s'y déplaça comme celle d'un serpent prenant son élan avant de frapper. Elle lorgna vers Nurbel et le vieux Sharha, offrit une mine confuse qui accrut encore leur attention.

— Il est des affaires de femmes qui ne peuvent mentir, susurra-t-elle.

— Si tu ne peux parler, tu te tais.

— C'est embarrassant pour une femme, Très Illustre.

— Je ne connais rien qui t'embarrasse longtemps, Ophala.

— Elle a refusé que la masseuse l'enduise comme cela doit se faire chez une future épouse.

Un peu de rouge assombrit les tempes d'Odeinath.

Ophala baissa les yeux, mouilla ses lèvres.

— La masseuse n'a pu s'assurer qu'elle est encore… digne de toi.

Il y eut un silence. Un épais et dur silence.

Ce fut Sharha, curieusement, qui le rompit. Il frappa un coup de sa canne, les paupières closes et la voix blanche, faisant soudain songer à un aveugle.

— Ainsi, chère Ophala, tu accuses cette fille d'avoir abandonné la maison de son père pour une mauvaise raison et d'entrer impure dans celle du Très Illustre. Tu connais nos lois. Si tu le prouves, Zénobie mourra par la pierre et le fouet. C'est ce qui arrivera.

— Oh ! il suffit de… commença Ophala.

D'un geste, Odeinath la fit taire. Il se tourna vers Nurbel, son fidèle. Ils croisèrent leurs regards comme ils le faisaient depuis vingt ans au cœur des batailles et des chasses. Ce que leurs yeux se disaient, nul autre qu'eux-mêmes ne parvenait jamais à le deviner.

Odeinath abandonna le regard de Nurbel, saisit son gobelet et y but calmement.

— Zénobie sera mon épouse aux ides d'avril, selon le calendrier de Rome. Plus un mot contre elle, ou ce sera un mot contre moi. Cela vaut pour ton neveu, Ophala. Conseille-lui de se tenir hors de ma vue s'il veut demeurer mon fils. Je l'ai beaucoup trop vu et entendu ces derniers temps.

***

Le cheval était une merveille. Une robe balzane, d'un noir puissant et lustré à l'exception des flammes blanches lui ceinturant jarrets et genoux, prenant ses naseaux, enveloppant l'auge, le haut des joues et le chanfrein. Sa crinière et sa queue étaient d'une blancheur de lait, soyeuse et légère comme une brume. Ses muscles jeunes et impatients dansaient sous sa peau, pareils aux vents du désert qui jouent avec les nervures des dunes.

Tenu au bout d'une longe de cuir par un soldat, inquiet et énervé, il trottait entre les murs de brique d'un enclos du jardin.

Soudain, sans que rien le laisse présager, il fit un brusque écart, jeta ses antérieurs vers un obstacle imaginaire, se souleva d'un petit bond qui lui arrondit l'échine. La longe entraîna le soldat, lui échappa. Le cheval caracola, pivota en piochant le sol sableux. Le soldat glapit un commandement. Le cheval répondit d'un crissement de dents, leva haut le nez, courut à l'opposé de l'enclos en s'enveloppant l'épaule de sa longue crinière pâle. Il en revint aussi vite, gracieux, l'arrière-train souple et dansant, l'œil impérieux mais l'oreille attentive et mobile.

Zénobie rit. Un rire de bonheur qu'on ne lui avait pas entendu depuis son entrée dans le palais. Le cheval s'immobilisa, la considéra d'une grande pupille étonnée, les naseaux palpitants, humant le parfum de ce rire.

— Il te plaît ? demanda Nurbel.

— Oui, oui, beaucoup !

Sans s'avancer, elle tendit la main vers l'animal. Il

allongea le cou, les babines frémissantes. Le soldat voulut en profiter, s'approcha doucement derrière lui pour reprendre en main la longe de cuir. Le cheval le devina, s'échappa d'un bond tout en nerfs, se moqua d'un hennissement aigu et provocateur. Zénobie rit de nouveau.

— C'est une merveille. Tu diras au Très Illustre que son cadeau me comble.

Le maître d'armes la considéra entre ses paupières fines.

— Il est jeune et n'aimera pas sentir quelqu'un sur son dos. Sauras-tu le tenir ?

Zénobie opina, sans quitter le cheval du regard.

— J'ai appris avec les guerriers M'Toub. Ils ne montent que des chevaux à demi dressés. Ils croient qu'ainsi nul n'osera les lcur voler !

Nurbel approuva, ses doigts glissant entre les tresses de sa barbe et masquant son sourire. Il y avait quelque chose qui lui plaisait chez cette fille. Il n'aurait su dire quoi. Cela ne venait ni de sa beauté ni de son caractère qui, de toute évidence, n'était pas plus souple que celui du jeune cheval.

— Il te faut lui donner un nom.

— Yedkivin ! répondit Zénobie sans hésiter. Yedkivin, « Celui-qui-est-là » ! C'est un nom qui lui ira très bien.

Nurbel observa un instant l'animal qui jouait avec le soldat, lui interdisant de reprendre la longe. Puis il s'avança au centre de l'enclos et émit un bref sifflement. Le cheval s'immobilisa, les oreilles dressées, ses gros yeux étonnés fixant le maître d'armes. Nurbel tendit les paumes et se mit à parler. Des paroles si basses que Zénobie ne put les comprendre. Le jeune cheval hésita. Un frisson courut sur son échine. Sa queue blanche fouetta. Nurbel s'avança doucement, glissant ses pas sur le sol plus que les posant. Sans cesser de murmurer.

Le cheval inclina le cou, se dandina, recula d'une jambe et se plaça de biais. Zénobie crut qu'il allait bondir, galoper vers le mur opposé.

Mais la voix et les mains du maître d'armes le fascinaient. Il souleva une babine, montra les dents. Ses oreilles tremblaient. Nurbel était tout près, assez près pour se refléter dans les grands yeux chauds qui le fixaient. Il avança encore un peu, toujours chantant ses mots, toujours tendant les paumes. Le cheval recula de nouveau, encensa. Nurbel fut tout près, ses doigts caressèrent à peine le cou frémissant, se refermèrent sur la lanière de cuir, effleurèrent les poils lustrés, la crinière de brume. Il y eut un petit temps d'incertitude. Yedkivin retroussa les babines, découvrant toutes ses dents, menaçant. Et il bondit.

Un petit saut joyeux, tirant sur la longe sans excès, se décontractant, rompant enfin le charme.

Nurbel l'accompagna un instant, la longe bien tenue au poignet, les reins creusés sous la tunique de cuir, jetant des « Hoï ! Hoï ! Yedkivin ! Tout doux, hoï, Yedkivin ! ».

Zénobie applaudit. Nurbel confia la longe au soldat et revint près d'elle.

— Que lui disais-tu ? Tu parlais si bas que je n'ai pas entendu, mais lui, oh ! comme il t'écoutait !

La fierté scintillait dans les yeux fendus du maître d'armes. Il eut une grimace négligente.

— Des mots ! Des mots pour les chevaux.

— Tu me les apprendras ?

Nurbel prit son temps. Ses yeux se réduisirent à une fente. Sa réponse fut une question :

— Est-ce que tu mens, fille des Maazin ? Est-ce que tu mens au Grand Odeinath ?

Zénobie releva le défi du maître d'armes.

— Mes mots sont justes, Nurbel. Mon destin est celui du Très Illustre. Je serai son épée et sa flèche, il deviendra grand. Plus grand qu'il ne l'est aujourd'hui. Tu pourras m'observer et tu ne me prendras pas en défaut.

— Son épée et sa flèche ? Que veux-tu dire ?

— Rien d'autre que mes mots.

— Ophala n'a pas tort de dire que tes mots embrouillent.

— Ophala n'est qu'un tas de chair qui ne sait plus distinguer le jour de la nuit.

Nurbel esquissa un sourire, sans s'attendrir.

— Son épée et sa flèche, répéta-t-il. Veux-tu te battre pour lui ?

Zénobie approuva d'un signe de tête.

— Mais tu es… Tu vas être son épouse. Une épouse ne se bat pas.

— Moi, si. Je suis près de lui pour cela. C'est la volonté de Baalshamîn.

L'effarement assombrit les traits du maître d'armes.

— Cela ne se peut pas.

— En ce cas, je ne serai pas son épouse.

Le maître d'armes la considéra, eut un mouvement sec de la main.

— Oublie cette folie. Jamais le Très Illustre n'acceptera. Jamais. Je le connais aussi bien que moi-même.

— Alors, tu m'aideras à le convaincre.

Nurbel se tut. Son visage était aussi clos que celui des statues de pierre sur la grande voie des colonnades. Le cheval se tenait à peu de distance, les écoutant, l'œil aux aguets, comme s'il percevait une menace dans leurs murmures.

— Que veux-tu de moi ? demanda Nurbel du bout des lèvres.

— Que tu m'enseignes l'art des archers.

Nurbel cilla à peine.

— Nul n'aura besoin de le savoir à part toi, ajouta doucement Zénobie. Tu es le premier de ses guerriers, son maître d'armes. Tu pourras juger si je mens.

24

ANTIOCHE

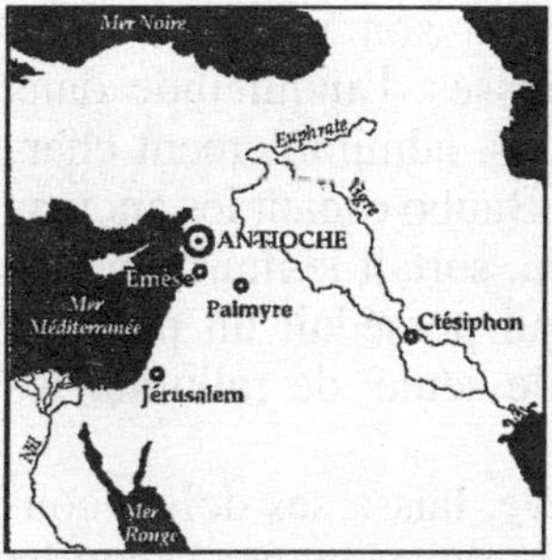

Il n'était de plus doux moment que ces heures de crépuscule pour admirer Antioche. Les courbes lentes de l'Oronte montaient à l'assaut du ciel. Citronniers et orangers embaumaient les jardins de la villa impériale. La violence de la lumière s'estompait, retenue par les cimes des pins et des cèdres. L'air frémissait du murmure des dieux. La paix du jour, enfin, prenait possession des hommes. Un pur instant de bonheur.

Depuis son retour des limes du Rhin, Valérien ne s'en lassait pas. Comment avait-il eu le courage de s'en éloigner plus d'une demi-année ? Il se le demandait. La simple pensée du camp d'Agrippinensium lui gelait les reins. Ce froid, cette neige ! Ce fleuve de ténèbres charriant la glace et la mort ! Même sa pelisse de lion, il s'en souvenait, ne l'avait qu'à peine réconforté.

Il n'en avait rien montré. Pas même à Aurélien, et encore moins à César. Un empereur ne laisse rien voir de ses sentiments, surtout à son fils, surtout quand ils peuvent avoir l'apparence d'une faiblesse. Que Neptune lui pardonne, il détestait ces fleuves pareils à des monstres et dont on ne devinait jamais où ils s'encombraient de leurs humeurs obscures !

Pas étonnant que ces contrées du Nord regorgent de Barbares. Les dieux s'en étaient détournés depuis l'origine des temps. Imagine-t-on Apollon pataugeant dans cette boue ? Junon et Cérès, nues dans leurs voiles, dansant sur ces bourbiers ? Minerve arpentant ces forêts opaques, vantant le bonheur de l'intelligence aux sauvages déguenillés ?

Valérien eut un rire involontaire. L'esclave qui enduisait ses vieilles cuisses et son ventre d'huile d'amande interrompit ses caresses, l'inquiétude dans les yeux. Ses lèvres, très rondes, admirablement charnues, rappelaient la bouche de Baubo ornant les anciens temples grecs et d'où, disait-on, sortait le murmure des décrets divins. Une bouche qui possédait un puissant attrait érotique. Capable, à elle seule, de rallumer les feux les plus assoupis.

Il caressa la joue de l'esclave, laissa ses doigts courir entre les pans ouverts de la tunique, épousa la courbe d'un sein, en éprouva la pointe du pouce.

— Continue, Iflava, continue. Tes paumes sont douces, tes seins sont mes fleurs de miel et ta bouche entretient mes rêves.

La jeune femme arrondit un peu plus les lèvres, esquissa une moue de baiser avant de reprendre ses caresses sur le vieux corps.

Un vieux corps qui, en vérité, avait le souvenir du désir plus que le désir lui-même. Mais Iflava détenait le grand savoir et la grande patience de la satisfaction.

Voilà ce qu'il y avait, avec le Nord : tout, jusqu'aux cuisses des esclaves, lui rappelait son âge ! Gaule, Germanie, Mésie, là-bas, on s'usait. On vieillissait plus vite que la Nature elle-même ne le désirait. Les esclaves franques, qu'affectionnait tant son fils, étaient trop brutales. Trop énergiques, trop impatientes ! Pas assez soumises, non plus. Il ne possédait plus l'insolente vigueur qui permettait d'en jouer avec plaisir.

Tandis qu'ici, Cérès avait créé chaque fruit, chaque ombre, chaque source pour accueillir les hommes. Mithra n'y était-il pas né ?

Parmi les raisons qu'il avait données à Aurélien afin de justifier son retour à Antioche, il avait passé sous silence sa hâte à retrouver la douceur de la ville. À être ainsi allongé sur la terrasse du palais, bercé par le crépuscule et les mains savantes d'Iflava.

Mais qu'est-ce qu'un homme comme le dux Aurélien pouvait comprendre aux pouvoirs sublimes des caresses d'une femme ? Lui dont on disait qu'il ne baisait pas même ses esclaves. Certains suggéraient qu'il n'éprouvait de passion que pour sa sœur. À moins que ce ne soit pour ce beau tribun qui ne le quittait jamais et dont Valérien ne se rappelait pas le nom.

Ce qui, en revanche, était gravé dans sa mémoire, c'était la manière dont Aurélien avait tranché la tête du taureau de Mithra. Par tous les dieux, il n'était pas près de l'oublier ! Cela le remplissait encore d'effroi. Mithra en personne n'aurait pas été si terrible.

Ce même Aurélien qui le regardait, lui, l'Augustus, avec les yeux aimant d'un fils. Hélas, un fils, il en avait déjà un. Pas le moindre, et pas le plus aimant. Gallien César.

Comment ces deux-là, tout fumants de jalousie qu'ils étaient, allaient-ils mener leurs affaires dans son dos ? Seuls les dieux le savaient. Aurélien saurait tenir une promesse. Mais pas César. César jouait avec les promesses comme avec les filles franques. À sa convenance.

Les paumes d'Iflava huilaient maintenant son membre. Il s'essaya à ne pas penser au Nord, à son fils ni à Aurélien.

Les hirondelles se disputaient les derniers feux du ciel au-dessus des jardins. Elles virevoltaient entre les fumées des autels qui avaient brûlé des offrandes tout au long du jour, si bien que les parfums d'encens et de chairs calcinées s'insinuaient partout, y compris sous la tunique d'Iflava.

Tout enfant, Valérien avait appris à observer le vol des hirondelles. La folie de leurs arabesques n'était qu'apparente. Ce n'était pas un chaos. Cela possédait une subtile nécessité. Comme il y avait un ordre en toute chose du monde. Les dieux y veillaient. Comme, à son tour, lui-même veillait sur l'ordre des hommes afin qu'ils ne courroucent pas les dieux. Ainsi pouvait survivre l'ordre de Rome.

Iflava joignit sa bouche merveilleuse à ses doigts. Le soupir satisfait de Valérien fut cependant assombri par un coupable sentiment.

Assurément, il aurait été plus sage de s'en tenir à l'idée première. S'interposer entre ces deux taureaux. Demeurer aux côtés de César, sur les rives du Danube, et envoyer Aurélien ici, à Antioche.

Les dieux allaient-ils le lui reprocher ?

Ah ! comme les plaisirs fuyaient vite. Surtout les plus précieux. Voilà encore l'une des horreurs de l'âge.

Il repoussa Iflava avec douceur.

— Les devins doivent en avoir fini avec les haruspices, mon enfant. Va leur dire que l'Empereur attend. Et à Macrien aussi.

***

— Foie de bélier, foie de dinde et d'agneau bicolore. Rate de bélier, pancréas d'agneau…

— Épargne-moi l'énumération de la tripaille, Axtex, grogna Valérien. Depuis trente ans que je t'écoute, je sais que la volonté des dieux ne se lit pas sous les sabots d'un cheval ! Ce sont les réponses à mes questions que j'attends.

Les prêtres-augures ne cherchèrent nullement à masquer leur réprobation. Ils étaient deux, un jeune et un vieux, chacun muni du long bâton à la crosse recourbée en volute qui signalait leur fonction. Le plus âgé, devin fidèle de Valérien, hocha la tête en soupirant. Le jeune remarqua :

— Il est bien des choses que l'on peut lire sous les sabots d'un cheval, Augustus. Tout dépend du…

Le procurateur Macrien, un homme tout en longueur et aux paupières toujours mi-closes, comme si la lumière du monde l'avait ébloui une fois pour toutes, agita ses mains osseuses.

— Les réponses, seulement les réponses, *augurii* !

Valérien lui accorda un signe de satisfaction. Macrien n'était pas d'une grande fidélité, mais il savait servir.

Se redressant dans sa toge frangée de glands verts, Axtex s'autorisa un court silence de condamnation avant d'annoncer :

— À la première question, les haruspices ne sont bons ni mauvais. Les lobes sont sains au nord comme au sud. Que tu sois ici ou là convient aux dieux. Tu peux te déplacer autant qu'il te plaît.

— Un Augustus est partout à sa place dans l'Empire, souligna Macrien dans une grimace qui lui obtura entièrement le regard.

— À la deuxième question, reprit Axtex en appuyant sur les mots, les lobes hauts des foies sont sans équivoque. Ta santé est excellente. Ta vie se poursuivra loin. Les dieux te sont cléments pour ce qui est du corps. Vigueur et santé, c'est certain.

— Qu'ils en soient remerciés !

Valérien adressa un sourire à Iflava qui ordonnait aux serviteurs d'apporter des boissons fraîches et ces petits poissons grillés, roulés dans des figues fraîches et saupoudrés de piment, dont il raffolait.

— Macrien, ajouta-t-il à l'adresse du procurateur, il faudra poursuivre les offrandes demain. Tout aussi richement qu'aujourd'hui.

— À la troisième question, s'impatienta Axtex, la réponse ne peut se donner clairement.

— Que veux-tu dire ?

— Le foie de dinde a subi l'écrasement avec trop de facilité, intervint le jeune devin. Celui du bélier possédait des veinules graisseuses orientées contradictoirement dans le petit lobe et…

— Des réponses claires ! grinça Valérien. Dois-je lancer les légions contre Shapûr, oui ou non ? Maintenant ou demain ?

Axtex leva ses paumes parcheminées.

— Je sais ton impatience, Augustus. Elle n'est pas plus grande que d'habitude. Mais c'est un fait. La réponse ne peut être tranchée. Les haruspices semblent positifs pour le fait des armes, mais…

— Mais ?

— Un signe peut toujours en cacher un autre, comme tu le sais. Les dieux ne s'opposent pas aux combats. Dois-tu les conduire toi-même ? C'est une autre question.

— Tu ne l'as pas posée ?

— Tu ne l'as pas posée toi-même. Tes questions sont mes questions. Pas l'inverse. Tu devrais le savoir, Augustus, depuis le temps.

— Quoi qu'il en soit, intervint le jeune devin, la voix

des dieux est faible. Il y a une certaine confusion entre le dedans et le dehors.

Les serviteurs se retirèrent, une fois plats et boissons arrangés sur une petite table. Iflava déposa une figue au poisson sur une coupelle d'argent et la tendit à Valérien. Il n'y accorda aucune attention, trop occupé à maîtriser sa fureur grandissante.

— Le dedans ou le dehors ? Il n'y a que toi à comprendre tes mots, *augurus* !

— Cela signifie que la guerre sera dedans les bornes de l'Empire ou dehors, Augustus, susurra fermement le jeune devin. L'humeur des dieux n'est pas la même pour le dedans et le dehors.

Valérien arborait désormais son visage des mauvais jours. Axtex leva son bâton recourbé et le pointa vers le ciel.

— Cette nuit, nous ferons un *templum,* assura-t-il d'une voix conciliante. Dans ces situations, les étoiles sont plus brillantes que les haruspices.

— Que les dieux t'entendent, grommela Valérien. Cette fois, tâche de poser les bonnes questions, Axtex. Ou je croirai que tu deviens beaucoup trop vieux pour plaire aux dieux.

Il les congédia d'un geste. Après leur départ, le silence s'installa un court instant. Le temps que Valérien s'interroge une fois encore sur l'erreur qu'il avait peut-être commise en faisant passer la satisfaction de son corps avant la politique.

D'un murmure, Iflava insista pour qu'il goûte enfin aux figues farcies qu'elle lui tendait. Délicieuses, bien sûr. Délicieuses comme la bouche d'Iflava qui en partagea le plaisir avec lui.

Il n'en offrit pas au procurateur. La maigreur de Macrien disait toute seule à quel point c'eût été un gâchis. Il n'en offrit pas non plus aux jeunes officiers qui se tenaient en retrait. Ceux-là devraient se contenter de la vue si proche de l'Empereur.

Il but un gobelet de vin fermenté au miel qui apaisait le feu du piment, observa les serviteurs qui s'agitaient pour disposer les torches et les lampes. Les figues aux poissons pouvaient être bonnes, la bouche d'Iflava sublime, il n'en demeurait pas moins que le souci d'avoir commis une faute à Agrippinensium était encore avivé par l'incertitude stupide des augures. L'insatisfaction irritait maintenant tous ses sens.

— Le chrétien est-il là ? demanda-t-il au gouverneur d'une voix rogue.

Macrien hocha la tête.

— Oui. Il attend. Mais si tu le permets, Augustus…

Le gouverneur se tourna vers un jeune officier.

— Voici Aelius Silvius. Tribun en charge des cohortes de Palmyre. Il t'apporte le salut et les souhaits de bienvenue du roi de Palmyre.

Valérien hésita, sans aucun désir de favoriser l'un de ces mignons dont Macrien avait l'art de s'entourer. Mais le nom de Palmyre le retint. Et aussi l'apparence du tribun. Moins de trente ans, un visage aimable, intelligent, un corps bien découplé, une balafre sur la jambe droite, de la cuisse au mollet.

— Au combat ? s'enquit Valérien en pointant d'une figue la cicatrice.

— À Doura Europos, Augustus. Lorsque Shapûr, hélas, s'est emparé de la ville.

Valérien dégusta la figue, laissant glisser contre son palais le croustillant du poisson allié au suave du fruit avant l'assaut robuste du piment.

— Aelius a réchappé au siège en mettant le feu à ce qui restait de la ville, précisa Macrien avec un enthousiasme tel que ses paupières manquèrent se soulever en entier. Je t'avais alors conté cet exploit, Augustus.

Valérien opina avec un sourire.

— Il se peut que je me souvienne.

Le tribun rosit de plaisir.

— Tu es donc à Palmyre ?

— J'y suis ta parole auprès du roi, Augustus.

— Rappelle-moi les titres de cet Odeinath, procurateur.

— Très Illustre Septimus Odeinathus, fils de Whabalath, fils de Nasor, sénateur, roi de Palmyre, Augustus. Une famille devenue romaine par la volonté de Septimus Severius, lorsqu'il conquit l'Orient voilà cinquante années. Odeinath est sénateur. Un sénateur qui n'a jamais posé le pied sur les marches du sénat, n'est jamais entré dans le temple de Jupiter au Capitole, cela va sans dire. Tu peux imaginer l'homme, Augustus. Agile sur le dos d'un chameau, riche marchand, dévoué aux dieux bizarres qui rôdent dans ces déserts.

Macrien acheva ses suggestions d'un large geste de la main qui voulait en dire plus long encore.

— Est-ce ainsi, Aelius ? demanda Valérien, usant avec une familiarité négligente du premier nom du jeune officier.

Les torches éclairaient assez pour que l'on puisse voir briller les yeux du tribun. Macrien marqua le coup.

— Oui, Augustus. Mais Odeinath n'est pas un sot.

— Sacrifie-t-il aux dieux de Rome ?

— Quand il le faut, le Très Illustre sait faire des offrandes dans nos temples. Il a, je crois, un sincère respect pour Apollon.

— Et toi, il t'aime ?

Pour la première fois, Aelius marqua de l'embarras. À cause de la présence de Macrien, songea Valérien.

— Je ne suis qu'un tribun, Augustus. Pour lui, j'existe à peine. En moi, il respecte surtout Rome. Il est attentif aux conseils que je lui donne, mais l'occasion en est rare. Je suis…

Le tribun esquissa un nouveau coup d'œil vers Macrien.

— Je suis, en revanche, assez près de son fils, Hayran. Un garçon très différent de son père. Il serait à son aise dans n'importe quelle ville de l'Empire.

— Bien. Quel est donc le message du Très Illustre Odeinath ?

— Qu'il t'espère heureux sous le climat d'Antioche, Augustus. Qu'il t'aime et te soutient comme il aime et soutient la volonté des dieux de Rome.

— Ce qui signifie ?

Aelius sourit.

— Qu'il sait, de Shapûr ou de toi, qui sera le plus fort l'heure venue.

— Acceptera-t-il de combattre à mes côtés ?

Le tribun hésita, soulagea discrètement sa jambe blessée.

— Citoyen de Rome, il l'est, Augustus. Mais pour le faste, l'apparence et montrer sa richesse, qui est immense, dans la ville. Le préfet a raison : pour le reste, il demeure surtout un homme du désert. La chasse compte autant pour lui que la guerre.

— Ces gens sont comme ça, Augustus, intervint Macrien. Les palais et même les rues de Palmyre pourraient faire croire que nous sommes à Rome ou à Athènes. Mais hors les murs des palais, la vie n'est pas différente de celle des caravaniers. Crois-moi, je le connais, le fond barbare est là, qui se voit bien vite.

Valérien acheva un nouveau gobelet de vin.

— La question, tribun, est simple : peut-on se fier à lui ?

— Je le pense, Augustus. Les alliances, pour Odeinath, sont comme le vent qui soulève les dunes :

changeantes d'une saison à l'autre. Cependant, seuls les hommes lucides savent survivre dans le désert. Il sait tenir sa place et devine qui saura être plus fort que lui. De plus, Palmyre est son joyau. Il mourra plutôt que de l'abandonner aux Perses.

— Donc, il tient à moi et m'aime, conclut Valérien en souriant.

Ce tribun lui plaisait. Un esprit vif et rusé, de l'ambition, peut-être bien du courage. Et Macrien ne goûtait guère que son protégé plaise autant, ce qui était, pour l'esprit, comme le piment sur la figue.

— Saurais-tu quelle réponse lui conviendrait, Aelius ?

— Il y a... Il y en a une, Augustus...

— Je t'écoute.

— Odeinath va prendre une seconde épouse. La première, la mère de son fils, est morte. La nouvelle est une fille que les gens de Palmyre considèrent comme une déesse...

Macrien l'interrompit d'un rire curieusement profond pour un homme aussi maigre.

— C'est une maladie de ces contrées, Augustus. Il leur naît des dieux, des déesses ou des prophètes à chaque orage.

Le sarcasme ferma la bouche d'Aelius, qui hésita à poursuivre. Valérien l'encouragea d'un geste.

— Une déesse ?

— C'est une histoire étrange, Augustus. On raconte qu'à l'instant de sa naissance son dieu a frappé le campement de son père, dans le désert, avec une étoile. Et là où cette étoile a disparu dans le sable, une source a jailli.

— Est-ce vrai ?

— J'ai vu la source. Un très bel endroit, Augustus. En fait, une oasis où les caravanes séjournent pour prendre du repos et s'abreuver. Dans leur langue, ils la nomment Le « Baiser du ciel ». Mais dire quand et comment elle est réellement née, je ne saurais.

— Des fables de ce genre, Augustus, il en court sur toutes les routes du désert et plus vite que les puces sur le dos d'un chameau, railla le procurateur.

— Ce qui est certain, reprit le tribun sans un regard pour Macrien, c'est que cette fable a suffi pour qu'Odeinath désire épouser la fille lorsqu'elle en aurait l'âge. Les noces auraient dû avoir lieu cet été. Mais elle a disparu soudainement, une nuit.

Valérien haussa le sourcil avec intérêt. L'histoire l'amusait. La jalousie de Macrien l'enchantait.

— Raconte, Aelius.

— Son père l'a crue morte. Toute la ville, les gens des caravanes, tous l'ont crue dévorée par le désert. Enlevée par des marchands ennemis de son père, vendue, peut-être, aux Perses. Ce sont des choses qui arrivent. Cependant, aux ides de septembre, elle est réapparue. Aussi mystérieusement qu'elle avait disparu. Son entrée dans Palmyre a répandu la stupeur. On a voulu y voir un prodige. Toute la ville est accourue en chantant et en hurlant : « Zénobie ! Zénobie ! »

— Zénobie ?

— C'est son nom, Augustus. Cela signifie le « don de Dieu ». Non seulement cette Zénobie était vivante, mais elle revenait chez son père avec la pierre de l'étoile qu'elle avait retirée de la source.

— Vraiment ?

— C'est ce qu'on prétend. Une longue pierre noire et brillante, qui ne ressemble à aucune de celles que l'on trouve dans le désert.

— Tu n'y étais pas ?

— Non, Augustus. J'étais ici, à Antioche. C'était le jour de ton départ pour Rome.

Valérien approuva d'un signe.

— C'est à partir de ce moment que la rumeur a commencé. Les femmes ont murmuré que cette Zénobie était une déesse, que son dieu l'avait fait venir près de lui et lui avait donné la pierre de l'étoile. Des choses de ce genre…

Macrien avait déjà le rire aux lèvres, mais Valérien lui jeta un regard glacial.

— Les dieux sont les dieux, Macrien. Ce dont ils sont capables, tu ne le sais pas plus que moi. De plus, il n'est que celui des chrétiens que Rome condamne… Et cette Zénobie, Aelius, tu l'as vue ?

— Hélas, non, Augustus. Le jour de son retour, j'étais ici, à Antioche. Depuis, elle vit dans le palais d'Odeinath. Les étrangers à la maison ne peuvent poser les yeux sur elle.

— Belle, tu penses ?

— On la dit d'une beauté peu commune.

Valérien demeura pensif. Hochant doucement la tête, il jeta un regard vers Iflava, sa belle déesse. Elle n'avait rien perdu des propos du tribun et ne devait pas un instant douter de la vérité de ce conte.

— Le « don de Dieu », murmura-t-il. Un nom plaisant, tu ne trouves pas, Macrien ?

— Une fable, Augustus. Surtout une fable.

— Ne laisse pas ton âme se dessécher autant que ton corps, Macrien. Ici, sous ce ciel, les dons des dieux abondent. Pourquoi cette fille n'en serait-elle pas un ?

Il indiqua au tribun la dernière des figues farcies au poisson.

— Goûte, tribun Aelius. Ceci aussi est l'un des dons des dieux.

Avec amusement, il contempla tout à la fois le dépit de Macrien et l'embarras du jeune tribun, surpris autant par l'offre impériale que par le piment qui lui mettait déjà la langue en feu.

— Donc, un cadeau pour les épousailles du roi Odeinath, reprit-il. Voilà à quoi tu songeais, Aelius ?

— Oui… Augustus.

— Bois ce vin, tribun. Le feu du piment se dissout dans le miel. Aurais-tu une idée pour ce présent ?

Aelius eut le courage de répondre avant de boire :

— Une légion, Augustus.

— Une légion ?

Le tribun reposa son gobelet avec délicatesse.

— Le signe que Rome reconnaît la puissance de Palmyre et que l'Empereur soutient et protège son roi contre Shapûr.

— Une légion que je prendrais où, tribun ? Tu sais que je manque de cohortes ici pour aller contre Shapûr.

— Elle n'aurait pas besoin d'être complète, Augustus. Ajoutées aux trois que je commande déjà, cinq cohortes suffiraient. Avec des auxiliaires d'Égypte ou de Cappadoce, s'il le faut. Ce sont de bons cavaliers et de bons archers, et ils pourraient avantageusement se mêler aux guerriers de Palmyre. Ce serait aussi pour les Perses le signe que tu tiens fermement les bornes de l'Empire.

— Cela coûtera cher.

— Odeinath et les riches familles de Palmyre en assureront le coût comme ils le font déjà.

— Un cadeau que l'on fait payer par celui qui le reçoit ? s'amusa Valérien.

Aelius eut un mince sourire. Son visage en fut moins joli, mais plus malin que jamais.

— Le geste compte plus que le coût, Augustus. Et puis, le Très Illustre, par son rang de sénateur, sera de fait à la tête de cette légion.

— Tu vas trop vite en besogne, Aelius ! s'écria Macrien. Une belle imprudence ! Si Odeinath ne nous est pas fidèle, il retournera les cohortes contre nous…

Valérien l'interrompit.

— Je crois que tu n'as pas compris la pensée du tribun, procurateur. Odeinath aura le titre. Le commandement, le vrai, sera sous la responsabilité du tribun.

Le tribun Aelius sut ne pas broncher, malgré les grognements de Macrien.

— De plus, au besoin, ces cohortes sauraient défendre la ville, même en cas de mauvaise volonté d'Odeinath, n'est-ce pas, Aelius ?

— Certainement, Augustus.

— Nous pourrions, pour que cela soit clair, te nommer préfet de camp ?

Rusé, ambitieux mais sachant se tenir, ce jeune Aelius. Acceptant la promotion sans ciller, les yeux rivés à ceux de son Empereur, comme s'il disait : « Augustus, tu peux y puiser toute ma fidélité. »

— Qu'en penses-tu, procurateur ? En sera-t-il capable ?

— Te l'aurais-je présenté si je doutais de lui, Augustus ? soupira Macrien du bout des lèvres.

— Donc tu régleras cela. Pour le Très Illustre Odeinath, il faudra une lettre qu'on me fera signer. Et faites remplir un coffre de bijoux pour cette Zénobie. Maintenant, assez de bavardages, qu'on fasse venir ce chrétien.

Aelius, les traits illuminés de bonheur dans l'éclat des torches, salua, le poing sur la cuirasse. Valérien le retint.

— Ne t'en va pas encore, préfet. Il est toujours plaisant d'entendre ces chrétiens.

***

Deux hommes, et non un, furent poussés sur la terrasse. La nuit était presque complète. Dans la demi-lumière des lampes et des torches, Valérien dut acérer son regard pour bien les distinguer.

Le premier ressemblait à n'importe quel patricien de l'Empire. Joues rasées, un peu d'embonpoint, les cheveux fraîchement coupés, le regard plutôt réservé. Sa toge était de belle qualité, propre et savamment plissée. L'autre n'était pas si bien mis, quoique le tissu de sa toge fût décent. Pour le reste, minceur, teint mat des hommes de Syrie, cheveux et barbe à faire peur, le mépris sur les lèvres. Plus de vingt ans. En vérité, un visage qui n'avait déjà plus d'âge, incendié par des yeux auxquels les torches, sans doute, conféraient une puissance excessive.

Valérien sentit sa vieille et lancinante colère envers les chrétiens lui chauffer le ventre et la poitrine mieux encore qu'Iflava n'avait pu le faire tout à l'heure. Il lui suffisait de voir ces deux-là pour sentir sa bile et ses nerfs vibrer tel le boyau d'un arc.

Il y avait on ne sait quoi d'insupportable chez eux. Ce mélange de mollesse et d'orgueil. De mépris, aussi. Une arrogance sans bornes ! Comme s'ils n'étaient pas des hommes parmi les hommes, mais on ne sait quoi d'autre. Comme s'ils niaient, à chacun de leurs souffles, chacun de leurs regards, qu'il n'en était qu'un, ici, qui fût désigné par les dieux.

— Lequel de vous deux est le chef des chrétiens ?

Le patricien inclina le front.

— Moi, Augustus.

— Ton nom ?

— Dymitrios. Je suis l'évêque des chrétiens de Syrie.

— Qui est celui-là, alors ?

— Simon est mon diacre, Augustus.

— Je me moque des titres dont vous vous affublez.

Pourquoi est-il ici ? Si c'est toi le chef de la secte, ta présence me suffit.

L'homme à la barbe leva les mains, les noua sur sa poitrine.

— Je suis là parce que c'est mon devoir devant Dieu d'être au côté de Son évêque.

— Tu n'es pas devant ton dieu ! Du moins au sens où tu l'entends. Tu es devant ton Empereur, moi, Valérien Augustus.

— Je suis devant toi et je suis devant Dieu, s'obstina le chrétien.

L'évêque leva la main, la posa sur son bras en un geste apaisant.

— Nous sommes devant toi, Augustus. Tu as désiré ma présence et je suis venu.

Valérien quitta son fauteuil, désengourdit ses membres. Il jeta un regard à Aelius. Le nouveau préfet semblait fasciné par le chrétien nommé Simon.

— Tu n'ignores pas la menace que Shapûr le Perse fait peser sur la ville ? demanda-t-il en s'approchant tout près de l'évêque.

Dymitrios eut un battement de paupières.

— Tu sais lire, poursuivit Valérien. Tu as vu l'ordre qui porte mon sceau placardé sur les murs de la ville. Chaque citoyen d'Antioche doit fournir son aide. Ses bras ou son argent, c'est selon. Or j'ai appris qu'aucun de ceux de ta secte n'a encore fait l'un ou l'autre.

— Notre Dieu nous interdit de prendre les armes, Augustus, marmonna l'évêque sans oser soutenir son regard.

— On se passera de vos bras et de votre courage, ricana Valérien. Vous paierez. Cinq cents pièces d'or par tête.

Dymitrios ouvrit la bouche. Valérien ne lui laissa pas le temps de protester.

— Combien sont-ils dans la ville, procurateur ? Trois cents, cinq cents ?

— Plus que ça, Augustus, soupira Macrien. Cela croît de jour en jour et ils en cachent, je le sais. Je dirais mille.

Peut-être était-ce le vacillement d'une torche, mais un sourire sembla entrouvrir la bouche de celui qui se nommait Simon. Un de ces sourires si détestables d'insolence.

La voix de Valérien se durcit encore.

— Tu es riche, Dymitrios ! Tu possèdes la plus grande villa d'Antioche, des terres et des esclaves plus que je n'en ai moi-même. Tu es très riche. Comme tous ceux de ta secte ! Vous adorez l'argent. C'est cela votre dieu : l'or !

Il lança un méchant rire, trouva enfin le regard d'Aelius.

— C'est pour cela que ces chrétiens ont pris le poisson comme emblème, préfet : pour mieux nager dans leur mer d'or !

— Augustus, nous pouvons…

— M'obéir, Dymitrios ! Il n'y a pas à discuter. Tu es devant l'Empereur. Tu peux seulement m'obéir.

— Nous n'obéissons qu'à Dieu. C'est Lui notre maître, et aucun autre. C'est Lui et Christ, Son fils mort sur la croix de Rome, qui nous prennent ou nous laissent, selon Leur jugement.

C'était l'autre qui avait parlé. Simon le chevelu, le barbu aux yeux fous. La voix plus calme qu'on ne pouvait l'imaginer. Souriant même pour ajouter :

— Dieu est indifférent aux affaires de Rome.

Macrien glapit un ordre. Les lances des gardes furent piquées dans les reins des chrétiens. L'évêque roula des yeux effrayés. L'autre ne broncha pas. Ne brisant pas même son sourire. Le regard toujours aussi plein d'insultes.

Valérien sourit en retour. Quoique en se gardant de lui accorder son attention. La colère le possédait maintenant jusqu'au bout des doigts. Il agrippa les cheveux de l'évêque. Sa voix fut aussi douce qu'il le put.

— Détrompe ce fou, Dymitrios. Celui-ci et tous les autres qui te suivent. Je suis, moi, indifférent à votre dieu, et Jupiter l'est tout autant. Dans quatre jours le procurateur me dira s'il a compté ton argent. Cinq cent mille deniers. Ou l'un de vous sera arrêté chaque jour. Et chaque jour, il sera brûlé sur un bûcher.

Dymitrios avait la bouche béante d'effroi. Ce fut la voix de l'autre qui s'éleva.

— Tu te trompes, empereur de Rome. Tu te trompes. Ce n'est pas ainsi que tu dois nous traiter. Nous ne craignons pas la mort, et chacun de nos martyrs accroît encore la puissance des paroles de Christ.

Avec tant de calme que Valérien en fut ébranlé un instant. Et laissa enfin exploser sa fureur. Sa main lâcha les cheveux blancs de Dymitrios, son bras fusa comme s'il brandissait un glaive. Le bracelet d'argent et de bronze qui lui ceinturait le poignet frappa le chrétien à la tempe. Le dénommé Simon bascula contre le légionnaire qui se tenait dans son dos, étouffa un grognement de douleur. Le fer de la lance déchira le tissu de sa toge. Un peu de rouge en teinta les plis. Mais avant que le chrétien se relève, le préfet Aelius fut sur lui, l'agrippant et le redressant sans ménagement.

— Je te connais, toi !

Le nommé Simon lui rendit son regard, grimaçant à peine sous la douleur, silencieux.

— Tu ne te souviens pas ? gronda Aelius. Doura Europos ! Je te connais.

Le chrétien agrippa les mains d'Aelius, le repoussa

avec une force que ne laissait pas soupçonner la sécheresse de son corps.

— Ne sois pas présomptueux, Romain. Seul mon Dieu me connaît !

Valérien ne put s'empêcher d'éclater de rire. Alors qu'Aelius, saisi à son tour par la rage, allait frapper, il lança :

— Laisse, préfet ! Laisse-lui le bénéfice de son courage et de cette excellente réplique. N'aie crainte : celui-là sera le premier que nous saisirons s'ils ne paient pas l'or qu'ils doivent à l'Empire.

Alors que les gardes emmenaient les chrétiens dans l'ombre de la terrasse, Aelius secoua la tête, sa main massant la cicatrice de sa cuisse.

— Je connais ce fou, Augustus. J'en suis certain. Même regard, mêmes cheveux et barbe, même voix. Il était à Doura Europos. Il a volé mon cheval alors que j'étais blessé. Cela ne peut s'oublier. Il était avec une fille que des Perses venaient de violenter.

25

PALMYRE

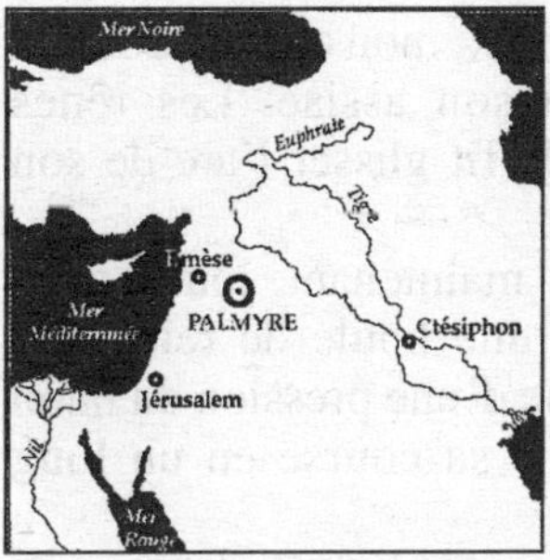

Le cheval devina l'obstacle plus qu'il ne le vit. Il se raidit, relevant l'encolure et fouettant de la queue. Couchée sur son cou, les doigts noués à sa crinière couleur de lait, Zénobie murmura :

— Yedkivin ! Yedkivin, tu es le plus beau ! Tu es mon cheval. Tu peux tout… Va, va !

Yedkivin allongea sa foulée, épaules et poitrail épousant le rythme du galop. Le muret de brique sembla soudain se rapprocher à toute vitesse. Zénobie chercha un appui pour ses genoux sur le gros ourlet de la couverture, creusa les reins comme elle voulait que Yedkivin creuse les siens.

— Vaï ! Vaï, Yedkivin !

Elle grondait sans s'en rendre compte. Le muret fut là. Elle agrippa la crinière. L'arrière-train de Yedkivin fléchit. Le choc des postérieurs contre la terre secoua Zénobie tout entière, l'onde remonta jusqu'à sa nuque. Yedkivin poussa de toute sa puissance. Ils se soulevèrent. L'échine du cheval si incurvée qu'elle faillit tomber, la bouche de Yedkivin si loin tendue que les rênes glissèrent entre ses doigts et qu'elle ne les rattrapa qu'en plaquant les courroies de cuir contre l'encolure. Elle fit un effort pour ne pas fermer les yeux. Vint le choc des antérieurs. La corde de l'arc passé sur son épaule lui cisailla la poitrine et lui coupa le souffle. Mais Yedkivin reprenait déjà son galop.

Elle devina plus qu'elle n'entendit le cri de Nurbel. Le pantin revêtu d'une tunique, bardé de cuir, casqué et bourré de laine n'était plus qu'à deux portées de flèche. Elle murmura :

— C'est bien, Yedkivin ! Doux, mon cheval, doux…

Elle se redressa, retrouva son assise. Les rênes souples autour du poignet, elle fit glisser l'arc de son épaule à sa main gauche.

Toute la beauté du cheval, maintenant, jouait avec douceur entre ses cuisses. D'une houle de reins elle l'accompagna, n'eut besoin que d'une pression du talon pour que Yedkivin infléchisse sa course en un long demi-cercle.

Le bras gauche durci, poussant le bois de l'arc aussi loin que son poignet et son épaule le lui permettaient, elle guida l'encoche de la flèche dans le boyau. Elle jeta un peu plus les épaules en arrière, enserrant le cheval des hanches et des cuisses tout en s'efforçant d'immobiliser ses épaules et sa nuque, comme Nurbel le lui avait enseigné.

Ses yeux s'emplirent de la silhouette du mannequin. Il se rapprochait, mais elle devait s'avancer plus encore par le pouvoir de son esprit. Elle devait voir la plaque de cuir de sa poitrine sur la pointe de sa flèche. Si proche, si proche qu'elle aurait pu le toucher.

Dans un ultime effort, elle tendit davantage le boyau. Yedkivin filait selon une ligne parfaite, légèrement de biais face au pantin. C'était maintenant. Elle détendit les doigts.

L'onde vibrante de l'arc s'innerva dans son bras. Un son sourd lui fit écho dans sa poitrine. L'empenne de plumes rouges, déjà, flottait dans l'air à la manière d'un gros insecte.

Et vola sur le côté gauche du pantin. Se brisa contre une pierre, plus loin, dans une fumée de poussière inutile.

— Aïïï !

Zénobie grinça de rage, tira durement sur les rênes. Elle bascula sa jambe par-dessus l'encolure de Yedkivin avant même qu'il s'arrête.

Lorsque ses pieds touchèrent le sol, une nouvelle flèche était encochée dans le boyau de l'arc. Ses épaules se redressèrent, aussi durcs que le bois de cèdre de l'arc ployé dans toute sa puissance. Mais les reins et les hanches demeurèrent souples, encore dansants.

Ses doigts s'écartèrent de la corde. L'empenne, jaune cette fois, cingla l'air dans un gémissement. Il y eut le bruit mat du fer tranchant le cuir, la laine, se fichant dans le bois qui servait d'os au pantin sur la cible.

Nurbel, là-bas, adossé à sa monture à l'autre bout du champ de poussière, riait. Un grand rire moqueur de guerrier.

— Si le lion veut bien t'attendre, il mourra ! lança-t-il.

— Pourquoi ? cria Zénobie. Où est ma faute ?

Nurbel la laissa s'approcher avant de répondre. Il siffla doucement pour attirer Yedkivin à lui, le flatta de la voix.

— Pas assez de force dans les bras. Pas assez de force dans les cuisses, et les épaules pas assez en arrière. Mais le saut était beau. Yedkivin prend plaisir à te sentir avec lui, c'est bien.

Zénobie secoua la tête.

— Je n'y arriverai pas.

— Tu pourrais te contenter de tirer au sol ou à l'arrêt. Pour ça, tu as l'œil, désormais.

— Toi, tu ne t'en contentes pas ! Aucun de tes archers ne s'en contenterait, gronda Zénobie.

— Ce ne sont pas des femmes.

Zénobie lui jeta un regard noir, repoussa Yedkivin venu frotter sa joue contre son bras. Nurbel plissa un peu plus ses yeux en amande.

— Que tu le veuilles ou non, il est des choses qu'une femme ne peut pas faire comme un homme. La guerre en est une.

— Cesse de dire des phrases qui ne sont pas dignes de toi.

Elle caressa le museau et le front de Yedkivin, devenu bien vite un cheval gourmand de caresses. Elle le fit pivoter pour dénouer l'étui de cuir contenant les flèches fixé au bas de son encolure. Elle ôta ensuite la couverture de son échine trempée de sueur. Yedkivin apprécia cette attention, frémit des babines, lui faisant son grand numéro de charme sans qu'elle lui accorde pour autant toute l'attention qu'il espérait.

Nurbel l'observait sans un mot. Les doigts de Zénobie étaient vifs et précis. Tout comme lorsqu'elle tirait l'arc au sol. Son dernier tir, en vérité, était parfait. Plus qu'elle n'en avait conscience.

Elle avait raison. Qu'elle fût une femme n'y changeait rien. Elle était faite pour l'arc et peut-être bien la guerre. Jamais, depuis plus d'une lune, elle n'avait montré la moindre faiblesse. Elle supportait les chutes sans se plaindre, les crampes que l'arc, au début, engendrait dans les mains, les épaules et les bras. Des cisaillements si violents quelquefois que l'on passait les nuits à serrer les dents.

Ses grondements et son dépit n'étaient que de la rage devant l'échec et la lenteur à apprendre. En vérité, de sa vie de guerrier, Nurbel n'avait jamais vu quiconque, et pas même lui, apprendre aussi vite à placer une flèche au cœur du pantin. Il semblait qu'elle avait cela dans le sang. Comme si l'âme des plus grands archers se réveillait en elle.

Comme si les fables qui, depuis son retour, se répandaient dans Palmyre n'étaient pas des fables. Comme si ce qu'elle avait déclaré devant le Très Illustre, sur son voyage avec Baalshamîn, possédait une vérité plus grande qu'il n'avait voulu le croire.

Comme si l'âme et le corps d'Alath, la grande déesse de la guerre et du désert, l'habitaient.

Cette pensée l'étourdissait et le plongeait dans l'embarras, lui qui parfois ne pouvait s'empêcher de la considérer comme une femme. Même ainsi, dans cette tenue, ses formes dissimulées dans une tunique de cuir et ses cheveux noués sous le bonnet de feutre des archers de Palmyre. Même ainsi, le visage maussade, poussiéreux, des cernes sous les yeux, la peau luisante. Son charme venait des yeux, du menton un peu rond, d'une courbure de la joue, de la lèvre supérieure si bien ourlée mais qui devenait une lame quand la colère la prenait. Comme à l'instant, alors qu'elle se tournait vers lui et demandait, l'ironie dans le ton :

— Tu en as assez de moi, Nurbel ? Tu te lasses ? Cela te fait honte de t'occuper d'une fille ?

***

— Tu n'es pas une fille, tu es la future épouse du Très Illustre, répliqua-t-il sèchement. Je ne l'oublie pas, et tu ne devrais pas l'oublier non plus.

— Comment le pourrais-je, Nurbel ? Ce n'est pas l'arc qui me le fait oublier.

Il préféra se tourner, ajuster le mors dans la bouche de son propre cheval.

— Certains cavaliers perses utilisent des couvertures rembourrées que l'on fixe avec des sangles sous le poitrail du cheval, lança-t-il par-dessus son épaule. Elles possèdent des sortes de lanières pour y glisser les pieds et permettre de se soulever à l'instant du tir. Cela vient des gens du Grand-Orient. Je vais m'en procurer une, tu l'essayeras.

La grimace s'effaça des traits de Zénobie.

— Mais tu vas devoir encore charrier des pierres. Tes bras sont trop faibles. L'arc ne plie pas assez. La flèche s'épuise trop vite pour bien se diriger.

— Tu crois que ce sera long ?

— Il ne vaudrait mieux pas.

— Que veux-tu dire ?

Nurbel observa les falaises rousses qui les entouraient. Ils étaient à un mille et demi de Palmyre. Dans une large gorge protégée du vent du désert où les archers et les guerriers du Grand Odeinath avaient coutume de venir s'entraîner. Il eut ce rire silencieux et moqueur qui ravissait Zénobie.

— Hayran et sa tante sont allés voir le Très Illustre pour l'avertir que nous complotions contre lui.

— Oh !...

— Selon elle, tu fais de moi un pantin pas plus terrible que notre ami là-bas. Et bientôt tu t'en prendras au Très Illustre lui-même...

— Comment a-t-elle su ?

Nurbel haussa les épaules.

— Rien ne peut se cacher dans la cour des femmes...

Zénobie avait fait savoir qu'elle allait dresser Yedkivin en compagnie de Nurbel. Mais une servante avait remarqué sa tunique de cuir, son bonnet d'archer, sa ceinture et son pantalon d'homme. Elle s'était s'empressée de confier cette découverte à Ophala afin de s'attirer ses bonnes grâces.

— Une esclave que tu as dû oublier dans tes cadeaux, remarqua Nurbel avec une pointe de mépris.

Il montra le chaos de roches sur la falaise.

— Ophala en a parlé avec Hayran, qui a dû nous faire suivre par l'un de ses mignons. Il est aisé de nous observer de là-haut.

— Qu'a dit Odeinath ? demanda Zénobie d'une voix blanche.

Nurbel ôta la couverture de Yedkivin des mains de Zénobie. Il la fit claquer pour en ôter la poussière et la replaça sur l'échine du cheval.

— Il m'a appelé et m'a contraint à écouter le caquetage d'Ophala. Après quoi, je lui ai dit la vérité, tout simplement.

— La vérité ?

— Je ne mens jamais au Très Illustre. Parfois je me tais, comme je l'ai fait avec toi. Mais s'il me questionne, il ne faut pas compter sur moi pour mentir.

— T'ai-je demandé de mentir ?

— Ce que tu me demandes, seuls les dieux le savent. Moi, j'ai dit la vérité que je connais, et le Très Illustre a ri. Il a regardé Ophala et il a ri. Il a dit à Hayran : « Pourquoi ne vas-tu pas t'entraîner avec elle, mon fils ? Tu en aurais bien besoin. » Pour cette seule phrase, tu peux être certaine qu'Hayran te haïra jusqu'à la fin de ses jours.

— Je m'en accommoderai. Ophala ?

— Elle couinait comme une vieille porte. C'était contre moi qu'elle en avait. Le Très Illustre lui a dit : « Crois-tu que je vais douter de Nurbel, après vingt ans de chasses et de combats ? Et tu as tort de t'en prendre à Zénobie. Ma future épouse est une déesse. Pourquoi ne serait-elle pas une grande archère ? Les Grecs ont eu des déesses qui furent de belles guerrières. Nous valons autant que les Grecs. »

Nurbel rit de nouveau. Puis redevint sérieux et froid.

— Quand nous avons été seuls, il m'a interrogé sur la confiance que je te faisais. Il m'a aussi demandé pourquoi tu voulais savoir tirer. J'ai répondu que, dans le fond de mon cœur, je l'ignorais encore. Que tu te servais bien des mots, mais qu'ils étaient comme les voiles avec lesquels tu t'étais présentée devant lui.

Ils étaient tout près l'un de l'autre. Zénobie ne fuit pas son regard mais ne le soutint pas. Sans aide, d'un saut léger, elle remonta sur Yedkivin.

Nurbel ajouta :

— C'est la vérité et le fond de ma pensée.

Zénobie fit pivoter son cheval. D'une frappe douce, elle le poussa à l'amble, le dirigeant vers le pantin de laine. Dans son dos, elle entendit Nurbel lancer à son tour sa monture. En un clin d'œil, il fut à son côté. Il la dépassa au petit galop, atteignit le pantin avant elle, en arracha à la volée la dernière flèche qu'elle y avait plantée. Il fit virer sèchement son cheval pour lui faire face, bien droit, le regard affûté comme le fer d'une dague. Il pointa vers elle la flèche.

— Le Très Illustre a aussi voulu savoir si tu serais capable d'aller chasser le lion avec nous.

— Qu'as-tu répondu ?

— J'ai dit : « Zénobie t'étonnera, Très Illustre ! »

Elle lâcha un petit rugissement de fauve qui surprit Yedkivin.

— Ne sois pas présomptueuse. La chasse sera dure. Six jours au moins. À cheval du matin au soir. Ton Yedkivin n'y suffira pas, tu auras quatre montures, comme nous tous. Et le Très Illustre te surveillera. Tu as appris, mais tu n'es pas prête.

Zénobie l'avait rejoint. Elle agrippa la flèche.

— Je le serai.

— Dans moins d'une lune.

— Je le serai, Nurbel. Tu le sais.

— Un fauve qui court n'est pas aussi facile à atteindre qu'un pantin de laine.

— Je viendrai m'exercer ici tous les jours. C'est possible, maintenant, puisque je n'ai plus à me cacher.

Elle lui arracha la flèche des mains avec un beau rire et lança Yedkivin au galop, criant :

— Je t'aime, Nurbel ! Je t'aime du fond du cœur.

Un bon moment après, alors qu'il l'avait rejointe sur la route de Palmyre, Nurbel remarqua :

— Ce n'est pas moi que tu dois aimer, mais le Très Illustre.

— Lui, je vais l'épouser. Je vais le protéger et le rendre grand, je tiendrai ma promesse.

— Tu dois l'aimer aussi.

— Je lui serai fidèle, Nurbel. Tu peux être sûr de moi.

*
* *

Trop heureuse de narguer Ophala, elle ne prit pas la peine de changer de tenue pour traverser la cour des femmes. Entrant dans l'atrium où donnait la chambre de Dinah, elle devina quelque chose d'anormal. Il y régnait un silence inhabituel. Les servantes, qui auraient dû s'étonner et s'amuser de son accoutrement, ne lui accordèrent qu'à peine un regard.

Ashémou n'était pas dans leurs chambres. Zénobie parcourut les couloirs, intriguée. Elle demanda à une esclave où se trouvait Dinah. La servante lui répondit d'un geste, s'esquivant avant qu'elle puisse lui poser une autre question.

Ashémou apparut enfin, s'affolant aussitôt de la voir dans cette tenue.

— As-tu perdu la tête ? Si Ophala…

— Que se passe-t-il ?

L'Égyptienne la refoulait déjà vers leurs chambres.

— Laisse ! Ophala sait et le Très Illustre aussi. Ça n'a plus d'importance.

La bouche d'Ashémou s'arrondit.

— Qu'Isis nous protège…

— Isis garde la main sur toi, sourit Zénobie. Où est Dinah ? Je vais vous raconter…

Ashémou secoua ses grosses joues.

— Dinah est malade.

— De quoi ?

— Si seulement je le savais ! Elle reste à pleurer sur son lit. Impossible de lui tirer un mot. Elle ne veut pas de médecin, et impossible de savoir de quoi elle souffre, du corps ou de l'esprit…

— Que disent les servantes ?

— Rien. Elles savent quelque chose mais, à elles non plus, impossible de tirer un mot.

Zénobie déjà se dirigeait vers la chambre de Dinah. Dans son dos, Ashémou grogna :

— Ophala y est certainement pour quelque chose ! Pourvu qu'elle ne l'ait pas empoisonnée. Oh ! que le voile d'Isis nous protège de cette mauvaise femme !

Zénobie s'immobilisa sur le seuil de la pièce. Dinah était pelotonnée, face au mur. Elle serrait si violemment le tissu de sa tunique autour d'elle que des coutures en avaient craqué. Ses épaules et son dos étaient secoués de spasmes secs. On n'entendait pas ses pleurs, mais une respiration oppressée.

— Si au moins elle parlait, chuchota Ashémou. Mais elle ne veut même pas qu'on l'effleure.

Une onde glacée courut sur la nuque de Zénobie. Un pressentiment. Une pensée si laide qu'elle ne possédait pas de nom. Elle chassa Ashémou.

— Laisse-nous. Interdis aux servantes de venir ici.

Ashémou protesta, offusquée, puis obéit en maugréant.

Zénobie attendit que le pas de l'Égyptienne s'estompe. Elle s'avança jusqu'à la couche de Dinah. Le souffle de la jeune juive résonnait contre le mur, crissant comme si elle grattait la peinture de ses ongles.

Zénobie se mit à genoux. Avec douceur, faisant un effort pour maîtriser le tremblement de ses doigts et la nausée qui encombrait sa gorge, elle ôta son bonnet de feutre, laissa rouler le flot de ses cheveux.

— C'est moi, Dinah.

Un murmure si bas qu'il en était à peine audible. Zénobie fut certaine que Dinah, cependant, l'avait entendu.

— Je vais me coucher près de toi, annonça-t-elle. Je ne te toucherai pas.

Elle le fit et demeura immobile.

Un long, très long moment. Écoutant les sanglots qui devenaient plus clairs, plus rapprochés. La respiration hachée de Dinah devint plus aiguë aussi, comme si la douleur grandissait en elle à la manière d'une lame qui l'entaillait de part en part.

Zénobie tenait les paupières fermement closes et bannissait toute pensée qui ne soit pas de tendresse envers celle qui luttait contre le mal auprès d'elle.

Dinah chercha enfin sa main.

Il fallut encore du temps pour qu'elle respire mieux, qu'elle se laisse aller sur le dos.

Elle demeura alors comme morte, tout entière perdue dans l'horreur qui l'habitait. La douleur la reprit, lui coupant de nouveau le souffle, la faisant hoqueter au bord de l'asphyxie. Elle s'agrippa, cette fois, à la main de Zénobie.

Zénobie qui dut faire un effort pour ne pas rejeter cette main. Cette trop grande, trop proche et trop immonde douleur.

Puis les mots vinrent.

— Hayran a… Je ne peux pas, Zénobie !

— Je suis là, Dinah. Je suis là.

— J'ai tellement honte.

— N'aie pas honte, Dinah ! N'aie pas honte, surtout.

Hayran l'avait fait demander par des esclaves, la veille, alors que la nuit était profonde et la cour des femmes endormie. Cela était déjà arrivé quelquefois. Hayran et les garçons dont il s'entourait aimaient parfois boire jusqu'à l'ivresse. Il leur arrivait d'avoir envie d'une femme pour danser devant eux pendant qu'ils se soûlaient. D'ordinaire, ils se satisfaisaient d'esclaves. Elles détestaient cela, car Hayran et ses mignons ne pouvaient s'empêcher de se moquer de ce qui fait le corps d'une femme. Plus ils buvaient, plus ils se montraient obscènes. Mais en paroles seulement. Après une danse ou deux, ils ne s'intéressaient qu'à eux-mêmes, à leurs jeux de plaisirs entre hommes. C'était l'instant qu'attendaient les esclaves pour disparaître, et les garçons ne s'en apercevaient pas. Mais cette nuit-là Hayran avait ordonné aux esclaves de venir avec Dinah. Comme elle avait protesté, Ophala en personne était venue l'y obliger.

— Une fois avec eux, Hayran a dit aux esclaves de partir. Il n'était pas ivre. Les autres non plus.

Dinah se tut, le menton tendu, incapable de poursuivre.

Zénobie attendit qu'elles puissent, l'une et l'autre, respirer plus aisément, et continua à sa place.

— Hayran t'a posé des questions sur moi. Si je te

confiais des secrets, ce que j'allais faire avec Nurbel… Il t'a demandé si tu étais mon amie. Tu as dit que oui.

Dinah eut un petit signe d'approbation, sans desserrer les dents.

— Il s'est mis en colère contre moi, chuchota-t-elle après un moment. Il… Il voulait savoir si tu étais… Comment tu avais trouvé la pierre de l'étoile.

— Savoir si j'étais une femme ou pas.

— Pourquoi tu t'étais enfuie de chez ton père. Comme je ne savais pas quoi répondre, ils se sont tous mis à…

Elle ne put pas continuer.

Elles attendirent, comme si le vent du dehors allait absorber les mots qui souillaient déjà l'air de la pièce.

— Ils ont voulu que j'enlève ma tunique. J'ai refusé. Ça les a fait rire. J'ai essayé de m'enfuir. Ils m'ont rattrapée et mise nue.

Encore un temps. Leurs ongles étaient si enfoncés dans la chair de leurs mains enlacées que la douleur était intense.

— Hayran ? interrogea Zénobie d'une voix plus nette.

Dinah secoua la tête.

— Il a regardé. Il riait, il disait : « Mon Très Illustre père n'y a pas encore goûté, mais nous ne lui gâterons rien de son plaisir. Il ne s'aventure jamais par là… »

La voix de Dinah s'engloutit, happée par un remous de sa poitrine. Elle respira profondément, la fureur prenant le dessus sur la douleur.

— Pas même comme on le fait avec une femme, tu te rends compte ?

Zénobie, les yeux fixés sur les fleurs peintes qui ornaient l'angle de la chambre au-dessus de la couche, ne répondit pas.

Dinah ajouta :

— Il n'y en a eu qu'un. Les autres ont dit qu'ils étaient dégoûtés. Que je pleurais trop fort et que ça me rendait trop fille pour qu'ils y trouvent du plaisir. Hayran s'est moqué d'eux mais lui non plus…

Plus tard, Zénobie demanda qui, précisément, était celui qui avait osé.

— Celui qui se nomme Hedaï. Il porte toujours de grosses boucles d'or aux oreilles.

— Il mourra, assura doucement Zénobie. Il mourra, je te le promets.

26

NICOPOLIS

Clodia rit à gorge déployée. Sur la scène, l'acteur au masque de Pappus le libidineux se trémoussait dans une danse irrésistible. L'acteur possédait toute la souplesse de la jeunesse, mais son masque de vieillard, aux yeux immenses et aux cheveux fous, donnait de l'ensemble une image magnifiquement grotesque.

À quelques pas de lui, Manducus le glouton virevoltait autour de la Gauloise aux seins énormes. Avec de petits cris, il soulevait sa tunique, effleurait ce qu'il pouvait de sa poitrine ou de ses fesses tout en enfournant sans cesse de petits gâteaux qui, par magie, grossissaient instantanément son ventre.

Bien qu'elle fût tout près de la scène, dans les rangs occupés par les patriciens, Clodia ne pouvait distinguer le trucage. Le costume de la Gauloise n'était pas moins astucieux. Le rôle était joué par un homme, nul ne l'ignorait. Pourtant, lorsque Manducus soulevait la tunique, au lieu de découvrir les cuisses poilues d'un homme, c'étaient bien les hanches élégantes d'une femme que l'on apercevait. Il était vrai que l'acteur, bien que caricaturant les déhanchements féminins, possédait une grâce qui aurait pu rendre jalouses bien des épouses. Et, bien sûr, ses cris et ses protestations étaient si ridiculement forcés que l'ensemble, une fois de plus, atteignait au grand ridicule, engendrant le fou rire des spectateurs.

À l'exception d'Ulpia, dont le rire semblait plus de gêne et de contrainte que de plaisir.

Clodia jeta un coup d'œil vers sa jeune voisine. Il ne faisait aucun doute qu'Ulpia avait honte d'assister à ce spectacle. La rougeur de ses tempes, ses yeux fuyants et ses lèvres hésitantes étaient désarmants d'innocence. D'une pudeur un peu sotte mais charmante. Un délicieux contraste avec ce qui se passait sur la scène, mais pas moins ridicule, songea Clodia avec méchanceté.

Sur la scène, justement, Manducus accablait sans plus aucune équivoque la Gauloise de ses caresses. Le vieux Pappus gronda tel un dément, se souleva du sol dans un bond formidable, sa perruque flottant autour de lui. Son pantalon bouffant se déchira. Un priape rose et gigantesque en jaillit. Les spectateurs de la plèbe amassés sur les rangs du milieu rugirent tandis que, tout en haut du théâtre, les esclaves exultaient comme si l'apparition du sexe de chiffon et de laine était leur œuvre.

D'un poing levé réclamant la fin du tohu-bohu, Manducus fit face au vieux libidineux. Clodia vit parfaitement ses grands yeux blancs rouler entre les fentes du masque. Pappus poussa des cris de porc égorgé en agitant son membre. La pauvre Gauloise voulut s'écarter mais Manducus l'agrippa, déchirant ce qui restait de sa tunique et la jetant, faussement nue, dans une caisse dont un jeune angelot venait d'ouvrir le couvercle avec à-propos.

Les spectateurs, qui savaient depuis longtemps ce qui allait arriver, recommencèrent à hurler, scandant les noms des personnages, les uns celui de Manducus, les autres celui de Pappus.

Le vieux libidineux adressa un salut à ses admirateurs, prenant le temps de diriger son phallus aussi raide et long qu'un bâton de devin en direction de quelques spectatrices du tout premier rang. Puis, dans un nouveau bond qui le fit tournoyer telle une quille, il chargea Manducus.

Le glouton tomba sur les fesses, roula comme une balle. Les rires et les applaudissements rebondirent contre les pierres du théâtre. Manducus déjà se relevait, braillant de fureur. Il tendit le poing vers les esclaves qui, là-haut, le sifflaient avec ravissement. Un angelot s'écarta des musiciens, tendit une outre que Manducus lui arracha des mains pour s'en emplir le gosier d'un trait.

Il y eut un bref silence. Clodia comme les autres avait les yeux rivés sur le ventre de Manducus qui, à chaque goulée, grossissait, grossissait énormément, absurdement, et par on ne sait quel prodige !

Et… Vlaam !

Dans un grand claquement de bois, le ventre de Manducus explosa. Tout le corps de Manducus s'évanouit dans des tourbillons de fumée rouge.

Par une nouvelle acrobatie, le vieux Pappus s'extirpa de la fumée. Bien en vue, rigolant, il se souleva cul par-dessus tête. Une fois. Deux fois. Et perdit son priape ! Le phallus de chiffon se déchira, répandant à la place de la fumée, que la brise rabattait vers les plus hauts gradins, une magnifique neige de plumes blanches. Un soyeux duvet d'oie qui voleta jusque sur les spectateurs des premiers rangs.

La belle Gauloise surgit de sa caisse dans un costume

qui la laissait croire très nue. Un masque nouveau en guise de visage, les tresses retenues sur sa tête par des rubans de tissu à carreaux. D'entre ses seins énormes elle retira une longue plume de paon, ocellée d'un soleil nacré.

Il y eut un murmure d'admiration tant elle paraissait féminine et désirable. De la pointe de sa plume, elle réveilla le corps affalé de Manducus. Il eut encore un cri de surprise. Le glouton, lui, était nu pour de bon, à l'exception d'une feuille de chou doré plaquée sur son sexe. Pour le reste, une épaisse couche de cirage ne cachait rien de son beau corps d'éphèbe.

Les cris d'admiration des spectatrices furent couverts par le roulement des applaudissements et des vivats, auxquels Clodia se joignit avec enthousiasme. C'était fini. Les acteurs dénouèrent leurs masques. On découvrit que la Gauloise était barbue.

Clodia en eut les larmes aux yeux. Le rire de la jeune Ulpia, dont les joues étaient plus rouges qu'une toge de sénateur, faisait peine à entendre. La musique lancinante des flûtes doubles et des tambourins recouvrit le brouhaha pour annoncer l'intermède.

Clodia se pencha vers Ulpia.

— Ça ne t'a pas plu, n'est-ce pas ?

La jeune fille eut une grimace fautive.

— Cela fait beaucoup de bruit. Je ne suis pas habituée et…

Clodia n'entendit pas la suite de sa réponse. L'appel des flûtes doubles déclenchait l'enthousiasme des spectateurs de la plèbe. Habillés à la manière d'Orient et montés sur des dromadaires, deux Barbares perses apparurent entre les hautes arches des coulisses. Ils s'avancèrent sur la scène en tirant une girafe derrière eux. La paupière battante, l'œil perplexe, la bête se dandina sous les exclamations. Clodia montra les escaliers du *vomitorium* le plus proche à Ulpia. La foule des spectateurs entrant ou sortant s'y bousculait déjà.

— Viens, fit Clodia. Tu n'as pas besoin de voir la suite.

Ulpia lui lança un sourire d'immense reconnaissance. Pour ne pas la perdre dans la foule, elle agrippa un pan de la tunique de Clodia aussi fermement que si on l'entraînait dans un fleuve en furie.

***

Dans l'une des guinguettes accrochées telles des verrues aux piliers extérieurs du théâtre, Clodia avait acheté des gâteaux d'amande fourrés aux figues. Ulpia dégustait le sien avec cette délicatesse qu'elle mettait en toute chose.

Côte à côte, elles déambulaient dans le jardin conduisant du théâtre aux temples d'Apollon et de Diane. Au-delà, un escalier rejoignait la ville. C'était une belle journée de printemps. Cerisiers et néfliers en fleur attiraient le vol gracieux des papillons. Les insectes bourdonnaient autour des haies de cyprès dont la brise éparpillait le pollen en petites nuées dorées. Moineaux et hirondelles se chamaillaient dans l'air vibrant des cris et des rires qui débordaient à nouveau des hautes arcades du théâtre. Les acteurs avaient dû remplacer le défilé d'animaux.

Clodia eut un fou rire au souvenir des scènes grotesques auxquelles elle venait d'assister et soupira :

— Quel dommage que ces acteurs ne t'aient pas plu. Ils n'étaient pas si vulgaires que cela.

— Oh ! je me suis amusée un peu ! protesta Ulpia avec une moue timide. C'est surtout que je n'ai pas l'habitude…

Ses grands yeux clairs cherchèrent dans le jardin

quelque chose qui pût l'aider à prononcer les mots qui ne parvenaient pas à franchir ses lèvres. En vain.

— … pas l'habitude de ces choses, murmura-t-elle enfin.

— Que tu es prude ! se moqua Clodia.

Ulpia lui adressa un regard de reproche.

— Mon père détestait les farces. Il a toujours refusé de m'y conduire. Il disait que c'était du théâtre pour la plèbe et les esclaves. Il n'aimait que les pièces jouées par des Grecs, et en langue grecque.

Clodia eut un rire de gorge, franchement moqueur.

— Ton père était un grand soldat de Rome mais un vieux monsieur ! Toi, tu n'as pas vingt ans.

— Oh ! Je suis bien contente d'être venue avec toi, fit Ulpia, masquant sa gêne de voir traiter avec tant de légèreté la mémoire de son père.

— Tout de même, insista Clodia, ces acteurs étaient plaisants à voir. L'esclave qui jouait le rôle de Manducus, une fois nu et débarrassé de ses oripeaux, était à croquer, ne trouves-tu pas ?

La rougeur d'Ulpia répondit pour elle.

— Ne me dis pas que tu n'as pas de goût pour les hommes ?

— Je ne sais pas. Si… Oh ! pourquoi dis-tu ces choses ? Tu m'embarrasses.

Clodia lui effleura la joue.

— Ne m'en veux pas ! Je te taquine. Il n'y a pas de méchanceté.

Ulpia esquissa un sourire misérable. Clodia lui attrapa le menton et la serra contre elle. Lui embrassant la joue, elle chuchota à son oreille :

— Aucune méchanceté, je t'assure. Je t'aime et je te taquine comme une grande sœur !

Lorsqu'elles s'écartèrent, Ulpia avait le regard brillant

d'un espoir où Clodia lut sans peine combien elle aimerait, oh ! oui, qu'elles soient sœurs.

Sans un mot, Clodia la saisit par la taille et l'entraîna vers le haut des escaliers. Ainsi liées l'une à l'autre, elles marchèrent un moment en silence.

Ulpia était bien faite. Elle était assez petite et parvenait à loger son épaule contre le sein de Clodia. Sa taille était fine, souple, mais ses hanches déjà larges. Elle frémissait de plaisir d'être ainsi tenue, prête à abandonner sa tempe sur l'épaule de la « grande sœur » Clodia si leur marche l'avait permis. Un jeune animal encore inconscient des prodiges que Vénus distillait en elle.

Sa timidité était cependant oubliée. Elle se montrait sans crainte dans cette posture intime aux familles qui se pressaient vers le théâtre, impatientes de ne rien manquer des dernières farces de la journée.

Parvenue en haut des escaliers, Clodia s'immobilisa. Blanche et rouge, entourant le forum de rues étroites puis de vastes *domi* aux jardins opulents, Nicopolis s'étendait en direction du Danube dont on pouvait apercevoir, entre les verts tendres des forêts de peupliers, les bras immenses et lents, annonciateurs du delta.

Abandonnant la taille d'Ulpia, Clodia poussa un cri de ravissement.

— Voilà quatre mois que je suis ici et tu ne peux pas imaginer comme je suis heureuse ! Cette ville est beaucoup plus belle que Sirmium, où je suis née. Et tellement plus vivante. Il s'y passe sans cesse des choses nouvelles. Le théâtre, les courses, la musique…

Ulpia, de nouveau sérieuse, peut-être un peu boudeuse, considéra le paysage sans enthousiasme.

— Moi, je ne lui trouve rien d'extraordinaire. On s'y ennuie comme ailleurs. Il y fait si chaud en été alors que l'hiver, on ne cesse d'avoir froid.

Son ton singeait celui d'une vieille personne blasée,

mais elle avait vraiment une bouche d'enfant et un esprit d'enfant, songea Clodia, amusée. Bien qu'elle l'ignorât certainement, sa fraîcheur un peu sotte la rendait très attirante.

Ulpia, cependant, devina l'ironie de celle qui la scrutait. Elle se mordit les lèvres, ajouta avec plus de justesse :

— Peut-être que je pense cela parce que je suis née ici. Mon père n'aimait pas tellement Nicopolis. Il m'a toujours assuré que ma mère, lorsqu'elle était vivante, détestait y passer l'hiver. Peut-être était-ce à cause de sa maladie.

— Te souviens-tu d'elle ? demanda Clodia, attendrie.

— Très peu. J'étais trop petite quand elle est morte.

— Pauvre Ulpia… Pauvre petite Ulpia !

Ulpia détourna le visage, les yeux embués.

— Je pensais très sincèrement ce que je t'ai dit hier, tu sais, fit Clodia avec douceur. Maintenant que tu es seule, je voudrais que tu considères notre famille comme la tienne. Aurélien et moi, je veux dire. Bien que tu adorerais certainement ma mère si tu la connaissais. En fait…

Clodia se tut, posa un baiser au coin de ses paupières, l'entraîna dans l'escalier, main dans la main.

— Sais-tu qu'Aurélien revient ? reprit-elle. Il a vaincu les Goths en quatre batailles.

— Oh ! oui, je l'ai appris ! s'exclama Ulpia avec enthousiasme. On dit aussi que l'on va construire deux nouveaux camps pour les esclaves goths, tant il a fait de prisonniers.

Clodia approuva d'un sourire.

— Que penses-tu de lui ? demanda-t-elle.

— De lui ?

— D'Aurélien. Le dux Aurélien…

— Oh !

De la rougeur à nouveau. Mais moins de timidité que lorsqu'il s'agissait d'un acteur nu et couvert de cirage.

— Mon père l'aimait beaucoup. Il l'aimait, mais je crois qu'il l'admirait encore plus. Je l'ai entendu dire que, de sa vie, il n'avait jamais connu un meilleur soldat de Rome. Juste avant de mourir, quand il a su que l'Empereur désignait Aurélien pour lui succéder, il en a remercié les dieux par de grandes offrandes.

Le visage d'Ulpia n'était plus du tout enfantin, mais au contraire sage et un peu vieux, comme si elle avait absorbé dans ses traits quelques-unes des expressions de son père.

— Mais toi, Ulpia, fit Clodia, toi ? Que penses-tu de lui ?

Elles durent descendre plusieurs marches avant qu'arrive la réponse, chuchotée et encombrée d'émotion.

— Je crois qu'il est comme ces héros que l'on peint sur les murs. Tu vas trouver cela stupide, toi qui es sa sœur, mais je ne peux penser à lui comme à un humain ordinaire.

Clodia hésita, partagée entre le rire et le trouble.

— Tu as peut-être raison. Ma mère... C'est un secret que tu ne dois pour l'instant révéler à personne, ou Aurélien en serait fou de rage.

Ulpia lui jeta un regard plein de reconnaissance et d'excitation.

— Tu peux me le dire, je sais garder un secret, murmura-t-elle.

— Ma mère assure qu'il sera empereur un jour. Et, grâce à une femme, un grand Augustus, pas un de ces pantins qui se font acclamer et disparaissent à la saison suivante.

— Je m'en doutais, chuchota Ulpia avec conviction. Cela se devine quand on le voit.

Clodia approuva d'un signe, scrutant le visage

d'Ulpia, y devina sans peine le rêve qui y naissait. Elle rit, avec une ironie marquée, afin de briser l'enchantement.

— Et pour sa part humaine, te plaît-il ?

— Oh !...

— Son visage, son corps... Il est encore fait de chair, comme tous les hommes.

Elle tenta d'entraîner Ulpia dans sa moquerie mais n'obtint qu'une grimace rougissante. Beaucoup, beaucoup de rougeur à nouveau.

— Allons, Ulpia, ne fais pas l'enfant. Nous sommes des femmes. Tu es une femme. Et belle, je dois dire. Plus que tu ne l'imagines. Et nous, les femmes, nous avons toujours des opinions sur l'apparence des hommes. Aurélien est aussi un homme, je peux te l'assurer.

— Mais où veux-tu en venir ?

— Que penserais-tu de l'épouser, Ulpia ?

Ulpia écarquilla les yeux. Regard d'enfant, émerveillement d'enfant. Clodia sourit. Nul doute que la jeune et innocente Ulpia aimerait épouser un héros.

27

ANTIOCHE

— Procurateur Macrien ! Trois jours !

L'évêque chrétien Dymitrios n'avait plus rien du patricien riche et soigné. Un long pan de sa toge traînait au sol. Il tordait les mains, suppliant, l'effroi lui blanchissant les lèvres. Ses yeux affolés couraient du bûcher au visage étroit du gouverneur. Aelius devina qu'il était prêt, pour le plus grand plaisir de Macrien, à se mettre à genoux.

Casqué, cuirassé dans une tenue guerrière trop vaste pour lui, raidi sur son char qu'il n'avait pas quitté depuis leur entrée dans la villa chrétienne, le procurateur offrit une moue inflexible et un mépris sans retenue.

— Trop tard, Dymitrios. Trop tard. Aujourd'hui n'est pas demain, et tes mains sont vides.

— Ne sois pas injuste, procurateur ! Il ne manque que cinquante mille deniers. Le reste, tout le reste, je l'ai donné à tes comptables. Quatre cent cinquante mille. En monnaie d'Émèse, qui est la plus riche en or. Tu le sais…

— Quatre cent cinquante, Dymitrios, pas cinq cent.

— En si peu de temps ! Où les trouver en si peu de temps ? Je le jure devant mon Dieu. Demande trois jours de plus à l'Empereur…

Il y eut des cris sous le portique entourant le vaste jardin semé de bassins et de bosquets d'agrumes dont les fleurs embaumaient. Les légionnaires y regroupaient les habitants de la maison, jeunes et vieux, maîtres et serviteurs, esclaves et libres Romains. Quelques coups de lance furent nécessaires. Des hurlements de femmes, aigus. Une bousculade. Aelius fut sur le point d'ordonner aux soldats de son escorte d'aller soutenir les légionnaires du procurateur. Mais un homme se détacha du groupe, seul, écartant ceux qui le retenaient tout autant que les Romains qui cherchaient à l'agripper. Il s'avança d'une dizaine de pas, attendit que les légionnaires l'entourent.

Aelius l'avait déjà reconnu. Macrien aussi qui, du haut de son char, soupira avec satisfaction :

— Enfin, le voilà ! Je savais bien qu'il se trouvait encore chez toi, Dymitrios.

Dymitrios s'était retourné. Livide, il fixait celui que les légionnaires poussaient vers eux.

Sous le portique, des voix se mirent à crier :

— Simon ! Simon ! Que Dieu te garde !

Macrien adressa une œillade satisfaite à Aelius. Du bout de son fouet, il frappa le bras de Dymitrios pour obtenir son attention.

— À quoi te serviraient ces trois jours ? demanda-t-il avec curiosité.

Sur le visage de Dymitrios, l'effroi le céda à nouveau à l'espoir.

— Mes bateaux, procurateur ! Une flotte entière, six

navires à doubles ponts. Ils viennent d'Alexandrie. Dans trois jours, ils entreront dans le port d'Antioche.

Macrien haussa un sourcil. Ses lèvres roulèrent en une moue indécise. Il eut conscience du regard d'Aelius et ricana :

— Notre Augustus a raison, préfet. Ces bougres sont toujours plus riches qu'on ne le croit.

Dymitrios, aussi, avait perçu l'hésitation de Macrien. Raffermissant sa voix, retrouvant son assurance de marchand menant une affaire difficile, il agrippa les roues du char de Macrien.

— Leur cargaison vaut plus que cinquante mille deniers. De l'huile, des tissus, du vin et du blé. Toute ma flotte sera à toi, gouverneur Macrien. Ce n'est rien, trois jours. Tu seras riche.

Dymitrios se tourna vers Aelius, ajouta :

— Toi aussi, préfet. Bien sûr…

Ce fut peut-être ce qui décida Macrien. Ses petits yeux enfoncés brillèrent. Le goût du partage n'était pas dans ses qualités.

— Trop tard, Dymitrios. Tes bateaux auraient dû accoster aujourd'hui. Si jamais ils arrivent à Antioche.

Du manche de son fouet, il désigna le prisonnier qui approchait. Les légionnaires le retenaient par une lance passée entre ses coudes liés dans son dos, l'obligeant à plier le buste.

— Le bûcher est dans ta cour depuis assez de temps. Celui-là ira y flamber.

Comme l'avait prévu Aelius, Dymitrios tomba à genoux. Il n'eut pas le temps de supplier.

— Non ! Non, évêque ! Relève-toi ! Pas à genoux, pas devant lui !

Les reins creusés, vacillant, luttant contre la poigne des légionnaires, Simon redressait la tête, la bouche tordue de fureur.

— Ne blasphème pas, Dymitrios ! N'oublie pas que nous ne nous agenouillons que devant Lui !

Dymitrios se releva, pantelant, les larmes aux yeux.

— Simon, ils vont te brûler.

— C'est la volonté de Dieu, Dymitrios. Il m'a poussé jusqu'ici pour cette œuvre. Je t'en supplie. Tu es notre évêque. Ne t'agenouille pas devant les Romains. Jamais !

Dymitrios balbutia une plainte. L'autre dit encore, avec plus de calme :

— Ne sois pas faible. Ne cède plus rien. Ne paie plus rien. Nous ne devons rien aux Romains, surtout pas nos vies.

Dymitrios voulut s'approcher de lui. Avec dextérité le fouet de Macrien claqua, déchira la toge de l'évêque.

— Ça suffit, Dymitrios. N'espère plus rien de moi. Emmenez-le avec les autres.

Quand le décurion empoigna Dymitrios, le soutenant plus que le poussant, Aelius surprit le sourire qui allégea la face du chrétien. Malgré la barbe et les cheveux qui lui donnaient l'apparence de la folie, son regard était serein. Pleinement satisfait et calme. Sans aucune crainte, et même réfléchi. Comme si chaque geste, chaque cri ou chaque mot lui convenait.

Autant pour lui-même que pour Macrien, Aelius dit :

— Il n'y a pas de doute, c'est bien lui.

Le regard intense du chrétien se chargea d'ironie. Scintillant de ce même mépris qui avait brillé dans les yeux du voleur de Doura Europos. Un regard qui l'avait longtemps hanté après qu'il avait été dépouillé de sa monture et frappé alors qu'il ne pouvait se défendre.

Aelius accueillit avec satisfaction la vague puissante de haine qui l'envahissait. Il sortit son glaive et le pointa sur la gorge du chrétien.

— Je te l'avais promis, tu te souviens ? Quand tu

m'as jeté de mon cheval pour t'enfuir avec cette fille que tu venais de violenter…

— Non !

Simon avait hurlé, se releva si violemment que les gardes peinèrent à le maintenir. Mais, dans la secousse, la lame du glaive lui avait entaillé la joue.

— Non ? fit Aelius dans un sourire.

— Non, Romain ! Ce sont les tiens qui l'ont violée. Cela, c'est votre œuvre !

Aelius hésita. Ça n'avait rien d'impossible, après tout.

— Mais c'est à toi que j'ai promis de cuire dans les enfers. Nous y voilà, je tiens ma promesse.

Aelius se retourna vers Macrien en riant fort.

— N'est-ce pas comique, procurateur ? Cet homme m'a volé mon cheval pour échapper aux flammes et voilà qu'il va aller s'y consumer. Son dieu ne l'aura pas protégé bien longtemps.

Cette fois, Simon ne cilla pas. Indifférent au sang qui coulait jusqu'à ses lèvres, la voix de nouveau paisible, provocante à force de calme, il dit :

— Détrompe-toi, Romain. Il est là. Il me protège, grâce à Lui tes flammes me seront aussi douces que des caresses.

Les reins durcis par la colère, Aelius arracha le médaillon d'argent en forme de poisson passé dans un lien de cuir qui pendait au cou de Simon.

— Je vais garder un souvenir de toi.

— Souviens-toi surtout de mon nom. Simon du désert. Tu l'entendras encore. Et si tu l'oublies, le Seigneur Dieu te le rappellera.

— Quel dieu ? ricana Aelius. Je ne le sens ni ne le vois. Tu vas mourir et il t'abandonne. Il ne t'offre que les larmes des tiens.

— Tu ignores tout de la vie et de la mort, Romain.

Le monde où tu respires, tu ne le connais pas. Tu as cloué le Seigneur Christ sur le bois et pourtant Il est toujours vivant. Pourtant Sa vie se propage de vie en vie et de bouche en bouche. Tu ne peux l'empêcher. Ton Empereur est stupide ! Il veut nous abattre et il nous offre la force de porter nos douleurs.

Il s'arrêta pour rire. Malgré la position douloureuse dans laquelle le maintenaient les gardes, son rire fut léger et joyeux. Mais sa barbe maintenant collée par le sang et ses yeux noirs étincelants lui donnaient plus que jamais un air de folie terrible. Il se tourna vers Macrien.

— Tue-moi, la mort m'est bienvenue. En vérité, tu m'ouvres à une vie plus vaste et plus forte. Pauvre de toi, aveugle et sourd au vrai du monde.

Macrien abattit le manche de son fouet contre la lisse de son char et ordonna :

— Ça suffit ! Qu'on le conduise sur les fagots. Nous verrons s'il a encore de la voix pour ses inepties.

Pour Aelius, il ajouta avec un soupir las :

— Ces chrétiens sont des démons du bavardage, préfet. À part l'or, ils n'aiment rien tant que les mots.

*
* *

Cela faisait plusieurs jours que le bûcher, en manière de menace, était dressé au cœur de la maison de Dymitrios. Macrien avait ordonné que ce fussent les chrétiens eux-mêmes qui l'élèvent et le fournissent en paille, en boules de bitume et en fagots.

Le supplicié se tenait droit au milieu de la fumée. Le visage levé, il ne présentait pas l'image de la peur mais bien celle de l'obstination devenue folie. Maintenus à distance, les autres chrétiens, à présent tous à genoux derrière Dymitrios qui les avait rejoints, priaient et chantaient.

Ce n'était pas le genre de spectacle qu'appréciait le plus Aelius. La présence narquoise de Macrien lui interdit cependant de s'en détourner.

— Est-ce ton premier bûcher, préfet ?

Chaque fois qu'il le prononçait, Macrien mettait dans ce titre nouveau une intonation amusée. Aelius hocha la tête.

— Toute chose nécessite une première fois, assura Macrien avec un petit ricanement qui rida son visage trop maigre.

Un côté du bûcher s'embrasa dans un souffle, projetant des flammèches. Un très bref instant, la vue des flammes suspendit le chant des chrétiens. La voix de Simon retentit avec une violence qui fit reculer les légionnaires les plus proches.

— Moi, a dit le Seigneur Dieu, Je suis l'Alpha et l'Oméga. Celui qui est, qui était et qui vient. Le Puissant-sur-Tout !

En chœur, les chrétiens lancèrent un *Amen,* reprirent leurs chants avec, peut-être, un tremblement de la voix qui leur conféra une gravité nouvelle.

— Ne te l'avais-je pas dit ? fit Macrien. Ils sont incapables de se taire.

Des langues de flammes apparurent à l'opposé du bûcher. Par petites secousses, elles commencèrent à en dévorer le pourtour.

— Il va bientôt faire une belle chaleur, là-haut, remarqua encore Macrien. Je me suis toujours demandé si ces bougres mouraient de cuisson avant que les flammes les calcinent pour de bon.

— Je ne saurais te dire, gouverneur.

Il y avait un peu d'agacement dans la voix d'Aelius. Macrien coula vers lui un œil moqueur.

— Notre Augustus tenait à ce que tu sois présent.

Dans la mesure où ce fou t'a fait du tort. Il te faut considérer cela comme une sorte de cadeau.

La fumée, d'un coup, devint intense. Très jaune et très opaque, elle se ramassait en larges volutes qui ondulaient sur les fagots. La brise était trop faible pour la repousser. Avant de s'élever dans le ciel que les oiseaux commençaient à fuir, elle semblait avaler les flammes.

Le chrétien n'y était plus qu'une silhouette. Macrien et Aelius l'entendirent tousser.

— Peut-être trop de poix et de bitume dans ces fagots, remarqua Macrien. Pas impossible qu'ils aient cherché à tricher en fabriquant ce bûcher. Pour qu'il s'étouffe avant de cuire. Pas certain que ce soit un bon choix. À mon avis, il aura le temps de sentir les flammes.

À cet instant, la voix de Simon jaillit de la fumée, plus claire et plus forte que jamais :

— Je suis Simon, celui qui a péché dans le désert. Je suis Simon qui viens vers Toi, ô le fils de Dieu, Toi qui dis…

Une quinte de toux brisa ses mots. À nouveau il hurla :

— N'oubliez pas ! Seigneur Christ dit : Je leur ferai la guerre… La guerre… Avec le glaive de Ma bouche !…

— Même cette fumée ne l'empêche pas de brailler, s'étonna Macrien, impressionné.

Les flammes, maintenant, fusaient des fagots les plus bas. La fumée devint plus noire. Des cris la traversèrent encore, éraillés et terribles :

— Toi qui as les yeux comme flammes de feu !… Toi qui as les pieds semblables à du bronze… Oh !… Sept souffles…

La phrase ne fut pas achevée. On n'entendait plus que le craquement des flammes, les pleurs et les chants.

Malgré lui, Aelius ne put s'empêcher d'attendre encore un cri. Il eut conscience du pendentif qu'il avait arraché au cou du chrétien et qu'il serrait encore dans son poing. Il le glissa sous sa cuirasse avec un peu de dégoût.

La fumée, à présent, montait presque droite dans le ciel bleu d'Antioche. À son côté, Macrien s'éclaircit la gorge et déclara :

— Tu sais fort bien t'y prendre avec l'Empereur, préfet. En fait, tu sais fort bien t'y prendre avec tout le monde. C'est ton charme, je dois l'admettre.

— Dois-je entendre là un reproche, procurateur ?

Macrien ne répliqua pas tout de suite. Les chrétiens, là-bas, sous la garde des légionnaires, s'agrippaient les uns aux autres en hurlant, incapables de conserver leur calme et de poursuivre leur chant. Les légionnaires les retenaient et les coups de bâton pleuvaient.

Macrien s'assura que les gardes autour d'eux étaient trop captivés par le supplice pour les écouter et grinça :

— Ne sois pas présomptueux, Aelius. Tu as encore besoin de moi. Valérien aime la présence des jeunes officiers, pas leur tendresse. Et il est plus méfiant que jamais. Toujours à imaginer des pièges. Capable de changer d'avis entre le soir et le matin. Surtout sur les nouveaux promus.

— Je n'oublie pas ce que je te dois, Macrien, si c'est ce qui te soucie, marmonna Aelius. Tu peux compter sur moi. T'ai-je déjà déçu ?

Les flammes étaient désormais assez hautes pour chauffer à vingt pas du bûcher. Macrien ricana en indiquant le brasier du menton.

— Tout homme change un jour ou l'autre, Aelius. Regarde celui-là. On ne le distingue même plus.

Plus bas, il ajouta :

— Je compte sur toi comme Dymitrios attend ses bateaux. Sans être jamais certain qu'ils arriveront quand ils lui seront nécessaires.

Aelius tourna le dos au brasier. Ce n'était enfin plus qu'un feu de fagots comme un autre.

— Je serai là quand il le faudra, procurateur. Que je sois préfet de Palmyre est une bonne chose pour moi autant que pour toi.

Macrien se tut. Les chrétiens accouraient vers le brasier, tombant devant de nouveau à genoux, psalmodiant leurs prières. Certains si proches des flammes que l'on pouvait s'attendre à voir leurs cheveux prendre feu. Le gouverneur secoua la tête avec écœurement.

Dans un murmure, il demanda :

— Est-ce vrai qu'il t'arrive de partager le lit de cet Hayran ? Le fils du roi de Palmyre ?

Aelius sourit à peine.

— Un Romain ne couche pas avec un homme libre, Macrien.

— Celui-là est un Barbare avant d'être un Romain. Fils de roi ou pas. Ta faute ne serait pas si grande..

— Hayran est l'unique fils d'Odeinath. Roi de Palmyre, il le sera. Ce jour-là, tu seras content de moi, procurateur Macrien.

Macrien lui jeta un coup d'œil aigu.

— N'as-tu pas annoncé à Valérien qu'Odeinath prenait une nouvelle épouse ?

— Si Odeinath doit avoir un nouveau fils, il n'est pas encore né. Et il viendra après Hayran.

Ils se turent, écoutèrent les derniers ronronnements des flammes, les plaintes des chrétiens, les appels des décurions qui remettaient de l'ordre dans leurs troupes.

Aelius ajouta doucement :

— Les choses iront selon ta volonté, procurateur.

Odeinath n'est pas méfiant et son fils ne rêve que d'occuper sa place. Autant que tu rêves de prendre celle de l'Augustus.

— Ce jour-là n'est pas venu, préfet. Ne sois pas comme ces fous de chrétiens qui se paient de mots. Ton fils de roi n'est encore qu'un jeune impatient et notre Augustus a bien l'intention de défier la mort.

Aelius secoua la tête.

— Sois confiant, procurateur. Si tu sais convaincre Axtex et ses devins, les dieux seront avec nous.

La mollesse dont était capable Macrien apparut d'un coup sur son visage fripé.

— Fais saisir les bateaux de Dymitrios, fit encore Aelius plus sèchement et avec une pointe d'agacement. Qui t'en empêchera ? Ce sera de l'or et pas des mots.

28

LAC HARBA

Nurbel lança deux brefs sifflements. De la main il désigna les fourrés d'acacias et d'oxanlpa nains qui couvraient l'étroite berge où ils se tenaient accroupis.

L'avertissement était inutile. Zénobie avait déjà vu.

Assez loin, à une longue portée de flèche, entre les feuilles pâles et les branchages secs, le pelage ocellé était apparu deux fois.

Et avait disparu.

Zénobie demeura immobile, fouillant les broussailles du regard sur la trajectoire probable que devait emprunter le fauve. Cette fois, elle ne devina qu'une tache brune et dorée entre les feuillages. Les épineux frémirent au pied du talus de pierre et de terre noirâtres qui limitait la rive. Un couple de pies aigrettes s'envola vers le lac en criaillant.

Nurbel siffla de nouveau, imitant le roucoulement d'une tourterelle. Il fit signe à Zénobie de le suivre. Souple et silencieux, il recula en direction des chevaux attachés à des bois morts, cent pas derrière eux. Zénobie se faufila dans son sillage, le cœur déjà battant plus vite.

L'heure était venue et l'impatience de Nurbel se lisait dans sa course.

Depuis neuf jours qu'ils avaient quitté Palmyre, elle n'avait pas tiré une flèche, pas abattu un animal, qu'il fût à poil ou à plume.

Tous les autres, le Très Illustre, Hayran et ses mignons, la quinzaine de seigneurs courtisans, Nurbel lui-même, tous avaient prouvé leur adresse et, pour la plupart, déjà tué gazelles, lynx, renards ou sangliers, dont l'un avait nécessité une journée de cavalcade.

Neuf jours qui les avaient menés loin à l'ouest de Palmyre, sur les rives du lac Harba, aussi sèches que les lèvres d'un assoiffé.

Toute l'entreprise était pleine de nouveauté. C'était la première fois que des femmes suivaient la chasse du Très Illustre. Il avait fait doubler le nombre de serviteurs. À l'écart de celles des hommes, les tentes des femmes devaient être dressées chaque soir dans un campement distinct que gardaient les guerriers du Très Illustre. Ashémou était du voyage, ainsi qu'une douzaine d'esclaves. Dinah aussi, que Zénobie n'avait pas voulu laisser dans la cour des femmes, seule sous la main d'Ophala, aux prises avec sa haine.

Zénobie était la seule à rejoindre les hommes dès l'aube. Nurbel l'avait prévenue : aucun autre homme que lui-même et le Très Illustre n'aurait le droit de lui adresser la parole.

Ce qu'Odeinath n'avait pas fait. Le Très Illustre s'était jusque-là contenté de l'observer avec autant d'attention qu'il scrutait chaque pierre, chaque ombre et chaque buisson. Un regard de chasseur, patient et calculateur.

Zénobie avait conscience qu'il cherchait à lire en elle comme il cherchait à déchiffrer les traces presque invisibles des animaux dans la poussière et les broussailles.

Cependant, ce qu'elle montrait d'elle-même depuis neuf jours était loin de ravir Nurbel. La déception du vieux guerrier était si grande que, depuis deux jours, il ne la cachait plus. Son regard s'assombrissait, son teint virait au gris. Il ne lui adressait que des signes et des sifflements. Il chevauchait de plus en plus loin d'elle. Le soir, après qu'elle avait débarrassé Yedkivin de sa couverture non loin des chevaux dont Nurbel tenait à s'occuper lui-même, il ne prenait plus la peine de lui souhaiter un bon repos.

Elle savait pourquoi.

Nurbel avait raison sur tout.

Neuf jours sans qu'une seule flèche sorte de son étui de cuir !

Plusieurs fois, des gazelles avaient détalé assez près d'elle pour qu'elle lance Yedkivin à leur poursuite. Hayran et ses mignons chaque fois s'étaient joints à la chasse. Chaque fois, les boucles d'oreilles d'Hedaï le violeur avaient brillé devant elle. Elle avait su que si ses doigts tiraient une flèche de l'étui, celle-ci irait trouer la nuque d'Hedaï.

Chaque fois, une voix lui avait murmuré avec sagesse : « Pas ainsi, pas maintenant. »

Alors, elle tirait sur les rênes, obligeant Yedkivin à demeurer au petit galop, se laissant distancer par le gros de la chasse.

La veille, une hyène s'était trouvée à portée de son arc. Elle n'en avait pas même tendu la corde.

Nurbel s'était détourné, rouge de confusion.

On aurait pu croire qu'elle n'avait pas le goût du sang et de la capture. Qu'elle craignait la course, et même la lutte.

Peut-être le Grand Odeinath le croyait-il lui-même et en parlait-il à Nurbel le soir, pendant leur long dîner autour du feu.

Elle, elle y songeait toutes les nuits, incapable de délasser son corps après les longues chevauchées. Elle pensait aux occasions manquées. À celles que la nouvelle journée lui offrirait et au courage qu'il lui faudrait.

Non pour tuer une bête, mais Hedaï.

Dans l'obscurité de la tente, la nausée la prenait d'avoir tant et tant vu briller ses boucles d'or.

Avant même qu'ils atteignent les rives du lac Harba, Hayran et lui ne prenaient plus la peine de masquer leurs moqueries. Eux avaient déjà abattu leur gibier. Hedaï chevauchait avec élégance et beaucoup de confiance. Il tirait juste et assez loin. Par trois fois, il s'était arrangé pour galoper contre elle, cherchant à effrayer Yedkivin. Plantant ses petits yeux tout brillants de khôl dans ceux de Zénobie.

Elle n'avait pas soutenu son regard, seulement fixé ces boucles d'oreilles que Dinah lui avait décrites avec précision.

Parfois, il riait très haut, coulant des regards vers elle. Elle ne doutait pas des plaisanteries qu'il pouvait faire.

Nurbel, qui, au début, leur avait imposé respect et les avait tenus à l'écart, avait fini par les laisser faire. Nurbel doutait.

Ce matin, elle avait deviné la première lueur de la honte dans ses yeux.

Comme elle devinait la crainte dans les silences de Dinah et même d'Ashémou, le matin avant son départ.

Mais là, en atteignant les chevaux, Nurbel se retourna. Le visage dur, il murmura :

— Celle-là est pour toi, Zénobie…

— Je vais la prendre, Nurbel.

— Tu dois la prendre ou tu me rendras pour toujours ridicule devant le Très Illustre.

— Tu as ma promesse.

— Elle ne se laissera pas faire. C'est une femelle, quatre ou cinq ans. Elle doit peser plus de cent livres. Peut-être cent cinquante. Si ta flèche la manque, elle se retournera contre toi. Elle voudra ta mort autant que tu veux la sienne.

Yedkivin, nerveux, montrait qu'il avait déjà flairé le fauve. Zénobie l'apaisa d'une caresse sur le chanfrein avant de tendre les rênes. Nurbel dit encore :

— Je te suis avec les chevaux de réserve. N'oublie pas que le Très Illustre te regarde.

Zénobie sourit. Et les autres tout autant, songea-t-elle en talonnant les flancs de Yedkivin.

*
* *

Bien avant que les sabots de Yedkivin fassent frémir le sol, la panthère comprit que la chasse avait commencé.

Le haut talus qui limitait la berge du lac ouvrait l'immense plaine d'herbes sèches qui s'achevait, peu à peu, en désert. Seules les berges possédaient un reste de végétation verdoyante. Elles abondaient en lapins et oiseaux. Les fauves venaient y boire, chasser, somnoler à l'ombre des buissons et fourrés touffus. Si serrés que, s'il était possible de s'y dissimuler, ils interdisaient la moindre course.

Alors que Yedkivin s'élançait, brisant des branches d'acacia, la panthère jaillit d'un nœud d'oxanlpa. Pareille à une lame fauve, en quelques bonds elle franchit le talus et s'élança dans la plaine. Zénobie claqua la croupe de Yedkivin. Monture et cavalière parvinrent dans les herbes brûlées presque en même temps que la panthère. Le fauve n'avait qu'un quart de mille d'avance et Zénobie l'avantage d'une meilleure vue sur le terrain et leurs positions respectives.

Derrière elles, Nurbel poussait à grands cris les chevaux de réserve sur le talus. Plus loin sur la gauche, à bonne distance, Odeinath et sa suite s'étaient dispersés par petits groupes le long du lac. Il leur suffit d'entendre les hurlements de Nurbel, de voir l'allure de Yedkivin pour comprendre.

Dans un même braillement, ils lancèrent leurs chevaux au galop, s'écartant sur une longue ligne perpendiculaire à la rive du lac et qui interdirait à la panthère de fuir vers le sud.

Zénobie se mit à respirer fort, cessa de songer à Hedaï. Le feu de la chasse tendait ses muscles. Son cœur s'emplit d'admiration devant la beauté de la panthère. Sa course faisait songer à celle d'une flamme avide. Une merveille dont l'âme, disait-on, appartenait à celui ou à celle qui saurait la vaincre.

Elle allait vaincre.

Elle allait tenir sa promesse. Nurbel n'aurait plus honte d'elle.

***

La panthère chercha d'abord à épuiser Yedkivin dans une course folle. Elle enchaînait les bonds comme si sa puissance était infinie.

Zénobie avait installé sur Yedkivin la couverture d'Orient que Nurbel lui avait procurée. Une couverture au rembourrage épais, avec des lanières placées à hauteur des épaules du cheval et qui permettaient au cavalier d'y glisser les pieds. Il pouvait alors se dresser à demi, épuisant ses cuisses mais allégeant la charge du galop et réduisant ainsi la fatigue de la monture.

Longeant d'abord le lac vers le nord, la panthère incurva brusquement sa course vers l'ouest, où rien ne pourrait la limiter. Zénobie attendait cette manœuvre depuis un moment. Au risque de laisser le fauve prendre de l'avance, elle avait tenu une ligne de biais, s'écartant du lac elle aussi.

Zénobie cria des encouragements à Yedkivin. Elle espéra un instant que la trajectoire de la panthère la rapproche assez pour qu'elle puisse ajuster un tir. Un tir qui nécessiterait un prodige d'adresse. La fatigue, qui commençait à jeter des aiguilles de douleur dans ses cuisses et ses reins, s'évanouit.

Une main dans le bas de la crinière pâle de Yedkivin, elle fit glisser son arc de son épaule. De lui-même, le cheval força l'allure. La longue galopade semblait le rendre ivre de plaisir.

Peut-être la panthère perçut-elle l'accélération du galop ? Peut-être Zénobie avait-elle crié trop fort ses encouragements ?

Avec autant de violence qu'elle courait, elle s'arrêta, soulevant la poussière sous ses griffes.

Le temps d'un éclair, elle fut là, immobile. Les flancs haletants, la gueule béante sur la blancheur des crocs. Ses oreilles rondes et duvetées dressées, elle fixa Zénobie de ses yeux verts. Elle vit les chasseurs plus loin en arrière, dont le galop faisait trembler le sol.

Zénobie tendait déjà la corde, l'arc ployait, le talon de la flèche calé dans le boyau.

D'un saut, la panthère s'enfuit dans la direction opposée, droit en direction du lac. Déjà trop loin pour qu'une flèche l'atteigne avec suffisamment de force.

Zénobie sourit. Couchée sur l'encolure suante de Yedkivin, elle relança sa course.

Avant qu'ils quittent Palmyre, Nurbel l'avait mise en garde :

— N'oublie jamais qu'un fauve n'est pas seulement beau, il est intelligent. Il vit de la chasse, du sang et de la mort. Il en connaît toutes les ruses. Il pense, même quand il s'épuise à la course. Même si, de sa vie, il n'a jamais été chassé par un homme, même si jamais une flèche n'a sifflé au-dessus de lui, il connaît la pensée des hommes et le pouvoir d'une flèche.

Pourtant, Zénobie songea que la panthère venait de faire une erreur. Cela serait plus facile au bord du lac.

Elle pensa aussi à ralentir Yedkivin pour se laisser rejoindre par Nurbel afin de changer, au vol, de monture.

Mais derrière Nurbel, se rapprochant dans l'alignement des chasseurs, parmi ceux qui étaient le plus près du lac, elle devina un éclair d'or. Hedaï ! Hedaï qui, s'il maintenait sa trajectoire, pourrait arriver aussi vite qu'elle sur la panthère. Elle se mit à hurler, fouettant l'épaule de Yedkivin avec les rênes.

— Haï ! Haï ! Haï Yedkivin ! C'est maintenant, mon beau ! Ne faiblis pas. Tu peux tout !

*
* *

La course de la panthère devint hachée.

Parvenue assez près de la rive du lac, elle bifurqua vers le nord avant de fuir de nouveau vers l'ouest. Elle fut soudain à main gauche de Zénobie, bondissant à moins d'une portée de flèche. Mais fonçant encore bien trop vite pour qu'on puisse ajuster un tir. Elle eut conscience, cependant, que Zénobie allait lui couper la route et rebroussa chemin, fila de nouveau vers le lac.

Le souffle court, la poitrine douloureuse, Zénobie sut qu'elle avait eu raison. La panthère, que l'épuisement commençait à aveugler, se jetait dans un piège.

Yedkivin, lui aussi, commençait à montrer des signes

de fatigue. Son galop devenait plus lourd. Il encensait, mâchant le mors au lieu de bien respirer. Zénobie le talonna, jetant un regard vers la ligne des chasseurs. Ils étaient assez près pour qu'elle distingue leurs visages.

Devant elle, à cet instant, la panthère se mit à zigzaguer absurdement, traça un virage court et fit face. Zénobie crut qu'elle allait charger.

Criant encore, elle poussa Yedkivin et referma le piège.

La panthère, sans s'en rendre compte, s'était engagée dans une avancée de terre que les grandes pluies d'hiver et le lac avaient déchiquetée, y creusant des baies d'eau boueuse pareilles à des doigts. La plaine s'achevait là, d'un coup, en un éboulis abrupt de roches. La berge, toujours étroite et encombrée de végétation touffue, était en partie inondée.

Devant Zénobie, la panthère n'avait d'autre ressource que d'affronter la chasseresse ou de sauter dans l'éboulis. Bondir encore et tenter de fuir à contresens à travers les buissons, sans doute dans l'eau qu'elle devinait sous la végétation, et craignait.

Une fois encore, Zénobie vit les pupilles vertes qui la jugeaient. Une fois encore, sans ralentir la course saccadée de Yedkivin, les reins creusés, elle engagea une flèche dans la corde de l'arc.

Elle eut à peine le temps d'en faire vibrer le bois.

Le pelage splendide disparut dans le feuillage roux d'un myrte. Une houle de branchages indiqua que la panthère s'élançait vers le fond de la crique. Zénobie tira sur les rênes, fit durement volter Yedkivin, le talonna vers le bord du talus, fouillant des yeux les buissons.

Mais, tremblant, sa robe noire couverte d'une écume poisseuse, les babines retroussées si haut qu'il découvrait ses gencives, Yedkivin renâcla. Ses antérieurs se raidirent, ses sabots glissèrent dans le revers de l'éboulis. La croupe frémissante, il se tordit l'échine plus qu'il ne se cabra pour échapper à la chute. La couverture matelassée sur laquelle Zénobie s'appuyait d'un pied bascula, rompant la sangle qui la retenait. Elle devina que plus rien ne la soutenait.

Yedkivin donna un coup de reins, frappant l'air de ses sabots. Elle eut la présence d'esprit de lâcher les rênes.

Elle tomba sur le dos, le souffle coupé. Yedkivin s'écarta avec un hennissement douloureux. Les pierres giclèrent sous ses sabots, le bord de l'éboulis s'effondra, entraînant Zénobie dans son ravinement.

Roulée, griffée, fouettée par les branchages, elle s'immobilisa contre les troncs de jeunes acacias, la joue contre la terre boueuse.

Elle perçut, pas très loin, l'appel de Nurbel et presque en même temps le feulement de la panthère.

Elle se releva d'un bond, oubliant la douleur de ses reins.

Son arc était toujours dans sa main gauche. Ses doigts n'emprisonnaient que deux flèches.

*
* *

Ce fut ensuite un ballet où le temps s'épuise si vite qu'il ne compte plus.

Zénobie se précipita à travers les buissons. Pataugeant dans la boue, elle entra dans l'eau jusqu'aux mollets. Elle devina la présence de Nurbel sur la berge et prit soin de ne pas lever les yeux vers lui. Elle cherchait l'ombre fauve de la panthère entre les buissons.

La meute des chasseurs conduite par Odeinath s'alignait déjà sur le haut du talus. La panthère s'en effraya.

Elle apparut entre les broussailles. Avec répugnance, elle entra dans l'eau jusqu'au poitrail.

Elle s'immobilisa, les flancs encore secoués par la course, leva la tête vers les chasseurs, s'assura qu'ils lui interdisaient la fuite à travers l'éboulis.

Son regard revint sur Zénobie. Un beau regard, furieux et tranquille à la fois. Les brins courbes de ses moustaches tremblèrent, se plaquèrent contre ses joues. Elle feula.

Un long et lourd feulement. Gueule béante, pleine du désir du combat.

Au-dessus d'elle, presque à son aplomb, un éclat d'or scintilla sur une épaule. Hedaï le violeur avait mis pied à terre. Il souriait, une courte lance dans la main, cherchant à voir la panthère.

Zénobie sut que Baalshamîn étendait sa main sur elle.

La panthère creusa les reins, renifla l'air moite et écœurant de la vase. Des insectes tourbillonnants l'obligèrent à cligner des paupières. Sa queue fouetta et frappa l'eau. Elle fit quelques pas en direction de Zénobie. S'immobilisa.

Elles n'étaient plus séparées que par une vingtaine de pas. Moins peut-être. Zénobie soutint le feu meurtrier des yeux verts. Par-dessus l'odeur fade de la boue et des plantes pourrissantes, elle perçut l'haleine âpre du fauve.

La panthère à nouveau feula.

La beauté rauque du cri emplit la poitrine de Zénobie. Étrangement, il en chassa la peur. C'était un appel autant qu'une menace.

L'arc était déjà tendu, l'une des deux flèches encochées dans le boyau, l'autre glissée dans le haut de sa tunique.

Elle n'eut pas à viser. Sa cible lui emplissait l'esprit et le cœur depuis trop de jours. Elle bascula juste un peu le buste en arrière. Ses genoux se plièrent comme si ses pieds dérapaient sur la boue.

L'empenne qui flotta en sifflant au-dessus des buissons était noire.

Hedaï poussa un cri. La pointe de fer creva le cuir de sa tunique et la chair de sa poitrine avec le son d'une pierre jetée contre un mur. Il bascula en avant, dégringola dans l'éboulis.

La panthère s'était élancée. Des gerbes d'eau jaillissaient de ses pattes. Nurbel gueula le nom de Zénobie. La panthère parut voler, déchirer l'air de ses pattes, de sa gueule et de ses crocs.

Le bois de l'arc émit un son mat et chantant. La seconde flèche avait une empenne verte et jaune. Elle se planta dans la gueule du fauve comme une fleur. L'impact fut si rapide et si puissant qu'il brisa les os de la tête de part en part.

La bête mourut avant d'avoir achevé son bond. Son beau corps se vrilla, bascula, les griffes battant le néant. Elle s'effondra dans l'eau, là même où se tenait Zénobie. Qui avait disparu.

Nurbel l'avait vue se jeter en arrière, se fondre dans l'eau brune.

Il ne la voyait pas réapparaître.

Hayran criait, mais les autres fixaient en silence l'eau boueuse.

Le Grand Odeinath, sans un mot, les sourcils froncés, scrutait la panthère immobile. Tout autour, les vagues soulevées par la lutte s'amenuisaient. Il songea à ce que l'on disait de sa future épouse, à ce don de l'eau qui avait marqué sa naissance.

Hayran, au bas de l'éboulis, soulevait le corps de son mignon, braillait en montrant la flèche qui lui perçait le cœur.

Nurbel, avec plus de précipitation qu'il ne l'aurait voulu, pointa le doigt et cria :

— Là-bas ! Elle est là-bas, Très Illustre !

Elle se redressait sur la berge opposée, l'arc encore dans la main. Si couverte de boue qu'on eût cru la statue d'Alath, la Grande Guerrière qui régnait sur les combats du désert depuis la naissance des hommes.

C'est ce que songèrent le Grand Odeinath et Nurbel en se souriant, soulagés.

Puis, comme les autres, ils se tournèrent vers Hayran qui trépignait, les larmes dans la bouche, hurlant toujours :

— Elle l'a tué. Elle a tué Hedaï !

***

Plus tard, tandis qu'ils revenaient vers le campement, que tous les chasseurs étaient regroupés autour d'Hayran et du cheval qui portait le corps d'Hedaï, Nurbel quitta la compagnie du Très Illustre et vint chevaucher près de Zénobie.

Il se soucia d'abord de l'état de Yedkivin, qu'elle tenait par la bride et pour qui il apportait une couverture. La fatigue du cheval était grande, son pas lourd et ses naseaux brûlants. Mais il ne montrait aucune blessure.

Nurbel dit qu'il faudrait prendre soin de sa nourriture, le baigner dans le lac et ne pas le monter jusqu'à la fin de la chasse. Ensuite, il déclara :

— Voilà deux flèches qui vont établir ta réputation dans Palmyre, s'il en est besoin.

Ses yeux fendus brillaient. Zénobie ne répondit pas. Elle était épuisée, chacun de ses muscles devenu comme du bois.

Nurbel chevaucha en silence pendant un temps, puis remarqua :

— Ton pied n'a pas glissé.

C'était un constat et pas une question. Zénobie approuva d'un signe de tête.

— Un beau tir, reprit Nurbel. Rapide et précis. Hedaï n'avait que la possibilité de mourir.

Il y avait, outre l'admiration, de la bonne humeur dans la voix de Nurbel. Comme Zénobie se taisait toujours, il demanda :

— Y avait-il une bonne raison ?

— Le mal qu'il a fait, même sa mort ne l'apaisera pas. N'attends pas que je t'en dise plus. Il est inutile que les mots souillent de nouveau les faits. Ne sois pas inquiet. Cette souillure, ce n'est pas mon corps qui la porte. Même si, pour plaire à Hayran, c'était moi qu'on voulait atteindre.

Elle se tut. Nurbel la dévisageait. Elle ajouta :

— Le Très Illustre peut décider de me punir. Je le comprendrai. Mais il vaut mieux qu'il ne me demande pas la raison de ce tir. Hayran cessera bientôt de gémir. Lui aussi va vite préférer le silence.

— Le Très Illustre ne doute pas que les cris d'Hayran ne dureront pas longtemps. Il voulait seulement savoir si ton pied avait glissé. Il sera heureux d'apprendre que tu n'as pas commis de maladresse. Que tu as seulement eu le courage d'exercer ta volonté. Cependant, pour nourrir les rumeurs du palais, nous dirons quand même que tu as tremblé et que ton pied a glissé.

Il rit très fort, avec beaucoup de plaisir, reprit en s'écartant au petit trot :

— C'est bien le moins, quand l'on est une simple femme, de trembler un peu alors qu'une panthère veut vous avaler !

*
* *

Parvenu au campement, le Très Illustre envoya à Zénobie un carquois de cuir rouge très fin, brodé de perles et de pierres. À la différence de ceux qu'elle avait eus entre les mains et qui se fixaient à l'encolure du cheval, celui-ci se plaçait à la taille comme l'étui d'une dague sur un baudrier. Une fine courroie permettait de le serrer sur la cuisse.

Il contenait, roulé sur une flèche d'or et d'ivoire, une petite bande de papyrus où le Très Illustre, en grec, avait écrit :

Zénobie, celle qui est née dans le Baiser-du-ciel, m'a fait aujourd'hui songer à Alath la Grande. Puisse-t-elle bientôt me donner un fils qui tienne d'elle le don des dieux et, comme elle, ne soit jamais démuni de flèches devant ses ennemis.

*
* *

À la lueur des lampes et dans la tiédeur de la tente parfumée d'encens, Ashémou et Dinah se relayèrent pour masser Zénobie, dénouer à l'aide d'huiles ses muscles transis de fatigue.

Ashémou avait cessé de pousser des cris, de rouler des yeux, d'agiter sa vaste poitrine de soupirs et de murmures. Ô ma fille ! Ô ma fille ! Tu es folle, comment as-tu eu le courage ?

Dinah ne pleurait plus ni ne tremblait. Elle ne répétait plus combien elle était redevable. Combien tout l'amour qu'elle avait pour Zénobie ne suffirait jamais à payer sa dette.

— Comment pourrais-je te rendre ce que tu as fait pour moi ?

Elles ne demandaient plus si le Très Illustre allait la

punir, malgré toutes les évidences qu'il n'en avait aucun désir. Elles ne s'inquiétaient plus de la vengeance d'Hayran ni de la fureur d'Ophala, qui allait déchaîner les mille scorpions de son âme, devenir un nœud de serpents, un bûcher de haine à elle seule.

Elles ne voulaient plus se faire raconter le pelage de la panthère, la grâce de ses taches qui faisaient songer à un jeu de lumière, la pure beauté de ses yeux, ni même la taille de ses griffes et de ses crocs. Oh ! comment Zénobie avait-elle osé ? Oh ! cette peur qu'elle avait dû avoir !

Non, maintenant, elles massaient en silence ses cuisses dures comme du bois de palmier, caressaient sa nuque et ses reins encore raides. Elles partageaient le silence de Zénobie qui les impressionnait et les intimidait plus que jamais.

Finalement, elle chuchota :

— Le Très Illustre commence à m'aimer comme un homme doit aimer son épouse. Mais il veut aussi ce qu'une épouse doit donner à son époux. Cela sera impossible.

Ashémou s'immobilisa, se répéta les mots en pensée et demanda :

— Qu'est-ce que tu veux dire ?

— Qu'aucun homme ne peut me toucher, pas même le Très Illustre.

Dinah et Ashémou l'observèrent avec le même air ahuri. Zénobie haussa doucement les épaules, les yeux brillants de fatigue ou de larmes.

— C'est impossible. Que je lui donne un fils, comme il l'attend, est encore plus impossible.

— Zénobie ! Tu ne vas pas l'épouser ?

Zénobie hésita, secoua la tête, murmura comme pour elle-même :

— Je l'ai cru. Oui, jusqu'à aujourd'hui, j'ai cru que j'en aurais la force.

Les mains d'Ashémou s'écartèrent brutalement des cuisses de Zénobie. Elle lâcha un cri d'effroi. Dinah marmonna un mot effrayé. Zénobie les regarda, la vérité dans les yeux.

Elle souriait et elle pleurait.

Il y eut un silence. Un de ces silences où les mots qui ne se prononcent pas apparaissent transparents et bien lisibles dans l'air.

— Haïï ! gémit Ashémou. C'était donc ça ! Je le savais. Depuis longtemps je le savais !

29

NICOPOLIS

Le triomphe d'Aurélien avait duré tout le jour.

La poitrine bardée de phalères et de torques représentant des dieux et des augustus, huit mille légionnaires s'étaient tenus en rangs devant le praetorium. Les crêtes emplumées des casques, nombreuses et serrées, avaient, par instants, fait songer aux fleurs d'un champ d'été, aux géométries savantes des tapisseries ou aux arabesques des mosaïques.

Cohorte après cohorte, les huit mille gorges avaient acclamé le nom de Lucius Aurelianus. La tête et les épaules recouvertes de peaux d'ours, de loup, de lion ou de tigre, les *principales* avaient fait étinceler leurs enseignes de bronze, aigles, taureaux, sangliers ou tresses de laurier.

Dans le feulement des trompes, le cliquetis des baudriers et des *cingulum,* on avait brandi les hampes des écussons brodés à l'image de la foudre, des centaures ou de Jupiter. Le tambour avait roulé tout le temps que deux mille prisonniers goths s'étaient agenouillés devant l'autel où brûlaient le myrte et la graisse des taureaux de Mithra.

On avait encore hurlé le nom de Rome et celui d'Aurélien lorsque les dépouilles de cinq cents Barbares avaient été jetées dans le brasier de purification.

Huit mille bouches, soutenues par le fracas des glaives contre les boucliers, avaient clamé la chanson d'Aurélien :

« Mille et mille et mille, nous en avons décapités ! Mais lui seul, lui seul en a décapité mille !

« Mille Sauromates, il a tués ! Mille Goths, il a tués ! Mille Francs, il a tués ! Qu'enfin on lui donne mille Perses… »

Les mots traversaient les chairs, vibraient dans les entrailles. Les oiseaux, depuis longtemps, avaient déserté les alentours du camp comme ils désertent les champs durant le fracas d'une bataille.

La toge de pourpre brodée d'un long feuillage d'acanthe d'or jetée sur sa cuirasse, debout sur le balcon du praetorium, Aurélien avait mille fois répondu aux acclamations. Il avait brandi son épée tenue dans le fourreau, il avait souri avec mesure, un calme volontaire sur le visage. Mais ses lèvres frémissaient de plaisir. Ses paupières, parfois, se plissaient comme si l'éclat aigu de la jouissance les blessait.

À son côté, légats, préfets et tribun, chacun guettait sa main et son sourire pour oser, à son tour, sourire et saluer les milliers d'hommes qui fêtaient leur chef bien-aimé. Celui que les dieux, avec constance, rendaient si facilement victorieux.

Un peu en retrait, s'abreuvant du vacarme, des hurlements et même des puanteurs des bûchers dont les fumées voilaient le bleu du ciel, Clodia s'enivrait de ce triomphe, partageant son exaltation avec Ulpia.

La douce, l'innocente Ulpia. Si tendre dans sa robe verte, le cou fragile et bien dégagé pour accueillir un bijou d'ambre et de gemmes, les tempes et le chignon pris dans un mince ruban d'or.

Comme les autres, Ulpia entrouvrait une bouche tremblante pour accompagner les acclamations.

Le vacarme des trompes et la puanteur des dépouilles n'avaient qu'à peine fait battre ses narines. Elle avait, par instants, agrippé les mains de Clodia. D'autres fois, elle avait enlacé son amie, nichant son front moite contre sa joue. Sans effroi, sans crainte ni dégoût. Seulement saisie par la transe qui courait sur le camp. Se redressant pour jeter un regard fasciné sur Aurélien. Incapable de masquer, elle si prude, si timide, l'ardeur qui la faisait frissonner sous la soie de sa robe.

Aussi, lorsque enfin Aurélien tira son épée du fourreau pour la brandir nue, poignée vers le ciel, ordonnant la fin du triomphe ainsi que l'on ordonne la fin des combats, Clodia s'inclina sur la nuque d'Ulpia. Elle y déposa un baiser qui fit trembler la jeune fille autant qu'une morsure.

— Tout à l'heure, après le dîner, il sera à toi.

Ulpia tourna vers elle des yeux perdus. Clodia sourit.

— Aie confiance. Tu es belle. Tu es parfaite… Cette nuit, les dieux ne pourront rien lui accorder de plus beau que toi, douce Ulpia !

***

Le repas était bruyant, plein d'agitation. Une vingtaine d'officiers occupaient les lits disposés de part et d'autre de tables chargées de nourriture et de bassines de vin grec. Des esclaves en courtes tuniques rayées de bleu s'affairaient inlassablement. On célébrait encore le dux Aurelianus, on vidait gobelet après gobelet.

Aurélien, lui, buvait dans un hanap goth. Une longue corne sertie d'or et d'argent, gravée de figures étranges et qui provenait du trésor du roi Kniva. On entendait beaucoup les rires des femmes. Des musiciens, flûtes et harpes, jouaient sur une estrade, à l'extérieur du triclinium, mais on ne percevait qu'à peine la musique.

Au cœur de ce vacarme, ne buvant guère et ne mangeant rien, Ulpia s'était peu à peu dégrisée de l'exaltation qui l'avait irradiée tout le jour. Aurélien ne lui avait encore accordé qu'un vague regard pensif. Un peu étonné. Sans froideur, certes. Mais aussi sans plus rien dans les yeux de cette ferveur qui y avait brillé toute la journée.

Un regard sans aucun désir.

Elle s'était soudain sentie honteuse de ses propres pensées. Ridicule de tant d'embrasements, tant d'inutiles et fiévreuses imaginations.

Clodia, qui riait beaucoup avec le tribun Maxime, avait vite compris la raison de l'ombre qui maintenant éteignait son visage. Elle s'était levée pour venir s'allonger près d'elle, partageant son gobelet de vin, lui caressant le dos et les hanches d'une paume suggestive, déposant de petits baisers sur ses tempes.

— Ne crois pas qu'Aurélien viendra vers toi. Il ne s'avance jamais vers une femme, seulement vers ses ennemis. Tu dois le prendre. Montre-lui que tu le veux comme le fourreau attend l'épée. Tu es un si joli fourreau, douce Ulpia. Tu verras, il ne résistera pas longtemps !

Les joues d'Ulpia s'étaient empourprées. Clodia avait ri très fort, attirant l'attention de tous, décuplant encore son embarras. Aurélien lui-même s'était retourné. Ulpia eut encore assez de lucidité pour remarquer qu'il posait sur sa sœur ce regard brûlant qu'elle n'avait pas su attirer.

Il y eut des plaisanteries, des bons mots auxquels Clodia répliqua lestement. Ulpia devina les sourires dans son dos. Ils se demandaient si elle oserait. Si elle allait poser sa main sur le poignet d'Aurélien, quémandant avec un certain sourire la permission de boire à son hanap. Ils n'attendaient que cela. Ils voulaient voir. Se rassasier les yeux et l'imagination tout autant que s'ils étaient dans une chambre.

Mais Ulpia n'était pas Clodia.

Elle n'était pas de ces femmes à grands cris et grands rires. Pour elle, c'étaient des gestes impossibles. Elle ne songeait qu'à fuir ce trop long, trop bruyant, trop humiliant dîner.

Et c'est alors que cela arriva.

Le tribun Maxime fut debout et cria :

— Non ! Non, ne bois pas !

Il attrapa le poignet d'Aurélien, recouvrit le hanap de sa paume.

— Ne bois pas, dux ! Il y a du poison dans ton vin.

Clodia était déjà debout. Les autres aussi, bouches béantes, yeux écarquillés, scrutant la corne de vin que tenait Aurélien, plein d'effroi.

Le glaive avait surgi dans la main de Maxime. Il referma son poing sur la chevelure d'un esclave. Un homme âgé, la barbe rousse et grise. Un de ceux qui, l'instant d'avant, remplissaient les gobelets. D'un coup de lame, il déchira sa tunique.

Sur le torse malingre de l'esclave, retenue par un mince cordon, pendait une petite bourse de cuir. Maxime l'arracha, la lança à Aurélien qui en dénoua le cordon. Il la retourna au-dessus d'une écuelle d'argent. Une fine poudre brune en ternit le poli.

— Il a fait ça habilement, dit Maxime, mais pas assez. Je l'ai vu.

Clodia saisit le plat et le porta à ses narines. Elle en

respira l'odeur avec précaution. Un drôle de sourire lui vint. Ses yeux glissèrent sur les visages alentour.

— Se pourrait-il que quelqu'un ne soit pas heureux du triomphe du dux Lucius Aurelianus ? demanda-t-elle.

Il y eut des protestations. La peur flotta dans les regards.

D'un coup de genou dans les reins, Maxime contraignit l'esclave à s'agenouiller, plaqua le fil de son glaive contre sa gorge. Les tempes pâles, Aurélien demanda :

— Qui te paie ?

L'homme jeta des cris bizarres. La terreur lui noyait la bouche de salive. Maxime appuya sa lame. Un peu de sang teinta le fer. Il gronda :

— Qui est ton maître ?

L'homme gémit. Le sang coula sur le fil de la lame. Il ouvrit grande la bouche, hurla. Un cri rauque et peu humain.

Maxime se dressa.

— Il ne dira rien, dux ! Il n'a plus de langue.

Dans un mouvement de rage, Aurélien agrippa le menton de l'esclave. C'était vrai. À la place de la langue, il n'y avait qu'un court moignon de chair noire. Sur son cou, le sang coulait maintenant comme d'une petite source convulsive, inondant sa poitrine. Avec une interjection de mépris, Aurélien renversa le contenu du hanap dans la bouche infirme.

Les yeux exorbités, crachant et avalant tout à la fois, l'homme faillit s'étouffer.

Ulpia, comme les autres, ne put s'empêcher de regarder, la poitrine vidée par la peur.

Les épaules de l'esclave tremblèrent. Malgré la poigne de Maxime qui agrippait toujours sa chevelure, sa tête bascula. Il émit un long geignement sourd, ses lèvres tentant de mordre un air qui ne pénétrait plus dans ses poumons. Maxime le lâcha et il se dressa, les doigts déchirant son torse souillé de sang. Un spasme lui plia les genoux.

Il bascula aux pieds d'Aurélien. Un temps son corps maigre s'agita contre les montants d'un lit avec une si grande violence qu'on aurait cru que des mains invisibles cherchaient à le démantibuler.

Une dernière secousse le raidit. Ses joues étaient bleues.

***

Trois lampes à miroir d'argent éclairaient amplement la petite chambre d'Aurélien.

Il était étendu sur son lit, la toge de pourpre le recouvrant presque en entier. Lorsque Clodia entra, il ne tourna pas les yeux vers elle.

— Aurais-tu peur ? Des centurions et décurions qui me laissent à peine passer et toutes ces lampes ?

Aurélien ne répondit pas.

Elle s'assit près de lui. Un instant, elle froissa en silence la soie et l'or de la toge. Sa caresse remonta jusqu'au cou d'Aurélien. Il n'eut pas un frémissement. Ne détourna pas les yeux de ce qui ne pouvait se voir entre les volutes peintes au plafond.

— Les cohortes ont appris qu'on avait voulu empoisonner le dux Aurelianus le soir même de son triomphe, annonça Clodia en lui effleurant les tempes. La colère est paraît-il si grande que tu pourrais conduire tes légions jusqu'à Rome.

— Prononce-t-on un nom ?

— Pas encore.

Clodia étouffa un petit rire.

— Et moi non plus, je n'en ai prononcé aucun.

Cette fois, Aurélien la regarda.

— Tu n'en prononceras aucun, fit-il durement. Demain, je ferai savoir que l'on a arrêté des espions goths et qu'ils ont avoué. Ce sont eux qui ont voulu empoisonner le dux Aurelianus. Des Goths. Je ne veux rien entendre d'autre.

Ils s'affrontèrent du regard.

Clodia s'inclina et lui baisa les lèvres.

— Pourquoi pas ? chuchota-t-elle.

Elle le baisa encore. Il maintint la bouche close, mais n'eut pas un geste pour l'écarter. Elle appuya un peu plus son baiser. De la pointe de la langue chercha à lui ouvrir les lèvres. En vain.

Elle se redressa, s'appuyant sur son buste. Elle ferma les paupières.

— Ce n'est pas une mauvaise idée, admit-elle tout bas. Ainsi, il croira que tu as peur de l'affronter. Ou que tu es très bête.

Elle attendit une réplique d'Aurélien. Il resta muet. Elle ajouta sèchement :

— Ne laisse cependant pas tes légions imaginer que tu crains le poison de tes ennemis. D'ailleurs, tu ne dois pas le craindre. Tu ne mourras pas ainsi. La prophétie de Mère…

Aurélien leva la main.

— Tais-toi !

Il la repoussa, lui abandonna sa toge, se leva pour aller s'asseoir à la table de marbre roux chargée de rouleaux et qui lui servait de bureau.

— Laisse-moi. J'ai à travailler.

Clodia laissa fuser un petit rire moqueur.

— Travailler ?

Elle s'approcha d'Aurélien, plaqua sa hanche contre son épaule.

— Ulpia t'a adoré tout le jour. Elle tremblait d'excitation et elle a rêvé que ce soir elle serait ta récompense. Le lit de chair du dux Aurélien ! Pauvre Ulpia. Maintenant, elle pleure de honte dans son lit. Ou elle songe que tu aurais pu mourir de ce poison et qu'elle t'aurait mieux aimé mort que vivant. Elle ignore combien tu la veux pour épouse, la pauvre et douce Ulpia.

Aurélien fit mine de ne rien entendre. Il déroula des cartes, des billets de papyrus venus de Rome.

— Bien sûr que tu la veux, reprit Clodia. Tu la veux, car tu as besoin d'une épouse. Mais cela n'arrivera pas si tu ne fais pas un pas vers elle. La douce Ulpia a été élevée par son père à l'ancienne manière. Elle pense que son futur époux doit montrer son empressement et même un peu de désir. De plus, elle t'aime. Tu devrais penser à cela, mon frère. Elle t'aime. Sincèrement. Elle t'aimera avec dévotion et simplicité toute sa vie, si tu fais ce qu'il faut pour cela. Elle est ainsi.

Aurélien trempa un stylet dans un encrier et commença à écrire. Clodia sourit.

— Songes-y. Un peu d'amour simple ne pourrait pas te nuire, murmura-t-elle en lui effleurant la nuque avant de quitter la pièce.

*
* *

La nuit était plus pleine et plus obscure lorsqu'elle se glissa jusqu'au lit de Maxime.

Il dormait à peine, se réveilla en sursaut. La seule lumière venait des torches de la cour qui lançaient quelques lueurs à travers la fenêtre.

Alors qu'elle s'inclinait sur le lit, le fer d'une arme lui piqua la poitrine. Clodia saisit la lame et chuchota :

— Non. Pas comme ça.

— Qui es-tu ?

Elle chercha la main de Maxime pour la faire courir sur son visage.

— Ne peux-tu me reconnaître rien qu'à mon parfum ?

— Clodia. Mais que veux-tu ? Qu'y a-t-il ? Aurélien ?

Elle rit. D'un rire bas et vibrant qu'elle étouffa en baisant les doigts de Maxime.

— Rien. Il y a moi seulement. Moi qui viens te remercier d'avoir sauvé la vie de mon frère chéri !

Elle rit encore, fit descendre la main de Maxime sur son cou, en caressa le haut de sa poitrine. Maxime se redressa à demi.

— Clodia !

— Demain, Aurélien déclarera que ce sont des espions goths qui ont voulu le tuer.

Maxime approuva.

— Pourquoi pas ?

Clodia lui retira le glaive court qu'il tenait encore, pressa doucement ses paumes sur ses seins.

— Tu sais qui ? demanda-t-elle.

— Je ne peux pas en être certain, souffla Maxime, la voix rauque.

— Mais à qui penses-tu ?

— Comme toi. À César.

Clodia abandonna les mains de Maxime, lui offrant la liberté de ses caresses.

— Mais pas tout seul, n'est-ce pas ? Il lui a fallu des officiers ici, autour de nous.

— Oui.

— Tu les connais ?

Maxime ne répondit pas tout de suite.

Elle lui tendit sa paume à baiser tandis qu'il faisait courir sur elle des doigts plus vifs et plus assurés. Elle s'abandonna un instant, souple et vibrante.

— Je pourrais savoir qui, chuchota-t-il enfin.

Elle s'écarta, ôta sa tunique et, peau nue, chercha la

chair de Maxime. Agrippée à sa chevelure blonde, elle le laissa fouiller et caresser, jouant de la fureur d'un désir longtemps retenu, riant de son impatience et le repoussant.

Lorsqu'il fut en elle, elle l'immobilisa.

— Je serai à toi autant que tu le voudras à deux conditions.

— Oui.

— Tu chercheras ceux qui ont voulu empoisonner mon frère et tu les tueras.

— Oui.

Clodia devina le sourire de Maxime.

— Et tu m'aideras à faire d'Aurélien un augustus. Quoi qu'il t'en coûte.

Cette fois, il rit.

— Oui.

D'un coup de reins qui tira un gémissement à Clodia, il la fit basculer contre sa bouche, baisant ses seins et murmurant :

— Oui, bien sûr. Quoi qu'il m'en coûte !

30

PALMYRE

Comme cela était prévu et le voulait la tradition, aux ides *Quintillis,* le banquet qu'offrit le Grand Odeinath pour ses épousailles dura quatre jours.

Chacun de ces matins, le shuloï Sharha accueillit, avec une même politesse lasse et pointilleuse, ceux que le Très Illustre jugeait dignes d'entrer dans la splendeur de son palais et de manger sa nourriture.

Chaque soir, un peu plus évasif et plus raide qu'au matin, Sharha reconduisait les invités à la grande porte qu'il faisait ouvrir par les esclaves, frappant trois fois son bâton sur les dalles de la cour.

Les invités se précipitaient alors sous le somptueux portique sacré des huit cent vingt colonnes. Là, toutes sortes de connaissances les abordaient, assoiffées de savoir.

Parcimonieusement d'abord, avec la réticence de ceux qui savent et qui sont rassasiés des fatigues de la fête, ils livraient quelques détails du bout des lèvres.

Puis, quand le nombre d'auditeurs autour d'eux était suffisant, le flot des souvenirs se faisait plus intrépide. Ils contaient l'opulence des offrandes qu'ils venaient de faire aux dieux du Grand Odeinath. Les sacrifices qu'accomplissait quotidiennement le Très Illustre lui-même. Puis ils évoquaient par le menu les fastes du festin, la variété des vins et des boissons, la beauté des servantes, de la musique et des danses, la magnificence des soies des lits et des coussins, les rires et les bons mots. Quelques rumeurs aussi.

En vérité, ils racontaient beaucoup, et d'autant plus qu'ils avaient bien peu vu du très bref instant le plus important de la journée.

Alors que le soleil était au zénith, Zénobie apparaissait.

Robc, tunique et voiles n'étaient que splendeur. Et son visage, une splendeur encore plus grande, mais très déroutante. Close, dure, avec quelque chose de violent qui vous rappelait ce visage qu'on lui avait découvert des mois plus tôt, alors que miraculeusement elle était réapparue aux portes de Palmyre, tirant la chamelle blanche et portant la *koba* contenant l'étoile de Baalshamîn.

Donc, chaque jour, à la même heure du soleil, elle venait prendre place sur un lit. Un lit recouvert de la peau de la panthère qu'elle avait tuée avec adresse et courage.

Elle y demeurait assez peu. Moins d'une heure certainement. Sans ouvrir la bouche, pas même pour parler, manger ou boire. Sans croiser un regard, pas même celui du Grand Odeinath.

Les invités partageaient l'impression d'avoir affaire à une statue plus qu'à une femme de chair et de sang.

Durant tout le temps de sa présence, les conversations s'effilochaient et parfois cessaient tout à fait. L'embarras de quelques-uns était grand. Le seul qui paraissait à l'aise, et peut-être plus à l'aise chaque jour, c'était le Très Illustre.

Il conservait un petit sourire, une trace de bonheur léger sur les lèvres et dans les yeux. Il croquait des dattes ou des raisins avec une gourmandise désinvolte qui renvoyait de lui une image plus imposante que jamais.

Puis Zénobie se levait. Elle allait devant le Très Illustre, s'inclinait dans un salut qui tirait de ses vêtements le bruissement d'un oiseau s'envolant.

Après quoi, elle traversait l'immense salle, laissant derrière elle une épaisse traînée de silence, et disparaissait comme elle était venue.

Certes, chacun remarqua qu'Ophala quittait la grande salle un peu avant que Zénobie y entre. On remarqua aussi qu'Abdonaï n'était pas mieux traité par sa fille que les autres invités. Il sembla aussi qu'après le deuxième jour, le Grand Odeinath se lassa de la conversation de son beau-père et se contenta de répondre à ses politesses par monosyllabes.

Enfin, tous virent le Très Illustre accueillir avec respect et affection celui que Rome venait de nommer préfet de Palmyre et qui n'était autre qu'Aelius, l'ancien tribun de la cohorte. Pour les uns, ce nouveau grade comme l'arrivée d'une légion dans la ville étaient une surprise, pour d'autres pas du tout. Les mauvaises langues évoquèrent l'attention qu'Hayran portait depuis longtemps au jeune préfet. Les plus sages assurèrent que Rome, ainsi, honorait Palmyre et son roi, car c'était au Grand Odeinath que revenait, en titre, le commandement de la légion. Ce n'était là qu'une marque supplémentaire de l'attention que l'empereur Valérien accordait au Très Illustre, à qui il offrait, par les mains mêmes du préfet Aelius, un somptueux coffret de bijoux destinés à sa jeune épouse.

Ce qu'aucun ne vit, pourtant, ce fut la stupeur du préfet Aelius lorsqu'il déposa les pierreries devant Zénobie. Sa surprise fut si violente qu'il manqua de s'écrier : « Mais je te connais, je t'ai vue ! »

Cependant, accoutumé depuis longtemps à demeurer maître de ses émotions, il sut se taire et masquer l'avalanche de pensées qui soudain se déversaient dans son esprit.

Se trompait-il ? Était-ce possible ?

Comment comparer un visage de reine à celui d'une espionne échevelée ? Pourtant, il y avait cette étrange beauté, et ce regard. Il revoyait ce regard et cette beauté farouches sur les traits poussiéreux de l'espionne surgissant des remparts effondrés de Doura Europos.

Non, il ne pouvait pas se tromper. Cela n'était pas si loin dans sa mémoire. Que Jupiter le foudroie sur place si la future épouse du Grand Odeinath n'était pas l'espionne.

Celle-là même que ce chrétien, calciné il y avait peu devant lui à Antioche, avait emportée sur son propre cheval !

Affichant un sourire poli, Aelius laissa Zénobie jeter un coup d'œil désinvolte sur les perles et les pierres rares que contenait le coffret impérial. Revenu au côté d'Hayran dont il partageait le lit de repas, il ne trahit rien du tumulte qui continua à agiter son esprit un long moment.

Comment cela était-il possible ? Odeinath savait depuis longtemps qui il épousait. Nul ne devait être plus sourcilleux que le roi de Palmyre sur le choix de la femme qu'il plaçait sur le trône à côté de lui.

Alors ?

Il devait réfléchir. Ne pas songer un instant qu'il puisse annoncer au Très Illustre que sa nouvelle épouse n'était pas celle qu'elle voulait faire croire.

Quel était le secret de cette alliance ? Un secret que tous, jusque-là, ignoraient. Un secret qui vaudrait un jour beaucoup plus que l'or pour l'empereur Valérien.

Une tromperie qui allait servir la volonté d'Hayran et de sa tante de se débarrasser de cette épouse. Et qui, plus encore, allait servir les projets du gouverneur Macrien et la propre ambition d'Aelius. Les dieux étaient avec eux, à n'en pas douter.

Agençant ses pensées en une stratégie, Aelius demeura imperturbable durant la moitié du repas. Nul ne devina, Zénobie moins que tout autre, la menace qui prenait chair tout près d'elle. Les plus attentifs parmi les invités entrevirent seulement, et plus tard, un bref échange entre le Romain et le fils du Très Illustre. Ils n'entendirent pas les mots mais devinèrent l'impatience du Romain.

Hayran, qui se trompa en entier quand Aelius demanda impérieusement à le rencontrer secrètement avant la fin du jour, battit des cils, enchanté et équivoque.

— Ne fais pas de mines ! gronda tout bas Aelius. Ce n'est pas le moment. Tout le monde peut nous voir. Ce que j'ai à te dire est important ! Débrouille-toi pour que ta tante Ophala nous rejoigne.

Hayran fut choqué par la dureté d'Aelius mais il opina, boudeur et obéissant. Les invités esquissèrent un sourire, certains que le fils du Très Illustre venait de recevoir une rebuffade.

Même chez les Romains, l'humeur et le goût pouvaient vaciller. Les plaisirs qui avaient enchanté un tribun pouvaient lasser un préfet.

***

Au quatrième jour, le Grand Odeinath parut à ses invités plus joyeux et plus nerveux qu'à l'ordinaire, et personne n'en montra d'étonnement. On but et on rit un peu plus.

Lorsque Zénobie quitta sa peau de panthère pour s'incliner devant le Très Illustre, celui-ci se leva de son lit de repas, souriant et heureux, pour lui rendre son salut. Il lui prit la main et la conduisit en un point de la salle que chacun pouvait voir.

Le shuloï Sharha les rejoignit, frappant lourdement le sol de son grand bâton. Avec un enthousiasme plus inattendu que ses mots, il s'écria :

— Zénobie, fille d'Abdonaï, fils de Malikù, fils de Nashûm, devient l'épouse ! Devient la reine du Grand Odeinath, notre Très Illustre fils de Whabalath, fils de Nasor, sénateur de l'empire de Rome et roi de Palmyre. Zénobie devient la grande reine bien-aimée de Palmyre !

Il y eut des acclamations qu'Odeinath calma d'un froncement de sourcils. Puis, le bonheur dans la voix, il fit face à Zénobie, emprisonna ses mains dans les siennes et cria très fort :

— Tu l'es ! Zénobie, fille de Palmyre, mon épouse, tu l'es !

À nouveau il y eut des libations et des rires. La confusion fut telle que, lorsque l'on demanda plus tard aux invités quel était alors le visage de Zénobie, nul ne sut répondre.

Certes, ils se rappelaient comment le Très Illustre avait conduit sa fraîche épousée hors de la salle. Ils se rappelaient comment le Grand Odeinath marchait alors tel un jeune homme malgré le poids des broderies d'or et d'argent qui transformait sa tunique et son pantalon en cuirasse.

Ils se souvenaient des plaisanteries qui avaient ruisselé avec l'ivresse du banquet sitôt les mariés disparus.

Mais du visage de Zénobie, épouse d'Odeinath et reine bien-aimée de Palmyre, non, ils ne se souvenaient pas.

***

Lui, Odeinath, tandis qu'ils entraient dans la chambre nuptiale où celle qui n'était encore qu'à peine son épouse allait le rejoindre, il l'avait vu, ce visage.

Toute son expérience d'homme, de chasseur, de guerrier, de roi et même de sénateur de Rome lui affirmait que ce qu'il voyait était bien le plus beau et le plus accompli des visages de reine dont on pouvait rêver. Mais ce n'était pas le visage d'une jeune femme qui allait, sous son poids de chair et de plaisir, devenir une épouse.

Il avait beaucoup bu, quoique aujourd'hui moins que les jours précédents. Le vin aiguisait son intuition plus qu'il ne l'étouffait. Et son intuition, oui, lui disait que, comme tout ce qui advenait depuis le premier jour de l'entrée de Zénobie dans son palais, cette nuit d'épousailles n'allait pas être comme les autres.

Cependant, il s'attacha à ne rien montrer de ses pensées. Il se fit dévêtir, laver par les servantes, ce qui irrita un peu son impatience. Il se rinça la bouche, passa une longue tunique d'un lin magnifique et brodé ton sur ton de taureaux et de chevaux. Il frôla d'une main la souplesse des draps et finalement congédia tout le monde.

À l'autre bout de la pièce, qui donnait sur des bassins et des pots de fleurs uniquement rouges, une porte s'ouvrit. Zénobie entra avec, derrière elle, une fille, servante ou on ne savait quoi. Une présence inutile certainement, songea le Très Illustre avec une pointe d'agacement. Trop finement vêtue pour une servante, d'ailleurs, mais dont le visage lui était vaguement familier.

Mais, surtout, Odeinath remarqua que Zénobie, elle, n'avait pas changé de tenue. Il songea à un caprice. Espéra le temps d'un éclair une fantaisie inattendue de son épouse. Qui sait, une imagination, une invention inédite pour les jeux nuptiaux auxquels il rêvait depuis des mois. Aussi, il accueillit Zénobie avec douceur, lança un coup d'œil à la servante.

— Doit-elle demeurer ici ?

Zénobie plaça une main protectrice sur le bras de la fille.

— Oui, assura-t-elle d'un ton tranquille. Elle s'appelle Dinah, Très Illustre, et elle reste avec toi.

Odeinath crut avoir mal entendu, fronça le sourcil, demanda :

— Que veux-tu dire ?

— Dinah est la jeune fille que tu as choisie toi-même chez son père, à Émèse. Tu ne te souviens pas ?

Si, il se souvenait, maintenant. Un marchand juif, très efficace, une fille toute jeune et toute fraîche. Qui l'était encore, plus jolie même que dans son souvenir. Bien qu'elle le regardât en ce moment avec des yeux brillants de crainte.

— Et alors ?

— Tu l'as choisie pour concubine, Très Illustre. Parce qu'elle plaisait à ta vue et à ton désir. Et parce que tu espérais, avec elle, augmenter ton plaisir avec ton épouse.

Odeinath chercha dans le ton de Zénobie le signe, précoce, d'une remontrance ou d'une jalousie. Il n'en trouva pas et faillit répéter : « Et alors ? » Mais il se tut, bien certain que son intuition, un instant plus tôt, ne l'avait pas trompé.

Il se composa un visage dur, usa un peu de sa

mauvaise humeur en foudroyant Dinah du regard, s'assit sur le lit et déclara :

— Je t'écoute, mon épouse.

Et Zénobie expliqua.

Elle expliqua comment nul être humain ne pouvait la toucher, pas même un roi, car elle n'était pas là, dans ce palais et près de son époux, ni même là, dans cette ville et ce désert, pour accomplir ce que toutes les femmes, avec plus ou moins de talent ou d'indifférence, accomplissaient auprès des hommes.

Elle était là pour élever son époux à une puissance et une grandeur autrement plus essentielles et universelles que celles de la chair. C'était pour cela que Baalshamîn, dieu des Maazin, l'avait désignée depuis le premier jour de sa naissance, comme tous le savaient. C'était pour cela que Baalshamîn faisait d'elle son épouse, lui qui était le vrai père de son destin, et non Abdonaï, qui n'avait que l'apparence d'un vrai père.

Odeinath absorba les mots dans un court silence, avant de demander avec une ironie qui masquait mal sa déconvenue :

— Et quelles sont cette puissance et cette grandeur auxquelles tu veux m'élever ?

— Celles de combattre victorieusement Shapûr, roi des Perses, de devenir le plus grand des guerriers du désert de Syrie autant que de l'Empire. Et ainsi d'être acclamé Augustus, ici comme à Rome.

— À Rome ? Leur Augustus ? souffla Odeinath, sidéré.

— Pourquoi crois-tu que Valérien est à Antioche ? Pourquoi l'Empereur nomme-t-il ici un préfet et place-t-il dans la ville toute une légion ? Pourquoi veut-il en personne faire la guerre aux Perses ? Pourquoi, sinon parce que les richesses de Palmyre, aujourd'hui, comptent autant pour Rome que celles de l'Égypte ? Et que les lauriers d'une victoire sur Shapûr, seul un Empereur peut les poser sur son front. Songe à cela, mon époux, comme j'y songe depuis des lunes…

Et, pendant un instant, Zénobie parla politique et guerre avec une fougue nerveuse qui ébahit Odeinath.

— Où as-tu appris à réfléchir comme un homme ? demanda-t-il, le sourcil bourru.

Zénobie eut un petit rire.

— Mon père, au moins, m'a donné de bons précepteurs venus de chez les Grecs. Ils aiment faire marcher la cervelle de leurs élèves ! Je ne te ferai pas honte lorsque tu auras besoin de partager tes soucis.

Comme Odeinath allait répliquer, elle redevint sérieuse et ajouta sur un tout autre ton :

— Ce que je sais, je le sais parce que Baalshamîn le veut et me guide.

Odeinath l'examina, indécis. Enfin, il secoua la tête, soulagé par une pensée :

— Tu as parlé avec Nurbel ! Il n'aime rien tant que de parler de guerre, des Perses et de Rome.

— J'ai parlé avec Nurbel, mais je suis Zénobie.

Elle dit cela avec un drôle de sourire qui ébranla à nouveau Odeinath.

— Et moi, Zénobie, je ferai de toi celui qui porte les lauriers du triomphe à Rome. C'est ma promesse d'épousée.

Dérouté, Odeinath jeta un regard vers la jeune juive qui fixait Zénobie avec fascination. Dinah était belle et il avait eu un goût sûr en la choisissant pour concubine. Une beauté pleine et sage. Mais qui ne pouvait se comparer à l'éclat de Zénobie.

Zénobie qui, maintenant, le toisait sans un mot, patiente et sûre d'elle-même. Il préféra lui tourner le dos et marcher vers les bassins et les pots de fleurs que la chaleur de la fin d'après-midi rendait odorants.

Une chaleur, un parfum, une lumière parfaits pour commencer une nuit de plaisir. Mais il songea à la chasse. À la fin de la chasse, et comment Zénobie avait tué le mignon d'Hayran. Comment, à cet instant-là, il avait vu en elle Alath, la déesse des guerres.

Derrière lui, tout près de son épaule, la voix de Zénobie le fit sursauter.

— J'ai tué le mignon de ton fils, Très Illustre, chuchota-t-elle comme si elle avait par prodige deviné ses pensées. Je l'ai tué parce qu'il voulait souiller Dinah. Celle que tu avais choisie pour sa pureté. Il était de mon devoir de la garder pure pour toi. Et il en ira ainsi pour tous ceux qui porteront atteinte à ta vie ou à ton honneur.

Odeinath se retourna. Avec émotion, il plongea son regard dans celui de Zénobie.

— Comment saurai-je que tu ne mens pas ? Comment saurai-je que je dois te faire confiance, que tu veux vraiment ce que tu dis vouloir ?

— Tu le verras sur le champ de bataille, Très Illustre. Là, tu le verras très bien.

— Si tu me trompes, si tu mens ou me trahis, tu mourras. Tous les tiens mourront. Les Maazin seront chassés de Palmyre pour toujours. La source de ta naissance sera empoisonnée pour rappeler ta trahison.

Zénobie sourit, plus amusée qu'impressionnée.

— Attends la première bataille contre Shapûr, et tu sauras.

Odeinath allait céder quand une pensée trop longtemps égarée lui revint.

— Il me faut un fils, un autre fils. C'est pour cela que je t'épouse ! Tu as vu Hayran. Il me faut un fils qui ne me fasse pas honte.

— Tu l'auras.

La voix de Zénobie était un peu blanche, moins assurée qu'auparavant, et il détailla son visage. Elle répéta :

— Tu l'auras, Très Illustre. Et demain, tu pourras montrer du sang sur tes draps.

Avec elle, Odeinath se tourna vers Dinah. La jeune juive approuva, rougissant tendrement. Elle souffla :

— Ce sera un plaisir que j'attends depuis longtemps, Très Illustre.

Il y eut un petit moment d'embarras. Odeinath n'en fut jamais certain. Il crut voir briller dans les yeux de Zénobie quelque chose de semblable à des larmes.

Elle marcha vers le fond de la pièce, s'immobilisa et se tourna.

— Tu peux être certain de mes mots, Très Illustre. Tout autant que tu te fies à ceux de Nurbel. Comme lui, je ne mens jamais.

La lutte finale

(Pocket n° 11412)

Venus d'Espagne, les conquistadores menés par le Capitan Pizarro ont pris le pouvoir à Quito, et se sont installés sur le territoire inca. Mais, Anamaya, la jeune princesse aux pouvoirs étranges, accompagnée de Gabriel, un conquistador prêt à tout abandonner par amour pour elle, veut libérer son peuple. Après trois ans d'occupation, les Incas armés jusqu'aux dents, se décident enfin à déclencher l'offensive. Avec Anamaya dans un camp et Gabriel dans l'autre, l'affrontement promet d'être apocalyptique...

Il y a toujours un Pocket à découvrir

Achevé d'imprimer sur les presses de

BUSSIÈRE

GROUPE CPI

à Saint-Amand-Montrond (Cher)
en juin 2007

POCKET - 12, avenue d'Italie - 75627 Paris Cedex 13

— N° d'imp. : 70147. —
Dépôt légal : juin 2007.

Imprimé en France